Stéphanie Elbaz

UN JASMIN EN HIVER

Roman

JC Lattès

Maquette de couverture : Le Petit Atelier.

ISBN : 978-2-7096-7211-5

Première édition mai 2024.

« Je suis trop vieux, dit Toursène
d'une voix sourde et brutale.
– Tu ne l'es pas assez, dit Guardi Guedj.
Tu souffres encore de le devenir. »

Les Cavaliers, Joseph Kessel.

Prologue

Dimanche 17 mai.

Ce matin, le soleil vient donner des couleurs d'Orient au jasmin de ta grand-mère Étoile. Je me cache sur le balcon pour m'enregistrer. Étoile trouve que je passe ma vie sur ce dictaphone depuis que tu me l'as donné, Mona. Elle n'a pas tort. Quel cadeau tu m'as fait, ma petite fille ! J'aime parler ici.

Mona, je sais bien que tu m'écouteras un jour.

Quand je ne serai plus là.

Quoique, si Dieu veut, je mourrai si vieux qu'il n'existera même plus sur cette terre les piles pour faire fonctionner cet appareil !

Ma chérie, je sais que tu trouves que je suis obsédé par la mort, mais à mon âge, tu sais, c'est de plus en plus difficile de faire la politique de l'autruche.

Si Dieu savait mon âge, je suis sûr qu'il me rappellerait à lui sur-le-champ.

Ma petite fille, je te souhaite de vivre des moments inoubliables, des rencontres folles, de vivre des transports amoureux à te couper le souffle.

Ce serait tellement formidable que tu parviennes à Lâcher-prise, à quitter ton « anxiété » comme tu dis et à profiter, enfin, de ta jeunesse.

Si ça se trouve, je ne serai pas là pour voir ça.

J'espère que si c'est le cas, tu te rappelleras que Félix, ton grand-père, aurait donné n'importe quoi pour être encore là. Pour que ça continue encore. Un tout petit peu.

Un tout petit peu de soleil qui se lèverait, un tout petit peu de fumée de café le matin sur le balcon, un tout petit peu des sons de vie sur un marché, comme un brouhaha délicieux, un tout petit peu des jambes des femmes qui passeraient devant moi à la terrasse des cafés.

Je serais si vieux et si courbé que je serais à la bonne hauteur pour les regarder sans en avoir l'air. Un tout petit peu de vie, simplement, dans une rue, un marché, à Paris ou à Tunis, avec des odeurs de rôtisserie, des effluves de plats étrangers, de la chaleur sur nos épaules, des rencontres, des sourires ; ceux qui transforment complètement les visages, ce sont ceux-là mes préférés… Un tout petit peu de tout ça.

Ma chérie, la vie c'est toujours un tout petit trop peu de tout.

UN AN PLUS TÔT

PREMIÈRE PARTIE

1.

Un parc, un brouhaha de cris de cour d'école. Des chaussures d'enfants qui se salissent en foulant le sol sableux sous les feuilles mortes. Un manège tourne qui laisse échapper un grincement. Les bruits de l'enfance. Un doudou qui tombe. Une maman enceinte le ramasse et l'époussette.

Le son monte, jusqu'à l'étage, et se heurte à la vitre du boudoir. Il se faufile néanmoins et sa nappe est perceptible par Mona.

Elle est allongée sur une méridienne posée devant la fenêtre. Devant elle, les arbres.

Sous la fenêtre, légèrement sur la gauche, une cheminée ornée de mosaïques. À chaque séance, Mona se dit que les cartes de son inconscient sont étalées sur ce mur en petits bouts de tesselles. « Tesselles », elle aime bien ce mot mais le cherche toujours. Tesselles, vaisselle, petits bouts de vaisselle cassée. Un jour elle prendrait le temps de faire de la mosaïque. Son esprit serait libéré de toutes ses pensées et elle pourrait s'adonner à une occupation oisive. En serait-elle capable ?

— Racontez-moi, Mona. Pourquoi vouliez-vous me voir si urgemment ? Que s'est-il passé ce matin ?

Sur les tesselles collées il y a tous ses souvenirs, les anodins, les importants, les essentiels, comment les jeter s'ils sont consignés ici. L'hypnose prétend réparer les dégâts causés par les souvenirs désagréables ou traumatiques, mais comment est-ce possible s'ils sont collés pour l'éternité dans la mosaïque de Madame Savonet. « Marie-Claude Savonet. Hypnothérapeute, diplômée de l'université de Montréal. » Le cadre qui contient le diplôme est un peu sale. Il faudrait l'ouvrir et le nettoyer, pense souvent Mona. Avec un produit, bien faire sécher avant de le refermer pour ne pas tacher le carton. Toutes ces pensées qui arrivent. Elles vont si vite, se bousculent, durent à peine des quarts de seconde comme dans les rêves.

Elle n'aime pas quand Madame Savonet note. Elle a l'impression d'être un objet de science dans un laboratoire. La clinique de Jack Nicholson. *Vol au-dessus d'un nid de coucou.* Si ça se trouve, elle pense que je suis complètement cinglée. Et ce que je vais lui raconter ne va pas arranger mon cas. *Vol au-dessus d'un nid de coucou.* Quel est le titre en anglais déjà. Coucouness je ne sais plus, se dit Mona avant de reprendre le fil de l'histoire.

— Je n'arrêtais pas de repenser à cette histoire que j'avais entendue ces jours-ci à la radio. Vous savez, ce fait divers du procès de la petite fille défigurée par le gros chien ? Je revoyais cette petite fille avec la joue arrachée par un chien. Je l'imaginais en boucle. Je savais que Léa était chez son amie, dans le jardin, avec le gros chien. Je me disais, c'est sûr, il va la mordre elle aussi, la déchiqueter. Elle va être défigurée à vie. J'étais paniquée, submergée, incapable d'écouter les gens autour de moi au bureau. J'imaginais Léa avec une grosse cicatrice, enfant, puis adulte, abîmée pour toute la vie à cause de ce foutu mercredi où sa maman l'avait laissée chez une amie qui avait un gros chien fou.

— Et alors ? demande Madame Savonet.

— Alors ça a recommencé, explique Mona. L'angoisse est montée, montée, et puis trou noir. Une absence. Impossible de me rappeler ce qui s'est passé.

— Ictus amnésique.

— Je suis terrorisée à l'idée que ça recommence.

— Comment l'avez-vous su ?

— Quand je me suis réveillée, j'étais dans un parc avec Léa sur les genoux, en train de regarder dans le vide, pas très loin de chez son amie. Il devait être 11 heures du matin. J'ai reconstitué les évènements en essayant d'interroger mon entourage, à commencer par Antoine, mon patron que j'ai appelé tout à l'heure pour m'excuser de ne pas être au travail.

— Que vous a-t-il dit ?

— Il semblerait qu'au bureau, ce matin, je lui ai dit que j'avais un problème grave à la maison, que Léa était très malade et qu'il fallait que je l'emmène à l'hôpital. J'aurais quitté le bureau comme ça. Complètement paniquée.

— Et que s'est-il passé entre ce moment et le parc où vous vous êtes « réveillée », si j'ose dire, avec votre fille sur les genoux ?

— Je suis allée chez l'amie de Léa et j'ai dit à la maman qu'il fallait que je la récupère au plus vite.

— Vous n'avez rien fait de mal pendant cette absence. C'est l'essentiel.

— Bien sûr, enfin, rien fait de mal. Pas tout à fait.

— Pourquoi dites-vous cela ?

— C'est à propos de l'excuse que j'ai donnée pour récupérer Léa.

— Oui ?

— C'est affreux. Je sais que vous allez dire que c'est un acte manqué que mon inconscient a formulé.

— Je ne porte pas de jugement, Mona. Je vous écoute.

— Tout à l'heure, sur mon téléphone, j'ai découvert un SMS de la maman de Camille, la copine chez qui était Léa. Il disait : « Toutes mes condoléances pour votre maman. Nous pensons fort à vous. »

— Que signifie ce message ?

— Pour récupérer Léa au plus vite, j'ai dit à la maman de Camille que ma mère était morte !

— Je vois.

— C'est pathétique.

— Ça a dû vous soulager, Mona. Parfois l'inconscient peut être notre ami et il s'exprime pour nous. Le problème, ce n'est pas tant ce mensonge que la perte de conscience, l'ictus amnésique idiopathique. La peur vous a tant paralysée que vous avez choisi, une nouvelle fois, de quitter la conscience.

— Je pourrais peut-être tuer quelqu'un un jour et ne même pas m'en rendre compte.

— On n'en est pas là. Et l'ictus est rare, vous avez pu le constater. Vous en avez eu deux ou trois en dix ans. Cela ne signifie pas qu'il va se reproduire de nombreuses fois. L'hypnose vous soigne bien, Mona. À force d'apprendre à respirer, vous allez gérer et maîtriser la peur quand elle arrivera, la faire reculer pour la dominer. Et vous resterez éveillée car vous serez en mesure de l'affronter. Revenons sur le réveil. Donnez-moi davantage de détails.

— Léa était là, sur mes genoux, au jardin.

Elle m'a demandé : « Qu'est ce qui t'arrive, Maman, tu es fâchée contre moi ? Je n'ai pas été sage chez Camille ?

— J'avais juste envie de te voir, ma chérie, je lui ai répondu. J'étais triste d'être au travail.

— Mais tu sais, Maman, tu serais venue me chercher ce soir et on aurait joué à se cacher dans la tente après le bain. »

Je m'en voulais tellement. Je lui ai donné un goûter que j'avais dans mon sac et l'ai embrassée.

— Mona, ce qui s'est passé signifie que quand la peur est arrivée, vous n'avez pas réussi à distinguer ce qui est essentiel pour parer à une crise de panique qui monte : différencier le possible du probable, vous vous souvenez, Mona ?

— Oui, bien sûr que je m'en souviens. Avant la panique, quand l'angoisse montait au bureau, je me rappelle avoir essayé. Possible/probable. Possible/probable. Comme vous me l'avez appris, mais je me suis dit que c'était des conneries de psy.

— Je vois.

— Je suis en pleine régression.

— Ça peut arriver une récidive quand on progresse. L'inconscient n'est pas toujours gentil avec nous. On avance et il nous remet à l'épreuve. Votre dernier ictus amnésique idiopathique remontait quand même à il y a deux ans. Aucune absence depuis. Et vous avez beaucoup progressé depuis sur votre distinction du possible et du probable. Vous avez réussi à garder votre travail, entre autres. On partait de loin. Rappelez-vous, quand vous êtes venue me voir pour la première fois, vous ne pouviez même plus avoir un travail à cause de cela. Vous mesurez le chemin parcouru ?

— Oui, n'empêche que je suis retombée dedans.

— Vous n'avez fait de mal à personne. À part ce petit mensonge que vous avez inventé et qui devait vous arranger quelque part.

— Vous avez raison, j'ai inventé un mensonge qui m'arrange. C'est incroyable d'avoir inventé ça. Ça montre à quel point ma relation avec ma mère me pèse. Je me demande comment je l'ai prononcé ? « Maman est morte » ou « J'ai perdu ma mère ».

— Ça vous a sans doute fait du bien. Et vous n'avez pas tué votre mère pour autant. Elle est toujours en vie. Cessez de culpabiliser et soyez à l'écoute de votre inconscient. Peut-être a-t-il voulu vous dire qu'il vous fallait tuer votre mère au sens freudien du terme, juste couper le cordon, gagner en autonomie de pensée. Vous comprenez ?

2.

Vincent place sa main devant le combiné pour cacher les rires qui proviennent de la cuisine à son interlocuteur au téléphone. Il emprunte un ton empathique et solennel.

— Merci beaucoup d'avoir appelé. Oui, Mona est sous le choc, mais ça va aller. Merci d'avoir pris de ses nouvelles. Je lui transmettrai vos condoléances. Dites bien à Camille que Léa l'embrasse.

Le téléphone à la main, Vincent rejoint Mona. Elle le regarde avec complicité, le remerciant d'un regard d'avoir été son allié une fois de plus. Le sourire de Léa est radieux. Une crêpe a sauté avec succès. Mona applaudit.

— Ah ! Tu tombes bien, Vincent ! La première crêpe réussie de Léa est prête, lance-t-elle.

J'aime tant ces moments en famille, se dit-elle. Ai-je bien fait de quitter Vincent ? Lui qui est mon associé de toujours.

— C'est Papa qui la mange ! se réjouit Léa.

— OK, je la prends, ma chérie. Maman mangera la tienne, Hugo, dit Vincent à son fils, avant d'ouvrir grand la bouche pour enfourner l'énorme crêpe encore chaude.

Il fait une tête de clown pour amuser les enfants comme pour passer à autre chose après cette folle journée.

Le téléphone sonne à nouveau. Vincent décroche, la bouche encore pleine, avale sa crêpe d'un trait pour répondre et tend le combiné à Mona.

— C'est ta mère ! Elle est revenue ! dit-il avec un grand sourire.

La nuit est tombée. Vincent éteint à présent la lumière de la chambre de Léa. Il passe une tête dans celle d'Hugo qui range son cartable et rejoint Mona dans la cuisine.

— Il fait frisquet. Je vais mettre un pull, dit Mona, réalisant qu'elle porte un tee-shirt sans soutien-gorge. En un quart de seconde, Vincent a déjà regardé ses seins à travers le tissu qui la recouvre. Veux-tu rester dîner, Vincent ? propose-t-elle pour meubler la gêne.

— Pourquoi pas, oui. Il est déjà tard.

— J'ai préparé une salade de quinoa.

— Parfait.

Vincent s'est assis sur un tabouret. En revenant couverte de son pull, Mona s'applique à ce que ses gestes prennent toute la place pour éviter l'inaction propice à la discussion. Elle n'a pas vraiment envie de reparler de cette histoire de chien. Elle se sent si idiote. Pourvu que Vincent n'aborde pas le sujet. Pourquoi lui avoir proposé de dîner ? Je me mets toujours dans des situations embarrassantes. J'aurais dû y réfléchir avant de lui proposer. Je n'avais pas vraiment envie qu'il reste. Peut-être qu'au fond, une fois de plus, je craignais d'être seule. Comment le sortir de ma vie si je lui propose de m'accompagner pour un oui ou pour un non ?

Vincent sourit et complimente Mona au sujet de la salade de quinoa. C'est une bonne idée d'avoir mis des cranberries.

— Comment se passe le travail en ce moment ? enchaîne-t-il.

Comment font ces gens qui vivent seuls ? Dans de grandes maisons isolées ? pense Mona. Au bord de la mer, à la montagne, à la lisière d'une forêt, dans un petit village. Avec peu de voisins. Mona se remémore cette femme dont elle avait fait le portrait pour un magazine télé. Elle vivait isolée dans la forêt, voyait peu de monde, restait avec elle-même et s'en trouvait fort bien. Elle semblait n'avoir peur de rien. C'était pourtant effrayant. Pour les besoins du tournage, Mona et son équipe avaient dormi dans une cabane voisine. Mona pensait à la vie de cette femme, qui disait vivre son rêve. Mona trouvait cela effrayant alors que la femme expliquait combien la vie en société la terrorisait. Elle cherchait le calme, une vie libre, en tête à tête avec elle-même.

Pourquoi ai-je si peur d'être seule avec moi-même ? Mona repense à ces nombreuses rencontres que les reportages lui apportaient. Des gens si différents d'elle. Elle et sa vie sage, régulière. Je m'en veux tellement d'avoir dû quitter le journalisme, se dit-elle. Tout ça à cause de mes foutues peurs. Qui sont toujours là. Et maintenant ce travail sans intérêt.

— On travaille sur un projet de soirée pour la convention d'une société allemande dans les transports. Rien de très excitant.

— De toute façon, il faut que tu quittes ce job et que tu te remettes dans ce que tu sais faire de mieux. Tu es faite pour écrire, Mona. Si tu es grillée dans le journalisme, ce n'est pas grave. Il y a mille autres chemins pour écrire.

— Tu en veux encore ? propose Mona, tendant le saladier à Vincent.

— Mona, je vois bien que tu es ailleurs, mais tu ne veux pas qu'on parle un peu ? Ce matin tu sauves notre fille d'un gentil chien qui ne lui a rien fait, et tu enterres ta pauvre mère dans la foulée ; c'est dingo, non ? Le mois dernier c'était pas mieux, quand tu croyais qu'Hugo allait mourir d'une méningite. Mona, tout le monde ne meurt pas tout le temps. Il y a aussi des choses qui se passent bien.

— Je n'ai pas envie d'en parler. Je ne sais pas si c'est une bonne idée de t'avoir proposé de rester.

— La vie, ce n'est pas qu'une grande tragédie. Non mais une méningite ! Tu t'es mise à croire qu'Hugo avait une méningite ! Pourquoi ? Juste parce que vous avez tous les deux voyagé en train le même jour que le pauvre type qui est mort d'une méningite fulgurante à douze wagons de toi.

— Tu me saoules, Vincent.

— Le risque zéro n'existe pas. Il faut se détendre. Prendre de la distance.

— Écoute, j'essaye. Je cherche la cause. Je passe une heure par semaine chez Madame Savonet depuis plus de cinq ans. Mais on ne trouve pas, là ! Pas encore, en tout cas !

— Lâche prise.

— Ça ne m'amuse pas. Je ne trouve pas. Je ne sais pas pourquoi je suis comme ça. Je n'ai vécu aucun traumatisme qui expliquerait ces peurs.

— Tu te rends compte des ravages que ça fait dans ta vie ? Nous, que ça a détruits. Ton travail que tu aimais tant et que tu as perdu.

— J'en ai retrouvé un.

— Certes, mais tu le détestes.

— Je ne le déteste pas. Ça ne me passionne pas. C'est tout. Je dois gagner ma vie comme tout le monde.

— Tu sais que tu peux compter sur moi. Tu pourras toujours compter sur moi. Mona, ne te gâche pas, ne te brade pas. Il faut que tu reprennes une activité que tu aimes. Que tu te réalises. Tu vois, j'aimerais t'aider, mais je ne sais absolument pas comment faire. Je m'inquiète pour toi, et pour nos enfants aussi.

— Merci d'être là pour moi.

— On sera toujours une équipe, Mona, la rassure Vincent.

Vincent s'approche de Mona, l'enlace. Elle se laisse faire. Après tout, pourquoi ne pas me relâcher dans ses bras, pense-t-elle. Ça fait du bien de se sentir protégée, enveloppée. Elle sent à présent un baiser dans ses cheveux. Vincent se laisse aller à inspirer son odeur, caresser ses cheveux et l'embrasser à nouveau, plus franchement.

Il faut que je me retire, se dit-elle. Je n'ai pas envie de ça. Un câlin, oui, mais pas un baiser. Je n'ai plus de désir pour lui. Juste de l'amour fraternel, juste de l'affection. Et je ne dois pas conforter Vincent dans son désir de me sauver. Une partie inconsciente de lui ne joue-t-elle pas avec mes angoisses ? Je ne pourrai pas m'affranchir de mes peurs tant qu'il me tiendra, tant que quiconque me tiendra.

— Il faut que tu rentres chez toi, Vincent. Je commence tôt demain.

— Oui, bien sûr. J'y vais. Bonne nuit.

— Bonne nuit.

3.

Mona se gare devant la boulangerie.

Napoléon est là. Tranquille. N'a-t-il pas peur le soir tout seul dans la rue, se demande Mona. Je devrais penser à Napoléon quand j'ai peur de la solitude. Pourquoi ce serait moins difficile pour lui. Il a dû apprendre à la dépasser. Mona salue Napoléon. Le SDF lui rend un sourire timide.

Dans la boulangerie, il y a un peu de monde. Parmi les gens en enfilade dans la queue, un homme fixe Mona.

Il est grand. Il porte un bonnet. Un pull de marin. Sur son bras, découvert par une manche retroussée, se dévoile un tatouage. Le dessin est majoritairement noir mais porte de belles touches de couleurs, un rouge un peu délavé ; le dessin semble à la fois grand, taché de couleurs et délicat. Peut-être un cerisier japonais. L'homme la regarde avec naturel.

Elle baisse les yeux et s'en veut aussitôt. Pourquoi détourner les yeux comme une enfant en faute, se dit-elle. S'il me regarde à nouveau, je lui rendrai un sourire, se promet-elle.

La queue avance. Le visage agréable de l'homme se découvre dans le mouvement d'accordéon de la queue-ribambelle. Ribambelle, quel joli mot. On devrait l'utiliser plus souvent. Il est resté dans les trousses de l'école. Souvenir de la sensation des ciseaux. On devait être en CE1 ou CE2. L'homme se retourne de trois quarts, regarde Mona ; elle détourne le regard, prétextant un papier coincé sous son pied. Elle avait promis pourtant.

En CE1, à l'époque des vibrations des ciseaux sur les petits paquets destinés à être découpés et attachés en ribambelle, elle détournait déjà les yeux. Parfois elle essayait de tenir le regard. Elle déclarait toujours forfait, se disait qu'elle saurait le faire quand elle serait adulte.

Et si c'était la faute des parents. Les adultes disent toujours de baisser les yeux quand on vous gronde. En même temps, l'homme de la boulangerie ne la gronde pas.

— Bonjour Lucas, ce sera quoi pour vous aujourd'hui ? demande la boulangère au monsieur tatoué.

— Servez Mademoiselle d'abord, Claudette, je vous en prie.

— Non c'est bon, allez-y, répond Mona d'un ton neutre.

— Mais si.

— Mona ? l'interroge Claudette, souriante.

Mona remercie l'homme. Ses yeux, à deux doigts de croiser ceux du jeune homme, reviennent en direction des religieuses au café qu'elle fait bêtement mine de découvrir avec intérêt. Pas question de rester scotchée à nouveau sur son tatouage ou ses yeux.

Il est 8 heures du matin. Qui achète des religieuses à cette heure-ci ? Personne ! D'autant que les premières du matin, c'est bien connu, ce sont celles de la veille. On n'achète pas de pâtisseries le matin. On attend la fournée de la mi-journée.

— Mona ?

— Oui, heu…

— Une sans sel et une viennoise, Mona, comme d'habitude ?

— S'il vous plaît, oui, Claudette. Merci.
— Et voilà, ma chérie. Elle est toute chaude.
— Merci.
— Au revoir Mona. Embrasse tes grands-parents.
— Promis. À demain.
— Bonne journée.

Faire demi-tour dans la queue. Ne pas faire de grands gestes malgré le pain trop chaud. Se frayer un chemin pour ne pas heurter l'homme au joli tatouage. Il est un peu trop beau. C'est déroutant un homme beau. Et ça fait un peu peur. Imaginer qu'on peut lui plaire vraiment et tomber de haut quand on se rend compte qu'on s'était trompée ou même qu'il ne vous aime plus. Partir à reculons en disant au revoir à Claudette. Ne pas le croiser puis faire demi-tour un peu plus loin dans la queue. C'est pas mal, ça. Enfin, on n'est pas au mur des Lamentations. Une prière pour ne pas croiser son regard.
— Au revoir Claudette.

Mona donne sa viennoise à Napoléon qui la remercie du regard et elle tourne à droite sur la rue Mogador.

4.

Dans le couloir de chez Félix et Étoile, le miroir. Mona se toise. Elle arrange ses cheveux et réajuste son jean.

Comment s'appelait-il déjà ? Claudette a dit son nom. Elle a prononcé Louca. Il avait un accent. Il doit être italien.

Le sifflement aigu de la cafetière passe sous la porte, recouvert par la voix énergique d'Étoile.

— J'y vais ! crie la grand-mère.

Gammarth aboie. Étoile ouvre la porte.

— Tu arrives toujours au bon moment, ma chérie.

— Bonjour Gammarth, lance Mona.

— Donne-moi la baguette et pose tes affaires. Il va te renverser. Gammarth ! Laisse Mona enlever son manteau !

Gammarth tourne sur lui-même et accroche ses deux pattes avant sur la taille de Mona pour qu'elle le caresse. Le lévrier n'attend pas. Mona lui donne son câlin avant de se dévêtir.

Dans l'entrebâillement de la porte de la chambre, Félix.

Il porte un châle de prière et lit des psaumes en faisant un mouvement avant-arrière avec son corps en pliant et tendant ses jambes en alternance. Il lance un clin d'œil à Mona, qui lui rend un sourire. Elle pose ses affaires et rejoint sa grand-mère dans la cuisine.

Elle l'aide à dresser le plateau du petit déjeuner.

La nappe de la veille est encore sur la table de la salle à manger débarrassée. Quelques miettes gisent. Une ou deux taches de vin. Les dîners d'Étoile et Félix ont toujours des allures de festin, se dit Mona. Ils dînent de quelques pistaches, d'un verre de vin et d'une soupe. C'est ainsi tous les soirs. Pourtant, leur table est toujours en fête. Elle respire leur présence si forte et le sens implicite de partage que contiennent ces dîners pourtant frugaux. Sans doute, quand on est vieux, on devient quelqu'un de consistant, quelqu'un qui occupe, qui incarne, quelqu'un que même la table attend. Comme le tronc imposant d'un arbre centenaire.

Mona se ravise. Des personnes âgées qui n'ont pas de présence, ça court les rues. Ça n'a rien à voir avec ça.

Comment sera-t-elle, elle, quand elle sera vieille ? Une gentille grand-mère insipide ou une femme « à présence » avec son histoire et ses mille vies ? Pour avoir mille vies, il faudrait commencer par changer des choses. Les gens qui ont mille vies savent prendre des tournants. Ils ne s'enlisent pas dans des situations, des habitudes qui les empêchent d'avancer.

— Papi arrive ! crie Étoile restée en cuisine. Félix, ton café est prêt ! ajoute-t-elle à l'attention de son mari.

— Je dois filer dans une heure, répond Mona en direction de la cuisine.

Les éclats de pain sautent sous l'effet des rails du couteau à beurre et viennent égayer la nappe de lendemain de fête.

— Il va arriver. Bois ton café pendant qu'il est chaud, ma chérie.

Félix entre dans la salle à manger.

— Ne donne pas de beurre à Gammarth, prévient-il à l'attention de Mona. Il a pris du poids, ce chameau.

— Bonjour Papi. Je ne connais personne en dehors de toi qui traite son chien de chameau !

— En Tunisie personne n'avait de chien, ma fille. Allez, dépêche-toi de manger, comme ça on s'y met.

— Tiens, je t'ai préparé tes tartines, répond Mona, amusée.

— Merci merci. Tu as combien ce matin ?

— Je pars dans une heure.

Mona sort son ordinateur de son sac, essuie vite fait ses mains et ouvre le fichier en question.

— Je te relis là où on s'est arrêtés, Papi ?

Félix acquiesce et croque dans sa tartine.

— Lis, ma fille, lis.

— « Ce krach boursier, ce jeudi noir comme on l'appellera plus tard, venait de nous plonger, ma famille et moi, dans la plus parfaite obscurité. Nous, joyeuse famille juive de Tunisie qui vivait dans la chaleur et la générosité, nous allions entamer une ère de pauvreté et d'isolement qu'un autre évènement, dix ans plus tard, allait achever. »

— C'est bien, ma fille, c'est bien. Il écrit pas mal ton grand-père Félix, hein ? Bon, je sais, tu l'as « remanié » comme tu dis. Mais c'est comme si c'était moi qui l'avais écrit, hein ?

— Bon, maintenant qu'on a fini ce chapitre, je te propose qu'on travaille sur la décennie précédente. Jusqu'à la guerre.

— Mais on a commencé par la guerre. Tu es sûre que les gens vont s'y retrouver ?

— Oui, on avait commencé par la guerre parce que c'est le moment fort, ta vie d'adulte qui débute à la mort de ton père. C'était comme un trailer.

— Un quoi ?

— Une bande-annonce, un truc qui t'emporte, qui te donne envie de découvrir la suite.

— Ah ok. C'est toi qui sais, ma fille. C'est toi l'écrivain, enfin la journaliste.

— Je ne suis plus journaliste, Papi. Je me suis fait renvoyer.

— Ça n'a aucune importance. Il y a des hauts et des bas dans une carrière. Tu as ça dans le sang, raconter des histoires. Tu te rappelles tes journaux intimes quand tu étais petite ? Tu passais ton temps à écrire dedans.

— Je me souviens surtout la fois où Pierre a mis la main dessus. Heureusement, il n'a pas eu le temps de les lire.

— Tu les as toujours ?

— Mamie les conserve précieusement. Avec elle, je sais qu'ils sont à l'abri

— Tu vas reprendre ton métier. Ne t'inquiète pas. C'est une parenthèse ton travail, là.

— Hum. On reprend ? Voilà. Maintenant on y revient, à la guerre. Et à partir de maintenant, on ne sera plus dans les flash-back.

— C'est bien, on fait comme ça. Relis-moi le prologue avec la mort de mon père. Ça me fait pleurer à chaque fois.

— « Mon père agonise, reprend Mona. Dehors c'est le chaos. Mes frères et sœurs, ma mère et moi n'entendons pas les bruits des bottes des Allemands qui entrent dans la capitale tunisienne en ce jour d'août 1939. Ce qui est historique pour les uns est anecdotique pour les autres. Et inversement. Mon père va s'éteindre et c'est l'histoire de ma vie qui s'écrit ici.

Il vit ses dernières heures devant moi dans l'obscurité. Nous n'avons pas pu payer la note d'électricité. Depuis dix ans déjà et ce fameux krach boursier, nous sommes abonnés au courant alternatif en fonction des mois. J'ai seize ans, mon père va nous quitter. Il est l'homme que j'aime le plus au monde. Je ne peux rien pour lui. Si je pouvais prendre le fusil et gagner cette guerre, je le ferais. Mais la maladie et moi ne sommes pas à armes égales. »

Étoile entre dans la pièce, elle reprend la cafetière et pose une main sur l'épaule de Félix. Puis repart en cuisine.

— « Soixante-douze heures plus tard, reprend Mona, mon père s'éteint et avec lui toute la joie qui faisait le lien entre mes frères, mes sœurs, ma mère et moi. À cet instant je me fais la promesse que je l'honorerai toute ma vie. Je me battrai pour relever le digne nom de mon père et protègerai ma mère et mes frères et sœurs. »

— Ça me fait pleurer, s'émeut Félix.

— Allez, on y va Papi, on reprend dix ans plus tôt en 1929.

Félix ferme les yeux, met sa tête en arrière et commence à parler.

Mona écrit sous sa dictée.

— Novembre 1929, commence Félix à voix haute. Il nous reste quatre jours pour faire nos cartons. L'appartement de la rue de Paris va être officiellement saisi et nous allons emménager chez ma tante Josy. Avec ses quatre enfants, elle vit dans une grande maison. Son mari roule dans une sublime voiture qui me fait rêver. L'oncle Bertrand a de l'élégance. Il sait partager sans susciter l'envie. Je l'admire et lui suis reconnaissant de nous héberger. De ce jour, jamais je ne serai envieux. C'est pour moi le point de départ d'une manière de penser. Les gens que j'admire, je veux leur ressembler sans jamais rien leur enlever.

— Tu es bien sûr, Félix ? l'interrompt Étoile, qui est entrée dans la pièce. Tu n'as jamais été envieux ? Et l'oncle Raymond alors ?

— C'est pas pareil, Étoile ! C'était un frimeur, Raymond.

— Tu as toujours été jaloux de lui, insiste-t-elle en se moquant.

— Ça n'a rien à voir. Il a cherché à m'en mettre plein la vue toute sa vie, se défend Félix.

— Tu ne dois pas mentir dans tes mémoires, insiste Étoile.

— Je peux dire ce que je veux dans mes mémoires, répond Félix, agacé. Justement parce que c'est ma mémoire. Tu sais ce qu'il y a dans ma mémoire, toi ?

5.

Mona pénètre dans un bureau. Autour d'une salle de réunion, des collaborateurs sont attablés. Elle est en retard.

— Bonjour, je vous prie de m'excuser, lance-t-elle à l'assemblée avec le même ton que celui qu'elle prenait quand elle arrivait en retard en classe, au lycée, au collège ou même à l'école élémentaire. Se sent-on un jour enfin dans la peau d'un adulte consistant ? Oublie-t-on un jour les injonctions des parents ? On ne s'excuse pas. On prie les autres de bien vouloir nous excuser. On baisse les yeux. Mona repense à la boulangerie. Pourquoi avoir baissé les yeux. Le tatouage de l'Italien. Elle aimerait revoir ce cerisier japonais sorti tout droit d'un dessin de Foujita.

— Salut Mona, tu n'as pas manqué grand-chose, la rassure Antoine. On vient de se mettre sur le dossier Socca. La soirée aura lieu le 3 décembre.

— La difficulté, enchaîne Soraya, c'est qu'au départ, on était sur une simple convention. Aujourd'hui, le groupe veut finalement monter deux Noëls en parallèle. Un pour les adultes et un pour les enfants.

— C'est-à-dire ? demande Mona qui tente de prendre la conversation en cours de route.

— On a deux évènements aventure en parallèle, poursuit la collaboratrice. D'un côté le Noël des salariés, option prémium, saut en parachute. De l'autre, celui des enfants, accrobranche. La société allemande a réalisé un chiffre d'affaires exceptionnel cette année et tient à en faire profiter la branche française. Bref, il faut qu'ils s'éclatent !

Entre une envie de rire des phrases toutes faites et celle de prendre ses jambes à son cou, Mona n'est pas là. On ne peut pas toute sa vie se comporter en ethnologue. Il y a sans doute un endroit où l'on est à sa place.

Comment ai-je atterri ici ? se demande Mona. Elle repense aux années de journalisme, à la fuite face aux difficultés, aux angoisses, aux enfants, et à ce jour où elle a tout quitté. C'était de l'évitement, se dit-elle. Je n'aurais jamais dû. Je n'ai rien à faire ici. Il faut que je me dégage de ce truc et que je me débrouille pour me mettre sur autre chose.

— On n'a jamais fait ça, s'inquiète Mona. Gérer des enfants sans leurs parents et de surcroît dans une activité aventure, ça ne va pas être simple.

— Justement, c'est ça qui nous intéresse, se défend Antoine. C'est un bon challenge qui tombe à pic pour nous. On va mobiliser toute l'équipe pour cet évènement. On va avoir besoin de tout le monde.

Mona sent que l'étau se resserre autour d'elle.

— Il me faut deux responsables d'équipe. Un pour les parents et un pour les enfants. L'équipe A est avec les enfants, l'équipe B prépare l'évènement du soir, poursuit Antoine. Fin de journée, on se retrouve tous devant le sapin et on offre les cadeaux aux enfants.

Mona se rappelle son premier jour. Affaiblie par son échec, elle s'était d'abord persuadée qu'elle pourrait s'acclimater à ce nouveau job. La communication, ce n'était pas si loin du journalisme, se disait-elle. Antoine était accueillant. Il voyait en elle une cheffe de projet compétente. Si elle pouvait mener des enquêtes à l'étranger, elle saurait gérer des équipes pour monter des conventions, les écrire, trouver des journalistes pour les animer. On était loin de l'organisation de Noëls d'entreprises.

Ce n'est pas ma vie, ce job. C'est juste la conséquence de mon anxiété. J'ai cru éviter les problèmes en cessant le journalisme, mais je les retrouve ici. Ce n'est pas le job qu'il faut changer, ce sont mes peurs qu'il faut guérir. J'ai envie de voir Madame Savonet. Comment sortir de là ?

— On répartit les équipes ! se réjouit Antoine. Mona, accrobranche ou saut en parachute ? Accrobranche, j'imagine, vu que tu flippes du parachute.

— Oui mais là c'est avec des enfants à gérer, répond Mona avec rapidité, sans avoir le temps de préparer une réponse.

— C'est parfait pour une maman, assure Antoine. Tu vas savoir les rassurer.

— Je veux bien prendre les adultes, propose Soraya.

— Parfait, conclut Antoine.

— Moi je trouve que c'est beaucoup quand même, tous ces enfants.

Mona se débat avec elle-même. Tout le monde est tranquille avec ce projet, sauf moi qui me rends déjà malade à l'idée d'être responsable d'une bande de quarante gamins à l'accrobranche.

— Mona, je te laisse évaluer les besoins vu que, comme tu le soulignes, c'est une première. Tu réfléchis et tu me dis comment tu aimerais t'organiser, combien de personnes tu souhaiterais dans ton équipe. On fait un point demain si c'est ok pour toi.

Mona n'est plus là. L'anxiété lui a volé son être. Des picotements dans les oreilles, un corps vacillant, un ventre face à une vague intérieure. Alourdie d'un nouveau fardeau,

Mona se concentre sur son cap. Se répéter la soi-disant phrase magique. Ne pas confondre le possible et le probable. Possible. Probable. Oui mais là, il y a quand même de fortes « chances », « donc des probabilités », pour que sur quarante gamins lancés dans la forêt, il y en ait un qui se perde ou se fasse mal. Possible/probable. Possible/probable. Le possible n'a jamais été si proche du probable. Ou plutôt le probable n'a jamais été si proche du possible. Ne pas se laisser submerger par l'émotion. Ne pas tomber dans les pommes. Et si elle faisait un ictus amnésique ? Si elle s'endormait et laissait tomber quarante enfants ? Le drame ! La prison peut-être.

Démissionner ! Comment démissionner avant ? Impossible de garder mon indépendance sans mon salaire, se répète Mona. Être sous la dépendance de Vincent, hors de question. Il faut garder ce job de merde.

On est à six jours du prochain rendez-vous avec Madame Savonet. Impossible de lui refaire le coup du « il faut que je vous voie tout de suite ». Elle n'est pas pompier. Elle est psy ! C'est la panique. Comment trouver les bons mots sans elle ? Quitter ce job est ma seule solution. Madame Savonet, que diriez-vous ? Que c'est un manque de courage ? Jamais de jugement de valeur ! Non, elle dirait que c'est de l'évitement si je quitte ce job. Qu'il ne faut surtout pas s'abandonner à l'évitement. Surtout pas quitter ce job. C'est trop difficile de penser bien, là, tout de suite, sans elle.

Les oreilles chauffent. L'angoisse monte. Si je perds quarante enfants, ma vie tourne au cauchemar. La prison. Je ne verrai plus jamais mes enfants. Ni le bel Italien. Je délire. Rester calme. Ne pas céder à la panique. Distinguer le possible du probable. Possible/probable/possible/probable.

— Tu déjeunes avec nous, Mona ? demande Soraya.

— Possible. Pas possible, non merci. J'ai des petites choses à faire, répond Mona.

6.

— Tiens, Mamie. J'en ai pris une deuxième aux céréales pour moi et la sans sel pour Papi.

— Merci ma chérie, dit Étoile en ouvrant le paquet. Claudette t'a mis une viennoise, pas une céréale ?

— Mince, c'était pour Napoléon. Ce n'est pas grave, je mangerai la viennoise ; il goûtera l'autre.

Gammarth vient chercher sa caresse. Mona se regarde dans le miroir de l'entrée. Elle se trouve décoiffée et saisit un pinceau d'Étoile taché de peinture séchée dans un pot posé sur la console. D'un geste rapide, elle attache sa chevelure en un chignon sophistiqué qui détonne aussitôt avec le pinceau qui dépasse.

La cafetière sonne sur la gazinière. Étoile cale son pas sur son sifflement pour arriver, comme toujours, juste avant que la dernière goutte de café ne sorte de la cheminée centrale et ne fasse déborder la partie supérieure de l'engin mythique.

Le sifflement de cette cafetière, c'est tout un chemin, pense Mona. Celui de Félix et Étoile, mais aussi de toute leur famille. Cet objet trimballé d'Italie jusqu'en Tunisie où leurs familles ont d'abord émigré. Là-bas aussi, ils ont dû s'adapter, même si la douceur de vivre était sensiblement la même. Contrairement à la France et son froid qui avait dû les saisir.

La cafetière et sa chaleur, recomposer un noyau autour d'elle, reproduire ce rituel. Mona pense aux coutumes des Inuits qui fabriquent leur igloo. Comme Étoile et Félix qui se sont adaptés à un ailleurs, recomposant leur maison, vérifiant à chaque fois que les pièces détachées de la cafetière s'emboîtent encore malgré les années de déracinement.

— Tu es en retard, non ? Ça ne va pas te poser de problème au travail, ma chérie ?

— Oh tu sais, le travail, ça me fatigue en ce moment.

— Je vois. Moi il faut que je retourne à mon tableau.

— Tu peins quoi, Mamie ?

— Un triptyque pour ton oncle Pierre. C'est une commande d'un de ses amis.

Étoile semble se réjouir d'être affairée sur un nouvel ouvrage attendu par un commanditaire et explique rapidement, enthousiaste, le travail qui l'attend.

— Il m'a donné trois thèmes car son ami a trois maisons différentes, et je dois peindre trois tableaux différents mais avec ma patte.

— C'est marrant ça comme commande, remarque Mona.

— Bonjour ma fille, les interrompt Félix. Ça va ? Tu as combien de temps ?

— Trente minutes seulement, Papi. Je me suis réveillée tard. Tu sais, c'est pas la grande forme. Mais on va s'y mettre tout de suite.

— Qu'est-ce que tu as, ma fille ?

— C'est le travail.

— Si c'est le travail, ça va aller. Tant que ce n'est pas la santé, tout va bien ! Ne pense plus à tes soucis de travail, ma fille ! On s'est arrêtés en 1929. Et en 1929, ils n'existent pas encore, tes soucis. Et tu sais bien ce que dit ton grand-père, les soucis, tant qu'ils ne sont pas là, il ne faut pas se gâcher la vie à les anticiper !

— Ça va aller, conclut Mona qui repense à cette phrase de Félix.

Je n'ai de soucis que ceux que j'anticipe. Je passe ma vie à les appréhender alors qu'ils ne sont pas encore là. D'ailleurs la plupart du temps, ils n'arrivent jamais. Enfin, jamais ailleurs que dans ma tête. Si je réussissais à appliquer la maxime de Papi, je crois que je serais guérie, se dit-elle.

— Tiens, regarde ça, je t'ai apporté quelque chose, Papi. C'est un dictaphone. Ça va pas mal nous servir.

— Pourquoi tu m'as acheté ça ? Tu as l'intention de me laisser tomber ?

— Pas du tout, mais regarde, tu appuies là et tu parles. C'est pratique, on va pouvoir ajouter des choses qui te tiennent à cœur. Quand tu auras envie de dire quelque chose et que je ne serai pas là, tu pourras le consigner ici. Tu stockes tes phrases, tes souvenirs, je les écoute et on les replace ensemble dans le livre.

— C'est pas mal, c'est pas mal, reconnaît Félix. Merci ma fille. Ah, c'est compliqué l'histoire d'une vie. De toute façon, tu sais ce que j'en pense. Quand ce sera fini…

— Quand ce sera fini, tu vas mourir.

— Faut pas jouer avec lui comme ça, dit Félix en montrant le ciel avec son doigt. C'est pas bien.

— Stop la superstition, l'arrête Mona. De toute façon, tu n'y crois pas vraiment. Tu t'amuses à te faire peur quand tu dis ça.

— Peut-être, reconnaît Félix, finissant comme toujours par donner raison à Mona.

Mona aime occuper ce rôle. Elle est celle qui sait. Peut-être parce qu'elle est née ici, en France, avec la bonne langue, la maîtrise des mots. Félix a toujours aimé jouer à s'infantiliser avec elle. Ni sénile ni diminué, il a pris l'habitude de céder à des enfantillages, caprices amusants, que Mona se délecte de modérer. Une sorte d'échange des rôles entre une enfant et un vieux monsieur. À bientôt quatre-vingt-quatorze ans, Papi a raison de penser que Dieu va sûrement vouloir le rappeler à lui, mais c'est encore loin. Tant qu'on écrira, ce sera loin, se martèle Mona. Je voudrais écrire la vie de Papi toute sa vie. Pour le garder auprès de moi. Il est ma plus belle rencontre. Il ne m'apporte que du bonheur. Avec lui tout est toujours facile. Je me sens toujours à la hauteur dans ses yeux, moi qui suis incapable d'élever mes enfants sereinement, de mener à bien un divorce ou un Noël d'entreprise.

— Mais je le pense un peu, tu sais, ajoute Félix.

— Quoi ? Que tu vas mourir ? s'amuse Mona. Un peu seulement. Comme un petit garçon qui aime se faire peur avec le loup.

— Non, j'ai réfléchi, insiste Félix. Je crois vraiment qu'il m'a oublié, chuchote-t-il soudainement en désignant Dieu.

Mona s'amuse de ce que dit Félix. Sa superstition et sa crainte de gamin qui le poussent à chuchoter quand il parle de Dieu font de lui un éternel enfant.

— Quatre-vingt-quatorze, c'est pas rien. Il m'a forcément oublié. Mon père est mort à quarante ans à peine. J'ai déjà plus du double de son âge. C'est indécent. Je me dis que ce qu'on fait, nous, tous les deux là avec mes mémoires, c'est un peu comme une provocation.

Mona nettoie les miettes qui se trouvent devant elle sur la table du petit déjeuner et ouvre son ordinateur. Elle semble décidée à démarrer. Comme pour clore la discussion elle ajoute :

— Mais non, tu ne vas pas mourir quand on aura fini tes mémoires. Et puis ce ne sera jamais fini puisque tu continues à vivre et à fabriquer une nouvelle histoire. Il y aura toujours quelque chose à raconter. Tes mémoires ne seront jamais terminées. Dieu n'est pas au bout de ses peines avec toi. Bon, je reprends un peu plus loin. On est bon sur 1929. Allons là. La rencontre avec Mamie. Je lis : « Je semblais l'effrayer, aussi je n'osais pas l'approcher. Tant de monde était le témoin indirect de cette future nuit de noces, car après tout, c'était quoi le mariage, la promesse d'une nuit de noces, non ? Ma seule préoccupation était de ne pas décevoir cette jeune fille qui portait encore des socquettes lorsque je l'avais vue dix-huit mois plus tôt pour la première fois. Elle qui rêvait de peindre, je ne pouvais pas la faire entrer de plain-pied dans une vie sans couleur auprès d'un mari de dix ans son aîné. Je décidai donc de ne pas consommer notre union. Je m'allongeai auprès d'elle, lui pris la m… »

On sonne à la porte. Gammarth s'agite et aboie. Félix n'entend plus le récit de Mona qui se décide à aller ouvrir. Gammarth la suit avec excitation.

Dans l'encadrement de la porte, un homme au sourire insolent. Il est aussitôt perturbé par le bonjour de Gammarth qui le fait basculer.

— Mais oui, mon chien, t'es content de voir ton vieux frère.

— Salut Pierre.

— Ça va Mona ? Tu travailles jamais, toi ? Toujours sur votre bouquin ? Vous parlez pas trop de moi, j'espère.

— T'inquiète, t'es pas encore né, le rassure Mona.

— On doit s'ennuyer alors, répond Pierre avec une assurance et un sens de la répartie impressionnants. Maman est là ?

Félix arrive. Il parle dans le dictaphone en marchant.

— Lui c'est mon fils. Pierre. Ça me fait bien plaisir de le voir parce qu'il ne vient pas souvent.

Félix s'arrête devant Pierre, appuie sur la touche « stop » du dictaphone puis sur la touche « rewind » et enfin sur la touche « play ». Pierre l'embrasse avec la légèreté qui anime tout son être tandis qu'une fois l'accolade terminée, on entend le dictaphone parler : « Mon fils. Pierre. Ça me fait bien plaisir de le voir parce qu'il ne vient pas souvent. »

— Qu'est-ce que c'est que ce truc ? demande Pierre.

Félix cache à présent le dictaphone, posant sa main dessus comme pour parler en cachette de l'engin-espion.

— Tu sais, c'est pas bien ce que tu fais.

— Arrête, Félix, répond Pierre avec insolence.

— Arrête de m'appeler Félix, je suis ton père.

— Écoute, tu seras bien content quand on boira le champagne ! Étoile ! lance-t-il maintenant à voix haute à destination de sa mère qui est dans son atelier.

— Je suis dans l'atelier, mon chéri. Viens !

— Je vais voir maman. Vous avez des nouvelles de Stan ? demande Pierre à Félix et Mona.

— Je déjeune avec lui à midi, répond Mona.

— Mais tu travailles quand, toi ? Tu petit-déjeunes avec tes grands-parents. Tu déjeunes avec ton oncle. Au passage je suis jaloux… Bon, je file voir maman.

Mona regarde Pierre filer et se diriger d'un pas amusé vers l'atelier d'Étoile. Elle se sent penaude, comme souvent devant Pierre. Son comportement nonchalant et sans-gêne ne l'agace jamais véritablement ; il la fascine plutôt. Comment peut-on être aussi à l'aise, se demande-t-elle ? Et sûr de soi ? Est-ce le fait d'être un homme qui vous donne cet aplomb ? Ou bien parce que vous avez été aimé sans faille par votre mère comme Pierre par Mamie ? L'assurance se rattrape-t-elle un jour ? Est-ce un sentiment qu'on peut acquérir ou bien peut-on seulement espérer en gagner la posture ?

— Je vais te raconter ce qu'il a fait, ton oncle, et pourquoi je suis en colère, chuchote Félix à l'attention de Mona.

— Que s'est-il passé ?

— C'est à cause de Raphaëlle. Tu sais, j'espère que tu n'élèves pas tes enfants comme ça, ma fille.

— Qu'est-ce qui se passe avec Raphaëlle ?

— Elle n'a rien fait, elle, mais son père, Pierre, il s'est mis en tête de lui faire gagner des points au bac en l'obligeant à prendre l'option dessin.

— C'est intelligent, Raphaëlle est originale. Elle peut faire quelque chose de bien, le rassure Mona. Mais je ne savais pas qu'elle savait dessiner.

— Justement, elle ne sait pas, répond Félix. Alors qui dessine ? ajoute-t-il d'un air malicieux.

Félix s'agite et montre du doigt l'atelier d'Étoile. Puis il poursuit, désignant maintenant son menton :

— Elle lui fait son bouc. Je ne sais pas pourquoi on appelle ça un bouc, d'ailleurs.

— Son book, tu veux dire ? reprend Mona, amusée. C'est de l'anglais, son book, son livre ! Pas un bouc comme une barbe, explique-t-elle dans un fou rire. C'est un book de références, si tu veux. Ah que tu me fais rire !

— Moi, ça ne m'amuse pas ! C'est de la triche !

— Et Mamie est d'accord ?

— Non bien sûr, répond Félix. Elle n'en sait rien. Elle n'aurait jamais accepté. C'est pour ça que Pierre lui a raconté cette histoire d'ami qui a besoin de trois toiles pour ses trois maisons différentes.

— En tout cas, Mamie était contente d'avoir une commande rémunérée. C'est ce qu'elle m'a dit ce matin. Je vais filer, Papi. Pensez à une chose en tout cas, dites à Mamie de ne pas signer les toiles avec son étoile.

— Mais tu as raison ! réalise Félix. Son étoile en bas à droite. Faudrait pas que la petite se fasse prendre.

Mona lance un « au revoir » en direction de l'atelier d'Étoile et embrasse son grand-père. Elle descend les escaliers deux par deux comme quand elle était enfant. Elle se trouve chanceuse d'avoir Félix dans sa vie. Elle repense au bouc et rit seule dans l'escalier. Une famille comme celle-là, c'est magnifique ! se dit-elle. Elle se formule cependant à elle-même que cette même famille, c'est sans doute aussi la clef de son anxiété.

Couper le cordon, m'a dit Madame Savonet quand j'ai raconté que je m'étais inventé une mère morte, j'en suis loin. Comment avancer ? Savonner chez Madame Savonet. Très drôle. Elle parle peu, donne peu de conseils. Elle a dit de couper le cordon. Ok c'est classique, mais elle l'a dit. Couper le cordon. Pourvu que Dieu ne coupe pas l'herbe sous le pied à Papi et ses mémoires. Ne jamais finir les mémoires au cas où Papi aurait le nez creux. Laisser le livre en friche pour que Dieu n'oublie pas qu'il a besoin de le finir.

7.

— Mona ?
— Oui Vincent ?
— Où es-tu ?
— Dans ma voiture ; je rentre chez moi.
— Tes parents ont débarqué à la maison pour s'inviter à dîner. Ils pensaient que c'était ta semaine à l'appartement. Je n'ai pas osé les renvoyer. Je leur ai proposé de rester. Tu peux venir ?
— Pourquoi tu leur as proposé ? Ils savent bien que c'est une semaine chacun !
— Hé ! J'ai juste été sympa avec eux.
— Personne ne t'a demandé d'être « sympa » avec eux, répond Mona, agacée, en raccrochant le téléphone.

C'est vrai, pourquoi être « sympa » ? Les gens libres ne sont pas avant tout « sympas », se dit Mona. Ils font ce qui leur plaît, ce qu'ils veulent, ce qui est raccord avec la vie qu'ils se sont choisie. Évidemment, la situation arrange bien Vincent. Une occasion d'être en famille. Le papa, la maman, les grands-parents, les enfants en pyjama qui disent bonne nuit. Tout ça fait partie de son tableau de famille. Je n'y suis pour rien après tout si Vincent cherche désespérément une famille. Je ne suis pas responsable de son abandon. J'ai tout fait pour lui apporter ce noyau. Aujourd'hui, je devrais rester avec lui sous prétexte qu'il ne supporte pas l'abandon ? Et puis je ne l'abandonne pas. J'essaie modestement de devenir une femme. Et plus seulement une fille ou une épouse.

Après une journée passée à régler les détails de ce stupide accrobranche, essayant de me raccrocher au peu de conseils de Madame Savonet pour ne pas perdre pied, comment trouver encore la foi pour voir les parents ? Je ne trouverai jamais la force de dépasser cette angoisse qui me prend aux tripes, m'envahit, me sépare de moi-même, m'enlève toute maîtrise.

Je n'irai pas ce soir. Si je veux m'en sortir, je dois rester seule et dépasser mes problèmes, en tête-à-tête avec moi-même.

Mona est postée au feu rouge. La lumière de l'hiver qui s'annonce avec cette nuit prématurée lui donne ce mal de ventre qu'elle connaît bien. Ses pensées se noircissent. Elle se décourage.

Change-t-on un jour ?

Impossible. Les parents, ça vous renvoie à celle que vous avez toujours été. Chacun reprend ses chaussons bien rangés, son rôle sur lequel repose l'équilibre de la famille. Comment changer quand on a encore la chance d'avoir ses parents en vie. Comment espérer devenir une autre.

« Tu viens ? » affiche un premier SMS.

« En fait, j'ai proposé ça comme ça », précise un second.

« Et ton père a dit oui », ajoute un dernier.

« Ne te fâche pas », supplie maintenant un autre message.

« Il est en train de préparer une sauce tomate dans la cuisine. Il veut nous faire ses spaghettis », tente Vincent pour essayer de convaincre Mona.

Être libre. Être libre. Leitmotiv, se martèle Mona. Garder cela en tête.

Être libre quand les parents sont là pour vous rappeler qui vous êtes avec vos casseroles qui vous empêchent de vous affranchir, c'est impossible !

Mona relit le message de Vincent.

« Il est en train de préparer une sauce tomate dans la cuisine. »

Elle pense à son père. Son déhanché dansant. Sa joie de vivre. Sa capacité à mettre de la folie dans la maison. Je l'aime tant, se dit Mona. Les parents ne sont pas éternels. Ne faut-il pas en profiter ?

Pensée judéo-chrétienne incompatible avec la liberté, réalise Mona.

Pourquoi cette idée culpabilisante arrive-t-elle dans ma tête au moment où je me bats pour m'affranchir ? se demande-t-elle. Mon inconscient s'acharne-t-il à m'empêcher d'être libre ? Ce n'est pas parce que je refuse de le voir ce soir qu'il va disparaître. Je l'aime, mais je peux décider de ne pas céder à Vincent.

Ma vie ressemble à un chantage permanent et à une culpabilisation érigée en mécanique de vie, réalise-t-elle. Il faut apprendre à dire non. À choisir ce qu'on veut et quand on le veut. Le chantage, ce n'est pas du choix. Se rappeler cela. Le chantage est l'ennemi du choix. Choisir sans céder au chantage.

Le feu tricolore est au rouge. Mona est épuisée. Pourquoi penser en continu ? Pourquoi les pensées ne s'arrêtent-elles jamais ? Pourquoi au bout de chaque micro-décision, de chaque micro-situation, y a-t-il un débat intérieur ? Des pleurs l'envahissent. Pourquoi tout est si lourd pour moi, s'interroge-t-elle.

Quelques secondes plus tard, ravivée par le goût des pleurs si familiers à l'enfance, le palais de Mona se retrouve au pays des premières années de sa vie. Là où les spaghettis légèrement sucrés de Jeannot égayaient les papilles. Mona se rappelle les soirs d'euphorie où l'on fêtait les gains du casino avec des pâtes à la sauce tomate. Son père qui marchait en dansant. Floriane qui partageait sa joie. Et elle, avec sa longue chemise de nuit au tissu si agréable quand elle tournait sur elle-même. Mona aimait se réjouir, même si au fond de son ventre elle savait que derrière cet air de fête se cachait toujours le mensonge du joueur. Se faire croire que la vie devenait facile. Qu'on avait gagné la partie quand on n'en avait gagné qu'une. Ne pas penser aux heures sombres qui attendaient les soirs de perte.

C'est sûr, ce soir aussi, Jeannot avait dû gagner au casino ou au poker. Cette soirée sentait déjà l'insomnie de vingt-quatre heures. On devait être un soir d'after pour son père. Tu m'étonnes qu'il se soit trompé de semaine. Il ne sait même plus si on est le jour ou la nuit, aujourd'hui ou demain. Il serait déçu qu'elle ne vienne pas fêter ça.

— J'arrive, envoie-t-elle.

8.

— Tu me prêtes ton mascara, s'il te plaît ? Le mien est sec, demande Floriane.

— Je n'en ai pas ici, Maman. Il doit être chez moi au studio, répond Mona.

— C'est ici chez toi, répond Floriane.

— Pas cette semaine, rappelle Mona. Tu ne t'en rappelais vraiment pas ?

— Qui pourrait connaître votre emploi du temps ? C'est tellement compliqué cette histoire.

— C'est simple. Ici semaine A on est chez moi, semaine B on est chez Vincent, explique patiemment Mona en suivant attentivement les mouvements de sa mère qui se remaquille.

Elle reproduit les mêmes gestes que lorsque Mona était enfant. Mona regarde sa mère dans le miroir. Elle est posée à côté d'elle, avec sa posture d'enfant. Elle se regarde elle aussi, a le sentiment de régresser, comme souvent lorsqu'elle est à son contact. Impossible d'être une femme près d'elle, réalise-t-elle. Floriane, la grande et plantureuse Floriane, dépliée, la poitrine ouverte, tournée vers l'extérieur. Tant de féminité. Mona se rappelle la gestuelle de sa mère qu'elle observait lorsqu'elle était enfant et dont elle pensait qu'elle serait la sienne quand elle serait grande. Avec cette assurance, cette connaissance de son corps, des lignes de son visage, que Floriane pouvait peindre de rose à joue les yeux fermés, arrêtée quelques instants à un feu rouge.

— Tu comprends que c'est très important, ma chérie. Ça fait des années que je te le répète. Quand tu rentres le soir, ça doit être le passage obligé après une journée de travail. La trousse à maquillage. Tu te refais une beauté.

— Ça doit ! Qui dit ça ? C'est écrit où, ça ?

— Ça s'appelle la transmission orale, dit-elle en finissant de tapoter ses deux lèvres pour estomper son rouge à lèvres. C'est moi ta mère qui te le dis. C'est très important pour une femme. Peut-être que tu serais encore avec Vincent si tu avais entretenu cela.

— Non mais je rêve ! Ça n'a rien à voir. Vincent et moi, on s'est séparés pour plein de raisons.

— Oui à cause de ton anxiété chronique, entre autres, corrige Floriane.

— Peut-être, répond Mona, sidérée par le ton direct de Floriane. En tout cas, ce n'est certainement pas parce que je ne me maquille pas ou pour n'importe laquelle de ces foutaises.

— Tu sais, ma chérie, une femme peut tout rattraper avec une jolie tenue sexy.

— Hum.

— Les femmes d'aujourd'hui sont à côté de la plaque. La vie à deux ça se cultive. Elles se laissent pousser les poils sous les aisselles comme les féministes de 68 et elles ne comprennent pas pourquoi elles finissent seules dans leur lit avec leur chat.

— Et si ça leur plaisait d'être seules ?

— Tu aimerais, toi, finir seule ?

— Peut-être. J'aimerais en tout cas être capable d'y parvenir, répond Mona calmement.

— Réussir à être seule. Mais c'est inutile. La vie est ennuyeuse quand on n'est pas deux. Une femme a besoin de son mari pour être heureuse. Et puis le sexe, c'est essentiel.

— Je peux pas parler de ça avec toi, Maman, dit Mona en quittant la salle de bains.

— Regarde ton père et moi… Reviens, Mona !

— Quoi ?

— C'est vrai, malgré toutes ses soirées de jeu, ton père ne bouge pas une oreille. Parce que je suis toujours nickel ! Puis s'approchant du visage de Mona, elle ajoute : Ho là là ma chérie, qu'est-ce que je vois là ? Approche !

Mona revient se positionner devant le miroir à la demande de sa mère.

Floriane l'attrape comme une enfant et la tourne vers elle. Elle s'approche de son visage, le prend dans ses mains comme ces enfants qui ont à la commissure des lèvres une tache de chocolat que leur mère efface avec un doigt mouillé de leur salive.

— Il faut que tu viennes au cabinet et que je te la pique, celle-là. Elle te donne un air terriblement sévère. C'est fou comme elle s'est creusée vite, cette ride.

— Non maman c'est gentil, ça me fait flipper tes piqûres, tu le sais très bien.

— Mais enfin, ma chérie, tout est stérile. Tu te doutes bien qu'on désinfecte entre chaque patiente. Ça te détendrait et ça ne fait pas mal, tu sais. Enfin, quelques secondes.

— Non mais c'est bon. Je vais aller aider Vincent à mettre le couvert.

— De toute façon, tu as peur de tout !

— Ah non, ne dis pas ça s'il te plaît, répond Mona au bord des larmes. Ça n'a rien à voir, là. C'est juste que je m'en fiche des rides.

— Pardon ma chérie, je n'ai pas voulu te faire de peine, je suis ta mère et je ne veux que ton bien. Mais tu le sais très bien que ça te fait un peu peur. Hein ? Ça fait combien de temps que tu vas la voir… Madame Savonet, c'est ça ? Depuis le temps, elle ne t'a pas vraiment détendue. Alors qu'une bonne petite piqûre dans la ride du lion, ça te soulagerait tellement. Tu comprends, je voudrais t'aider.

— À table ! crie Jeannot depuis le salon.

Floriane passe devant Mona avec énergie, abandonnant avec facilité sa posture consolatrice. Mona reste seule quelques instants dans la salle de bains devant le miroir. Elle se déteste. Pourquoi n'avoir pas trouvé le courage de répondre à sa mère, de lui dire qu'elle pouvait garder pour elle ses conseils réacs. Quinze ans de médecine, une mère soi-disant cultivée, qui a vécu Mai 68. C'est quoi son sens de la transmission ? Elle qui conseille à sa fille d'être la pupute à son mari. C'est ça ses valeurs ? Je ne sais pas, moi, se dit-elle, elle pourrait vouloir me « transmettre », comme elle dit, la pensée libre de Simone de Beauvoir, de Gisèle Halimi ou des Babayagas.

Mona se regarde dans le miroir et se sent diminuée. Elle se voit si petite. Si vulnérable. Elle a huit ans. On est mercredi après-midi. Elle meurt d'ennui. Elle voudrait bien jouer avec sa mère, mais Floriane est occupée dans le salon, avec une amie. Où est papa ? Sans doute au cercle, engagé dans une partie de black-jack. Floriane et son amie projettent des diapos. D'horribles photos de femmes avec des ventres mous à gauche, et des ventres réparés à droite. Floriane et sa consœur parlent de ventres retendus, de techniques médicales, de gestes chirurgicaux.

Répare-t-on un ventre qui a porté un enfant, se demande maintenant la jeune trentenaire devant son miroir. Répare-t-on un corps qui a souffert ? Maman n'a pas aimé me porter dans son ventre. C'est une évidence. En parler à Madame Savonet.

9.

« Jeudi 24 octobre ».

Félix appuie sur la touche « stop » du dictaphone et rembobine.

Il s'écoute.

« Jeudi 24 octobre. »

La nuit est tombée. Il est sur son balcon avec le petit enregistreur.

Il regarde par-dessus les toits sur la pointe des pieds, en quête d'un mouvement, d'une lumière. Il enclenche l'appareil.

« Mona, c'est moi, c'est Papi. Je suis à la maison. Il fait nuit. Je regarde par la fenêtre. Je me suis toujours dit que j'aimerais voir derrière les fenêtres. Le spectacle des autres. » Félix regarde le dictaphone qu'il tient dans la main, étonné de lui parler avec facilité, comme si c'était un ami.

« Étoile est dans son atelier. Elle est toujours occupée. Elle sait toujours s'occuper comme personne. Elle ne s'ennuie jamais, elle. Moi j'aime être avec les autres. Être seul ça m'ennuie. Mais le problème avec Étoile, c'est que si je veux tout le temps parler avec elle, je l'étouffe. C'est un peu dommage, je trouve. C'est bon de pouvoir parler à quelqu'un, non ? C'est ça le meilleur de la vie ! Moi j'ai toujours besoin de parler à des gens, être écouté. Et écouter aussi. Mais je ne sais pas si c'est ce que je fais de mieux. »

Félix regarde le spectacle des fenêtres et, après un moment silencieux, il poursuit sa dictée.

« C'est moi, Félix. Mona, aujourd'hui j'ai repensé à notre discussion. Je ne joue pas à l'enfant. Je crois vraiment que quand notre livre sera fini, je mourrai. Alors en attendant, je veux profiter à fond. Figure-toi que je suis allé chez le docteur Lamour, il porte bien son nom celui-là. Il est spécialiste des prostates. Un tue-l'amour. Figure-toi qu'il voulait toucher à ma prostate. Il m'a dit que c'était mieux pour l'avenir. Pas question, je lui ai dit. L'autre jour j'ai discuté avec Monsieur Enriquez. Fini, il m'a dit. Kaput ! Plus rien ! Si tu touches à la prostate, c'est fini les parties de jambes en l'air. Remarque, il n'a pas perdu grand-chose. Elle est affreuse Henriette Enriquez. Je la connaissais à Tunis. Personne ne l'invitait jamais à danser. Elle faisait toujours tapisserie.

C'est peut-être pour ça qu'il s'est fait opérer, Enriquez. Ça a dû l'arranger, conclut Félix avec malice.

Je sais que tu me trouves un peu gamin et indécent aussi de parler de ces choses, enfin de la chose. Et puis là sur cette machine, à ma petite fille, mais bon, tu crois qu'on l'a faite comment, ta mère ? Et tes oncles ?

Bref, avec Mamie, pas question qu'on arrête.

Tu sais, les jeunes, ils pensent que quand on est vieux, on ne fait plus la chose.

Mais bien sûr qu'on la fait. Et c'est même pas mal du tout.

Avec Étoile, on est loin des débuts gentillets qu'on a racontés dans le livre.

Je vais trop loin ? Hein ? De toute façon, je ne sais pas effacer.

Ce qui est dit est dit.

C'est vrai, ta grand-mère, elle était beaucoup moins libre quand on était plus jeunes.

Et puis elle était triste.

Si triste à cause de ce qui s'est passé là-bas.

Heu. »

Félix appuie sur stop.

— Mince, comment on efface !

— Félix ! crie Étoile depuis l'intérieur de la maison.

— Oui ma chérie, répond Félix en criant lui aussi.

— Viens, j'ai fini le premier tableau. Je voudrais te le montrer. Viens me dire ce que tu en penses.

10.

— Les spaghettis étaient délicieux, Jeannot. Vous n'avez pas perdu la main, complimente Vincent.

— Merci les enfants.

— Allez Hugo, Léa, dites bonne nuit à Papi, leur recommande Mona.

— Léa, Hugo, une question avant d'aller vous coucher ! les interpelle Jeannot, l'air rieur. Dites à Papi ce qui vous ferait plaisir. Dites ce que vous voulez. Pas de limite. Ce qui vous ferait vraiment rêver. Votre Papi peut vous l'acheter parce qu'il vient de gagner beaucoup beaucoup de sous.

— Papa ! le sermonne Mona.

— Un ordinateur, Papi, répond Léa avec enthousiasme.

— Et moi un voyage, ajoute Hugo. Comme tu m'avais dit l'autre fois. Au pays de Babar.

— C'est noté, mes chéris, répond Jeannot, euphorique. Juste… pour le pays de Babar, je ne suis pas sûr que ta maman te laisse partir en Afrique seul avec Papi. Si tu veux, je t'emmène chez Peter Pan. L'Angleterre c'est moins loin et c'est bien pour une première expédition, mon grand. Et on pourra aller voir les gardes de la Reine. La relève de la garde à Buckingham Palace.

— Ouais ! crie Hugo

— Je veux venir avec vous, ajoute Léa

— Je te jure, je le perdrai pas, promet Jeannot à Mona.

Mona se sent mal à l'aise. Elle est incapable de confier ses enfants à quiconque. Il est pourtant leur grand-père. Ai-je le droit de les priver de cela ? En même temps, Papa n'est pas un grand-père comme les autres. Il est irresponsable. Et c'est peut-être à cause de lui que j'ai développé ce sentiment d'insécurité. On ne sécurise pas un enfant quand on passe sa vie dans les cercles de jeux, se dit-elle. Si je suis incapable d'être rassurée, si j'ai peur pour mes enfants, c'est peut-être parce que j'ai dû avoir peur quand j'étais enfant. Et si c'était à cause de Papa ? De son instabilité ?

Mona réalise qu'elle n'a pas mal au ventre en évoquant cela. Si elle a bien appris une chose avec Madame Savonet, c'est à écouter son corps. L'angoisse est liée au corps et les souvenirs de la folie de Jeannot ne lui procurent aucune angoisse. Elle les aime. Ils sont la joie. La meilleure partie de son enfance. À l'évidence c'est une mauvaise piste.

Néanmoins, comment les laisser partir ? Cette perspective m'inquiète tant, se dit-elle.

— Au lit les enfants ! sonne Mona pour esquiver.

— C'est vrai ce qu'il a dit Papi ? demande Léa à sa maman. Il va emmener Hugo en voyage en Angleterre ? Je voudrais bien y aller aussi.

— On va en reparler avec votre mère, les enfants, rassure Jeannot, rempli d'envie de la convaincre.

— Faut pas croire tout ce que dit Papi, répond Mona. Papi dit parfois des bêtises, ajoute-t-elle avec un sourire indulgent et complice à l'attention de son père.

— Comme ma copine Camille. Elle me dit des bêtises qui me font de la peine, ajoute Léa.

— Ah bon ma chérie, et elle dit quoi comme bêtises, ton amie Camille ? demande Jeannot.

— Elle me dit que je suis une menteuse alors que c'est elle la menteuse. Elle dit que j'ai même plus de mamie, que ma mamie, elle est morte !

— Quelle idée, s'étonne Floriane. Elle dit n'importe quoi, cette petite fille. Ne t'en fais pas avec ça, ma chérie ; tu vois bien que ta mamie se porte très bien.

Mona échange un regard désolé avec Vincent. Il lui rend un coup d'œil rieur, comme si c'était une blague anodine. Vincent est mon meilleur ami, se dit Mona. C'est pour cela que je l'ai épousé. C'est aussi parce qu'il nous connaît si bien. Il a tant rêvé que nous soyons sa famille à lui aussi. Il aurait tant aimé être avec nous, déjà à cette époque, vivre avec nous au lieu de son foyer si froid. Connaître la chaleur de Papa, sa folie, ses promesses. Lui qui n'a reçu aucune autre promesse que celle de ne jamais connaître sa famille, d'être une éternelle pupille de la nation, lié à elle pour l'éternité.

Vincent aurait adoré voyager avec nous, de promesses en promesses. Faire, comme nous, au moins trois fois le tour du monde en rêve.

Mona se rappelle le sourire sur le visage de Vincent quand elle lui racontait son enfance à leurs débuts. Il aimait qu'elle lui peigne ce tableau de famille si insolite. Les folies de Jeannot, les délires des soirs de gain où son père lui promettait des voyages, des cadeaux, où il la faisait danser en chemise de nuit à l'heure où les petites filles sont couchées. Et puis les redescentes. Les voyages au bout desquels ils n'allaient jamais une fois les gains reperdus.

« Ce qui reste de l'enfance, ce n'est pas ce qu'on a vécu. C'est ce qu'on a dans la tête, non ? lui disait-il. Ce que je me rappelle du foyer, lui confiait-il, ce sont mes rêves, mes fantasmes de famille retrouvée, les désirs de mes huit ans, peut-être neuf, quand je regardais derrière les fenêtres ceux qui formaient une famille, se retrouvaient le soir pour dîner. Je les imaginais, à Noël, décorant leur sapin, ou l'été, pendant les préparatifs, juste avant de partir avec des galeries sur les toits, des voitures pleines à craquer, serrés comme des sardines à l'arrière. »

Oui, ce qu'on se rappelle de l'enfance, au-delà des moments qu'on a vécus, c'est plutôt les rêves d'enfance, convenaient-ils. C'est cela qui nous reste tandis qu'on devient des adultes. Ces souvenirs de nos solitudes intérieures.

— Allez, on va se coucher, ma chérie, conclut Mona en s'adressant à Léa.

— Et moi je pourrai partir avec Papi, alors ? demande Hugo avant que la négociation ne prenne fin.

— On verra, mon chéri, répond Mona pour fermer le débat. Suis-moi. On va se coucher.

— Tu dis toujours « on verra », répond Hugo un peu fâché.

— Ils sont idiots ces gamins quand même. « Ta mamie est morte ! » Mais où est-elle allée chercher ça, cette petite, s'insurge Floriane.

— Je vous ressers un peu de vin ? propose Vincent à Floriane. Il est pas mal ce petit chianti ? N'est-ce pas, Jeannot ?

11.

— Merci beaucoup, ma chérie, je ne suis vraiment pas dans une tenue présentable pour sortir dans la rue, se justifie Étoile.

— Allez viens, Gammarth, on y va, ordonne Mona au chien. Mamie, je te le renvoie dans l'escalier au retour. Je n'aurai pas le temps de remonter ; je suis déjà un peu en retard au travail !

— Prends un petit biscuit pour lui, Mona. Ça peut servir s'il fait le fou.

Mona dévale les marches, menée par le gros chien qui finit par tirer sur la laisse, qu'elle lâche. Gammarth devance maintenant Mona et l'attend devant la porte d'entrée de l'immeuble. Elle rattrape la laisse. Le chien lui saute dessus. Elle est sur le point de basculer avec ses chaussures à talons, parvient finalement à ouvrir la porte et se retrouve propulsée brutalement dans la rue. Le chien fonce avec énergie en direction d'un autre animal.

Sur le trottoir, un gros chat immobile tenu en laisse regarde avec dignité le chien fou s'agiter. La queue du félin se déplie et forme une vague de poils hérissés. Gammarth s'agite autour du chat. Ce dernier reste impassible.

— Désolée, il est inoffensif, s'excuse Mona.

Au bout de la corde improvisée en guise de laisse attachée au cou du chat, Mona reconnaît l'Italien au joli tatouage de la boulangerie. Ce matin, un long manteau recouvre ses bras. Il porte un bonnet. Ses bras semblent enveloppants, pense furtivement Mona. Ils donnent envie de s'emboîter dedans, de caler sa tête dans le creux de ses aisselles et de se laisser caresser les cheveux.

— Ah, bonjour !

— Bonjour. Mona, c'est ça ?

— C'est votre chat ? C'est marrant. C'est rare de voir des chats tenus en laisse.

— Sonate n'aime plus trop bouger. C'est une mémère qui aime bien rester dans son panier. Alors je la sors avec une laisse pour qu'elle marche un peu.

— Sonate, c'est joli !

— Comment s'appelle le vôtre ?

— Ce n'est pas le mien. Gammarth, c'est le chien de mes grands-parents. Ils habitent juste ici. C'est un bulldozer. Il faut s'accrocher pour le tenir. Il est infatigable.

— Je connais pas cette race. Vous dites « un bulldozer ? » reprend l'Italien avec son accent saccadé.

— Non, c'est une expression. « Bulldozer », c'est, vous savez, ce gros engin qui casse tout sur les chantiers. Vous êtes de quelle ville d'Italie ?

— Florence ! Oui, je ne connaissais pas ce mot, désolé.

— C'est marrant au contraire, répond Mona, regardant le chat pour ne pas croiser le regard de l'Italien.

— Vous pouvez vous approcher de Sonate, ajoute-t-il. Elle ne bougera pas. Elle est douce et tranquille. Comme la sonate au clair de lune. Vous pouvez la caresser, si elle vous aime bien, elle se frottera contre vous.

Mona ordonne à Gammarth de s'asseoir et de ne pas bouger.

Le chien tourne autour d'elle avec excitation et la bouscule, lui faisant perdre l'équilibre.

Elle sort un biscuit de sa poche.

— Assieds-toi, Gammarth. Pas bouger. Tu veux le biscuit ? Assieds-toi.

Gammarth s'assoit aussitôt. Mona se baisse à sa hauteur et coupe le biscuit en deux. Elle lui en donne une moitié. Elle est proche du chat et le caresse maintenant. Sonate vient se frotter contre elle. L'illusion d'optique rendue par les poils de sa queue qui ondule comme un ruban de gymnaste hypnotise Gammarth qui ne bouge plus.

— On dirait qu'elle vous aime bien. Elle a un bon feeling, Sonate.

Mona profite d'être accroupie pour ne pas lever les yeux. Elle cherche à éviter Lucas qu'elle ne saurait pas comment regarder. Lucas s'accroupit lui aussi, et se laisse embêter par Gammarth.

— Tu veux prendre un café ?

Mona est perturbée par ce tutoiement. Sous ses yeux, les sneakers de Lucas. Tout est choisi avec goût chez lui. L'ajustement de son jean, sa longueur parfaite, la simplicité de son style, la propreté de sa peau. Ses mains sont belles. Une cigarette au bout de ses doigts. Tout chez lui impressionne Mona. Trop de masculin. Une virilité qui la fait complètement vaciller. Quelque chose de socialement hors de son champ des possibles. Quelqu'un de trop dans son époque et ses codes. Dans les canons de beauté. Le genre de garçon dédié à des filles beaucoup plus en harmonie avec les critères de beauté de notre époque.

— C'est gentil, mais je dois partir travailler. Il faut que je rende Gammarth à mes grands-parents et que je file. En tout cas, c'est bien la première fois que Gammarth et moi on sympathise avec des chats, dit-elle joyeusement pour prendre le dessus sur la conversation et feindre d'être à l'aise.

— Elle est formidable. C'est une mélomane. Elle est sensible à la musique.

— Ah oui, et elle aime quel genre de musique ?

— Elle aime un peu tout, comme moi. C'est un bon repère musical, Sonate. Une espèce de baromètre à tubes. Elle m'aide un peu.

— Vous, heu, tu es musicien ?

— En quelque sorte. Je suis DJ.

— Super. Et quel genre de musique vous aimez ?

— Un peu de tout. J'aime les mélanges, des genres, des époques. Le classique, le rock, l'électro, le jazz…

— Moi j'aime le jazz.

— C'est la base, le jazz. Ça pourrait te plaire, alors. Viens m'écouter un soir ! En ce moment je mixe les mardis à la Madeleine.

— Pourquoi pas, oui. Je dois filer au travail là.

— J'habite ici, dit-il, désignant son immeuble en face de celui d'Étoile et Félix. Si tes grands-parents ont besoin d'un voisin pour sortir leur chien, je peux le faire. N'hésite pas.

— C'est sympa. Merci. Eux ils sont ici, au 49.

— Et moi au 38. Au cinquième.

— Merci pour la proposition. Bonne journée, lance Mona en partant.

— Lucas.

— Bonne journée Lucas.

— Salut Mona, à bientôt.

Mona repart avec Gammarth. Elle aimerait se retourner. Regarder Lucas en plan large, mais se contient. Elle marche maintenant avec difficulté, ne parvenant plus à être naturelle, supposant que Lucas la regarde partir sur ses petits talons qu'elle trouve désuets à présent. Elle se sent si décalée. Si engoncée dans une famille, des habitudes, un ex-mari, un langage coincé, des codes vestimentaires. Elle ouvre la porte, s'engouffre dans le hall de l'immeuble précédée par un Gammarth content de rentrer chez lui et sonne à l'interphone.

— Je te l'envoie, Mamie ! Bonne journée.

— Bonne journée ma chérie. Et merci.

Mona ressort de l'immeuble, balaie le trottoir du regard avec un naturel feint et dissimule sa déception de ne pas apercevoir Lucas. Elle jette un œil au trottoir d'en face. Découvre le numéro 38 et relève la tête pour prêter attention à cet immeuble qu'elle n'avait jamais vraiment regardé. Perdue dans son observation, elle est surprise par Raphaëlle qui l'interpelle.

— Salut Mona ! Tu cherches quelque chose ?

— Ah salut Raphaëlle. Tu viens voir Papi et Mamie ?

Raphaëlle se décale légèrement pour découvrir son amie qu'elle tient fièrement par la taille et qu'elle présente à sa tante.

— Je te présente Léo, dit-elle en regardant son amie avec complicité avant de sourire à Mona, fière de sa conquête.

Raphaëlle est pleine d'assurance, se dit Mona. Une audace qui la colle au mur. Elle, qui était une enfant hier encore, affiche une manière d'aimer entreprenante qui me renvoie à mon impotence, pense Mona. Je me sens toute petite. Où est mon audace ? Pourquoi n'ai-je pas cette force d'assumer tout naturellement. Je m'excuse de tout. Raphaëlle aime une fille. Elles sont deux filles qui s'aiment au grand jour. Elle assume. Elle respire la liberté, l'envie de dévorer le monde, quand moi je m'excuse de le fouler de la pointe des pieds. Mona se sent si petite et si faible d'avoir rougi quand elle regardait l'immeuble où vit Lucas, d'avoir écourté leur entrevue, de s'être dérobée à cette invitation à boire un café. Pourquoi me désengager toujours devant tout regard, toute aventure ?

— Bonjour Léo, répond-elle. Ravie. Mona.

— On va voir les dessins de Mamie ! Même si elle ne sait pas que c'est pour moi.

— Ils sont chouettes, il paraît.

Au moment même où elle prononce ce mot, Mona se reproche son vocabulaire désuet. Pourquoi je dis « chouette » ? Je dis toujours « chouette ! » Pas possible de parler comme ça ! Je m'exaspère moi-même. Suis-je vieille avant l'âge. « Vieille », ça ne veut rien dire. Enfin, si. Beaucoup de choses. J'aimerais avoir vingt ans et la bêtise de me trouver géniale comme Raphaëlle. Assumer de dire des mots actuels plutôt que de me mettre en retrait.

— Vous me faites marrer avec cette histoire, reprend Mona, dissimulant parfaitement l'émotion qui la traverse.

— C'est Papa qui lui a demandé ça. Ça l'amuse beaucoup. Il dit que c'est une petite arnaque sans gravité qui fait du bien à tout le monde. À Mamie qui se remet à peindre beaucoup. À moi pour mon bac.

— Dans tous les cas, tu l'auras ton bac, lui répond Mona avec une bienveillance neutre, donnant d'elle-même à la conversation le maximum de ce qu'elle peut, enfermée dans ses questionnements.

— Je sais bien, c'est une formalité. C'est pas comme à votre époque. De toute façon le bac je m'en fiche un peu, l'année prochaine, on part en Australie avec Léo. On a trouvé une ferme qui nous engage pour l'année.

— Ah super, répond Mona. Je dois filer au travail. Bonne journée les filles. On se voit à Noël, Raphaëlle.

Mona rejoint sa voiture, trottant sur ses petits talons. Comme une petite femme ridicule, se dit-elle, une femme qui s'impose des codes de féminité que la nouvelle génération a balancés depuis un moment. Baskets, tatouage, piercing. On aime qui on veut. On s'habille comme on veut. On choisit la vie, le ou les métiers qu'on a envie.

Cette jeunesse a tout compris. Pas trop d'attaches. Pas de chemin tracé. Un goût pour l'aventure. J'aimerais être comme Raphaëlle, mais cela me semble impossible. Trop loin, trop libre.

Raphaëlle est un peu comme Lucas. Musiques, voyages sans doute, pas d'attaches, pas d'heures, pas trop de famille. Et moi qui respire au rythme de cette cellule familiale étouffante.

C'est peut-être cela aussi qui me fait peur dans le regard de Lucas et l'aventure qu'il propose. Non, il ne me propose rien. Enfin si, un café. J'aurais dû y aller.

Une aventure. Une aventure libre. Libre avec les codes, libre avec son corps, libre avec le monde qu'on arpente.

Penser à balancer les talons, à retrouver une démarche libre. En même temps, c'est peut-être ce qui a plu à Lucas. Mes talons, ma désuétude de « fifille à ses grands-parents » qui promène leur chien. Et alors ? Si je voulais m'affranchir, il ne faudrait surtout pas que je commence à refuser de changer juste pour continuer à plaire à quelqu'un, surtout à un garçon que je ne connais même pas.

Suis-je capable de m'assumer sans me soucier du regard des autres ? Comme Raphaëlle.

Penser à s'inspirer de Raphaëlle. Et peut-être faire du tri dans ma garde-robe.

12.

Le temps est gris. Novembre et ses fins de journée qui donnent mal au ventre. Les lumières de la guirlande extérieure du café d'en face se reflètent sur la vitre mouillée. Les cris d'enfants qui jouent dans le square transforment les gouttes d'eau en pleurs. Mona est allongée sur la méridienne de Madame Savonet, protégée par une mince couverture. Toujours la même cheminée et les souvenirs des novembres de l'enfance étalés dessus.

— Que se passe-t-il au travail, Mona ?

— De toute façon il faut que je le quitte, ce boulot.

— Pas d'évitement Mona. Quel est le problème avec le travail ?

— On me demande de gérer une bande de quarante enfants pour une journée accrobranche. Ils me confient ça à moi !

— C'est une bonne opportunité pour tenter d'appliquer notre travail.

— C'est un énorme risque de disjoncter, de switcher dans l'inconscience et de mettre en danger quarante gosses, plutôt.

— Vous allez y arriver, répond Madame Savonet, rassurante.

— Gérer quarante gamins, je n'y arriverai jamais. Si je tombe dans le trou et que je deviens inconsciente, que je laisse tous les enfants livrés à eux-mêmes dans une forêt, qu'est-ce qu'on fait ?

— En effet, il faut l'envisager, répond calmement Madame Savonet.

— Ça pourrait être grave, très grave. Il faut que je trouve une excuse pour me débarrasser de cette responsabilité.

— Il pourrait en effet y avoir des conséquences si vous aviez un ictus amnésique, reconnaît Madame Savonet.

— Je pourrais en perdre ou en tuer un et finir en prison.

— C'est possible, exprime calmement Madame Savonet. Mais c'est peu probable, ajoute-t-elle après un silence volontaire.

— Ça reste possible.

— Ça le sera moins quand on aura travaillé sur ce qui vous attend.

— Vous prenez une sacrée responsabilité en tant que psy de me dire ça. Il y a quarante gamins en jeu. Et s'il se passe quelque chose ?

— On va travailler sous hypnose et on va préparer ça. Ensuite, vous allez demander à prendre une assistante. Elle ne vous quittera pas de la journée. En cas de problème, il y aura quelqu'un auprès des enfants. Cela vous convient ?

— Bonne idée.

— Allez, on commence. Il s'est passé beaucoup de choses cette semaine et on va mettre de l'ordre dans tout ça. Couvrez-vous bien jusqu'au bout des pieds pour être à l'aise… Détendez-vous. Relâchez vos muscles. Vos avant-bras, soufflez, relâchez votre poitrine. Soufflez fort, videz-la de son air. Détendez vos mâchoires. Vous allez commencer à sentir que la détente est quelque chose d'agréable.

Respirez et videz votre esprit. Vous ne pensez plus à rien d'autre qu'à ressentir cette détente.

Il faut que je me détende pour de vrai, se dit Mona, se débattant avec les pensées qui arrivent. J'ai mal au ventre. Un mal de ventre de novembre. Sur les tesselles de la cheminée de Madame Savonet, les souvenirs des soirées tristes de la maison avec Maman quand Papa n'était pas là. Je ressens fort dans mon plexus que Maman ne m'aimait pas. Son manque de chaleur. Je peux le dire à Madame Savonet ? Non, puisqu'elle m'a demandé de ne penser à rien. J'essaie de chasser cette pensée.

Maman ne m'aimait pas ? Ce n'est pas possible. Tout le monde aime ses enfants. Je n'aurais pas pu ne pas aimer Hugo et Léa, quels qu'ils soient. Quels qu'ils fussent. Imparfait du subjonctif. Savonet m'a demandé de ne penser à rien. Je suis sur le Bescherelle, putain. Sortir ces pensées. Est-ce que c'est elle qui ne m'a pas aimée ou moi qui ai ressenti qu'elle ne m'aimait pas. Ou les deux. Dans les deux cas, je suis certaine que c'est à l'origine de mes peurs. Il faut dire à Madame Savonet de creuser là. Tout le monde a besoin d'être rassuré par ses parents. Elle ne m'a pas rassurée. Je sais que Papa pense que c'est de sa faute à lui. Qu'il m'a mise dans la précarité, mais ce n'est pas ça. Ça, ça ne m'a rien fait. Même pas mal au plexus quand j'y pense. Alors qu'elle oui, elle me fait mal quand je pense à elle. Ou plutôt à l'absence d'elle. Mal latent, douleur de second plan, impalpable, pas franche, comme un temps de novembre. Peut-être qu'on ne se remet jamais d'un problème d'amour maternel. À mon avis, l'amour maternel, c'est la condition pour aller bien. Sans ça, on n'est jamais rassuré dans la vie. On n'a pas de sécurité intérieure.

— Vos cuisses se relâchent, continue la voix de Madame Savonet. Vos mollets, vos chevilles, vos doigts de pieds, vos jambes sont maintenant lourdes et autonomes. Votre cou est lâche et votre tête est détendue. Respirez.

J'y suis pas du tout. Je suis ailleurs. Je ne sais pas comment je vais rattraper la détente, là. Je ne serai jamais en hypnose avec toutes ces pensées.

Allez, Mona, fais un petit effort, on se détend. Il faut penser à des choses qui font du bien si je veux que Savonet y arrive. Enfin si je veux y arriver.

Je vais penser à Papa. Papa et sa sincérité. Ses bras. Ses yeux menteurs sur les résultats des jeux mais jamais sur l'amour. Papa je t'aime. Je ne te le dis pas assez. La prochaine fois qu'on se verra, je m'arrangerai pour te faire un câlin. Ça me ferait si plaisir.

Oui Papa, je t'aime. Tu n'as jamais joué un jeu avec moi. Tu es si pur, si enfant.

C'est peut-être pour cela que tu n'as pas vu que Maman n'était pas aimante au fond d'elle avec moi. Enfin, je pense que tu ne l'as pas vu. Je crois que pour elle, je représente juste « l'enfant », l'accouchement, la peur du ventre flétri. Ça doit être ça.

Le pire, c'est que si je lui parlais, si je lui disais « Maman, pourquoi tu n'as pas été là pour moi avec ton cœur, pourquoi tu ne m'as pas aimée vraiment », elle me dirait « mais tu n'as manqué de rien ; ton père et moi on a toujours été là pour toi. On t'a tout donné. Bien sûr qu'on t'aime, puisque tu es notre fille ».

— Concentrez-vous sur votre respiration, Mona, poursuit la voix, et sentez, à chaque expiration, comme il est agréable pour vous d'être dans cet état de relâchement. Prenez le temps de savourer ce fluide de détente qui vous envahit. Rejetez les pensées qui arrivent et concentrez-vous sur votre respiration. Je vais vous poser des questions maintenant, Mona, et vous lèverez le doigt pour me répondre quand vous serez d'accord avec ce que je dis. Êtes-vous parfaitement détendue maintenant, Mona ?

Mona se concentre sur sa respiration. Il faut détendre ma mâchoire. Mais oui, c'est ça. C'est ce qu'il faut faire. Relâcher la bouche, desserrer les dents. Ça y est, ça vient, la respiration se cale. L'image de Lucas passe un court instant. Son cerisier japonais sur le bras. Ses doigts tenant sa cigarette. Et ce sourire charmant. Il était légèrement de travers, je crois, se cachant dans une moitié de mâchoire. Lucas. Le revoir bientôt.

Mona laisse passer le va-et-vient de sa respiration et se concentre sur ce fluide. Elle essaye de ne pas se mettre la pression avec la question de Madame Savonet. Elle lèvera le doigt plus tard, quand elle sera parfaitement détendue. Rester concentrée sur ce souffle qui traverse le corps. Des fourmis agréables dans les membres et une espèce d'enveloppe qui se dessine autour du corps de Mona. Un peu comme dans E.T. quand l'extraterrestre est enveloppé d'une espèce de couverture magnétique et remonte vers le ciel en lévitation. E.T., mon ami imaginaire quand j'étais petite. E.T. me donne la main à présent. Je me sens en lévitation. Je pars. E.T., faut qu'on lève le doigt. Mais tout doucement, pour ne pas briser cette enveloppe de chaleur, cette couche de nuage, cette bulle d'engourdissement agréable qui nous entoure tous les deux. Allez E.T., on lève son doigt.

— Bien, nous allons pouvoir commencer. Nous allons maintenant pénétrer dans une peinture mentale que vous allez visualiser. Nous sommes dans une forêt. Elle est balisée, délimitée. Au milieu, un joli rayon de soleil éclaire une zone. À côté, des jeux pour enfants. Des arbres majestueux et protecteurs. Entre certains, un parcours rêvé pour l'enfant que vous étiez. Des escaliers qui relient les arbres, des cordes pour y grimper en toute liberté. Vous visualisez cet endroit merveilleux, Mona. Si vous le visualisez, levez le doigt.

13.

Dans la queue de la boulangerie, Mona se retourne discrètement. Elle ne peut s'empêcher de regarder les nouveaux arrivants. Pas de Lucas. Elle achète sa baguette sans sel, apporte sa viennoise à Napoléon et emprunte le chemin qui mène au numéro 49 de la rue. Devant l'immeuble, elle regarde le 38, en face. Pas de Lucas non plus. Elle grimpe l'escalier et arrive devant la porte. Gammarth a déjà repéré son odeur et son pas pressé. Il aboie. Étoile ouvre la porte.

— Bonjour ma chérie, tu es toute belle ce matin. Tu as un rendez-vous important ?

— Pas vraiment, non. Rien de spécial, répond Mona.

Devant Étoile, Mona se sent soudain un peu ridicule de s'être apprêtée différemment en imaginant qu'elle croiserait peut-être de nouveau Lucas. Ses cheveux libérés, sa mèche placée sur son front, comme une frange à moitié assumée, les bijoux inhabituels qu'elle a enfilés pour se donner de la consistance ; sentiment d'être une enfant qui aurait dérobé les affaires de sa maman. Les femmes qui ont des mères normales assument-elles différemment que moi leurs corps et leur féminité ? se demande-t-elle.

— Ah tu sais, Mamie, je ne t'ai pas raconté, enchaîne Mona. Papa et maman sont passés à la maison l'autre soir. C'était la semaine de Vincent. Ils ont débarqué pensant que j'étais avec les enfants. Vincent les a invités à dîner. Du coup je les ai rejoints.

— Vous êtes si originaux avec ces histoires de semaines, répond gaiement Étoile. C'est si créatif et intelligent de ne pas faire déménager vos enfants chaque semaine.

— Enfin le problème c'est qu'on ne se sent pas vraiment divorcés. On garde une espèce d'intimité commune, se désole Mona, venant de mettre les mots sur une situation qu'elle n'avait pas clairement identifiée.

L'intimité, c'est sans doute cela qui lui est volé. Cette chose que l'on doit cultiver pour être bien avec soi-même et qui est sans cesse entravée par Vincent. Par sa mère aussi quand elle s'impose à dîner, quand elle occupe toute la place, jusque dans le miroir de la salle de bains. Et quand elle détaille sa sexualité qu'elle évoque sans pudeur, n'en parlons pas.

— Tu seras toujours proche de Vincent. Ce garçon est ton ange gardien, ajoute Étoile avec bienveillance.

— Mon ange ou mon gardien ? répond Mona pour qui ces mots résonnent comme une révélation. Ai-je vraiment besoin d'un gardien ?

— Toi seule peux le savoir, lui renvoie Étoile, la laissant à sa délibération intime comme elle sait inviter les gens à la réflexion.

— Papa avait gagné l'autre soir, reprend Mona.

— Jusqu'à la prochaine, se désole Étoile. J'avais dit à ta mère : « Pas de vice d'alcool ni de jeu ». Résultat, elle a épousé un joueur ! Il ne faut rien interdire à ses enfants dans la vie.

La cafetière italienne sonne sa sirène. Félix arrive, le dictaphone dans les mains.

— Bonjour ma chérie.

— Bonjour Papi.

— Mona, je ne sais pas pourquoi tu as donné cette machine à ton grand-père. Il ne la quitte plus, se lamente Étoile. Il parle tout seul en permanence maintenant.

— Mais c'est génial, Papi, tu aimes ?

— Pas vraiment, esquive Félix, pris au dépourvu. Ça ne marche pas très bien. Tu as pris ton café ?

— Comment ça, ça ne marche pas ? Donne-moi la cassette pour que j'écoute.

— Mais non, en fait je croyais avoir tout enregistré et j'ai effacé en faisant une mauvaise manipulation. Il n'y a rien dessus, dit-il enfin pour clôturer la discussion.

— Bon, on reprend le travail, enchaîne Mona. J'ai rendez-vous à onze heures avec ma nouvelle assistante au bureau. Il ne faut pas que je sois en retard.

— Une assistante ? C'est bon signe, ça, dit Félix. Tu prends du galon !

— Pas vraiment. Bon on s'y met, Papi ?

— Allez-y, comme ça la petite ne perd pas de temps. Je vous apporte le café, propose Étoile.

Mona s'installe à la table de la salle à manger et ouvre son ordinateur.

— On en était restés à quand tu as rencontré Mamie. Je lis, poursuit-elle :

« Je semblais l'effrayer, aussi je n'osais pas l'approcher. Tant de monde était le témoin indirect de cette future nuit de noces, car après tout, c'était quoi le mariage à notre époque, sinon la promesse d'une nuit de noces. Ma seule préoccupation était de ne pas décevoir cette jeune fille qui portait encore des socquettes lorsque je l'avais vue dix-huit mois plus tôt pour la première fois. Elle qui rêvait de peindre, je ne pouvais pas la faire entrer de plain-pied dans une vie sans couleur auprès d'un mari de dix ans son aîné. »

— C'est bien ça « sans couleur » / « elle qui rêvait de peindre ». C'est bien trouvé, ma fille.

Mona poursuit : « Je décidai donc de ne pas consommer notre union. Je m'allongeai auprès d'elle, lui pris la main et la baisai, lui assurant que… »

— Baisai la main tu veux dire, l'interrompt Félix

— Oui.

— Précise, alors ! Ce n'est pas clair, corrige Félix. La baisai, ça peut porter à confusion.

— Oui, mais ça fait une répétition si tu mets « Je m'allongeai auprès d'elle, lui pris la main et lui baisai la main », se défend Mona.

— C'est vrai.

— Attends, on va mettre « Et baisai ses doigts délicats », c'est mieux comme ça ?

— C'est mieux, oui, dit Félix, rassuré.

— « Lui assurant que je n'étais pas un homme facile et que ce serait à elle de faire le quart d'heure américain quand l'envie lui viendrait. »

— Le quart d'heure américain, vous dites encore ça aujourd'hui ? questionne Félix.

— Pas vraiment tu sais. Aujourd'hui la danse, les boums, les slows… on se drague avec Tinder, tu sais bien, et tous ces sites.

— Tinder, c'est quoi ça ?

— Tinder, tu n'en as jamais entendu parler ? Il y a aussi Meetic.

— Non.

— C'est un des sites pour rencontrer quelqu'un. Il y en a plein, explique Mona.

— Tu es inscrite, toi ?

— Non, je n'aime pas ça.

— Pourquoi, insiste Félix ? Comment ça marche ? Raconte-moi.

— On s'inscrit, des garçons aussi. On s'écrit et après on se rencontre.

— Qui écrit ? Comment font les garçons pour draguer sur le site ? demande Félix, curieux.

— Les filles et les garçons font indifféremment le premier pas, explique Mona.

— Mais c'est génial, s'enthousiasme Félix.

— Quelqu'un te plaît, tu le choisis. Si l'un a envie de coucher, c'est clair entre les deux.

— Tu veux dire que les filles aussi sont d'accord pour coucher, maintenant ? demande Félix à voix basse.

— Ben oui, répond Mona, amusée.

— Mais à quoi ça leur sert ces sites, à elles ? C'est facile pour les filles. C'est pour les garçons que c'est difficile ! Et puis de mon temps, les filles n'étaient jamais d'accord.

— Tu sais, tout le monde a envie de sexe. Pas plus les garçons que les filles. Tout le monde le sait aujourd'hui.

— C'est dingue comme ça a changé ! Les filles, elles ne voulaient jamais ! réagit Félix.

— C'est juste qu'avant elles ne le disaient pas.

— Si on avait su à l'époque ! s'exclame à voix haute Félix.

Mona s'amuse de la réaction de Félix. Elle rit et ajoute : « Il y a même des garçons qui disent non, tu sais, Papi ».

— Tu plaisantes ?

— Pas du tout. Ils ne te likent pas.

— C'est-à-dire ?

— C'est simple, quand une fille ou un garçon est intéressé par l'autre, il ou elle met un cœur sur la photo de l'autre sur l'application, sur le site si tu préfères. Si l'autre ne te le rend pas, c'est qu'il n'est pas d'accord.

— Moi, j'aurais été tout le temps d'accord, lui assure Félix. Quand je pense à tout ce qu'on a dû faire à notre époque comme sérénades pour coucher. Si seulement on avait eu Tinder.

— C'était mieux, les sérénades, regrette Mona. J'aurais adoré.

— Mais c'est formidable, Mona, ce qui se passe ! Tout ça ! Votre époque !

— Je préférais la vôtre.

— Si j'avais ton âge, je m'amuserais comme un petit fou. Les possibilités que ça ouvre, l'internet ! Regarde Facebook et le groupe de la famille qui m'a permis de retrouver tous mes cousins de Tunisie ! C'est génial ça, non ! Je t'ai dit à ce propos qu'on allait faire une fête tous ensemble ? À Tunis ? Pour connaître tous les cousins.

— Oui, tu me l'as dit.

— Tu viendras, n'est-ce pas ?

— Bien sûr, Papi ! Bon je reprends, sinon je vais être en retard. « Et baisai ses doigts délicats. Point. »

— Et toi tu n'as pas d'histoires ? Depuis que tu n'es plus avec Vincent, je veux dire.

Mona fait non de la tête. Elle s'apprête à poursuivre. Félix la questionne :

— À cause de quoi ? Qu'est ce qui t'empêche d'en avoir ?

— Papi, on avance ? Je pars dans dix minutes.

— Dis-moi plutôt pourquoi tu ne rencontres pas quelqu'un ? insiste-t-il.

— Je ne sais pas. J'ai déjà du mal à m'en sortir avec ma vie, le travail, les enfants, les angoisses.

Mona repense à l'accrobranche. Le compte à rebours a commencé. C'est demain. Il va falloir être prête mentalement. Tout à l'heure le brief avec l'assistante, puis garder son calme. Rester maîtresse de la situation.

— Tout t'angoisse, Mona ! Il faut que ça change. Si j'avais ton âge, ce serait tellement excitant !

— Mais moi aussi, j'aimerais avoir ton âge. Ça voudrait dire que j'ai passé tout ça et que je suis toujours là !

— N'importe quoi ! C'est maintenant que c'est bien. Seul le présent compte ! Tu t'angoisses trop. Tout va bien se passer. Profite de l'instant présent. Ça passe trop vite, je te l'ai déjà dit.

— Je n'y arrive pas. Je m'inquiète pour tout et ça m'épuise.

Mona aperçoit soudain Lucas à la fenêtre d'en face. Il semble sorti sur son balcon pour récupérer Sonate. On voit qu'il a froid ; il n'est pas suffisamment couvert. Mona s'est retournée sur son siège et approchée de la fenêtre en faisant basculer sa chaise. Lucas la remarque. Il serre la chatte dans ses bras pour se réchauffer et lui fait un signe de la main. Mona le lui rend.

— À qui fais-tu ce signe ?

— Au voisin. Il est sympa, je l'ai rencontré dans le quartier, répond Mona. Il est marrant. Il tient son chat en laisse.

— Tu parles du DJ ? demande Félix en se levant et se dirigeant vers la fenêtre.

— Tu le connais ?

— Non mais je l'entends parfois, ou plutôt je le vois écouter. Le plus souvent, il a un casque sur les oreilles. L'été, tu le vois sur son piano et rien ne sort. Aucun son. Il danse dans le silence avec son casque sur la tête.

Félix a maintenant ouvert la fenêtre. Il fait froid. Il salue Lucas en agitant la main.

Mona, gênée, se place à côté de lui pour le saluer rapidement.

— Bonjour Mona, crie Lucas depuis le balcon d'en face. Bonjour Monsieur, ajoute-t-il, souriant avec sa lèvre de travers comme Mona l'avait remarqué l'autre fois.

— Salut Lucas, répond Mona en arborant un sourire gêné que son grand-père observe.

Félix incline son corps pour saluer le voisin.

— Mona, demain je joue à la Madeleine. Tu veux venir ?

— Merci Lucas, mais je ne peux pas demain soir, regrette Mona, se rappelant qu'elle récupère les enfants. J'ai déjà quelque chose. Une prochaine fois, crie-t-elle. Il fait froid. Il faut que je file, dit Mona à Félix, pressée maintenant.

Elle salue Lucas de la main comme un enfant qui vient d'apprendre à dire au revoir. Elle range son ordinateur et s'éclipse.

— Attends, Mona ! Et la fin du chapitre ! se lamente Félix.

— On se voit après-demain. Demain je ne pourrai pas, j'ai un gros truc au travail, répond Mona avec agitation.

— Je serai peut-être mort après-demain, répond Félix, définitif.

— Bien sûr que non. Sauf si tu gardes cette fenêtre grande ouverte. Il fait froid, lui lance-t-elle pour lui ordonner de fermer. Pense à t'enregistrer sur le dictaphone. Je suis sûre qu'il fonctionne très bien.

14.

Mona marche seule dans le givre parisien. D'abord d'un pas décidé, en direction de sa voiture, sa clef dans la main. Elle est tendue. Il fait si froid. Tous ses membres sont raides. Elle en prend conscience et les détend un à un. Comme chez Madame Savonet. Elle souffle, et ralentit le pas.

La réunion au bureau aujourd'hui avec Antoine n'a pas été une partie de plaisir. Il a fallu se justifier. Mona sent encore sur les traits de son visage la gêne de cette sensation de ridicule qui met un masque sur ses expressions. Elle a dû se montrer habile pour ne pas être démasquée. Ne pas laisser paraître qu'elle était en panique face à l'évènement qui se prépare. Antoine a consenti à ce qu'elle engage l'équipe de son choix, l'assistante pour la journée accrobranche. C'est déjà ça ! se dit-elle. Elle ne me quittera pas.

Si je défaille, elle récupèrera les enfants ! Bonne idée de Savonet. Elle est forte, quand même. Je dois être un boulet pour elle. Je n'aurais jamais accepté une patiente comme moi à sa place. Ça m'aurait tellement stressée de laisser partir une personne fragile avec quarante gosses, sachant qu'elle peut avoir une absence à tout moment et les laisser livrés à eux-mêmes. C'est une sacrée responsabilité. Elle avait l'air pourtant tellement sereine. Je me demande ce qu'elle pense au fond, quelle est sa vie, quels sont ses problèmes à elle. Est-ce que les psys n'ont aucun problème ?

Mona passe devant les grands magasins. Les parents invitent leurs enfants à admirer les vitrines de Noël. Ils semblent si paisibles, se dit-elle. Quand tout va bien, pensent-ils continuellement comme moi que quelque chose de tragique va survenir ? Quand un problème n'est pas encore là, pourquoi s'en soucier ? Pourquoi l'anticiper ? Mona passe devant les vitrines. Son regard est fixe. Elle lit mentalement les inscriptions et les prix dans les vitrines sans que son esprit prête attention à leur signification. Elle remplit son esprit de lettres et de mots dénués de sens pour laisser toute la place au vagabondage de ses pensées.

Noël. Vitrine. Sac à main. Chaussures. Laponie. Gants. Bonnet. Gant. Massage. Une heure. Sans rendez-vous. Salon de massage. Massage. Massage. Massage. À répéter plusieurs fois « massage », le mot perd son sens. Il devient un objet sonore. Une chose immatérielle. Massage. Cesser avec ces pensées. Se faire masser. Mona entre dans le boudoir qui invite à la détente. Mécaniquement et avec fluidité, elle demande un massage. Après un bref échange avec la femme asiatique qui l'accueille, elle est invitée à la suivre. Mona est rapidement installée dans un salon. Elle suit une seconde femme, se dirigeant vers une pièce étroite éclairée à la bougie. Restée seule dans la cabine, elle savoure la chaleur de l'endroit et regarde la flamme comme si elle était la source de cette température parfaite. Le froid parisien et son agression sont loin derrière Mona, de l'autre côté de la porte capitonnée. Loin aussi les discussions épuisantes, les justifications humiliantes, les occasions de se confronter à l'angoisse liée aux enfants. Mona souffle. Elle se déshabille lentement et s'allonge. Elle cale son visage dans la têtière douillette revêtue d'un pourtour ouaté.

La masseuse entre et referme délicatement la porte. Elle présente un flacon ouvert sous le nez de Mona qui est agréablement surprise par cet effluve. La femme asiatique l'exhorte à inspirer. Elle s'adresse à elle en prenant soin de chuchoter, en dessous de tout niveau de décibel qui pourrait la bousculer. Mona apprécie cette atmosphère acoustique. Elle est pleinement dans l'instant. Elle s'exécute, inspire profondément puis expire.

Des larmes coulent avec l'expiration. Mona les trouve douillettes elles aussi. Son corps tremblote maintenant sous les sanglots qu'elle tente de contenir en expirant. Elle expire encore, plus loin encore, pour évacuer les pleurs et retrouver le calme. Son corps tressaute pourtant.

La masseuse semble s'en accommoder. Son langage à elle, c'est l'expression du corps. Les pleurs, ça en fait partie. Après tout, il n'y a pas de honte à pleurer ici. Elle grimpe à présent sur la table et appuie son corps de tout son poids, les bras déployés en entier sur le dos de Mona. Elle l'invite à expirer encore et tente de canaliser ses tremblements en comprimant son dos puis son épaule.

Mona finit par relâcher ses bras sur les côtés de la table de massage.

Elle se vide de l'air qui la comprime. Son corps ne tremble plus à présent. Ses membres se délient un à un.

Mona ne pense plus. Enfin. Elle focalise son attention sur les mains qui soignent son corps et sur son ressenti. Dans un demi-sommeil proche des séances d'hypnose de chez Madame Savonet, elle repense au sourire de Lucas. La lèvre de l'Italien se place légèrement sur le côté quand il esquisse un sourire. C'est Gene Kelly qui sourit comme cela, non ? Dans une semi-conscience, Mona repense à Gene Kelly. Le Andy des *Demoiselles de Rochefort*. Se rappeler de vérifier la prochaine fois si Lucas sourit vraiment comme lui. Et revoir son tatouage. Cette branche de cerisier si délicate. Mona imagine qu'elle touche les boutons de fleurs. Tout est si doux. Ils se mélangent à la peau de Lucas gonflée de ces veines gorgées d'énergie, de force, de santé. Elle imagine le corps nu de Lucas. Il est dessiné comme une statue antique. Avec toute la finesse et la force d'un Éros. À l'image de ce bras qu'elle trouve parfaitement galbé. Mona s'assied sur la branche de cerisier. Un bouton de fleur s'est ouvert pour lui offrir un coussin sur lequel elle se pose, en équilibre. Elle est maintenant une toute petite chose assise sur la branche, ses jambes libres se balançant dans le vide au milieu d'une vaste pelouse qu'elle surplombe.

Dans les abîmes du plongeoir vers le sommeil qui l'attend, les premières notes de cet air de Michel Legrand qui démarrent. Le sourire en travers. La bouche de Gene Kelly. Mona tente de se rappeler avec exactitude les paroles de la chanson d'Andy. Sol la fa sol si la la sol. « Mais à qui est cet air formidable ? Sol la fa sol fa. Non ce n'est pas ça. Sol la fa sol la mi sol fa mi fa do fa. Oui c'est ça… Adolescent je rêvais de conquérir le monde. Je n'étais amoureux que de croches ou de rondes. Combien de fois le corps d'un piano m'a ravi. Pour un fortissimo j'aurais donné ma vie. »

Des mains dans ses cheveux. Son corps qui s'allonge, s'étire à loisir, sort des limites de sa matérialité. Mona est en veille sur la fluidité des doigts. Elle guette l'instant d'avant le moment où cela s'arrêtera. Elle donnerait tout l'or du monde pour que ces doigts continuent de faire sortir son corps de ses limites sensorielles. Tout ce qui peut attendre, elle le remettrait à demain. Ne peut-on pas se faire masser toute une vie ? Elle pourrait demander un crédit à la banque et utiliser cette somme pour se consacrer à cela. Qui le lui interdirait ?

Mona oscille entre rêves et conscience. L'abandon est précieux. Savourer, ne surtout pas recommencer à penser. Se concentrer sur le ressenti de mon corps récipiendaire des allées et venues de ces mains. Souffler, et souffler encore en me nourrissant de ces expirations naturelles, se dit-elle. C'est comme un orgasme silencieux et continu dont le paroxysme est une neutralité, une remise à zéro, une virginité du corps apaisé, tranquille, enveloppé dans une serviette ouatée, et tenu à température parfaite par une couverture chauffante. Comme un fœtus dans une couveuse. Fœtus. Couveuse. L'évocation intérieure de ces deux mots font mal au plexus. Comme lors des séances d'hypnose quand quelque chose la gêne au niveau de la poitrine. En parler plus tard à Madame Savonet. Penser à autre chose, changer de mot, effacer le mot « fœtus » et garder cet état de détente. Repenser à Lucas et à la branche de cerisier. Relâcher les paupières. Détendre la mâchoire. S'endormir.

Un peu plus tard, dans une salle éclairée elle aussi à la bougie, Mona tente de poursuivre l'expiration et la détente. Elle se dit qu'elle s'offrira une bougie si le salon de massage en propose. Ce sera un bon moyen de poursuivre la relaxation. Dans l'immédiat, ne pas se réveiller trop vite. Conserver le visage relâché. Ne pas reprendre contact avec l'extérieur trop brutalement. Rester concentrée sur son corps, centrée sur elle-même, rassemblée.

Un petit bol de thé posé à son attention ravit les lèvres assoiffées de Mona, et la descente du liquide chaud dans son œsophage est comme la première gorgée d'une nouvelle vie. Croquer dans le quartier de mandarine disposé en fleur dans la petite assiette a un goût de première fois. S'abandonner pour découvrir le plaisir de se retrouver, voilà la source de la vie. Renaître comme un bébé qui reçoit son premier air, puis son premier liquide. Une expérience à renouveler.

Bébé. Fœtus. Mona se rappelle que le mot a provoqué un malaise un peu plus tôt dans cet état semi-conscient. Pourquoi ces mots me donnent mal au plexus ? Penser à en parler sérieusement avec Madame Savonet.

15.

La nuit est tombée. Mona a réussi à occuper la soirée. Les enfants sont avec Vincent ce soir et elle dort au studio. Une séance de cinéma en face de l'institut de massage pour commencer. Il est déjà 21 h 45. Elle est contente d'elle-même. Aller au cinéma seule, c'est un pas.

Mona a maintenant garé sa voiture devant l'appartement. Elle entre dans l'immeuble. Les bruits prennent toujours plus de place quand on est seul. S'y habituer. Ne pas craindre les sons que l'on génère. Le bruit qu'on fait soi-même. Cela fait bien longtemps que j'aurais dû expérimenter cela, se dit Mona. Je suis sur la bonne voie. Je vais m'habituer. C'est essentiel si je veux être libre de mes choix. Sortie de l'ascenseur devant la porte du studio, le mot fœtus est revenu à son esprit. Sensation de mal-être au niveau du plexus. Fœtus, plexus. Pourquoi ces mots continuent de résonner en elle. La perspective de la soirée qui n'est pas terminée est légèrement angoissante. Je pourrais aussi débarquer chez Papi et Mamie, ils me prépareraient un bon dîner. Je commence à avoir faim et il n'y a sans doute rien à manger ici. Je pourrais même dormir dans leur salon après avoir regardé un vieux film avec eux.

Hors de question ! se dit-elle. Je dois affronter la solitude. Si je veux une nouvelle vie, sans Vincent, il faut être capable d'encaisser ces soirées d'hiver seule face à moi-même. Penser à Raphaëlle et à son indépendance. Après tout, qu'est-ce qui m'interdit de prendre pour modèle une gamine de dix-huit ans ? Pourquoi les aînés ne pourraient-ils pas apprendre des jeunes. Penser à passer une soirée avec Raphaëlle pour apprendre d'elle.

Mona tourne la clef dans la porte. La pièce mansardée est silencieuse. Chacun de ses pas fait à nouveau trop de bruit dans ce studio inhabité. Un lieu qui n'appartient ni à elle ni à Vincent, puisqu'il est leur studio à tous les deux en alternance.

Au fond de la pièce, un lit posé, sans âme. Un lit qui prend toute la place comme si on devait ne faire que dormir ici. Comme si on ne devait pas avoir de vie quand on n'était pas avec les enfants. Quelle erreur, réalise Mona.

À gauche de la pièce, dans la kitchenette, peu d'ustensiles. Tout est désincarné. Seuls les restes de la soirée de Vincent sont là. Un paquet de chips, un magazine feuilleté et la télécommande du téléviseur jetée sur le canapé.

Dans la salle de bains, Vincent a pris la peine de ranger ses affaires. Chacun un côté du plan de travail, on jette sa serviette de bain dans le panier à linge sale quand on quitte les lieux, pour laisser le porte-serviettes à disposition du parent suivant. Une organisation qui a été évoquée au début de la mise en place du système de garde et que chacun s'efforce de respecter. Pour la paix des ménages, l'indépendance de chacun. Mais un panier à linge sale commun, c'est l'erreur ! Chacun ne devrait-il pas laver son linge sale chez lui ? C'est symbolique. Penser à changer cette règle.

Dans le salon, un répondeur téléphonique clignote sur la table basse. L'outil est désuet mais pratique. C'était l'idée de Vincent. Ce serait le lieu où l'on pourrait se laisser de longs messages dédiés exclusivement à des échanges au sujet des enfants, comme un carnet de correspondance pour parents divorcés. Pas de téléphone pour répondre. Juste un répondeur pour se laisser des messages.

Mona jette ses affaires sur le canapé et garde son manteau sur elle. Elle a eu si froid dehors. Quand vous êtes seul, personne ne vous demande pourquoi vous portez encore votre manteau alors que vous êtes en chaussettes dans l'appartement. C'est l'avantage. Mona sort de son sac la bougie achetée au salon de massage et la pose sur la table du salon. Elle l'allume et ressent à nouveau cette atmosphère de détente, comme si la bougie avait le pouvoir de réchauffer la pièce.

Elle enclenche le répondeur pour écouter le message qui fait clignoter la lumière et s'allonge sur le canapé, toujours vêtue de son manteau, les yeux au plafond, éclairée par la jolie lumière que diffuse la bougie odorante.

« Salut Mona.

J'espère que tu vas bien aujourd'hui. Je ne sais pas ce que tu fais ce soir. J'ai tenté de te joindre, mais ton téléphone était éteint. Tu étais peut-être au théâtre avec des amis ou au travail tout simplement. Je ne sais pas. Je suis au lit. J'avais envie de parler avec toi, mais je sais bien que ce n'est pas si simple. Alors je te parle ici. »

Mona est étonnée de la teneur du message. Il semble s'installer, comme dans une conversation. Elle retire son vêtement, s'installe bien confortablement dans le canapé et se recouvre avec son manteau.

« Les enfants ont dîné, poursuit le message. Ils ont passé une bonne journée. Je viens de coucher Léa. Ce soir, elle a choisi l'histoire de *Samira n'aime pas les gros mots*. Elle adore le moment où Samira jette les gros mots dans la poubelle. Ça la rassure. Moi aussi j'adore lui raconter des histoires, tu sais bien.

Ça me rappelle ma rencontre avec la lecture. Je ne sais pas si je t'ai déjà raconté ça. Je devais avoir six ans à l'époque. Je me rappelle, la classe préparatoire. C'est un souvenir ambivalent. J'avais mal au ventre tous les matins en quittant le foyer pour aller à l'école. Je ne me sentais à ma place nulle part.

Sauf quand venait mon tour de lire. La maîtresse commençait la lecture d'un texte et chacun lisait une phrase. « C'est à toi, Vincent, lis, nous t'écoutons. » Je décollais quand je lisais. C'était comme si je marchais sur les lignes. Comme un funambule. Sans jamais tomber. Lire d'un seul trait, sans cogner une seule virgule, et réussir l'arrivée sur la piste d'atterrissage au point final. Après, il fallait attendre que le tour de lire à voix haute revienne à moi. C'était long. Encaisser la journée, tant bien que mal. Vivre la solitude dans la cour. Le sentiment de différence. Tous ces enfants qui savaient que je n'étais pas comme eux.

"On va chez toi ? T'habites où ?"

"Non chez toi je préfère, on n'a pas le droit d'inviter des copains à goûter au Foyer."

J'ai toujours voulu que mes enfants puissent inviter des amis à goûter. Ici c'est chez eux. Pas comme moi qui n'avais pas mon papa ni ma maman, qui n'avais pas de maison. Quand on est un enfant du foyer, on reste différent toute la vie, je crois. »

Mona est touchée par les mots de Vincent mais lève les yeux au ciel. Cette rengaine l'étouffe. Combien de fois Vincent l'a-t-il rabâchée. Dès qu'ils se sont connus, il lui a dit qu'il reconnaissait sa famille en elle, en elle et en Étoile et Félix, puis en Stan et Pierre. Ils l'ont tous adopté, tous aimé. Mais peut-on vivre avec un frère ? Faire des enfants avec lui ? Bien sûr que non. Vincent, tu ne devrais pas ressasser ça, se dit-elle. C'est sûrement à cause de ce point-là que je ne peux plus être ta femme. Et puis à nos âges, peut-on autant revenir et revenir encore sur les blessures de l'enfance ? Bien sûr que oui, se ravise-t-elle. C'est exactement ce que je fais avec mes angoisses et Madame Savonet.

« Je te vois déjà dire que je rabâche, que je fais ma victime, mais ce n'est pas du tout ça. C'est juste que ça revient. J'y pense tout le temps. C'est difficile de vivre la séparation de notre famille quand je me suis donné tant de mal pour en avoir une, tu comprends ?

J'aurais tellement voulu que ça marche. On était à deux doigts d'y arriver. Je pensais même que je pouvais t'aider. À guérir. À en finir avec tes angoisses. Parfois je me dis qu'on n'a pas assez essayé. Qu'on aurait dû rester encore. Je m'en fiche que tu sois folle. Moi je t'ai toujours aimée comme ça. Je sais bien que tu ne veux plus, toi, et que ça ne sert à rien ce que je te dis. Mais j'ai besoin de te le dire. Ça concerne les enfants aussi, c'est pour ça que j'en parle sur le répondeur. On est leurs parents, après tout. Tu ne penses pas que… »

Mona a arrêté le message. Elle se lève à présent et se dirige vers la cuisine.

« Progresser, avancer. Ne pas retourner en arrière. Regarder droit. Allez, allez ! » se dit Mona en parlant fort pour occuper l'espace sonore du studio silencieux.

Elle ouvre le placard de la cuisine avec une énergie démesurée pour se motiver et ne pas céder à quelque morosité, visite le réfrigérateur et le referme aussitôt, constatant qu'elle n'y trouvera pas son repas. Elle se résout à mettre de l'eau à bouillir, choisit un thé et cherche quelques biscuits. Une fin de paquet d'amandes et une tablette de chocolat feront l'affaire pour ce dîner tardif. Un peu de musique pour la conversation. Mona ouvre son ordinateur et tape sur le moteur de recherche : cerisiers japonais histoire.

16.

Chez Félix et Étoile, le jasmin n'est pas encore en hivernage, mais il prend l'eau. La pluie qui le noie depuis des jours nécessite une vidange quotidienne. Félix sort sur le balcon pour vider le pot à la demande d'Étoile.

— Merci, crie Étoile depuis l'autre bout de l'appartement.

— Quel temps ! répond machinalement Félix.

Le vieil homme regarde la pluie. Ses beaux yeux bleus semblent être ailleurs. Ils regardent en l'air, convoquant des souvenirs lointains. Concentré, Félix met en marche son dictaphone :

« Vendredi 29 novembre.

Souvenir de Tunis.

Il ne pleuvait jamais à Tunis, à part quelques jours bénis.

Je me souviens d'une baignade à La Marsa.

Il faisait drôlement chaud et d'un coup la pluie s'est mise à tomber. Ça n'arrivait jamais. On était comme des fous. Pour nous les gosses, c'était magique !

Imagine, Mona, la pluie, pour nous, c'était comme un feu d'artifice ou je ne sais pas, moi, une éclipse ! C'est dingue quand on y repense !

Ah ! la nature, c'est magnifique, ma petite fille ! C'est comme ce jasmin. Tu sais, Mona, les arbres c'est sacré. Ils sont plus importants que nous, les arbres. Et oui, le jasmin d'Étoile, il peut encore être là de nombreuses années. On sera vieux et on sentira le pipi alors que lui, il sera plus fort, oui, plus fort que maintenant et il sentira toujours le jasmin.

Le temps passe. Tunis est loin de nous. On a laissé une partie de nos vies là-bas, cette sensation de chaleur sur la peau, cette vie avec le soleil, c'est autre chose.

Tu te rends compte aujourd'hui combien de jours par an je passe sous la pluie ? Et le pire, c'est que je me suis habitué ! Comme tout le monde. Mieux, quand il neige, c'est la fête !

On a bien changé. On a dû bien changer. On est peut-être même une espèce différente maintenant. C'est vrai ça, qui aurait cru qu'un jour on mangerait du lait, tiens ? Ah, Mona, je me rappelle la première fois qu'on m'a servi du beurre et des laitages. Là-bas ça n'existait pas ! Le goûter, c'était du pain et de l'huile d'olive !

Ce changement, ça a été le choc. On dit "déracinement", c'est pas pour rien. On est comme les plantes, mais en plus fragiles. Regarde, même le jasmin, on le couvre l'hiver pour qu'il ne gèle pas. »

Félix marque une pause, puis poursuit :

« Je pense à toi, toi, qui es resté là-bas. Notre racine c'est toi aussi. Je crois qu'il n'y a aucun jour où je ne pense pas à toi. Même si j'ai changé, je n'ai pas changé ! Je sais d'où je viens et ce que j'ai laissé. Tu es toujours dans mon cœur. »

17.

— On a quarante-quatre enfants, Martine. Quatre absents. On les répartit en quatre groupes. Samia, tu m'as dit que tu étais à l'aise avec les ados, alors tu vas prendre les plus grands.

— Ok Mona, je m'en charge répond Samia.

— Alex, tu m'entends ? demande Mona au jeune homme assis nonchalamment quelques rangées plus loin dans le car. Alex ! insiste-t-elle à l'attention du garçon absorbé par le paysage qui défile. Les écouteurs sur les oreilles, il regarde par la vitre du car et n'entend pas Mona.

Mona s'impatiente. Alex la voit enfin. Mona répète.

— Toi, Alex, tu prends ceux d'en dessous, c'est-à-dire les dix-douze. Tu m'entends ? Enlève tes écouteurs, s'il te plaît. C'est du sérieux.

— Ça va, on va à l'accrobranche, répond le jeune homme, léthargique. Tranquille !

— Martine, c'est pas mal si tu as les six-dix, poursuit Mona. Avec tes réflexes de médecin, en cas de pépin, tu peux assurer.

— Je l'ai dit à Antoine. Je ne suis pas vraiment médecin, répond Martine. Je suis naturopathe, précise-t-elle.

— Tu as ton brevet de secouriste ? s'enquiert Mona.

— Non, répond Martine.

— Détente, Mona, je sais gérer les enfants s'il y a un problème, poursuit Alex. Les massages cardiaques, les gens qui s'étouffent en mangeant, ceux qui tombent dans les vapes, tout ça c'est mon truc, précise-t-il avec le même débit lent qui semble s'apparenter à de la nonchalance.

— Hé ! Détends-toi, Mona, s'inquiète Samia. Tout va bien se passer.

— Bien sûr, répond Mona, déjà absente à elle-même, aspirée par la peur. On espère tous que ça va bien se passer, reprend-elle, en se ressaisissant. Et puis on a la chance d'avoir avec nous Charlotte, qui va me seconder.

— Elle est chou, Charlotte. Et ils sont cools, ces petits, ajoute Alex sur un ton légèrement endormi.

— Nous prenons les plus petits, Charlotte et moi, les cinq-six. Martine les six-dix et vous, Samia et Alex, les plus grands. Alex, je peux compter sur toi pour que tu sois au taquet ? Il faut que tu sois vigilant. Pas de nonchalance, s'il te plaît. C'est du sérieux tous ces ados. Je compte sur Samia et toi. Tiens, j'ai préparé des badges pour chacun avec mon numéro de téléphone dessus en cas de problème. Tu leur distribues et tu les comptes. Et tu recomptes avant et après chaque activité. En principe on a vingt-quatre grands et vingt petits.

Mona sort de sa poche un petit compteur mécanique qu'elle a acheté pour l'occasion et commence à compter les enfants installés sur les sièges du car.

— Montre ! C'est un truc d'hôtesse de l'air, ça, l'interrompt Alex.

— Je dois compter, Alex, répond Mona. Essaye de ne pas m'interrompre, s'il te plaît, et occupe-toi des ados.

— PNC aux portes, PNC aux portes, toboggan arrière, mime Alex, mettant sa main devant sa bouche pour déformer sa voix comme un commandant de bord qui parlerait dans son micro.

Il s'amuse, faisant un peu le beau devant Charlotte tandis que Mona compte le nombre d'enfants présents.

— On en a quarante-quatre, annonce Mona. Charlotte, tu les recomptes quand ils sont tous descendus du car, ok ?

Le car se gare. Les enfants descendent. Charlotte compte consciencieusement les enfants rangés devant le car avec le petit accessoire qui fascine Alex. L'animateur du centre se dirige vers Mona et se présente à elle.

— Je suis Pierre-François et je suis votre hôte.

Mona salue Pierre-François. Charlotte revient vers elle et lui indique qu'elle a fini de compter. Les enfants sont quarante-trois.

— Il en manque un, s'affole Mona. J'en avais quarante-quatre tout à l'heure. Mona commence à trembler. La panique n'est pas loin. Comment est-ce possible ? s'écrie-t-elle d'une voix aigüe qui traduit la panique qui la gagne.

— Allez, mon petit ! Faut descendre maintenant, crie le chauffeur du car à l'attention du fond.

Mona tourne la tête et se dirige vers le car. Elle monte les trois marches et aperçoit dans le fond un petit qui ramasse des billes éparpillées sur le sol.

— Qu'est-ce que tu fais encore là, toi ? Tous les copains sont descendus.

— Mes billes sont tombées.

— Donne-moi tes billes. C'est dangereux les billes, tu sais. Je vais te les garder. Je te les rendrai à la fin de la journée.

L'enfant descend. Mona est seule dans le car. Les battements de son cœur retrouvent un rythme à peu près normal. Mona regarde par la fenêtre. Charlotte et Alex encadrent le groupe d'enfants en leur tournant un peu le dos. Ils s'amusent ensemble. Peut-être même se draguent-ils. Ils sont loin de se douter qu'elle est en train de vivre une épreuve. La journée vient de commencer et Mona est déjà épuisée. La semi-attaque de panique qu'elle vient de vivre l'a mise K.O. Tant d'énergie dépensée dans une crise d'angoisse. Mona voudrait s'allonger sur une banquette, lovée en position fœtale, fermer les yeux et dormir. Demander qu'on la ramène chez elle. Elle irait au studio, fermerait les volets et dormirait de longs jours et de longues nuits. Elle n'aurait aucune responsabilité, demanderait à Vincent de s'occuper des enfants. Mieux, elle lui ferait croire qu'elle est partie en voyage. Pour une mission. Il ne saurait même pas qu'elle est au studio. Personne ne viendrait la voir. Elle se recroquevillerait sur elle-même et attendrait que tout cela passe.

— Vous venez, Mona ? demande Pierre-François, se tenant sur les marches du car. Je vais briefer les enfants et leurs accompagnants sur la conduite à tenir sur le parcours.

18.

« Mardi 3 décembre.

Ce matin tu n'es pas là, Mona. Je commence à bien m'accommoder de ce dictaphone. Il me suit partout. Ça agace ta grand-mère, si tu savais ! Tout à l'heure en sortant de la boulangerie – ne t'inquiète pas, j'ai donné sa viennoise à Napoléon – je suis tombé sur ton ami italien. Gammarth lui a sauté dessus. L'Italien, il avait envie que je lui parle de toi. Ça se voyait. Il m'a dit qu'il espérait que tu irais l'écouter jouer. Il se produit tous les mercredis, ou non, plutôt les mardis je crois. Il t'a invitée. Tu devrais y aller. Ça te ferait du bien. La musique c'est merveilleux, ma fille. Vivre de l'art, quel beau métier.

Je me suis souvent demandé si on devenait meilleur quand on est entouré de belles choses. Est-ce que le fait qu'Étoile crée de belles peintures la rend meilleure, et moi, est-ce que le fait de vivre entouré de ses belles choses me rend bon ?

Ta grand-mère te dirait que je ne suis pas si bon, que je suis profondément égoïste, jaloux et tout ce qui va avec. Tu la connais. Mais plus sérieusement, je crois que ça rend meilleur de vivre au milieu de belles choses.

Être entouré de beau, forcément ça rend beau.

On est des miroirs, c'est très important que tu le comprennes. Tout ce que tu envoies, on te le rend en retour. C'est pour ça, ma fille, que je pense qu'il faut que tu te débarrasses de cette angoisse. Si tu souris à la vie, la vie te sourit. Tout est miroir. Je ne sais pas si c'est concret pour toi. Je vais te trouver un exemple.

Tiens, ça me rappelle une saison en Égypte. Je devais acheter une cargaison d'oranges. Mon contact là-bas ne faisait aucun effort pour que nos affaires se concluent. Il était froid. Tu sais, quand les affaires ne se font pas dans le sourire et l'amitié, elles ne sont pas bonnes. Bref, moi j'étais content d'être au Caire. J'avais laissé ta mère et ses frères à Étoile. La belle vie, la petite valise, les petits déjeuners à l'hôtel, tout ce que j'aimais, quoi.

J'étais heureux d'être là, prêt à profiter de ce beau voyage. Samir, mon contact là-bas donc, c'était un homme un peu sombre et j'avais du mal à faire des affaires avec lui. Je lui parlais avec sympathie, tu me connais ; il me répondait froidement et je me voyais mal aller au bout. Mais je ne connaissais que lui qui vendait des oranges au Caire et il nous fallait des oranges pour la France.

Un matin, je me suis levé tôt et je suis allé boire un café au souk, dans un café que j'aime beaucoup et qui est très connu là-bas, El-Fishawy.

Je m'assois, tu vois, et au bout de cinq minutes, le type à côté de moi me parle, comme ça, de la pluie et du beau temps. On discute, de la vie, de la famille, des enfants. On se lie d'amitié très vite. Il me demande ce que je fais dans la vie. Je lui raconte que j'achète des denrées à l'export pour la France. Il m'explique qu'il est chargé par le gouvernement de favoriser les exportations. Bref, il connaît tout le monde au Caire. Me trouver des oranges à acheter pour la France, c'est un jeu d'enfant pour lui.

On a passé la semaine ensemble, il m'a présenté tous les exportateurs du pays. On a écumé les restaurants, les bars, il m'a présenté les plus belles filles du Caire.

Bon, voilà, c'est comme ça que j'ai rencontré Hassan, que tu connais bien, ma chérie. Hassan, qui était à ton mariage, tu te rappelles. Ce que je veux te dire, même si je parle beaucoup de moi, même quand il s'agit de toi – tu dis quoi déjà ? Que je suis autocentré, c'est ça ? –, c'est pour t'expliquer, bref, pour te dire que si tu es ouverte, il t'arrive plein de belles choses. Il faut t'ouvrir, regarder ce qui se passe autour de toi, les gens. Si tu te fermes, les belles rencontres te passent sous le nez. La peur, l'angoisse et tout ce qui te bloque, ça t'enferme.

Alors arrête avec ça, je sais, c'est plus facile à dire qu'à faire, mais essaie de te défaire de ça. Ça va venir petit à petit. Va écouter l'Italien jouer de la musique. Une rencontre en amène une autre. Une porte s'ouvre et toutes les autres derrière. Ma petite chérie, tu as ce qu'il y a de plus beau, la jeunesse. Cultive-la pour qu'elle reste le plus longtemps possible. »

19.

Mona se repose sur l'autorité de Pierre-François. Grâce à lui, la pression est un peu retombée. Depuis la fin de la matinée, elle prend même un peu de plaisir à se laisser porter par cet encadrant comme si elle faisait partie du groupe des enfants. Elle se félicite du fait que le déjeuner s'est bien passé. Tout le monde est resté en place et Charlotte, la super assistante, s'est occupée des demandes spéciales. Pause pipi et autres. Mona se sent à présent un peu ridicule de toute l'appréhension qu'elle a eue. Elle réalise que cette mission n'était pas plus compliquée qu'une autre et qu'elle a perdu pied pour quelque chose de relativement banal.

— Non, Jules, tu remets d'abord ton mousqueton, crie à présent Pierre-François à un enfant. Tu ne passes pas devant Charles et tu t'attaches. Ce n'est pas prud…

L'enfant tombe. Mona le regarde à terre, l'objectivant quelques secondes avec froideur comme s'il n'était qu'une poupée perdue au milieu d'une forêt, le décorrélant de toute humanité et de tout lien qui pourrait faire qu'elle se sente concernée. Peut-être est-ce un rêve ? Un cauchemar.

Tout est bien réel, pourtant. Il faut réagir. Mona en est incapable.

Elle fixe le petit garçon et se dit qu'elle voudrait dormir. Elle s'imagine dans son lit. Personne ne viendrait lui demander des comptes. Les volets seraient fermés et elle resterait cachée, enveloppée dans une couette molletonnée, dont elle sortirait de temps en temps pour faire ses besoins ou boire un peu de thé, enveloppée d'un pyjama et de chaussettes épaisses, douillettes, qui dresseraient une barrière entre elle et le monde. Elle dormirait et dormirait encore.

— Madame ! l'interpelle Jules.

Dormir, c'est le black-out. Non, il ne faut pas dormir ! Il faut rester dans l'instant et venir en aide à ce petit garçon dont je suis responsable. Elle se précipite vers l'enfant.

— Madame, j'ai mal à la jambe, dit le petit garçon.

— On va s'occuper de toi. Ne t'inquiète pas, le rassure Mona.

— J'appelle le médecin, tranche Pierre-François. Il est à Fontainebleau. Il sera là dans dix minutes. Le petit s'est luxé la cheville. Il va réduire la luxation. C'est fréquent à l'accrobranche et ce n'est pas très grave, mon petit Jules. Tu verras, ça fait mal quelques minutes et ça s'arrange.

Mona est en confiance avec Pierre-François. Elle aime sa façon de gérer les choses et s'en inspire.

— Tu vas pouvoir passer un bon Noël en famille après ça, ajoute-t-il à l'attention du petit.

Mona s'éloigne d'un petit mètre et appelle calmement Antoine, son patron. Elle lui explique la situation pour qu'il prévienne les parents de Jules. Pierre-François discute avec l'enfant et le fait sourire. « Un bandage sur la cheville, ça vous donne tout de suite des airs de héros. » Jules semble apaisé. Charlotte a placé les autres enfants en tailleur en cercle et les occupe avec un jeu. Tout est maîtrisé.

La pression est redescendue. Mona se sent bien avec cette sensation nouvelle que lui a procuré le sang-froid dont elle a fait preuve. Elle ne s'est pas endormie et a géré.

Soudain, cette même forêt qui lui semblait hostile il y a quelques minutes lui apparaît avec davantage de neutralité. Elle repense aux images mentales travaillées avec Madame Savonet, quand elle lui faisait arpenter la forêt qu'elle redoutait tant, pour l'apprivoiser sous hypnose. *Je progresse. Ma perception de la forêt a évolué grâce au travail qu'on a fait avec Savonet, mais aussi parce que j'ai plutôt dominé la situation. Se nourrir de cette sensation nouvelle. La reproduire pour dépasser l'anxiété. Respirer et profiter de cette tranquillité nouvelle.*

20.

Le sapin scintille.

Félix regarde par la fenêtre.

Il aperçoit Étoile qui promène Gammarth dans la rue et parle avec des voisins du quartier.

Il enclenche son dictaphone.

« Mercredi 11 décembre.

Quand j'étais plus jeune, je ne croyais pas en Dieu.

Je ne croyais qu'en moi.

J'étais invincible puisque j'avais été choisi par Dieu pour relever le nom de mon père parti trop tôt et sans le sou. C'était moi qui étais désigné pour lui rendre sa dignité.

Certes, ce n'est pas très cohérent.

D'un côté, je ne croyais pas en Dieu.

D'un autre côté, je pensais qu'il m'avait choisi pour croire en moi.

Aujourd'hui, je pense sincèrement que croire en Dieu, c'est bon pour quand on est plus âgé. C'est un truc pour les vieux types comme moi qui ont peur de la mort. »

Félix met en pause le dictaphone et regarde par la fenêtre.

« Je ne sais pas, reprend-il, si nous irons jusque-là, Mona, dans nos mémoires, alors je préfère le consigner ici. Avec le temps, avec les années, enfin, l'âge, je suis devenu un peu croyant et même observant, mais surtout, toi qui es jeune, ne suis pas mon chemin !

Dieu, c'est pour plus tard, pour quand ça se rapproche vraiment.

Pardon si tu m'entends, ajoute-t-il malicieux, en regardant le ciel, mais c'est vrai, quand on est jeune, il vaut mieux profiter, non ?

La Bible, c'est un bon livre de chevet à mon âge.

L'heure de la grande rencontre, si elle existe, approche.

Prier, ça me rassure.

C'est un truc de faibles peut-être, mais ça marche bien.

Je me sens moins seul.

C'est comme un temps d'adaptation.

Tu fais la connaissance des gens que tu vas rencontrer avant de les rejoindre.

Un peu comme à la crèche. Tu y vas une heure puis deux puis trois. Du repérage.

Les prières c'est à la fois une sorte de supplication de ne pas y aller tout de suite – « Mon Dieu laissez-moi encore un peu ici » – et une espèce d'adaptation. On apprend à parler à Dieu. Dans son langage. Oui, c'est un peu faux cul. Mais on fait ce qu'on peut. Et aujourd'hui, à mon âge, Mona ma chérie – tu sais bien que je ne donne pas mon âge pour ne pas provoquer celui qui est là-haut –, on cède à certaines faiblesses. »

Félix met en pause le dictaphone et se penche un peu au-dessus de la rambarde du balcon. Il regarde Étoile qui parle à un voisin et essaie d'écourter pour rentrer.

Elle tient son manteau fermé d'une main, et de l'autre la laisse de Gammarth.

« Ta grand-mère a une classe naturelle, reprend Félix. Elle porte une tenue d'intérieur dans la rue. Elle devrait avoir peu d'allure. C'est vrai ça, elle sort de chez elle en plein jour en espèce de pyjama avec un manteau qui la recouvre tout entière et qu'elle serre contre elle pour ne pas prendre froid. Mais elle se tient si droite, avec sa grâce naturelle, arborant sans y prêter attention un port de tête radieux. Elle est sublime. Regarde-le celui-là, qui parle avec elle de Gammarth. Il est sous le charme. Te gêne pas, toi ! Drague ma femme. Et vas-y que je te dis que ton chien, c'est le plus beau du quartier ! Étoile n'écoute pas les beaux parleurs ! »

Félix se redresse de la rambarde, interrompant la dictée sur son petit enregistreur, puis poursuit :

« Parenthèse, j'aime Étoile et je ne suis pas certain de la mériter.

J'ai conscience du fait qu'elle est "surqualifiée pour le job", comme dit Raphaëlle.

Cet enregistrement prend de plus en plus des airs de testament et non de mémoires.

Mona, je te fais confiance pour faire le tri. »

21.

Les guirlandes lumineuses créent des taches floues sur les vitres. On devine la fumée des petits chalets de bois de Noël. Avec elle, les brouhahas d'enfants, de poussettes. La nuit rend l'intérieur chaud. L'atmosphère contient cette présence induite des barbes à papa sucrées, des ballons à hélium qui se promènent de gauche à droite sur les landaus. Peut-être l'un d'entre eux s'envolera-t-il et saluera le boudoir de Madame Savonet par la fenêtre du deuxième étage derrière laquelle on voit, depuis la rue, une lampe recouverte d'un velours vert foncé qui diffuse une parfaite lumière d'hiver.

Mona est enveloppée de cette atmosphère ouatée et reste immobile sous la mince couverture. Une enveloppe de transe propre à la semi-hypnose qu'elle pratique avec Madame Savonet enrobe son corps à présent. Elle se laisse emporter dans le flot bienveillant énoncé par la voix de la thérapeute.

— Vous êtes importante, Mona. Vous êtes indispensable à vous-même. Sans vous, vous n'auriez pas réussi à sortir de cette situation qui vous effrayait. Vous avez rendu tous ces enfants en main propre à leurs parents et avez dépassé vos appréhensions sans faire d'évitement. Rappelez-vous la sensation de bien-être dans la forêt quand vous avez pu appréhender ce lieu en ami après avoir réussi à garder votre sang-froid. Concentrez-vous sur cette sensation, Mona, et ne pensez à rien d'autre. Quand vous serez parfaitement détendue et débarrassée de toute pensée parasite, vous lèverez le petit doigt.

C'est étrange quand même, la phrase qu'elle vient de dire. « Sans vous, vous n'auriez pas réussi », ou quelque chose comme ça. Sans moi. Je ne peux pas être sans moi. Bien sûr que je suis indispensable à moi-même puisque je suis moi-même. Sa phrase est un peu bizarre. Je ne comprends pas toujours ce qu'elle veut dire, Savonet, même si je sens que je dois lui faire confiance. Elle sait toujours où elle veut en venir.

— Êtes-vous détendue, Mona ? Si vous êtes débarrassée des pensées parasites, levez le petit doigt.

Chasser les pensées parasites. Accueillir la pensée du ressenti du sang-froid. Me faire confiance. Grâce à moi, ça va bien se passer. Sang-froid. L'expression est glaçante. Pas du tout rassurante. Je me demande d'où ça vient, « sang-froid ». C'est le contraire du sang chaud. Mais bon, le sang c'est froid quand on est mort. Pas super apaisant comme image mentale.

— Vous êtes prête, Mona ?

Pas du tout. Je suis en pleine étymologie. Si je ne suis pas détendue je ne lève pas le doigt. Avec une psy, c'est dangereux de simuler. Après, ça peut t'emmener très loin. Pire qu'avec un homme.

— Respirez, Mona. Et concentrez-vous. Je vais avancer si vous le voulez bien.

Envie de rire. On se concentre sur ce que dit Madame Savonet. Allez Mona !

— Nous allons faire un exercice assez important aujourd'hui. Il va s'agir d'identifier ensemble les différentes parties qui coexistent en vous. C'est un travail qui permet sur le long terme de rééquilibrer l'importance des parties entre elles. Vous me suivez ? On va commencer. Je vous pose des questions et vous me répondez le plus spontanément possible, guidée par la détente que permet l'hypnose. Quelles sont les parties que vous pourriez identifier à l'intérieur de vous et quelle place leur donneriez-vous en fonction de l'importance qu'elles ont dans votre vie ?

— C'est-à-dire ? Je crois que je ne comprends pas très bien ce que vous entendez par « parties » ?

— Ok, je vais être plus précise. Par exemple, un timide pourrait dire « Timidité, 8/10 » , un autre pourrait dire « envie de liberté 4/10 », vous voyez ?

— Oui, c'est clair.

— Alors je vous écoute, Mona.

Mona est toujours allongée sous la couverture, les yeux fermés, enveloppée par le halo que permet la relaxation. Elle est enfin concentrée.

— Une des parties que j'arrive à identifier est l'amour.

— Bien. Précisez un peu, et sa place aussi.

— L'amour en général. Toute sorte d'amour. Mais c'est difficile de lui mettre une note. Je visualise plutôt la place qu'elle prend physiquement.

— C'est-à-dire ?

— En fait dans mon esprit, quand je visualise les parties, comme vous dites, j'imagine un peu un camembert avec des parts de fromage dedans bien emballées dans leur papier doré. Chacune des parties est comme une part de fromage bien rangée.

— Continuez, Mona.

— Parfois ça devient un camembert du jeu de Trivial Pursuit. Vous savez, avec les petits triangles qu'on met dedans et chaque camembert est bien séparé par les parois.

— Je vois, oui. Il y a quelques instants, vous évoquiez la place de la partie « amour ». Quelle est cette place ?

— Je crois que cette partie est gênée par une autre partie qui déborde un peu de son camembert et qui prend beaucoup de place.

— Décrivez-moi cette partie qui prend trop de place. Comment s'appelle-t-elle ?

— C'est la peur. Elle est comme – je sais, c'est ridicule de parler d'une partie comme si elle existait –, elle est comme grossière, un peu mal élevée, vous voyez. Elle empêche les autres de parler.

— Bien ! Et autour de la peur et de l'amour, voyez-vous d'autres parties qui cohabitent ?

— Oui, je vois une autre partie. C'est une partie qui n'a pas la même couleur que les autres.

— Comment est-elle ?

— C'est sûrement l'hypnose et la concentration qui font ça, mais elle est personnifiée.

— Racontez-moi.

— Les camemberts sont enveloppés d'une couverture dorée comme dans les camemberts Président, vous voyez. Alors qu'elle, elle a enlevé la petite couverture dorée. Elle a raison. J'ai toujours trouvé que ça ressemblait à la couverture de survie des pompiers ou peut-être même à celle avec laquelle ils recouvrent les morts.

— Je vois. Comment est-elle, alors ? Et pouvez-vous me dire son nom ?

— C'est le désir. Elle est recouverte de soie. Une jolie soie noire. Comme un peignoir de soie. Elle est toute belle et toute lisse, un peu drapée quand elle est rangée dans la boîte de camembert.

— Bien, Mona. Restez concentrée et continuez d'explorer le camembert. Voyez-vous une autre partie dans le camembert ? demande Madame Savonet.

— Oui, répond Mona, les yeux froncés, concentrée pour décrire les parties. Je vois une autre partie. C'est une sorte de personnage insaisissable. Il ne semble fait d'aucune matière. Ou plutôt d'une absence de matière. Comme une volute de cigarette toute ronde qui s'évanouirait en montant.

— Ok, et comment s'appelle cette partie ?

— Elle s'appelle Lâcher-prise.

— Bien, Mona. C'est intéressant. Restez concentrée. C'est parfait, Mona. Vous allez maintenant imaginer que vous pouvez saisir délicatement la partie qui représente la peur. C'est comme si vous aviez le pouvoir de la rhabiller mentalement. Vous l'enveloppez dans la couverture dorée et vous la refermez bien. Vous pouvez même mettre mentalement un bout de scotch dessus. Puis vous la rangez dans son camembert.

Une fois que c'est fait, vous levez le petit doigt.

Bien. Maintenant, tendez votre main au désir, le petit personnage au peignoir de soie, et invitez-le à sortir de son camembert.

Une fois que c'est fait, indiquez-le-moi.

Bien, tendez à présent l'autre main et présentez votre paume à l'autre partie, Lâcher-prise, pour que ses volutes insaisissables se posent d'elles-mêmes sur vous. Prenez votre temps, Mona. C'est un travail délicat de libération de ces parties que l'hypnose vous offre.

C'est fait, Mona ?

Bien.

Je vais maintenant compter jusqu'à 10 et à 10, vous vous réveillerez.

À 9 vous ouvrez vos mains pour relâcher Désir et Lâcher-prise qui ont besoin de prendre leur envol.

À 8, vous pointez les pieds pour vous désengourdir.

À 7 vous récupérez les sensations dans vos cuisses.

6 Dans vos bras

5 Vous bougez les épaules

4 Sentez votre ventre

3 Remuez votre langue

2 Plissez les yeux

1 Ouvrez-les

22.

Mona déambule devant les grands magasins. Elle est emmitouflée dans son manteau douillet. Elle regarde les mouvements des marionnettes animées dans les vitrines de Noël et se réjouit de cette poésie qui fait la joie des enfants. Une odeur agréable de pralines fumantes, une autre de poêle à charbon. Les vendeurs de marrons chauds sont là. Mona accueille ces plaisirs des sens en pleine conscience.

Le salon de massage est à quelques numéros de là. Elle arrive devant et y entre. Une jeune femme asiatique l'invite à la suivre dans le dédale des couloirs éclairés à la bougie. Mona se déshabille et s'allonge sur le ventre. Elle pose sa tête dans l'emplacement dédié et souffle. Un effluve agréable passe sous son nez. Mona inspire profondément. Elle constate que son relâchement est total, comme dans le prolongement de la séance d'hypnose. Elle repense à Désir et Lâcher-prise. Des mains sur son corps lui rappellent la douceur satinée du peignoir de soie. Désir a un caractère assez affirmé. Quant à Lâcher-prise, il a mis du temps à se montrer, mais quelle grâce avec ses volutes. Ensemble, ils forment un couple fort sympathique. Elle a aimé les attraper avec ses mains, inviter Désir avec son déshabillé à sortir de son camembert. Son peignoir de soie était d'une douceur agréable.

Des mains passent sur les jambes de Mona et effleurent l'intérieur de ses cuisses en finissant leur mouvement. Mona aime cette sensation. Elle attend que le mouvement se répète pour sentir à nouveau les mains effleurer l'intérieur de ses cuisses, si près de son sexe. Le relâchement de son corps la rend réceptive à chaque geste sur une multitude de zones. L'image de Lâcher-prise est là avec ses volutes. Elle lui fait parcourir mentalement toutes les parties érogènes de son corps. Mona expire pour accompagner la détente et le plaisir qu'elle prend à chaque mouvement des mains.

Désir est là aussi. Il l'amuse. Il ne se soucie pas de ce qu'on pense. Il est content de lui. Il a mis une belle raclée à la Peur. Comme elle est rentrée dans son camembert ! Toute honteuse, c'était pas beau à voir ! Tu m'appelles, Mona, et je suis là, lui dit-il. Moi j'ai envie de vivre, j'ai besoin qu'on s'éclate. Et Lâcher-prise, quand on la connaît bien, elle est géniale. Le va-et-vient des mains de la masseuse continue de renforcer la détente de Mona. Le Désir prend maintenant une clope et s'allonge à côté de Mona, les jambes croisées comme un loup parodique de Tex Avery, tout près de sa tête, tandis que la masseuse est maintenant montée sur la table de massage et se tient au-dessus des fesses de Mona pour masser son dos.

Désir fait des ronds avec la fumée de sa cigarette et se délecte de cette détente. Il parle à Lâcher-prise. « Exprime-toi, vas-y, danse ! Fais des ronds dans les airs ! Tu peux sortir de ta cachette et te montrer au grand jour ; Mona a envie de mieux te connaître. »

Au fil des allées et venues de la masseuse sur son dos, Mona est caressée en bas de ses fesses par la ceinture du kimono de la jeune femme. Elle y prend du plaisir et apprécie l'aller-retour régulier du bout de tissu entre ses fesses juste derrière son sexe. Elle se sent en territoire ami et décomplexée par Désir qui l'invite à quitter tout jugement. Elle fusionne maintenant avec Lâcher-prise, recevant le plaisir que lui procure le petit bout dur de la ceinture entre ses fesses, effleurant à peine ses lèvres entre ses jambes pourtant peu ouvertes. Une petite ouverture seulement, mais le plaisir est là tout près si elle accepte de le prendre. Tandis que la masseuse enfonce sa main dans ses cheveux, Mona écarte de quelques millimètres ses jambes pour accueillir d'un peu plus près les allers-retours du bout de ceinture rigide du kimono. Les fibres dures lui procurent une sensation qui monte de plus en plus. La progression du plaisir décuplé par ses cheveux que la masseuse tire loin devant elle multiplie l'orgasme qui monte tout doucement les marches. Des papillons se débattent maintenant dans le bas du ventre de Mona qui contient son immobilité pour accueillir la jouissance. Sans bouger. La masseuse aventure à nouveau ses doigts plus profondément dans les cheveux de Mona avant de les tirer plus fort le plus loin possible.

Les lobes des oreilles de Mona prennent feu sous les mains de la jeune femme qui alternent entre son cou et ses cheveux. Un incendie se propage dans le sexe de Mona dont l'humidité n'empêche pas l'embrasement des flammes. La jouissance est délicieuse, libre malgré l'immobilité. Mona expire et laisse échapper un léger cri.

Les mains en ont fini avec le dos et les cheveux de Mona. La masseuse descend délicatement de la table et saisit un petit coussin qu'elle place sous sa tête, l'invitant à se retourner. Après quelques instants de répit, Mona pivote son corps afin de se placer sur le dos. Le plaisir se dissipe très lentement, invitant la détente à se poursuivre.

Mona demande un peu d'eau à la masseuse. Tandis que la jeune femme quitte la cabine pour aller chercher un verre, Mona sourit de contentement et repense à son journal intime dans lequel elle racontait ses épisodes masturbatoires, en rougissant à l'époque.

Elle se sent loin de cette jeune fille inhibée et constate qu'elle ne ressent pas de honte particulière au plaisir qu'elle vient de prendre. La situation insolite la fait rire d'elle-même.

Demain matin, j'appelle Antoine pour lui dire que je quitte mon job, se promet-elle en buvant la première gorgée d'eau qui descend dans son corps.

23.

Mona a le sentiment d'avoir quatorze ans et elle aime ça. Elle expire la fumée de sa cigarette. Accoudée sur le balcon avec Stan. Sentiment d'insouciance. Il fait nuit. Les décorations lumineuses des voisins réchauffent le cœur. Stan, une cigarette, un goût de liberté. La famille au complet est à l'intérieur.

Quand tout le monde est réuni et que je suis avec Stan, je me sens libre d'être insouciante, réalise Mona. Je suis adolescente, ou plutôt, « en adolescence ». L'adolescence, c'est un pays, pas un adjectif. C'est même un univers, un mode de vie, un lieu des possibles. L'adolescence c'est là, maintenant, tout de suite. Mes grands-parents sont ici ; ils sont éternels et moi aussi. Le temps est suspendu. Quand on a ses grands-parents, on a tout, n'est-ce pas ? L'âge de s'en rendre compte et la jeunesse pour en profiter. Espérer très fort que Papi ne parte pas avec la fin de son livre. Le garder le plus longtemps près de moi.

— Tu vois, j'étais d'une humeur plutôt enjouée jusqu'à maintenant, mais le dîner de Noël approchant, j'ai le spleen, dit Stan.

— C'est dur de passer à autre chose, je sais. Un chagrin d'amour, c'est une peine absolue, lui répond Mona désolée.

— Je repense en boucle au fait qu'on aurait dû être à Rio tous les deux ce soir, Julien et moi. Je me demande s'il y est allé, lui, poursuit Stan.

— S'il y est, il doit s'ennuyer tout seul. Alors que nous, on est ensemble, ajoute Mona.

Elle espère trouver les bons mots. Lui, son oncle, le plus jeune des deux, son meilleur ami, il a toujours la formule pour l'apaiser. Il la connaît si bien. C'est sûrement parce qu'ils ont un peu grandi en jumeaux. Cette longue enfance partagée, aux après-midis ennuyeuses, les mercredis passés ensemble à regarder en boucle les mêmes comédies musicales, les bains brûlants d'Étoile à cause du chauffe-eau éternellement en panne et les goûters merveilleux menacés d'être mangés par Pierre si on n'avalait pas assez vite. Oncle et nièce, Stan et Mona sont pourtant comme des frères et sœurs. À cette époque-là, Floriane étudiait la médecine. Étoile gardait les enfants puisque son atelier était à la maison.

— Ça va diminuer, poursuit-elle. Tu vas reprendre le dessus. Et puis, comment tu aurais fait pour passer Noël loin de nous ? Quand on était gosses, on n'aurait jamais sacrifié un Noël en famille. On regardera *Chantons sous la pluie* après le dîner ?

— Tu sais, je crois que ça a vraiment été mon premier grand amour.

— Tu dis ça à chaque fois qu'une histoire est finie, le corrige Mona.

— Je parlais de Gene Kelly, pas de Julien !

— Ah non, Gene Kelly, c'est ma première grande histoire d'amour à moi, se défend Mona.

— On recevait des cadeaux de dingue quand on était petits, quand j'y repense ! Ça nous motivait pas mal.

— Ce soir, ça va pas être la folie. Mon père a tout reperdu il y a deux jours. Une partie de black-jack qui a mal tourné.

— J'ai vu ma sœur dans la salle de bains en train d'empaqueter des produits de beauté.

— Des échantillons que les labos lui donnent ! Comme chaque année.

— Elle est géniale. Elle n'a peur de rien. Ça va être drôle comme toujours avec tes parents. Ça aura le mérite de me faire penser à autre chose.

— On ne choisit pas ses parents.

— Quand je pense à Vincent qui n'a jamais connu les siens, ajoute Stan, expirant la fumée de sa cigarette.

— Quel soulagement, non ? Je plaisante !

— Bon, clairement, il nous a nous. Il nous a tous adoptés.

— Comment veux-tu que je refasse ma vie un jour s'il est toujours là dans la famille ?

— On ne va pas lui dire « Bon, Vincent, tu n'es plus avec Mona. Il va falloir partir ! » C'est nous sa famille aujourd'hui, même si vous n'êtes plus ensemble.

— Je sais bien. Et en même temps ce n'est plus mon mari. Ça me met dans une impasse. L'autre fois il m'a laissé un message sur le répondeur du studio. Ça m'a touchée. Il parlait de son enfance, du foyer. J'avais envie d'aller le voir, de le prendre dans mes bras et de lui dire que je l'aimerai toute ma vie. Mais la vérité, c'est que je l'aime comme un frère. Pas comme un amant.

— T'as un amant ? reprend Raphaëlle en entendant ces mots alors qu'elle fait son apparition sur le balcon.

— Salut Raphaëlle, lance Mona.

— Ça va te faire du bien qu'il emmène les enfants en vacances sans toi cette semaine, lui répond Stan, poursuivant sa conversation malgré l'arrivée de sa nièce.

— T'as un amant ? insiste Raphaëlle.

— Non elle n'a pas d'amant, malheureusement ! répond Stan. Comment vas-tu, toi ?

— On parlait de Vincent, explique Mona.

— Moi je ne juge pas si t'as un nouveau mec, Mona. Franchement, tant mieux pour toi. Même si c'est pas sympa pour Vincent. Mais bon, Vincent, ça restera toujours notre oncle. On l'aime quoi qu'il arrive.

— Je n'ai pas de nouveau mec. Je disais juste à Stan que ce n'est pas simple de penser à vivre autre chose si Vincent est toujours dans notre famille, se justifie Mona.

— Waouh ! C'est un peu limité, ça, non ? Chacun peut inventer la famille et la nature des relations qu'il souhaite à l'abri des clichés. Si Vincent reste dans la famille et que vous n'êtes plus ensemble, où est le problème ? Votre relation change mais le lien reste. Je sais pas vous, mais moi, les gens que j'aime, j'ai envie de les aimer toute ma vie. Différemment, mais de les garder pas trop loin quand même. C'est pas un peu des clichés ce raisonnement tranché, là ?

— Pas faux, Michel-Ange, répond Stan.

— Pourquoi Michel-Ange ? Parce qu'il était pédé ?

— Qui ça ? demande Mona.

— Michel-Ange ! répond Stan.

— Heu, je l'ignorais. Quel rapport avec toi ? s'étonne Mona.

— Ben je sais pas, moi, à cause de ma « petite copine ».

— Tu as une petite amie ? demande Stan. Je savais même pas.

— Moi, je l'ai vue vite fait comme ça l'autre jour, ajoute Mona.

— Je disais Michel-Ange en référence aux tableaux de Mamie.

— Non, parce que je suis pas gay comme toi, Stan, se défend Raphaëlle. Moi c'est différent. J'aime juste des gens. Que ce soit des garçons ou des filles.

— C'est votre nouveau truc, à vous les jeunes, ça, répond Stan.

— C'est pas une mode. C'est juste la vie. On aime une personne, pas un genre. Là c'est une fille, mais ça pourrait être un garçon.

— Je comprends, dit Mona, intéressée.

— Je suis pas super d'accord. Quand t'es pédé, tu choisis pas de l'être, répond Stan. Tu l'es, point. Et c'est pas forcément un cadeau.

La liberté de Raphaëlle touche Mona au cœur. Tandis que Stan continue de se débattre avec cette conception qu'il juge individualiste et qu'il qualifie d'appropriation culturelle et sexuelle, Mona se perd dans les méandres de cette liberté absolue qui l'inspire. Je pourrais vivre exactement comme je l'entends, se dit-elle, sans me soucier du regard des autres, ou plutôt du regard social que je porte sur moi. Elle a raison, Raphaëlle, tous les codes peuvent cohabiter. Ça me donne envie de vivre comme elle. De m'en inspirer.

— Tu as vu les dessins de Mamie, Raphaëlle ? Comment sont-ils ? demande Mona pour tenter d'apaiser le débat.

— Ils sont très beaux. Mais bon, de toute façon, c'est surtout pour faire plaisir à mon père qui a peur que j'aie pas le bac. Juste parce qu'il ne l'a pas eu, lui. Mais pour moi, c'est qu'une formalité, ajoute-t-elle en finissant de rouler un joint. Elle humidifie le papier à cigarette avec sa langue et le rabat avec dextérité. Elle s'étire à présent avec une petite vanité qui la rend belle à force d'insolence. Je vais l'avoir, le bac, poursuit-elle. 88 % de réussite chaque année ; je ne vois pas pourquoi je ferais partie des 12 % restants. Et l'année prochaine, l'Australie ! Allez Mona, ce soir, c'est Noël, c'est toi qui l'allumes !

— Je fais jamais ça, tu sais bien, se défend Mona.

— Vas-y ! je te dis, insiste-t-elle avec assurance, lui mettant le joint dans la main.

Raphaëlle sort son briquet aussitôt et Mona n'a d'autre choix que de tirer sur le bédo.

— Voilà ! C'est bien. Oui, tousse un peu, c'est pas méchant.

Raphaëlle attrape une mèche de cheveux de Mona et ajoute, en la repliant sur elle-même.

— Tu vois, moi, à ta place je prendrais ça, là, et je ferais une belle petite frange. Ça t'irait trop bien.

— Ah oui, tu crois ? dit Mona, le sourire aux lèvres, un peu hébétée par l'effet de l'herbe.

— Oui comme ça, là. C'est stylé, lui montre plus précisément Raphaëlle en pointant son téléphone sur elle pour qu'elle se voie dans la caméra. Tu aimes ?

— Ok, on le fait ! répond Mona joyeusement.

— Ah t'es comme ça toi, Mona ! Ça fait de l'effet tout de suite sur toi ? s'amuse Stan.

Mona rit. Elle se sent libre de couper ses cheveux. Aucune conséquence. Tout repousse. Elle a très envie de couper sa mèche de cheveux.

— Allez, fais-le ! insiste-t-elle auprès de Raphaëlle. Tu sais, j'ai lu un livre de Patty Smith. Elle raconte que sa carrière d'artiste a commencé quand elle a changé sa coupe de cheveux. Ça peut débloquer des choses. Ouvrir de nouvelles portes, de nouvelles faces de soi. Tu vois, toute la partie de mon Lâcher-prise par exemple.

— Je vois. On fait ça demain au petit dej si tu n'as pas changé d'avis.

La voix d'Étoile arrive jusqu'à eux.

Raphaëlle entrouvre la porte-fenêtre pour mieux entendre ce que demande sa grand-mère.

— Oui Mamie ? Tu nous a appelés ?

— Tu peux aller m'acheter un pain de mie en plus à la boulangerie, ma chérie. J'ai peur que ça manque, demande Étoile.

— J'y vais, entreprend Mona. J'ai besoin de prendre l'air. Je ne voudrais pas que les enfants me voient comme ça.

— Tu te sens bien, Mona ? s'assure Stan.

— Très ! À tout à l'heure.

24.

Félix regarde par la fenêtre. Il peut apercevoir le balcon du salon depuis le rebord de son lit, sur lequel il est assis. Mona est rentrée à l'intérieur, suivie de Raphaëlle peu de temps après. Stan est resté seul. Il fume une cigarette, le regard dans le vide. Félix lace ses chaussures. Il ramasse son dictaphone tombé de sa poche, se lève et le met en marche.

« Mardi 24 décembre.

Ce soir Stan est triste. Les mémoires que nous écrivons avec toi, Mona, iront-elles jusque-là, jusqu'à aujourd'hui où vous êtes des adultes, mes enfants ?

Je serai sans doute mort avant. Parfois ce n'est pas plus mal pour les choses qu'on a à dire. Ce soir j'ai envie de formuler que je ne suis plus tout à fait sûr de croire en Dieu. Sans doute à cause de la culpabilité. Ça me met en colère. Le problème, c'est qu'elle est partout dans la religion. Stan a mis tant de temps à ne pas se sentir coupable d'aimer les hommes. Moi-même, au début j'étais un peu déboussolé. C'est un grand péché aux yeux de Dieu. Je le ressens toujours un peu, mais je ne veux pas céder à cela. Je dois me raisonner. Mona, tu m'as dit l'autre jour que l'amour ne pouvait pas être un péché, même entre deux hommes. Au fond de moi, je crois que tu as raison, ma chérie. Et oui, elle a raison, c'est sûr ! Ces choses me font m'éloigner de toi, Dieu. Ça y est, je te parle comme si tu existais. Alors oui, je crois en toi parfois, et parfois non. Je ne devrais pas dire cela à une période où je me rapproche de toi, je sais bien. Ce n'est pas très intelligent de ma part. Mais je crois que je m'affranchis de plus en plus. Et puis, je n'ai jamais été un bon opportuniste.

Si tu existes, c'est sûr que c'est un peu la merde, là, comme on dit. Ça fait des années que j'essaye de ne pas attirer ton attention, pour que tu me laisses tranquille, et là je te dis ça, comme ça. Mais bon, j'imagine que tu es bien occupé ce soir. C'est Noël. Pas sûr que tu m'écoutes. Le soir de Noël, il y a tellement de gens sur le coup ! Avec un peu de chance je vais passer inaperçu. Parfois, je me dis aussi que même si tu ne m'as pas oublié, même si tu connais mon âge et que tu sais bien que tout ça c'est du rab, tu me laisses en paix parce que tu veux compenser, par rapport à ce que j'ai enduré. Entre la mort de Papa et celle de…

Bref, tout ça, c'est entre toi et moi.

Allez, je vais aller voir Vincent. Il m'attend pour que je l'aide à préparer l'apéritif. Après tout, tout ça c'est pour lui. Et oui ! c'est pour lui qu'on fête Noël, non ? À Tunis, personne ne fêtait Noël. C'était même un péché. Vincent, lui, dit que c'est une fête laïque et païenne. Il n'a que nous comme famille et je sais que Noël c'est important pour lui. C'est comme si c'était chaque année, pour lui, le moment où il doit se rassurer, se prouver qu'il a bien une famille. Vincent, je suis un peu son grand-père, sauf qu'il m'aurait choisi. Je l'aime tellement ce gamin, et je me sens utile pour lui. Si on n'était plus là, Étoile et moi, il serait vraiment orphelin.

Une raison de plus pour que tu me laisses encore un peu ici, non ? » ajoute Félix avec malice en direction du ciel avant de couper le dictaphone.

25.

Mona sort de la boulangerie les bras chargés du pain de mie et d'un petit paquet contenant une bûche individuelle. La pluie ne la dérange pas. Elle trouve ça même plutôt agréable. Devant la boulangerie, Napoléon, le SDF toujours coiffé de son chapeau d'empereur, est protégé, lui, par son grand parapluie qui le recouvre et abrite ses quelques affaires. Mona lui tend le petit paquet de la boulangerie qui contient la bûche.

— Bonjour Napoléon. Ça va ? J'ai pris une bûche pour vous.

Napoléon accepte le paquet et la remercie d'un hochement de visage. Soudain, un homme qui court s'arrête devant lui et saisit le parapluie géant de couleur verte qui sert de toit au SDF.

— Je te le rapporte, ok ? dit l'homme pressé.

Napoléon reste coi.

Il regarde l'homme partir avec son parapluie et remercie Mona pour la bûche.

La pluie tombe sur lui et sur le carton qui contient ses affaires. Il reste stoïque. Le regard perdu dans le vide.

— Attends, mais il fait quoi lui ? Vous le connaissez ? demande Mona à Napoléon.

Napoléon reste silencieux.

— Vous le connaissez ? répète-t-elle au SDF qui ne répond pas.

Napoléon lève les yeux vers Mona et marmonne.

— Il a dit « je le rapporte ».

On voit l'homme au loin, marchant tranquillement avec le parapluie.

Mona, dans une impulsion, crie « Au voleur ! »

À cet instant, Lucas sort de la boulangerie. Mona s'adresse à lui sans détour.

— Ah, bonjour Lucas.

— Bonjour Mona.

— Il faut courir après cet homme, ordonne-t-elle dans sa fougue. Il a pris le parapluie de Napoléon. C'est un scandale. Toutes ses affaires vont se mouiller.

Lucas confie aussitôt les sacs qu'il a dans les bras à Mona et s'exécute.

— Il est parti à droite, là, crie Mona tandis que Lucas marche d'un pas rapide vers le voleur de parapluie. Le parapluie est très très grand et vert, ajoute-t-elle.

Pourquoi il a fait ça ? demande Mona, restée avec Napoléon, qui ne répond pas.

Le SDF exprime une mine étonnée qui la révolte.

— Vous le connaissez ? s'enquiert-elle, pleine de fougue.

L'effet du joint de Raphaëlle est toujours là, plaçant Mona dans l'action, dénuée de toute inhibition.

— Il vient des fois, répond Napoléon, lymphatique. Il a dit qu'il allait le rapporter.

— Mais qui est-ce ?

— L'autre fois, il m'a apporté des croissants.

— Ce n'est pas une raison, répond Mona. Toutes vos affaires vont être mouillées maintenant.

Lucas réapparaît, un parapluie dans les mains

— Tiens, dit-il en le tendant à Mona.

— Merci ! répond Mona en s'empressant de le repositionner au-dessus des affaires de Napoléon. Mais ce n'est pas le même… Vous ne l'avez pas retrouvé ? Enfin, tu… Il ne faut pas vous laisser faire, ajoute-t-elle en se retournant pour s'adresser à Napoléon.

Le clochard affiche une mine toujours aussi résignée.

Lucas aide Napoléon à caler son parapluie en mode « toit de maison ».

— Merci, et merci pour la bûche, ajoute Napoléon.

— Joyeux Noël Napoléon, lui dit Mona.

— Joyeux Noël Monsieur, ajoute Lucas.

Mona et Lucas prennent la pluie maintenant.

Ils font quelques pas sans trop savoir où s'abriter.

— Tu ne l'as pas retrouvé ?

— Non, j'ai préféré en trouver un au plus vite pour que ses affaires ne s'abîment pas.

— C'est fou, non, piquer un parapluie à un SDF. Je trouve ça surréaliste.

— C'est Georges le coiffeur qui m'en a donné un autre. Tu le connais ?

— Il est sympa. Tu lui as expliqué ?

— Je lui ai dit que j'avais une occasion en or de passer pour un héros devant une fille. Alors il m'a tout de suite dit de me servir.

— Ah ah oui bien sûr ! Le mythe du héros, dit Mona, un grand sourire aux lèvres en regardant Lucas dans les yeux.

Que c'est bon, ça ! se dit-elle. Je tiens le regard. Je dirais même mieux, je tiens son regard dans ma main. Qu'est-ce qui m'arrive ? J'ai le cœur qui bat vite, les cheveux mouillés qui dégoulinent sur mes joues, et je me sens libre.

— Tous les hommes qui veulent parler à une femme comme toi rêveraient d'une occasion pareille.

— Ah ah, je suis trempée.

— Tu crains la pluie ?

— Moi, jamais, dit-elle, en faisant un pas de danse avec ses jambes. Tu as déjà vu *Chantons sous la pluie* ?

— Oui, ma mère adorait ce film.

— Ah ah, Gene Kelly, c'est mon héros. Moi j'ai toujours eu les goûts musicaux des mères de mes copains, tu vois ?

— Sol la fa sol la mi sol fa mi fa do fa, chantonne Lucas.

— Tu aimes *Les Demoiselles de Rochefort* ?

— Oui, après *Chantons sous la pluie*, il y a *Les Demoiselles de Rochefort*, non ? J'ai fait un son il n'y a pas longtemps avec ce sample de Michel Legrand.

— Michel Legrand, c'est incontournable ! complète Mona, euphorique. *Les Parapluies de Cherbourg*, c'est pas mal aussi.

— C'est indémodable ! On va boire un verre ?

— Ok, répond Mona d'un air enjoué.

Elle en a très envie, se sent libre. Des ressorts sous les pieds, une couche d'imperméabilisant sur la peau et les cheveux. La pluie glisse sur elle et elle aime bien ça. La fumette d'avec Raphaëlle est toujours là et c'est bon, pense-t-elle.

Raphaëlle ! se souvient-elle soudain ! Le dîner ! Noël, la famille !

Ça attendra un peu ! se ravise-t-elle.

— Mais pas trop longtemps, ajoute-t-elle pour prévenir Lucas.

— Tu es en famille ce soir ?

— Oui, chez mes grands-parents.

— Allons au bar d'en face, lui dit-il en prenant sa main pour traverser.

Mona est saisie d'un frisson agréable qui enveloppe son corps au moment où Lucas lui saisit la main. Elle se dit que ce frisson ressemble au halo de détente de l'hypnose avec

Madame Savonet, la joie en plus. L'abandon à la joie. Le Désir et son peignoir de soie. Un peignoir de soi, se dit-elle.

— On prend une coupe ? C'est Noël.

— Ça me va, dit Mona, souriant et fixant Lucas dans les yeux. Elle descend son regard sur son bras. Le bout de la branche de cerisier dépasse de son pull. Elle aimerait voir son tatouage en entier. Toi aussi tu es en famille ce soir ? demande-t-elle avec audace.

— Moi je joue ce soir. Je mixe dans une soirée. Une sorte de contre-programmation. Un groupe d'Italiens à Paris, comme moi, qui aime bien faire autre chose que Noël le soir de Noël. Je t'aurais bien emmenée avec moi, lui dit-il.

— J'aurais bien aimé venir, s'entend-elle répondre.

Pourquoi et comment surtout ai-je pu dire ça ? réalise-t-elle, ne reconnaissant pas ses réflexes de survie. Aussitôt après avoir prononcé cela, au lieu de baisser les yeux, c'est un sourire assumé qui vient sur ses lèvres. Puis elle part dans un fou rire.

— C'est moi qui te fais rire ? demande Lucas. C'est mon histoire de contre-programmation d'Italiens rebelles ?

— Non, pas du tout. C'est juste que je ne suis pas complètement dans mon état normal ce soir.

— Moi ça me plaît bien cet état, rectifie Lucas. Mais pour quelle raison ? À cause de Noël ?

— C'est juste que j'ai tiré sur un truc, enfin, un joint tu vois, de ma cousine et… Mona part dans un fou rire. C'est que d'habitude, je suis sinistre.

— Je t'ai croisée en dehors d'aujourd'hui et je ne t'ai pas trouvée sinistre.

— Vraiment ?

— Sinistre comment ? demande Lucas, amusé.

— Je suis plutôt névrosée, anxieuse…

— Ça me plaît, ça.

— Y'en a plus ! s'exclame Mona, constatant que la coupe est vide.

— On peut avoir deux autres coupes, s'il vous plaît ? demande Lucas.

— Non mais c'est pas possible. Je ne vais jamais pouvoir être normale ce soir. Il faut que je récupère.

— Pas besoin d'être normale ! C'est Noël !

Les deux autres coupes arrivent.

— Tu fais quoi dans la vie ? lance Lucas.

— Avant j'étais journaliste. Maintenant, je travaille dans la com, mais j'aimerais démissionner.

— Tu as un autre projet ?

— Pas vraiment. Mais je ne supporte plus ce job. Et puis j'aime écrire. Mais bon, je ne suis pas écrivain. Enfin, j'écris quand même les mémoires de mon grand-père, mais bon c'est lui. Enfin c'est nous.

— Génial, ça doit être passionnant.

— Tellement, il est si drôle, et puis il a tout vécu, raconte Mona, buvant sa coupe avec rapidité.

— J'aimerais beaucoup lire.

— Oh tu sais, c'est loin d'être fini. Mon grand-père est persuadé qu'il mourra quand on aura fini. Alors on prend tout notre temps, tu vois.

— C'est drôle ça. Ma famille en Italie, ils sont très superstitieux aussi.

— C'est un truc de Méridionaux ça. L'Italie, la Tunisie, c'est pas très loin.

— Vous venez de Tunisie ?

— Mes grands-parents, oui.

— Et toi, tu y es déjà allée ?

— Non pas encore, mais on y va tous bientôt. Pour des retrouvailles de la famille. Il y aura tous les cousins lointains.

— Génial.

— Faudrait que j'y aille, se ressaisit-elle en se levant. Je devais juste acheter un pain de mie.

— On se voit demain ? enchaîne Lucas.

— Heu…

— Allez, dis oui. Je veux te voir sinistre, maintenant.

— Demain ? C'est-à-dire ?

— Même heure même endroit, dit Lucas.

Il saisit un stylo dans sa poche et attrape la main de Mona. Elle est troublée, son regard fuit.

— Qu'est-ce que tu fais ? demande-t-elle tandis qu'il écrit quelque chose sur sa main. Lucas dessine d'abord sur son poing à lui un parapluie puis en dessine un autre sur la main de Mona.

— Comme ça on se rappellera. Il regarde l'heure à sa montre. Demain même heure ? Il est 19 h 52.

— Ok, dit Mona tandis que Lucas lâche délicatement sa main.

— À demain Mona.

— À demain Lucas, dit-elle en quittant le bar.

26.

C'était délicieux maman, dit Pierre en finissant son assiette.

Mona mange peu. Elle est bien trop absorbée par la rencontre avec Lucas. Elle se sent en adolescence. Les parents à table, ses grands-parents, enfants, oncles et nièces. Tellement de couches protectrices entre elle et ce monde métaphysique qui l'effraye d'habitude. Ce soir, elle se sent libre de tout cela. Débarrassée. Désir en peignoir de soie danse entre les assiettes et fait des ronds avec une fumée de cigarette laissant Lâcher-prise s'exprimer avec insolence.

À table, on parle de nourriture, de voyages, de souvenirs. De la difficulté du travail de Stan avec ses jeunes autistes et leur cursus scolaire. Du baccalauréat à l'époque de Pierre qui se vante pour la énième fois d'avoir été héroïque en philo. Au sujet « Qu'est-ce que l'audace », il aurait répondu par une copie blanche sur laquelle il aurait inscrit « ça ». Légende – par ailleurs déjà entendue ailleurs – ou réalité ?

La mythologie de Pierre est un monument fait de dentelles, d'enluminures. En guise de socle, l'aplomb et un sourire permanent aux lèvres. Pierre affiche un rictus désolidarisé de toute circonstance. Permanent, il semble s'être creusé autour de sa bouche sans qu'elle puisse jamais plus retrouver sa position neutre. Il sourit tous les jours de l'année, à toute heure, comme pour montrer que le jeu continue, qu'il est toujours dans la partie. Il prend autant de plaisir à remettre en jeu le bac de Raphaëlle, sa propre fille, avec la complicité de sa mère mais à son insu – et ce point l'amuse beaucoup –, qu'à cacher une maîtresse ou à dissimuler son identité véritable à une autre conquête pour se forger un personnage imaginaire. Tout est bon pour faire rêver l'autre et mettre de la fiction dans la réalité. C'est à ça que sert le mensonge pour Pierre. À se raconter des histoires.

Est-ce pire que les miennes ? se demande Mona. Moi aussi j'invente des histoires. Léa à deux doigts de se faire déchiqueter la joue par un chien pour que j'arrive en sauveuse. N'est-ce pas une histoire aussi pour échapper à une réalité sinistre ? Après tout, peut-être que mon plaisir consiste dans le soulagement de constater que tout cela était imaginaire et dans la joie de retrouver une situation paisible.

« Ça me plaît, ça », a répondu Lucas alors qu'elle lui disait « Je suis plutôt névrosée et anxieuse ». Il avait même l'air de trouver ça charmant. « Ça me plaît, ça », se repasse-t-elle en boucle, le sourire aux lèvres à l'évocation de l'accent de Lucas. Des phrases comme ça, c'est si bon. Ça répare une estime de soi. Je suis super anxieuse et il ne trouve pas ça insupportable. « Ça me plaît, ça, ça me plaît, ça… »

— On passe aux cadeaux ? lance Étoile, coupant Mona dans son introspection.

— J'espère que tout le monde a respecté la règle. Un par personne et non un par couple, rappelle Vincent, en meneur de cérémonie.

Mona regarde Vincent. Cet homme qui est ici parce qu'il est son ex-mari, le père de ses enfants. Leur relation est si familière qu'ils n'ont même pas suivi leur dossier de divorce.

Sommes-nous officiellement divorcés ? se demande-t-elle. Il faudrait voir avec l'avocat où cela en est.

C'est maintenant au tour de Floriane et Jeannot.

— Voilà, les enfants ! Papi vous offre un cadeau très important. Vous savez, votre grand-père vous dit toujours... Qu'est-ce qui est important dans la vie ?

— Les voyages ! répond Hugo avec entrain.

— Exactement, le félicite Jeannot. Et qu'est-ce qui est indispensable quand on veut être un grand voyageur ?

— Les avions ? propose Léa.

— Mais pas du tout, ma chérie. On peut voyager sans avion. Il y a mille manières de voyager. Avion, bateau, vélo, autostop, on peut même voyager à pied. Mais moi je fais référence à quelque chose qu'il faut toujours avoir sur soi au cas où on partirait en voyage sur un coup de tête, comme ça, du jour au lendemain.

— Un passeport ? propose Hugo.

— Certes, mais pas que, répond Jeannot.

Autour de la table, toute l'assemblée est concentrée. Étoile, Félix, Pierre et Édith, leur fille, Raphaëlle, Stan qui lance des regards interrogatifs à Mona et Vincent. Seule Floriane a quitté la table. Elle semble partie préparer quelque dernier cadeau.

— Des trains et des valises, répond Léa. Non, c'est pas ça ? Alors c'est quoi, Papi, dis-nous s'il te plaît.

Jeannot se lève et se meut tel un magicien faisant de grands gestes pour impressionner les enfants et faire diversion pour qu'ils ne voient pas apparaître les cadeaux.

— Eh bien il faut avoir son kit !

— Son kit ? demande Hugo.

— Vous ne savez pas ce que c'est ? questionne Jeannot avec le plus grand sérieux.

— Non, répond Léa, décontenancée par sa crédulité d'enfant.

— Le kit du voyageur ! On ne vous a jamais expliqué ça ? Comment, Vincent ? Tu n'as jamais expliqué ça aux enfants ? demande Jeannot.

— Non, répond Hugo avant que son père réagisse.

— Et à toi non plus, Léa, ils ne t'ont jamais expliqué ?

— Non Papi, se désole Léa.

— Heureusement que votre grand-père y a pensé, les enfants ! Voilà donc votre kit du grand voyageur, à ne jamais quitter. Il faut toujours le garder sur vous.

— Même quand on va à l'école ? demande Léa, impressionnée par ce trésor qu'on lui confie.

— Bien sûr, ma chérie. On ne sait jamais quand un voyage peut se présenter. Il faut toujours être prêt.

— Même quand je vais chez l'orthodontiste ? demande Hugo, curieux de comprendre comment il doit gérer cette chose dont il ne devra plus se séparer.

— À la danse ? ajoute Léa.

— Évidemment ! répond Jeannot avec assurance. Partir sur un coup de tête, ça peut arriver n'importe où. Alors voilà, dans le kit du voyageur, qu'est-ce qu'il y a ? Il y a : une brosse à dents de voyage pour pouvoir être capable de dormir n'importe où. Une boussole au cas où vous vous perdriez un jour en voyage par une nuit orageuse et dans une voiture en panne d'essence. Et un guide de la ville de vos rêves. J'espère que je ne me suis pas trompé pour la ville de vos rêves !

Les enfants saisissent le cadeau comme le plus merveilleux des trésors. Je veux écrire, se dit Mona, mais c'est Papa qui est le roi du storytelling. Il réussit à les embarquer avec une brosse à dents, une boussole et un guide. Il est génial. Il faut que je m'inspire de lui. Que je quitte la folie de l'anxiété pour me diriger vers celle de la fantaisie, comme Papa. Mona regarde Stan, bluffé lui aussi par ce coup de maître.

— Et c'est pas fini pour vous, les grands enfants, reprend Jeannot. J'ai aussi prévu des surprises de voyageurs. À chacun son histoire ! Comme les voyages peuvent parfois se finir sur une île déserte en cas d'avarie – chance ou malchance, ça dépend comment on voit les choses –, je vous ai préparé à chacun votre livre à emporter sur une île déserte.

Mona ouvre son cadeau. Tandis que Jeannot attend, fier de lui, les réactions des uns et des autres.

— Vous me direz, poursuit-il, comment on sait, avant de partir en voyage, que ça va se terminer en échouant sur une île déserte, et comment on sait quand on doit prendre son livre de Papi Jeannot ? Eh bien justement, comme on ne sait pas, on doit toujours avoir ce livre sur soi.

Mona découvre le livre que Jeannot a choisi pour elle. C'est un roman d'Italo Calvino, *Si par une nuit d'hiver un voyageur*. Elle lit la dédicace que Jeannot a écrite à son attention.

« À emporter sur une île déserte avec toi, ma fille »

Elle tourne la page et découvre :

« Si tu pars sur une île déserte ou sur ton île, celle de ton imaginaire, celle où tu pourras te retrouver, toi-même, celle que je pense connaître depuis ton premier jour, emporte ce livre avec toi.

Il est le livre de toutes les rencontres, de tous les possibles, de tous les hasards qui transforment la vie en destin. Si par une nuit d'hiver... Je te laisse lire... et écrire la suite. Ton père qui t'aime.

Ps : j'aimerais que tu aies confiance en moi et que tu me laisses emmener les petits en voyage. Je sais que tu penses que je vais les perdre. Pire, tu as peut-être peur que je les déçoive, que je change d'avis, que je disparaisse au moment du départ, que je ne tienne pas ma promesse.

Et c'est bien normal ; il y a tant de promesses que je n'ai pas tenues.

(Mais c'était à cause du jeu. Tu sais, on ne choisit pas quand on gagne et quand on perd au jeu. C'est le principe de la chance. Certains rabat-joies pensent que c'est toujours le casino qui finit par gagner, mais ce n'est pas vrai. On est à armes égales. Tout peut arriver et la chance peut sourire d'un côté comme de l'autre. C'est ça qui est bien avec la chance, c'est le seul endroit où on est tous libres et égaux. Les riches, les pauvres, les jeunes, les vieux, les as du poker comme les débutants. La chance, c'est un concept de gauche. C'est mieux que le communisme.)

Mais j'ai changé, Mona, et je voudrais te prouver que je suis un bon grand-père, que je serai à la hauteur de tes enfants géniaux.

(Oui ils sont géniaux, car ils sont les enfants de cette femme géniale que tu es devenue et que je ne voudrais surtout pas décevoir. Parce que toi, tu ne m'as pas déçu. Tu m'as même épaté. Tu es allée au-delà de tes promesses. Tu es si vraie. Tu es si belle – au moins aussi belle que ta mère, ce serait bien que tu en prennes conscience.)

N'aie pas peur, ma chérie. Ne t'angoisse pas. Ne t'angoisse plus. Faisons cela aussi pour que tu passes au-delà de tes peurs. (Je dis cela, mais je réalise que je ne suis certainement pas étranger à ces craintes. Je ne t'ai pas assez sécurisée et je m'en excuse si c'est ma faute). Démarrons une nouvelle vie dans la confiance en l'avenir. »

Mona déborde d'émotion. En lisant, ce sont des pleurs et des rires qui s'enchaînent à l'intérieur d'elle-même. La pudeur de son père. Sa manie de dire toujours les choses les plus importantes dans des parenthèses. Mona l'embrasse et le remercie. Ses yeux sont mouillés d'émotion. Elle trouve refuge dans le pull de Jeannot pour les sécher tandis qu'elle l'enlace pour le remercier.

Dans ses bras, elle pense à la curiosité pour le voyage, l'envie d'arpenter le monde, de dévorer tout ce qui était masqué par les peurs. Cette peur qui dort à présent dans son camembert. Mona se sent pleine d'espoir d'une vie remplie d'aventure.

En séchant ses yeux, elle aperçoit sur son poing le parapluie de Lucas. Elle se remémore son sourire. Un papillon traverse son plexus et provoque un soulèvement lorsqu'il s'envole.

— Ah ! Qu'est-ce que c'est ? demande Vincent, impatient tandis que Floriane, réapparue dans la pièce, des cadeaux dans les bras, après avoir distribué des trousses remplies des produits de beauté, se dirige maintenant vers lui, fière d'elle, lui offrant avec malice un cadeau empaqueté.

Vincent ouvre le paquet et déchiffre l'inscription.

« My heritage DNA ».

— C'est un test ADN ! s'écrie fièrement Floriane.

— C'est quoi ça ? C'est quand on a tué quelqu'un, l'ADN, non ? demande Félix.

— À quoi ça me servirait ? demande Vincent, déçu.

— À retrouver tes origines ! C'est génial, non ? J'ai pensé que ça te ferait plaisir ! Surtout à toi !

— Il n'a aucun besoin de retrouver ses origines, intervient Raphaëlle. Sa famille c'est nous ! Le reste on s'en fout !

— Peut-être que Floriane veut me faire passer un message. C'est parce qu'on n'est plus ensemble, Mona et moi ? Faut que je me trouve une autre famille, c'est ça ?

— Oh là là, mais pas du tout ! Je t'ai acheté ça comme ça, moi. Je pensais que ça t'amuserait ! dit Floriane d'un air détaché.

— Elle ne l'a pas acheté, ajoute Stan. Elle l'a reçu d'un représentant comme tous nos cadeaux depuis une quinzaine d'années.

— Et alors ? Bon, si vous n'êtes pas contents, je vais faire un tour. Je ne vais pas me justifier devant une famille de susceptibles. Tant pis pour vous.

— Mais non, c'est moi qui vais partir. Restez ! Vous êtes tous chez vous ici. C'est moi l'intrus, ajoute Vincent.

Étoile se lève et s'adresse à Vincent avec autorité :

— Tu seras toujours chez toi ici, le rassure Étoile. Tu es comme mon fils. Peu importe l'évolution de votre relation à Mona et toi. Ce Noël, c'est le tien, comme chaque année. Alors savoure-le et passons à autre chose.

Vincent s'approche d'Étoile et se réfugie dans ses bras.

Ma grand-mère est formidable, se dit Mona. Je l'aime tant. Quelle femme. Mais que vais-je faire d'une vie entière condamnée à vivre avec Vincent, comme un frère dans ma famille. Mona pense à Lucas. Elle imagine qu'elle aimerait peut-être un jour le convier à cette table, lui ou un autre d'ailleurs. Ce ne serait pas possible à cause de Vincent.

— En même temps, ajoute Félix, il faut reconnaître que c'est formidable le progrès !

Pierre et Édith lui font de gros yeux. Gêné, il se sent obligé de poursuivre.

— C'est vrai ça ! Quelle belle époque. Mona m'a montré ce site, l'autre jour, Kinder, une merveille !

— Tinder, rectifie Mona.

— Tu es sur Tinder, Mona ? demande Vincent aussitôt.

— Pas du tout, se défend Mona. Je racontais à Papi, c'est tout.

— C'était pour moi ! ajoute Félix, voulant récupérer la gaffe.

— Je vais fumer une cigarette, déclare Vincent en se levant.

Il quitte la table, laissant un silence de plomb dans l'assemblée restée immobile, penaude, chacun tenant ses cadeaux devant lui, prêt à les offrir.

27.

— Tu éteindras la lumière, Félix, s'il te plaît ? demande Étoile, allongée sur leur lit.

— Bien sûr. J'arrive dans cinq minutes, la rassure Félix, le regard fixe sur le miroir de la salle de bains.

Il ferme la porte derrière lui, fait couler le pommeau de la douche pour être recouvert par le bruit du jet d'eau et enclenche le dictaphone.

« Mardi 24 décembre. Suite.

Ce soir j'ai discuté avec Vincent. Il avait beaucoup de peine. On a bu du Cointreau tous les deux. On aime bien faire ça. Il me raconte des choses. Pour une fois que c'est moi qui écoute. Je fais ça tellement rarement. C'est toujours moi qui parle. Je sais que c'est un défaut. À mon âge, je devrais avoir évolué ! Étoile me le dit toujours ! Bref, Vincent, je sais qu'il est triste de ne plus former un couple avec Mona. Il l'aime encore.

À la fin de la soirée, quand on n'avait presque plus de Cointreau, il m'a raconté un truc bizarre. Une nuit, il y a quelques années, il a eu une hallucination. Une espèce de rêve éveillé.

Il se voyait en officier allemand. Une femme juive venait le voir et lui disait qu'elle savait qui il était. Qu'elle l'avait reconnu et qu'elle savait qu'il avait exterminé toute sa famille. Il était réveillé et n'arrivait pas à arrêter son rêve. Une fois calmé, il lui a semblé évident que ses ancêtres étaient des nazis. Depuis il est terrifié à l'idée de connaître ses origines. Il a peur d'être allemand et de réaliser que cette vision était vraie. Ce qui selon moi est idiot, car il pourrait très bien être allemand et être le fils d'un juste. Mais je n'ai pas plus de preuve pour cette théorie que lui pour la sienne. Bref, c'est une raison de plus, inavouable pour lui, d'être perturbé par ce test. Dans tous les cas, ce test est une imbécillité. Floriane n'aurait jamais dû faire ça.

Pour moi, quelles que soient les origines de Vincent, il est mon petit-fils. Chaque jour depuis toutes ces années, on a appris à se connaître et, petit à petit, il a pris de l'importance. Peut-être même qu'au fond, il a réparé un peu de cette blessure qui est là depuis Tunis. Vincent, il occupe cette place. Pour moi comme pour Étoile qui l'aime comme son fils.

Tous les deux, quand ils prennent le café ensemble, ils parlent pendant des heures. Vincent lui parle de Mona, de la vie. Étoile lui donne des conseils. Mais ça ne marche pas. Mona ne l'aime plus comme un mari et ça, on n'y peut rien.

Vincent, peut-être bien, oui, que tu as pris une place et que nous ne demandions que ça. Que ce vide soit occupé par quelqu'un. Depuis Tunis, cette absence, elle est si difficile. Il y avait un espace au chaud dans nos cœurs à Étoile et à moi.

Mona, ma chérie, je suis de plus en plus convaincu que je ne te donnerai pas ces cassettes de mon vivant. Quand tu les retrouveras, peut-être que tu devras lire entre les lignes ou sauter des passages que tu ne comprendras pas. Joyeux Noël ma chérie. Je t'ai trouvée rêveuse ce soir. J'aimerais tant que tu me caches de belles choses. Je vais rejoindre ta grand-mère qui ronfle déjà. Je t'aime fort, ma chérie. »

28.

— Les enfants dorment. Je vais y aller, dit Raphaëlle en enfilant son manteau. J'y crois pas ! Vous êtes encore sur ce film ? Vous êtes tellement gnangnans, tous les deux.

— Merci Raphaëlle pour les enfants. Ils adorent quand tu leur racontes des histoires, dit Mona à sa cousine, prête à rentrer chez elle, tandis que Stan et elle, allongés sur le canapé, dans le salon d'Étoile et Félix, écoutent religieusement Catherine Deneuve chanter.

« Mais, mais que sais-tu de moi, toi qui parles si bien
Toi qui dis me connaître et pourtant ne sais rien
Rien, rien, rien, rien… »

— Vous êtes trop cuculs avec ce film. Comment vous avez bloqué là-dessus ! Allez, bonne nuit et à demain, conclut Raphaëlle avant de fermer délicatement la porte.

À peine Raphaëlle partie, Mona et Stan reprennent en cœur, calés sur le rythme de Delphine, dans les *Demoiselles de Rochefort* :

« Que sais-tu de mes rêves et de quoi ils sont faits
Si tu les connaissais tu serais stupéfait
Tu ne sauras jamais ! »

Comme les enfants qui dorment à présent, Étoile et Félix sont couchés. Vincent est rentré dormir à l'appartement. Mona se délecte de passer la nuit chez Étoile et Félix. C'est exceptionnel pour les enfants et elle. C'est réservé à Noël ou à quelques rares soirées familiales. Les enfants couchent dans des lits d'appoint tandis que Mona campe sur le canapé. Une atmosphère délicieuse qui rappelle les années de l'enfance passées ici, dans ce même appartement.

— Elle a raison. On a bloqué sur Gene Kelly, reconnaît Mona, amusée, repensant à Lucas qui lui confiait que sa maman adorait Michel Legrand.

Elle regarde à présent le dessin de Lucas sur son poing, a envie de partager cela avec Stan, quand Pierre entre dans la pièce.

— Je suis revenu, lance-t-il. J'ai oublié mon téléphone !

— Tu voulais rester avec nous, répond Stan, amusé.

— Pour regarder un vieux film de Jacques Demy ? Il y a des choses qui nous séparent à tout jamais, les amis, dit-il en s'asseyant sur un coin de canapé. En vrai ça m'arrange d'être revenu, poursuit-il, je n'ai pas sommeil et Édith s'est couchée à peine rentrée. Vincent n'était pas trop fâché ? s'enquiert Pierre.

— Je crois que Maman l'a bien réconforté, dit Stan.

— Oui, ils ont pas mal parlé. Elle l'a calmé. Et puis il connaît ma mère. Il revient demain pour le déjeuner. Tu restes avec nous ? demande Mona.

— Il me faut un truc pour faire passer ça, si je reste, dit-il en désignant l'écran avec moquerie. L'autre jour, j'ai apporté du Cointreau à Maman. Je vais voir où elle l'a mis.

— Je vais te le trouver. Elle l'a sûrement rangé dans l'atelier, dit Mona en se levant pour aller le chercher. Tu m'éclaires avec ta torche, Pierre ?

Mona se dirige vers l'atelier, suivie par Pierre et par Stan qui s'est levé aussi.

— Tu mets sur pause ? demande Mona à Stan.

— Tu le connais par cœur, on s'en fiche, rectifie Pierre avant de pénétrer dans l'atelier.

Il fait tout noir dans la pièce. Pierre, dirigeant sa lampe torche vers Mona qui cherche le Cointreau, discerne avec difficulté où il met les pieds. Il manque de tomber et donne un coup dans un chevalet. Les dessins volent avant de s'éparpiller au sol.

— Mince ! Il faut tout remettre à l'identique ! dit Mona.

— Vous faites un barda pas possible, dit Stan légèrement en retrait.

— On a fait tomber des dessins de Maman. Tu m'aides à les ramasser ? demande Pierre à son frère.

Pierre dirige sa torche sur les dessins.

— Regarde celui-là. C'est l'un de ceux qu'elle fait pour le bac de Raphaëlle, montre Mona à Stan.

— Wouah ! C'est quoi ça ? s'étonne Pierre, ramassant une des grandes feuilles jonchant le sol.

Parmi les illustrations aux styles identiques, impressionnistes, aux couleurs pastel, toujours très douces, un dessin se distingue. Une femme portant un enfant dans les bras. Ce dernier semble mort, la tête en arrière et les membres comme mous. Une espèce de poupée de chiffon. Sur le dessin, une phrase calligraphiée : « Ne jamais oublier ». Il est sombre, réaliste et assez violent. En bas à droite, la signature en forme d'étoile.

— C'est Maman qui a fait ça ? s'étonne Pierre.

— Il y a son étoile en signature, note Mona.

— Elle n'a jamais fait de toiles comme celle-là. On ne la reconnaît pas.

— C'est étrange. Où se trouvait ce dessin ? demande Stan.

— Juste là. Enfin, en dessous des autres. Un peu caché derrière les autres. C'est troublant, répond Pierre.

— Flippant, corrige Stan.

— On n'est pas censés être ici, je vous rappelle… Allez, on range. C'était comme ça, dit-elle en remettant les choses dans l'ordre avec le plus de précision possible. J'ai trouvé la bouteille de Cointreau. Elle est vide. Je prends l'amaretto. On y va.

— Avec Édith, ça doit faire je ne sais plus, une éternité ! confie Pierre, adossé à la rambarde du balcon.

Le film est toujours en pause. Pierre n'est pas mécontent d'avoir réussi à les en détourner pour fumer une cigarette dehors.

— Moi ça fait un an et demi. Depuis qu'on est séparé, avec Vincent, lâche Mona.

— Et moi il y a deux mois, j'étais encore au top, ajoute Stan.

— Comment est-ce possible que tu n'aies rencontré personne depuis ta séparation avec Vincent ? demande Pierre.

— Pas facile de rencontrer quelqu'un quand tu vis encore avec ton ex, répond Stan pour Mona.

— On ne vit plus ensemble, rectifie Mona, mais on n'a pas vraiment d'intimité.

— Vincent, c'est un peu comme ton frère maintenant, non ? demande Pierre.

— C'est le père de mes enfants surtout. D'un côté, il me rassure. De l'autre, il m'étouffe. Pour lui c'est tellement important qu'on reste une famille, qu'on soit proches. Pour moi aussi c'est bien, et pour les enfants surtout, mais je ne vais jamais grandir si on reste comme ça. L'autre fois, il m'a encouragée à quitter mon job. Il m'a dit qu'il serait toujours là pour moi. Mais je sais qu'il ne faut vraiment pas que je dépende de lui.

— T'en es où avec le travail ? C'est vrai que ce serait une bonne chose que tu retrouves une activité que tu aimes. Papi dit que tu es douée pour l'écriture et que tu en rêves, confie Pierre.

— Je vais démissionner. C'est une question de jours.

— De combien de jours ? demande Stan. Il faut que tu passes à l'action.

— Je vais être dans la merde, alors je réfléchis encore un peu.

— Tu peux compter sur moi, dit Stan. Je te l'ai déjà dit.

— Sur moi aussi si tu as besoin, ajoute Pierre. Allez ! on trinque, à ton nouveau départ, ma nièce !

— Regardez la lune, comme elle est belle ! remarque Mona.

Ils la regardent tous les trois en silence. Mona se sent chanceuse de partager cela avec ses oncles. Elle repense à Lucas qui vit tout près d'ici. Derrière sa fenêtre, une lumière. Elle pense au rendez-vous du lendemain. Le parapluie sur son poing. Comment retrouver la simplicité de leur rendez-vous ? Faut-il qu'elle fume ou qu'elle boive pour trouver Lâcher-prise. L'image de la branche de cerisier sur le bras de Lucas lui revient et elle se réjouit de le revoir. Elle avale d'un coup son amaretto et sourit avec malice.

— Tu sais, je pense que ton problème ce n'est pas Vincent, reprend Pierre, pensif, sirotant la liqueur. Il faut juste que tu gagnes en légèreté. Vincent ou un autre, peu importe. Le problème c'est plutôt ça, « la légèreté ». Si tu rencontres un homme et qu'au moment fatidique tu lui dis, « Oui j'arrive, je me déshabille, mais attends, faut que je vérifie un truc. Mes enfants vont en sortie à Giverny, faut que je checke que la maîtresse ne les a pas perdus », dit Pierre en imitant Mona, ça ne va pas le faire.

— Je suis tellement capable de faire ça, reconnaît Mona.

— C'est juste pour ça que tu n'as pas eu d'histoire. Tu as dû te faire draguer, non ?

— Oui, j'avoue, tout récemment.

— Récemment ? C'est-à-dire ? demande Stan, curieux.

— Ça remonte à… tout à l'heure, avoue Mona, gênée.

— Tout à l'heure ? Mais quand ? C'est Noël ! On n'a pas bougé d'ici, s'exclame Stan.

— À la boulangerie. Tu sais, dit-elle à Stan, on avait fumé avec Raph.

— Vous fumez avec Raph ? s'insurge Pierre.

— C'était la première fois, le rassure Mona.

— Mais vous êtes complètement à l'Ouest. Je me bats pour qu'elle arrête cette merde et se mette au travail.

— Tu n'as aucun souci à te faire pour ta fille. Elle est brillante, Raphaëlle, tellement en avance. Si j'avais pu être comme elle à son âge. J'en ai le double et je n'ai pas fait la moitié du chemin, se désole Mona.

— N'empêche que vous avez fumé avec elle, reproche Pierre.

— Ça va ! Elle n'a pas besoin de nous pour ça. Mona a juste tiré sur son joint. C'était tellement drôle. Ça devait être la première fois de sa vie. Hein, Mona ? C'était ta première fois ?

— C'est symbolique, s'énerve Pierre. Tu es mon frère, tu ne fumes pas avec elle.

— Il a raison. C'est nul, mais de toute façon, Stan n'a pas fumé. C'est juste moi qui ai tiré sur le joint et je suis désolée.

— Raconte, s'il te plaît, insiste Stan, impatient. Que s'est-il passé ensuite à la boulangerie ?

— Ben, j'étais un peu… comme moi, mais en mieux, explique Mona. Et du coup, je me suis un peu lâchée avec le voisin.

— Quel voisin ? demande Stan, impatient.

— Il est comment ? demande Pierre.

— C'est trois fois rien. C'est ridicule de vous raconter ça, il n'y a rien. Enfin, si, un petit quelque chose. Il s'appelle Lucas. Il habite juste en face, la fenêtre allumée, là, c'est la sienne, dit-elle en désignant la vitre éclairée par une douce lumière jaune.

— Tu le connaissais avant ce soir ? demande Pierre.

— Oui, on s'était déjà croisés dans le quartier, à la boulangerie et avec Gammarth. Mais bon, j'avais été assez… plutôt… fermée, comme d'habitude. Alors que là, ce soir, j'étais différente… C'était très chouette. On a bu une coupe de champagne.

— Une coupe à la boulangerie ? demande Stan, étonné.

— Au bar juste en face, précise Mona. Et puis une autre après. Entre le joint et le champagne…

— Mais comment vous vous êtes retrouvés devant une coupe ? demande Pierre.

— C'est une longue histoire. On a défendu Napoléon qui s'est fait piquer son parapluie. Et du coup on a sympathisé.

— Il te plaît ? demande Stan.

— Pas mal, oui. Il est musicien. Enfin DJ. Il sourit sur le côté comme Gene Kelly. Il est italien. Il dit qu'il mixe plein de musiques. Je crois qu'il aime l'électro et aussi de temps en temps le jazz. Il m'a invitée à aller l'écouter. Il mixe tous les mardis.

— Il faut absolument que tu y ailles pour le revoir ! dit Pierre, tout excité.

— On a rendez-vous demain. Enfin tout à l'heure, dit-elle timidement.

— Comment ça, demain ?

— En bas à la boulangerie pour reprendre un verre à 19 heures.

— Mais c'est génial ! dit Pierre, joyeux, en profitant pour remplir les verres.

Tandis que Mona trinque avec ses oncles, elle réalise combien elle a peur. Peur de tout. De ce rendez-vous où elle craint de ne pas être légère. De se refermer. Et si la Peur ressortait de son camembert ? Et si le Désir se dégonflait ?

— Je ne sais pas si je serai capable d'être détendue demain. Tout à l'heure c'était exceptionnel. J'étais sous l'effet de la drogue.

— Pourquoi tu n'y arriverais pas ? demande Pierre.

— Parce que j'ai peur. Peur de tout.

— Chacun entretient des peurs, rassure Stan. Regarde Pierre qui craint toutes les femmes de plus de vingt-cinq ans.

— C'est un léger raccourci, rectifie Pierre. Une femme qui a des enfants, ça peut pas m'exciter, c'est tout, mais ça ne me fait pas peur… Pour moi c'est juste une mère. Je sais que c'est dur pour Édith, mais je n'y peux rien.

— Et parfois, tu n'as pas envie de te dire, « bon, je vais aller voir un psy », demande Mona, compatissante. De dire « je vais essayer de comprendre ce que j'ai comme problème ».

— Tu vas voir une psy depuis une vie et tu en es toujours au même point, Mona, répond Pierre. Je n'y crois pas trop.

— Je progresse, se défend Mona.

— Et puis je vais bien, poursuit Pierre. J'aime cette vie avec mes histoires et Édith qui est malgré tout toujours dans ma vie. Je m'éclate bien avec mes escapades. Vous le savez bien que je suis heureux. Tu vas te lâcher demain, hein, Mona ? Tu ne peux pas passer à côté. C'est trop bon.

— Je vais essayer, promet-elle. Mais bon, c'est juste un verre.

— C'est toujours juste un verre au début. Le reste, tout ce qui va arriver, tu ne le connais pas encore. Et c'est le plus génial.

— Regardez comme la nuit est claire. La lune est magnifique, esquive Mona. Ça va, Stan ?

— Ça va. Il fait jour à Rio pour Julien. La lune est chez nous. C'est la même qui sera au Brésil dans quelques heures. J'aimerais qu'il pense à moi en regardant la lune demain. Qu'on ait ça en commun. Qu'est-ce qu'il nous reste en commun ? Plus rien.

— Tu te fais du mal, Stan. Tu vas l'oublier, retrouver quelqu'un d'autre et cesser de penser à lui. À Noël prochain, tu seras dans complètement autre chose. Dis-toi qu'il faut juste du temps.

— Je sais.

— Vous n'êtes pas perturbés par le dessin d'Étoile ? demande Pierre.

— Si, il m'a donné mal au ventre, reconnaît Mona.

— C'était comme un enfant mort dans les bras de cette femme, non ? demande Stan.

Tous trois observent la clarté de la nuit en silence. Le souvenir de la rencontre avec ce tableau donne plus précisément à Mona un malaise au niveau du plexus. Une angoisse latente qui vient assombrir le magnifique tableau de ce ciel blanchi. Elle regarde son poing et le parapluie. Soudain, elle se dit qu'elle n'ira pas. La peur de décevoir Lucas et de ne pas être à la hauteur prend le dessus sur le ravissement de la veille. Lucas dort peut-être derrière cette fenêtre. Il se serait assoupi en écoutant de la musique après sa soirée. Tout habillé. Libre comme il semble l'être de vivre au gré de son corps, de son rythme. Sans contrainte.

Revient l'image du dessin d'Étoile qui brouille son ventre. Mona est tenue entre la pesanteur de l'angoisse et l'envie de partir, s'envoler. Enjamber le balcon et voler avec son peignoir de soie. Le désir dans son habit léger tourne sur lui-même devant elle, suspendu dans les airs en enchaînant des mouvements. Comme Fée Clochette. Avec une grâce dont elle se sent si proche et si loin à la fois. La possibilité de cette liberté, de partir en donnant la main à Lâcher-prise, dessinant des volutes dans le ciel. Tout cela est si près et si loin. Près comme le désir de voler. Loin comme la réalité de ne pas avoir d'ailes.

— On aurait dit Guernica, ce dessin, ponctue Pierre.

Mona pense à la vitesse de l'éclair. Tout s'enchaîne comme son esprit sait si bien le faire. Une petite bicyclette qui pédale si vite. Une pensée chasse une autre puis une autre qui pousse. Tout cela à une vitesse débordante comme une turbine alimentée par l'énergie du vélo que Mona pédale, dans le vide, un engin cloué au sol, empêché d'avancer, comme scellé par des rivets sur son socle. Le dessin. Guernica. Envie de voler. Impossibilité de partir, d'être libre. Picasso. Liberté. Prendre la tangente. Partir ? Sur la route. Jack Kerouac. Kerouac et sa relation à sa mère. On dirait moi et mon cocon, pense Mona. Envie de voyager, de partir à l'aventure. Impossibilité de quitter sa mère. Pauvre Kerouac. Toujours revenir, se faire couver. Les contradictions de Jack. Sur la route, Jack les pieds en éventail sur le pare-brise de son van. La Beat Generation. Aventure. Beat Generation. Quitter sa famille. Lucas et l'Italie qu'il a dû quitter. Italie. Mère trop présente. Louise Bourgeois. L'araignée. Araignée. Mal de ventre. Fœtus. Araignée. Louise Bourgeois.

— Ou du Louise Bourgeois, rectifie Mona.

Revoir Lucas. Appréhension pour demain. Il a dit qu'il aimerait me connaître en fille morose. Ce ne sont que des paroles. En vrai, il ne trouvera pas ça charmant. Manquer le rendez-vous. Inventer une excuse. Le revoir plus tard quand je serai vraiment guérie. Cesser de penser. Aller dormir pour arrêter le vélo. Décider demain pour le rendez-vous.

29.

Les enfants jouaient avec leurs cadeaux ce matin quand Mona les a laissés à Étoile. Le temps de passer prendre quelques affaires au studio pour se changer. Vincent est à l'appartement. Ne pas y passer quand c'est sa semaine. Il doit finir de préparer sa valise. Arrivée dans cette drôle de garçonnière partagée, sans vie, que Mona s'est promis d'incarner désormais, elle allume la bougie de l'autre soir, celle achetée le jour du massage. Une manière de se retrouver dans son ambiance à elle et de s'approprier ce lieu hostile jusqu'à il y a encore quelques jours. Mona se déshabille et fait couler un bain. Prendre une heure pour soi. Les enfants sont en sécurité chez Étoile et Félix. Sentir cette atmosphère de détente. L'eau chaude et la bougie. Il faut peu de choses pour créer un univers. Chez Madame Savonet, une respiration suffit à produire une galaxie sensorielle. S'en inspirer pour dessiner des bulles dans la vraie vie. Le répondeur clignote. Mona enclenche la lecture.

« Mona, c'est moi. Il est 4 heures du matin et je n'arrive pas à dormir. Je regarde la lune et je pense à toi. Je pense à nous. À notre famille. À ce putain de repas de Noël qui avait un avant-goût d'errance retrouvée. Ça m'a donné mal au bide. Ça m'a rappelé les matins de Noël au foyer. Le silence dans cet ancien couvent reconverti en orphelinat. Un espace géant. Pas de famille. Juste quelques surveillants volontaires pour être de garde le 25 décembre. Il y avait pas mal d'enfants qui rentraient dans leur famille pour Noël. Des grands-parents, un vieil oncle, un ami de la famille. Moi je restais là-bas au foyer à compter les alcôves de l'architecture de ce lieu trop grand, trop beau. Un bâtiment pas normal pour une maison. En même temps, c'était pas une maison.

Enfant de la République ! Enfant de personne.

Ce soir je me suis dit que Noël prochain serait sans doute comme les Noël d'avant. Petit matin de solitude pour anti-héros de la nativité. »

Mona écoute le message de Vincent, gênée à présent par l'eau du bain qui coule du robinet.

Vincent a marqué une pause. Elle s'est assise, nue, devant le répondeur, en tailleur.

On entend un cliquetis. Celui de son briquet. Le Zippo qui ne le quitte jamais et dont le bruit est indissociable de lui. Vincent tire sur sa cigarette et reprend après une expiration.

« Tu sais, je crois qu'on passe une vie à se mentir, à se faire croire qu'on est devenu celui qu'on voulait être, mais on ne quitte jamais celui qu'on est véritablement. Je suis un orphelin, un éternel enfant seul. Je pourrais avoir quatre-vingt-dix ans et être un pépé avec ses petits-enfants, rien ne changera. J'ai essayé d'y croire. J'y ai cru. Étoile et Félix étaient devenus ma famille. Même Gammarth m'avait adopté. Il me suit de près, ce chien, et je l'aime. Des grands-parents au-dessus, des enfants en dessous. Un molleton pour ne plus entendre qui je suis et serai toujours : un orphelin, un sans-famille.

Mona, toi et ta famille ne pouvez rien pour moi. Pourtant, je me sentais légitime chez tes grands-parents. Ce couloir que je connais par cœur, jusqu'à son acoustique, le son de la télévision, feutré dans ce passage vers la cuisine d'Étoile sans doute à cause de la moquette, l'odeur permanente du plat mijoté, les effluves des plats tunisiens de ta grand-mère, un clou de girofle, un vague parfum de miel. Dans la cuisine, j'aimais sentir tous les jours de l'année ces odeurs de paniers de légumes qui débordent, une espèce de preuve qu'on est bel et bien dans une famille qui vit, avec des placards remplis de choses à partager, le réfrigérateur qui regorge de restes prêts à être emballés pour l'un ou l'autre des enfants de passage. »

Des larmes coulent sur les joues de Mona. Assise par terre, nue devant le répondeur, elle n'a plus vraiment envie de prendre ce bain. Elle aimerait prendre Vincent dans ses bras, lui dire combien elle l'aime. Combien elle l'aime comme un frère. Lui, sa rengaine d'orphelin, sa générosité, sa fiabilité, ses rituels qui l'excèdent autant qu'elle les aime. Elle voudrait lui dire combien leur rencontre a été une chose magnifique. Certes, elle a rapidement eu conscience de réparer quelque chose en le choisissant, en acceptant de partager un peu de sa famille magnifique, elle qui a eu la chance de naître dans cette tribu. Avec des grands parents si formidables. Oui, elle avait envie de lui offrir cela à lui aussi. Elle était heureuse de voir Félix et Étoile l'accueillir à bras ouverts. Eux qui avaient tant d'amour à donner. Un réservoir infini ?

« Je crois que tous les enfants qui ont grandi seuls doivent aimer les frigos qui sentent les restes. Les restes, c'est la vie, c'est la preuve qu'on a cuisiné hier, qu'on ne s'interdit pas de servir à manger à un ami de passage aujourd'hui ou demain. La vie de famille.

Comment réagiront Félix et Étoile quand tu viendras dîner avec un nouveau petit ami le soir de Noël. Forcément tu auras un nouveau petit ami. Peut-être dès Noël prochain. Naturellement, ils l'accueilleront comme un fils. Ils m'enverront un gentil mot ; Étoile me fera parvenir des gâteaux ou m'invitera à rester prendre le café si je passe. Mais à nouveau je n'aurai plus de repère. Sans famille. Étoile et Félix ne seront plus ma famille, ils ne l'ont jamais été vraiment si on se dit tout, si on se parle comme des grands. On ne décide pas d'être la famille de quelqu'un. Ils ne seront plus mes grands-parents. Je n'ai pas de grands-parents. Je vais retourner dans la rue, comme les sapins qu'on invite dans les maisons à Noël et qu'on remet sans racine sur le trottoir quelques jours plus tard. Je suis un éternel sapin du 1er janvier. Tout ça, c'était un leurre.

Et puis après tout, ça faisait de nous des frères et sœurs ou des cousins, au mieux. Ça ne marche pas. C'est peut-être pour ça que, depuis quelque temps, tu m'aimes un peu comme un frère alors que moi je suis là à te regarder. L'autre soir j'ai rêvé que j'étais un petit chiot. Un adorable petit chien dans une vitrine. Les gens m'aimaient bien. J'étais tout mignon, mais personne ne m'adoptait. Je restais là dans cette vitrine à regarder passer les gens. Immobile. Spectateur de ma vie. Parfois tu passais, Mona, presque sans me voir. J'étais transparent. Tu passais et tu te regardais dans le reflet de la vitrine. Tu ajustais ton chignon, puis ton tee-shirt au cou échancré sur ton épaule. Moi je mourais d'envie de caresser ton épaule, de venir dans tes bras comme un petit chien que tu câlinerais et de lécher ton épaule. De regarder derrière ta nuque, les cheveux soulevés pour les embrasser. Mais dans mon rêve, il y avait la vitrine épaisse et elle m'empêchait de me faire entendre. Alors j'aboyais, enfin, je pleurais plutôt, un léger râle de chien gentil qui pleure en intériorisant tout doucement. Toi, derrière la vitrine, tu ne m'entendais pas. Même si à force, je réussissais à aboyer fort, tu ne m'entendais pas.

Je te voyais repartir d'un pas alerte, sans avoir même le sentiment d'avoir oublié quelqu'un ou quelque chose. Et moi je restais là, immobile, dans ma vitrine qui semblait sans tain.

Ce soir je me sens abandonné une deuxième fois. Je sens que tout ce que j'ai bâti pour créer une famille se délite. Le détricotage est en route.

Bon, Mona, je vais raccrocher. Je vais essayer de dormir. Le manque de sommeil, ça ne me réussit pas. Et j'emmène les enfants en vacances demain. Faut que je sois en forme. »

Mona reste un moment dans le silence de l'appartement. Elle se dirige vers la salle de bains, emporte la bougie avec elle. Elle pénètre dans son bain et la pose sur le rebord de la baignoire, dans le porte-savon. Elle saisit son téléphone et réfléchit, puis rédige un SMS pour Vincent :

« Je suis repassée au studio. J'ai écouté ton message. Je suis désolée pour hier. Ma mère est folle. Ne le prends pas pour toi. Tu seras toujours le père de mes enfants. Papi et Mamie t'aiment comme leur fils. Rien ne change. Tout progresse. Sois serein avec ça. Nous sommes toujours une famille et c'est immuable. Mona. »

30.

Mona arrive devant la boulangerie à tout juste 19 heures. Elle cherche Lucas du regard. Elle salue Napoléon. Ce dernier l'interpelle. Étonnée, elle se dirige vers lui. Napoléon lui tend un papier.

— C'est pour moi ? demande Mona.

Napoléon acquiesce de la tête. Mona saisit le feuillet et le déplie.

« Première à droite puis deux fois à gauche

Entrer chez l'épicier et lui demander des sardines à l'huile

Lucas. »

Napoléon la regarde avec insistance et lui sourit. Mona ne sait où regarder. Elle trouve ce message saugrenu, mais le sourire de Napoléon est comme une autorisation à entrer dans le jeu. Elle le remercie et commence à marcher. Machinalement, elle s'exécute.

« Une fois à droite puis deux fois à gauche. » Mona arrive à proximité de chez l'épicier. Une musique orientale sort de l'étroite boutique. Il fait froid. L'étalage est recouvert d'une bâche, et sur le côté gisent des sacs de bûchettes et quelques sapins en mal d'adoption. Mona pénètre dans l'épicerie. Elle s'engouffre dans l'unique allée, fait mine de chercher quelque chose puis revient sur ses pas.

— Excusez-moi Monsieur, lance-t-elle timidement.

Un client entre. Mona recule dans l'allée, un peu gênée, comme une adolescente qui voudrait acheter des serviettes hygiéniques. Le client est à la caisse. Mona repense à la première boîte de préservatifs qu'elle a achetée dans une pharmacie. Manque de légèreté. Manque de sensualité. Manque d'abandon. Un amoureux parce qu'il en fallait un. Trop jeune, trop maladroit. La chambre de service en haut de chez Félix et Étoile. Une capote qui grinçait. Les posters au mur. Des cassettes de jazz dans le Walkman. Des livres de philosophie. Une affiche chinée aux puces, la une de la mort de Sartre.

Pourquoi n'ai-je pas vécu l'insouciance, les histoires d'amour fougueuses, l'abandon, la rage des années rock, la naissance du rap. J'avais vingt ans et je vivais dans une époque sans âge, trop sage, avec des idoles et des mœurs d'hier. Perdue dans des pensées pseudo-philosophiques. L'illusion de croire que j'étais un esprit exceptionnel, que j'allais écrire de grands textes. Un énorme cliché à moi seule. L'envie de me démarquer. Le désir plus que tout de ne pas avoir une vie banale. Qu'y ai-je gagné ? Y ai-je laissé ma jeunesse ? Ai-je été jeune ou avais-je déjà l'âge de mes grands-parents avec qui je vivais presque ? Après tout, l'âge n'a aucune importance.

Mona se raisonne : ne pas se sentir vulnérable à l'instant précis où je vais rencontrer un garçon plutôt chouette. Cesser de dire « chouette ». C'est démodé. Qui dit « chouette » à part les vieux ? Je suis un anachronisme ambulant, pense-t-elle.

Le client a payé sa boîte de biscottes. Il est parti.

— Bonjour Monsieur, je voulais savoir. Auriez-vous, heu, des sardines à l'huile s'il vous plaît ?

L'épicier sourit avec un air complice et lui tend une boîte de sardines qu'il saisit derrière la caisse. Mona réalise qu'il l'attendait, tout comme Napoléon un peu plus tôt. Le sourire malin de l'épicier est presque lubrique. Un regard ami ? Il me gêne un peu, se dit Mona. Il me dévisage. « Ma petite, tu vas voir ce que tu vas prendre. Ça va être ta fête ! », il doit se dire.

Mona se demande ce qu'elle fait là, déshabillée par le regard d'un épicier qu'elle ne connaît pas. En un instant tous ses vêtements sont partis. Elle est maintenant attifée d'une combinaison en soie munie de balconnets qui montre une poitrine généreuse. Elle n'aime pas la tête qu'elle fait tandis qu'elle est assise à califourchon sur Lucas qui la fait rebondir sur son sexe, faisant sauter ses seins qui débordent du soutien-gorge en forme de coupelles. Les petits sons qui émanent d'elle la font rougir. Elle se trouve impudique de s'abandonner alors que l'épicier la regarde.

Elle se ressaisit, revient à la réalité et remercie l'épicier. Elle s'engouffre à nouveau dans l'allée-cachette et entreprend quelques pas pour ne plus être à découvert sous le regard voyeur du commerçant.

À présent seule, à l'abri, elle regarde la boîte de sardines. Elle la scrute, ne remarque d'abord rien de particulier puis la retourne. Au dos, un message inscrit au marqueur. Un ticket de métro scotché dessus.

« RDV au 214 rue de Rivoli (métro Concorde)

Plus jolis parapluies de Paris.

L »

Elle se dirige vers la caisse.

— Heu, je vais la prendre. Combien vous dois-je ?

— C'est déjà réglé, Mademoiselle. Au revoir.

Mona sort de l'épicerie, les yeux rivés au sol. Elle referme son manteau, sentant derrière elle les yeux de l'épicier.

Protection. Bien fait d'avoir choisi ce manteau. Sentiment néanmoins que ses fesses se dessinent trop distinctement et que dans tous les cas, l'épicier les voit tandis qu'elle s'éloigne. Mona décroche le ticket et s'engouffre dans la bouche de métro. Impression de vivre quelque chose de caché. Envie de faire demi-tour. De retourner au chaud chez Papi et Mamie, retrouver Vincent et les enfants pour passer un moment avec eux avant les vacances. Leur faire un câlin. Rassurer Vincent et lui rappeler les recommandations habituelles. Ne pas laisser Léa aller seule aux toilettes dans le train. Mais ne pas abandonner Hugo pendant ce temps dans le wagon. Bien penser à leur demander de suivre le moniteur sur les pistes de ski. Faire attention à Léa quand elle mange de la fondue. Le fromage pourrait l'étouffer.

Il ne faudra pas rester trop longtemps avec Lucas. Tâcher de rentrer vite pour voir Vincent et les enfants. Ne pas oublier de vérifier que les ongles de pieds de Léa sont bien coupés pour qu'ils ne se blessent pas dans les chaussures de ski. Si ça appuie trop fort, ça peut faire un ongle incarné !

Vincent ne sait même pas où je suis, là, s'il y a un problème, pense soudain Mona. Si par exemple, là, maintenant, Léa se brûlait avec une casserole de caramel chez Mamie, ils ne sauraient pas où me trouver pour me prévenir. On n'est pas bien joignable dans les tunnels. D'ailleurs tout le monde ignore que je suis dans le métro. Je le prends si rarement. Si un terroriste faisait sauter la rame, on ne me retrouverait jamais. Enfin si, Lucas préviendrait Papi. Tout le monde finirait par me pleurer. Mais Vincent penserait que j'avais une double vie, que je menais un drôle de jeu, que je m'éclatais pendant tout ce temps. Alors que je n'ai encore rien vécu. J'ai juste un petit parapluie sur le poing et une boîte de sardines dans la main. C'est tout moi, ça ! Je vais crever dans un métro et je n'aurai encore rien vécu !

Si je calcule bien, j'ai deux fois l'âge que j'avais au moment de mon premier coït du sixième étage, mais aucune maturité sexuelle.

Une vieille dame sourit à Mona. Elle doit avoir quatre-vingts ans. Elle est si âgée, si ridée. Pourtant, sur sa main, elle porte une chaîne orientale, une de celles qui part des doigts jusqu'au poignet. C'est très sexy et peu conventionnel pour une vieille dame comme elle. Ça détonne avec son allure. Sans doute le signe de sa folie à elle, d'une vie singulière. La dame lui sourit. Mona aime ce sourire. Elle le prend comme une autorisation. « Profite, ma fille, à ton tour, écris ta vie à toi aussi. »

Accueillir Peignoir de soie et Lâcher-prise. Putain, faites-vous entendre tous les deux ! Ne me lâchez pas. Je ne peux pas finir ma vie comme ça, en mille morceaux avec des boulons dans le corps, éparpillée sur une rame de métro, sans avoir jamais vraiment joui en m'abandonnant. Mona s'interroge maintenant sur la différence entre jouir et avoir un orgasme. Est-ce différent ? Un orgasme, n'est-ce pas jouir avec Lâcher-prise ? Ai-je vraiment connu des orgasmes ou seulement joui ?

Mona repense à Lâcher-prise. « S'il te plaît, reste là avec moi », a-t-elle envie de lui dire. « Accompagne-moi, impose-toi ! Empare-toi de moi ». Mona réalise que Lâcher-prise ne peut pas entendre cela. Quand on est le Lâcher-prise, on ne s'impose pas, on ne se bat pas ! On se laisse vivre.

Deux stations plus tard, Mona remonte à la surface et se dirige vers le 214 de la rue de Rivoli. Elle arrive devant un magasin de parapluies pour touristes. Malgré la nuit tombée, la rue est bien éclairée par les décorations de Noël. Elle ne voit pourtant pas Lucas.

Soudain, une main l'attrape et l'attire sous un très grand parapluie. Mona pousse un petit cri de surprise qui l'énerve. Le même que celui qu'elle poussait tout à l'heure en combinaison et porte-jarretelle à califourchon sur Lucas pendant que l'épicier les regardait forniquer.

— Bonjour Mona.

— Ah ! Salut.

— Joyeux Noël.

— Joyeux Noël. Heu… il ne pleut pas.

— En effet, il neige, lui dit Lucas en plaçant un écouteur dans ses oreilles. Ferme les yeux. Et marche avec moi, lui dit-il en la prenant par le bras.

— On va où ? demande Mona, pour meubler et dissimuler l'agréable frisson qui la parcourt quand Lucas saisit son bras.

— Ferme bien les yeux. Là on passe sous les arcades de la rue de Rivoli puis on va prendre une petite rue à gauche.

— Mais pour aller où ? dit Mona, amusée.

— Au cinéma.

— Ah mais non, ce n'est pas possible, je n'ai pas le temps.

— Non, mais on ne va pas vraiment au cinéma. C'est juste un jeu. Un jeu de Noël. Tu dois deviner la scène d'un film. Ça te va ? Tu dois t'aider de ce qu'il y a dans tes oreilles.

— Je ne sais pas si je vais y arriver.

— Quand on a le son, on a l'image. Tu vas voir.

— Quand on a le son, on a l'image, répète-t-elle.

— Oui quand on a le son, on a l'image. Ton cerveau va faire le reste. Il reconnecte les sons et les images. Il faut juste Lâcher-prise, deviner avec tes sens. Ce que tu entends, puis ce que tu sens.

Comment cet homme sait-il que je vis une histoire, juste en ce moment, avec Lâcher-prise. Si ça se trouve il est connecté. Il devine les choses ; il est doué pour la télépathie. J'adore la douceur de son pull. Sa peau est forcément pareille. C'est pas bien de tricher, Mona, se dit-elle. Ne pas laisser un filet pour regarder. Fermer bien les yeux. Trop envie de voir le dessin sur son bras. Envie de le toucher. C'est beau. Quelle vie a-t-il vécue pour avoir fait peindre un cerisier japonais sur l'un de ses avant-bras ? Une vie folle, pleine d'aventures, de hauts, de bas, de rencontres spirituelles peut-être, pour avoir finalement choisi un cerisier japonais. Un peu bizarre qu'il s'intéresse à moi. Un garçon comme lui, ça doit avoir beaucoup de « groupies » branchées, tatouées, percées, libérées. Mona imagine Lucas derrière ses platines. Il est celui qui passe les disques ; celui que les filles regardent en dansant et avec lequel elles rêvent de boire un verre. Mona imagine à présent Lucas, un verre de whisky dans une main, bougeant sa tête au rythme de la musique et attrapant par la taille une fille qui porte une robe moulante extrêmement courte. Il la porte d'une seule main – l'autre étant occupée entre la platine et son verre d'alcool – et la pose sur le rebord de sa table de mixage. La fille écarte les jambes et se frotte contre lui, l'invitant au coït. Ils sont chauds, sensuels et s'apprêtent à baiser sous les regards envieux des autres filles sur la piste qui aimeraient, elles aussi, écarter les jambes pour s'offrir à Lucas.

— Tu entends, la neige qui crisse sous tes pieds ?

Si je continue à penser en boucle, je ne vais jamais Lâcher-prise. Allez ! Faut que je me détende. Arrêter le petit vélo des pensées qui restent sur place. Mona matérialise un vélo d'appartement cloué au sol. Elle pédale très vite dessus, mais le vélo n'avance pas. Elle regarde les rivets s'ébranler, mais le vélo ne décolle toujours pas. Il pourrait s'envoler vers la lune comme le vélo du petit garçon parti rejoindre E.T. Mais il reste cloué au sol. Mona en descend et se promet de se rappeler qu'il n'a pas d'ailes. Ces pensées-là ne mènent nulle part.

— Et je gagne quoi alors si je trouve le titre du film ?

— Ralentis. Et concentre-toi sur l'odeur, en plus du son.

Lucas descend son bras sur la taille de Mona pour ralentir le rythme et marcher moins vite. Mona est parcourue d'un frisson. Elle aime les mains de Lucas. Elle se voit à présent vêtue d'une robe moulante très courte, assise sur le rebord de la table de mixage de Lucas. Ils sont en pleine fornication. Il ne la caresse pas, mais son coït suffit à lui donner du plaisir. En quelques minutes, elle jouit et hurle de plaisir sans se soucier de l'assemblée qui les regarde. Descendre du vélo ! Enfin !

— Tu sens une odeur maintenant ?

— Oui, je sens une odeur d'essence.

— Bien, repense à la neige sous nos pieds. Elle tombe en gros flocons, poursuit-il. On est dans les années 60. Une jeune femme fait crisser les semelles de ses souliers vernis sur la neige. Elle entre dans la station-service à présent. Tu la connais.

— Je ne vois pas.

— C'est Noël, dans la station-service il y a un sapin.

— Toujours pas.

— Une petite fille à l'arrière de la voiture. Elle s'appelle Françoise.

— *Les Parapluies de Cherbourg* ! La scène de la fin. Elle me fait pleurer à chaque fois.

— Bravo ! Tu as gagné, dit Lucas avant d'embrasser Mona sur les lèvres.

Des papillons restés groupés dans le ventre de Mona remontent à présent vers son plexus et s'agitent puis s'arrêtent.

Lucas l'embrasse à nouveau et passe délicatement sa main dans les cheveux de Mona.

Les papillons battent des ailes à nouveau. Ils sont si nombreux.

Le cerisier japonais frôle la joue de Mona et passe devant son œil. Ses fleurs s'ouvrent à présent, pour accueillir les papillons. Lucas caresse le visage de Mona. Ses mains sont magnifiques. Douces et gorgées de veines qui font penser que son cœur bat avec intensité. Mona les aime immédiatement. Ses ongles sont parfaitement limés et propres. Elle a envie que ces mains touchent son corps. Les ongles de Lucas. Léa. Couper ses ongles avant son départ. Dire au revoir aux enfants. Ne pas rester ici. Ils ont besoin de moi. Les recommandations à faire à Vincent. S'il arrive quelque chose aux enfants, je ne me le pardonnerai pas. Ça sera à cause de moi. Parce qu'au lieu de prendre la peine de m'occuper d'eux, j'aurai choisi de passer du bon temps avec ce potentiel amant que je ne connais même pas.

— Je vais y aller, dit Mona.

— J'en étais sûr. J'aurais dû apporter du champagne.

— Du champagne ?

— Pour que tu sois folle et que tu restes.

— Les enfants m'attendent à la maison.

— On se voit demain ? À la boulangerie ?

— Je ne serai pas trop dans le quartier pendant quelques jours.

— Tu ne veux plus me voir ou tu pars en vacances ?

— Pas moi, non. Mes grands-parents partent.

— Et qui va promener le chien ?

— Je le prends chez moi.

— Alors viens le promener avec moi. Je prendrai Sonate ?

— Faut que je file, répond Mona. On se recontacte.

— Tu sais où j'habite. Il faut sonner à « L&S » à l'interphone si tu viens dans la rue.

— L&S ?

— Lucas et Sonate !

Mona lâche délicatement la main de Lucas et fait demi-tour. Elle marche à présent en direction du métro. Pourquoi me suis-je punie ainsi, se demande-t-elle ? Ai-je réellement besoin d'arriver si tôt pour dire au revoir aux enfants qui partiront ce soir après avoir dîné chez Papi et

Mamie. Faire demi-tour, retourner voir Lucas et lui dire que j'étais bien avec lui, que je voudrais rester encore, que je suis folle. Que je suis désolée. Que j'ai aimé son jeu, ses bras, ses mains, son baiser. Lui expliquer qu'au fond je ne suis pas morose. Que moi aussi j'aime le son. Que j'ai passé ma jeunesse avec de la musique dans les oreilles. Que c'était ma vie et que petit à petit, j'ai quitté cette habitude pour. Pour quoi ? Pour céder à ma vie faite d'angoisses, de pensées qui tournent en boucle et ont pris la place de la musique, m'empêchant de me reposer, de Lâcher-prise.

Penser à retrouver le plaisir d'avoir de la musique dans les oreilles. En mettre tous les jours. Aller écouter Lucas quand il travaille. Profiter de cette semaine sans enfant pour changer des choses. Ne pas culpabiliser.

Assise dans le métro, Mona ferme les yeux pour revivre le baiser de Lucas. Les papillons sont toujours là, prêts à battre des ailes à chaque évocation du souvenir du baiser ou de la main de Lucas dans ses cheveux. Fermer les yeux et convoquer le souvenir encore et encore. En espérant qu'il revienne à nouveau. À combien de fois avons-nous droit ? Combien de fois pourrai-je le rappeler sans qu'il s'efface ? Sans qu'il ne vienne plus avec son avalanche de papillons. Quand les papillons se fatiguent-ils de battre des ailes ? Il y a un moment où les souvenirs n'ont plus la prégnance, la magie. Mona le sait bien. Elle doit économiser le souvenir pour qu'il revienne et garde son pouvoir de faire décoller les papillons.

« Quand tu as le son, tu as l'image. » Mona repense à la phrase de Lucas. C'est si vrai. Mona pense à Félix et au dictaphone. Quand il ne sera plus là, un jour, en l'écoutant je le retrouverai. Pourquoi ne me donne-t-il pas les cassettes ? Peut-être qu'il ne sait pas comment ça marche. Mamie a dit qu'il était tout le temps dessus. Penser à lui demander tout à l'heure.

31.

— Je ne comprends pas pourquoi tu as pris tant d'affaires, Étoile. Tu vas porter tous les jours la même chose. Ça fait soixante ans que c'est la même chose.

— Et toi, ça fait soixante ans que tu me le fais remarquer. Qu'est-ce que ça peut te faire si j'ai besoin d'emporter tout ça ? Sur les bateaux, il faut s'habiller le soir pour les dîners, ma chérie, dit Étoile à l'attention de Mona qui conduit. Alors je suis obligée d'emporter beaucoup de robes, poursuit-elle.

— Tu es content, Papi, quand Mamie est élégante alors tu ne devrais rien dire, dit Mona à Félix en le regardant brièvement dans le rétroviseur tandis que Gammarth, assis à l'avant, essaie de rejoindre ses maîtres, installés sur la banquette arrière.

— Reste assis, Gammarth, dit Étoile au chien agité. Et tu vas être sage avec Mona cette semaine, hein ?

— Il va te tenir compagnie, ajoute Félix. Gammarth, tu surveilles bien Mona cette semaine. Elle est toute seule. Sans Papi et Mamie et sans les enfants ni Vincent. C'est vrai, ça, Mona. C'est rare. Tu vas être vraiment tranquille.

— Ce qui me ferait du bien, ce serait aussi d'être sans travail. D'avoir vraiment du temps pour moi.

— Oui ce serait une bonne chose, ma chérie, ajoute Étoile. Je ne sais pas ce que tu attends pour t'en affranchir. Tu sais, si tu ne prends pas ta liberté, personne ne te la donnera. C'est toujours comme ça dans la vie. Tu veux te concentrer sur ce que tu as vraiment envie de faire, écrire ou retrouver un travail dans le journalisme – bref, faire ce que tu aimes ? Alors il faut que tu t'en donnes les moyens. C'est très important. Moi je n'ai jamais transigé avec ça. Je savais que je voulais peindre dès mon plus jeune âge et qu'il fallait que je ne laisse pas tomber. Pourtant, tu sais, à mon époque ce n'était pas facile.

— C'est vrai, j'ai toujours encouragé ta grand-mère.

— Disons que je savais surtout ce que je voulais. Parce que quand tu partais et que je devais m'occuper seule des enfants, je n'avais plus beaucoup de temps. Et j'ai dû me battre pour réussir à en vivre. Tu as la mémoire un peu courte. La première fois que j'ai vendu un tableau, tu ne comprenais pas comment les gens pouvaient me l'acheter. Tu trouvais que ça ne servait à rien, l'art, et tu ne voyais pas comment on pourrait me donner des sous pour ça. Ah, tu sais, ma chérie, ça n'a pas été facile avec ton grand-père ! Heureusement qu'il a progressé.

— N'empêche que la dernière fois, Papi m'a raconté dans ses mémoires que tu avais sauvé la famille avec tes œuvres l'année du gel, quand la saison du raisin avait été mauvaise, et qu'il n'avait rien vendu, n'est-ce pas, Papi ? Il m'a dit que tu avais vendu un tableau qui avait bien renfloué les comptes.

— Oui bien sûr, elle dit n'importe quoi, ta grand-mère. Je sais bien que c'est important, sa peinture. D'ailleurs, dans ses valises il y en a une bonne partie. Si c'est si lourd, c'est aussi parce qu'on trimballe tout son matériel.

— En tout cas, ne vous en faites pas pour moi, enfin pour nous. Je vais bien m'occuper de Gammarth et je vais pouvoir me poser aussi pour réfléchir. On a convenu avec Pierre qu'il le prendrait deux jours pour que je puisse être plus libre. Le reste du temps je le garde. Papi, toi tu continues sur le dictaphone, hein ? Et quand tu rentres, tu me donnes les cassettes, ok ? Parce que je n'en ai entendu aucune. L'autre fois, tu m'as dit que ça ne marchait pas, et maintenant tu es tout le temps dessus.

— Il est tout le temps dessus ! Ça me fatigue ! appuie Étoile.

— Ta grand-mère dit n'importe quoi. J'ai essayé quelques fois mais ça ne me plaît pas beaucoup. Ce n'est pas comme quand on écrit tous les deux.

— Alors qu'est-ce que tu fais avec cet appareil dans la main ?

— J'enregistre des sons. Ça m'amuse. Mais je ne parle pas trop dedans. C'est pas facile de parler à une machine !

— Essaie, Papi, quand tu seras sur le bateau. Sur les croisières il y a forcément des moments où il ne se passe rien. Essaie de commencer à dire des choses dessus.

— Ne t'inquiète pas, ma chérie. Il ne va pas se faire prier ! Tout ce qui parle de lui l'amuse. C'est fou, ça, d'être autant passionné par soi-même. Tu n'en as jamais assez de toi, Félix ? De tes histoires ? De tes mémoires ?

— Jamais !

— On est arrivés, lance Mona devant l'aéroport, invitant Félix et Étoile à descendre.

— La prochaine fois qu'on voyage, on sera tous ensemble, dit Félix. Ce sera le grand rassemblement des cousins à Tunis !

— Oui, ça va être génial, dit Mona. Appelez-moi avec la caméra pour me montrer comment c'est quand vous serez sur le bateau.

— Promis, ma chérie. Gammarth, tu t'occupes bien de Mona surtout ! recommande Étoile au chien qui passe sa tête par la fenêtre de la voiture.

Mona laisse ses grands-parents et leurs valises devant l'aéroport qu'elle quitte en les regardant s'éloigner dans le rétroviseur. Elle les trouve si assortis. Elle se dit qu'ils sont beaux d'être l'un avec l'autre. Ils se magnifient mutuellement.

— Allez, Gammarth ! On est tous les deux maintenant, dit Mona au chien tandis qu'elle est concentrée sur la route. Dis, Gammarth, tu aimerais revoir Sonate, la chatte de Lucas ? Ce serait chouette, hein ? Non, pas chouette ! On ne dit plus chouette !

Comment revoir Lucas ? Après être partie comme ça ! Je ne vais pas sonner à sa porte comme une fleur. Et pourquoi pas ? Pourquoi pas aussi se débrouiller pour ne pas aller travailler ? Ce serait de l'évitement ? Non, ce serait affronter le vide, la confrontation avec moi-même et avec la solitude. Une remise à zéro essentielle si je veux devenir forte, autonome. Libre, même.

Mona pense à Floriane. « À quoi ça sert de rester seule et de perdre ton boulot ? lui dirait-elle. Mona, c'est de l'autodestruction, ça ! » Ne pas céder aux injonctions. Penser par moi-même. Oui, affronter le vide et essayer de me retrouver dedans. Trouver une solution pour ne pas aller bosser cette semaine. En pensant à Floriane, Mona réalise qu'elle a peut-être la solution. Elle compose son numéro. Par chance, Floriane est sur messagerie.

— Bonjour Maman, c'est Mona. Je viens de déposer Papi et Mamie à l'aéroport. Tout va bien. J'ai un service à te demander. Serais-tu d'accord pour me faire un arrêt maladie d'une semaine. J'ai besoin de prendre du recul avec mon travail. Je sens que je risque de faire un burn-out si je continue à y aller. Si t'es ok, tu peux me l'envoyer par mail ? Merci Maman. Bonne journée.

32.

« Jeudi 30 décembre.

Je suis content, Mona. Raphaëlle m'a dit pour l'Italien. Elle vous a vus boire du champagne le soir de Noël. Quand elle me l'a décrit, je l'ai tout de suite reconnu.

J'espère que tu vas prendre un peu de bon temps avec lui. À ton âge, on croit souvent que la vie est très très longue et qu'on a tout le temps, mais ça file quand même.

On vient d'arriver à l'hôtel et la croisière commence demain. Ta grand-mère s'est assoupie en deux minutes. Elle ronfle déjà. Tiens, écoute ça, dit Félix en chuchotant et en ouvrant la porte de la salle de bain, pour capter le son du ronflement d'Étoile.

Moi je n'arrive pas à dormir. Je pense à tellement de choses. Est-ce que c'est notre dernière croisière ? Est-ce que j'aurai le temps d'en vivre d'autres encore ? À mon âge, c'est peu probable.

Je ne prononce pas mon âge, tu sais bien que j'ai peur qu'il entende et qu'il se dise qu'il m'a laissé trop longtemps, mais bon tu me connais et tu sais : je ne l'ai pas vu passer, ce temps !

C'était hier, ce temps où j'étais jeune et où je me jurais de relever le nom de mon père. Je crois que je l'ai relevé. Tu sais, quand j'y pense, je vais bientôt le revoir. Je l'imagine dans une grande lumière, fier de notre réussite à tous. Il aura rencontré des gens supers, et là-haut il me dira qu'il s'est occupé de lui.

Mince, faut vraiment que je trouve comment on revient en arrière avec ce dictaphone. »

Félix s'assied sur la lunette des toilettes fermée et marque une pause.

« Bref, lui, je t'en parlerai une autre fois, poursuit-il. Peut-être que je te raconterai cette histoire dans un testament. Tu me diras, c'est quoi ce dictaphone si ce n'est pas un testament ? C'est difficile de dire les choses, ma fille. On peut dire plein de choses. Mais dire les choses "vraiment", c'est difficile. Oui, il faudrait que je laisse un testament parce qu'après, ce qu'il y aura, je n'en sais rien. Je ne pourrai sans doute jamais plus te parler. Et tu devras te débrouiller avec ça. »

Félix marque une pause à nouveau. Il sent bien qu'il s'est embourbé dans une explication et que ce qu'il dit n'est pas clair. Puis il reprend :

« Faut que je te dise une chose, Mona. En vrai, si je suis honnête, je n'y crois pas trop aux histoires du rabbin, tu sais. C'est vrai qu'il raconte de belles histoires et que le matin, quand je vais prier avec lui, parfois, je me sens bien. Mais peut être que ce "bien" c'est un peu comme quand on a une bonne note et qu'on sait que le prof nous a à la bonne. Tu vois, c'est pour se dire que Dieu m'aime bien, qu'il ne m'a pas dans le collimateur. Tu crois que je suis faux jeton avec Dieu ? J'ai jamais aimé les faux jetons. Parfois je suis sincère, j'y crois vraiment, mais c'est surtout quand j'ai peur. Jamais quand le rabbin me convainc. L'autre fois par exemple, il a fait une démonstration, une espèce de preuve de l'existence de Dieu.

Il a dit :

“On sait tous que Dieu existe et que les non-croyants passent leur vie dans l’obscurité. Certains demandent des preuves, mais qui a besoin de preuves pour croire en Dieu ? Il faut être fou pour ne pas voir que le monde est parfait. Regardez les poissons. Vous avez déjà vu des documentaires animaliers ! Vous avez vu les poissons comme ils sont incroyables ? Comme ils sont beaux ! Comment voulez-vous qu’ils soient conçus autrement que par Dieu ?”

Les petits vieux à côté de moi étaient tous d’accord.

Moi j’avais envie de lui répondre que le fait qu’on trouve ça beau, c’est peut-être tout simplement parce que c’est notre référence. On ne connaît que ça, on trouve ça “bien fait”, mais bien fait par rapport à quoi. Peut-être que si on avait des pieds sur la tête, on trouverait ça génial et bien fait. Peut-être même qu’on trouverait ça formidable de ramper ou je ne sais pas, moi, de rouler ou de rester sur place. On n’aurait pas inventé le mouvement et ça nous irait très bien.

Bref, tout ça pour revenir au fait que je crois que c’est ici que tout se passe ; c’est ça que je veux te dire. Il faut que tu profites ici.

Tu as porté un fardeau qui t’a sûrement un peu pesé. Nous tous, cette famille, on y est pour quelque chose. Ton père joueur, ta mère pas très facile à cerner, et ta grand-mère et moi qui te parlons toujours de cette Tunisie que tu ne connais pas, mais il faut que tu vives à cent à l’heure maintenant. Ne t’inquiète pas pour Vincent. On va s’occuper de lui. Toi tu dois vivre l’amour, palpiter. Vincent, on ne le lâchera pas. C’est comme mon fils. Un autre fils que je n’ai pas eu ou que j’aurais perdu et toujours voulu retrouver. Oui, on s’est retrouvés, Vincent et moi. Étoile aussi l’aime beaucoup. Il est comme notre enfant. On le protègera toujours. Il n’a pas connu ses parents mais il nous aura toujours. J'ai de la peine de voir qu'il en doute parfois. Je ne sais pas comment lui dire qu'on ne le laissera jamais. Tu nous as apporté la joie avec ce fils, Mona, et tu as fait le bien. Mais ce n'était peut-être pas l'amour que tu attendais, l'aventure. Il faut que tu la trouves maintenant. J'espère que quand tu m'écouteras, et quand je ne serai plus là, tu auras comblé ce vide, ce désir que tu fais mine de ne pas avoir. »

33.

— Ça m'a bouleversée. Le fait que Lucas m'ait demandé de fermer les yeux. C'est comme s'il avait compris que j'avais besoin qu'on me reconnecte à mes sens, vous comprenez ? raconte Mona à Madame Savonet qui prend des notes.

— Qu'avez-vous ressenti ?

— J'étais envahie par l'émotion. Je sens que tout ça a ouvert quelque chose en moi. Du coup, depuis quelques jours, je cherche à ressentir d'abord, au lieu de penser. Je ferme les yeux et je me détends. Je me laisse envahir par des sensations.

— C'est bien, c'est très positif. Et du côté des enfants, comment ça se passe ?

— Vincent m'a dit qu'ils étaient bien arrivés. Cela m'a rassurée. Je n'ai pas eu trop d'occasions de m'en faire pour eux.

— Il fut un temps, vous auriez rempli ce vide des vacances avec de l'anxiété sur les enfants et remis en question les paroles rassurantes de Vincent. C'est bien, Mona, vous progressez, la félicite Madame Savonet.

Mona regarde la mosaïque et se perd dans les interstices des tesselles. Elle pense aux joints qui tiennent tous les petits morceaux de sa vie. L'enfance avec Floriane et Jeannot. La solitude à la maison. Stan et les mercredis après-midi heureux. Les comédies musicales. Les souvenirs désagréables des matins froids sur le chemin de l'école. La mémoire cellulaire. La mort du père de Félix. Est-ce ce traumatisme qui est la clef de mon anxiété ? se dit-elle. La toute première angoisse. La source ? Toi, mon arrière-grand-père parti trop tôt, as-tu quelque chose à me dire ? Le sourire de Lucas est maintenant lui aussi sur un des petits carreaux cassés de la mosaïque, tenu par un joint grisâtre. Mona imagine la fabrication de la mosaïque. Une petite raclette qui a posé le joint, l'a étalé sur les petits carreaux. Tout a dû être nettoyé avec un chiffon. Il reste des traces du joint, du mastic sur le carreau du sourire de Lucas. Mona a envie de se lever et de frotter pour le faire briller. Cesser avec ces pensées en boucle. Cesser de pédaler sur le vélo de ma conscience. D'alimenter la turbine. Souffler, expirer, retrouver la détente. Les interstices des carreaux laissent apparaître à présent un dessin. Le mastic est un fleuve, non, plutôt une branche. La branche de cerisier de Lucas. Les fleurs s'ouvrent et font se décoller les petits bouts. Les souvenirs du passé ne sont plus figés. Ils volent.

— Vous souvenez-vous, la dernière fois… on a convoqué les, comment dire… les parties à l'intérieur de moi, dit Mona.

— Tout à fait.

— La Peur, le Lâcher-prise et le Désir, rappelle-t-elle.

— C'est exact.

— Eh bien je crois que j'ai, comment dire… gardé le Lâcher-prise avec moi. Ça paraît un peu schizophrène, comment dire…

— N'employez pas des termes comme ceux-ci, Mona, vous ne savez pas ce qu'est la schizophrénie, c'est une maladie terrible et vous n'en souffrez pas, reprend Madame Savonet avec gravité.

— Oui bien sûr, bref, je crois que j'ai gardé Lâcher-prise avec moi. Ça semble un peu fou de parler comme ça à une partie de mon… je veux dire de mon psychisme, mais en fait j'échange souvent avec Lâcher-prise depuis ça.

— Que lui dites-vous ?

— Je lui demande de se battre pour gagner, pour dominer à l'intérieur de moi, dominer toutes les autres parties. En même temps j'ai conscience du fait que c'est un peu contradictoire, parce que Lâcher-prise n'aime pas le pouvoir. Il s'en moque. Il est tout le contraire de celui qui se bat ; c'est celui qui est tout détendu et qui prend un peu la vie comme elle vient.

— En effet.

— Et moi je lui demande de ne pas se laisser faire, de prendre les commandes afin de m'aider à accueillir Désir.

— C'est intéressant. Et qu'est devenue Peur depuis la dernière fois ?

— Je crois qu'elle est restée dans la boîte, dans son papier.

— C'est une bonne nouvelle. Ainsi, vous n'avez pas besoin de demander à Lâcher-prise de faire preuve d'autorité, ce qu'il ne peut pas faire, vous l'avez compris vous-même. En revanche, il peut s'exprimer sereinement puisque Peur lui laisse la place.

— Oui c'est ça.

— Faites-vous confiance. Faites confiance au Lâcher-prise, Mona. Il est une partie de vous. Le plus dur est fait si la peur est rangée. Vous êtes sur la bonne voie.

Les larmes qui roulent sur les pommettes de Mona sont comme de la soie qui caresse son visage. L'une d'entre elles arrive maintenant à la commissure de sa lèvre. Elle a le goût du baiser de Lucas. Par la fenêtre du cabinet de Madame Savonet, un vol de papillons réussit à entrer. Il traverse la poitrine de Mona et soulève son cœur avant de s'envoler pour repartir. Mona redouble de pleurs. Ils sont mêlés de désir, de plaisir presque. Peut-on pleurer de plaisir ? Ai-je déjà pleuré de plaisir ? se demande Mona à présent. Bien sûr, je me rappelle avoir pleuré de plaisir en regardant Gene Kelly danser et chanter « La chanson d'Andy ». Je devais avoir à peine huit ans. N'ai-je pleuré de plaisir qu'au cinéma ? Putain ! Je n'ai pleuré de plaisir qu'au cinéma. Il faut que je rattrape le temps perdu, se dit-elle avec urgence.

Les tressautements du cœur de Mona sous ses pleurs sont rythmés à intervalles réguliers. Ils provoquent en elle une transe proche de l'orgasme. Mona rougit quand Madame Savonet lui tend un paquet de Kleenex et lui recommande de rester sur cette voie jusqu'à la prochaine séance. Rattraper le temps perdu, se dit à nouveau Mona, remplie de désir de vivre.

— Bonne année Mona, lui dit Madame Savonet, les yeux plein de confiance, quand Mona est sur le point de quitter le cabinet.

34.

— Enfin te voilà ! dit Stan en se levant de sa chaise. Je trépigne depuis une demi-heure dans ce café.

— J'étais chez ma psy. Je t'avais prévenu que j'étais prise. Pourquoi voulais-tu absolument qu'on se voie maintenant ? On est ensemble ce soir pour le réveillon, non ?

— On va avoir besoin de ta psy tous les deux, je crois, là. Mona, je suis bouleversé.

— Il t'a rappelé ! devine Mona sur un ton affirmatif.

— Bien sûr que non, il n'a pas rappelé, et c'est sans intérêt de toute façon à côté de ce qui se passe. J'ai découvert quelque chose de bien plus important.

— À propos de quoi ?

— Le dessin de Noël.

— Comment ?

— Papi t'a parlé du groupe Facebook Famille que les cousins ont créé pour le voyage à Tunis ?

— Bien sûr, et il a bien l'intention d'y aller avec nous tous. Il me l'a redit à l'aéroport ce matin.

— Le grand rassemblement.

— C'est en avril, c'est ça ?

— Oui. Il y a quelques semaines, j'ai reçu un message d'un cousin, un certain Miro, qui habite Madrid. Il est à fond dans le groupe Facebook. Il travaille sur l'arbre généalogique de la famille. Bref, il voulait connaître nos dates de naissance précises à tous. À tous les quatre, précise-t-il avec gravité à présent.

— Tous les quatre c'est qui ? s'étonne Mona.

— Pierre, ta mère et moi, ça fait trois.

— Oui, il s'est trompé.

— C'est ce que j'ai d'abord pensé. Et puis il m'a demandé la date de naissance de mon grand frère Joseph.

— Comment ?

— Il a écrit « Joseph ». C'était dans une discussion de groupe. Il y avait aussi la sœur de ce cousin dans la discussion. Elle s'appelle Jocelyne. Elle a répondu juste après son message. Elle a dit qu'il se trompait et qu'il devait confondre. Elle s'est excusée pour lui auprès de moi. Alors j'ai zappé, je suis passé à autre chose, je n'y ai plus pensé. Et puis il y a eu Noël et le dessin bizarre. Ça m'a réveillé la nuit dernière. Je suis sorti brutalement de mon sommeil et j'ai eu envie de retourner voir la discussion Facebook pour comprendre ce que j'avais lu. Je me suis connecté, et tout avait été effacé.

— Bizarre.

— Je ne trouvais plus le sommeil. Je me suis dit que le cousin avait dû gaffer. Qu'il y avait sûrement un truc qu'on nous cachait. Est-ce que j'avais eu un grand frère qui s'appelait Joseph ? Il était mort ? Quand ? Je me suis habillé et je suis allé chez les parents cet après-midi. Comme ils ne sont pas là, j'ai fouillé. Je sais, c'est nul, mais c'était plus fort que moi.

— T'es dingue !

— Et j'ai trouvé ça ! annonce Stan, montrant sur son téléphone une photo qu'il a photographiée. Là c'est ma mère. Elle a un bébé dans les bras. Et regarde ce qui est écrit au dos : « 1962, Joseph. »

— Wouah. En 1962, Maman avait quatre ans, Pierre en avait deux et toi tu n'étais pas né.

— Je suis né dix ans plus tard. En 72. Je ne me sens pas bien. J'ai mal au cœur et j'ai les oreilles qui chauffent ! Depuis tout à l'heure, ça me fait ça.

— Ça s'appelle une crise d'angoisse. C'est ma spécialité ! Respire et concentre-toi sur ta respiration, dit Mona, prenant Stan par le bras et l'emmenant hors du café, dans la rue.

Ils font quelques pas.

— On a eu un grand frère et ils nous l'ont caché. Je ne sais pas pourquoi.

— Il s'appelait Joseph. C'est si beau comme prénom.

— J'arrive à peine à le prononcer, répond Stan, bouleversé.

— Mamie aurait enfermé ça toutes ces années ? Et Papi aussi ? C'est impossible. Les pauvres. Garder ça pour eux.

— J'ai réfléchi à toute cette histoire. La seule explication au fait qu'on ne l'ait jamais su est qu'ils ont dû perdre l'enfant juste avant le départ pour la France. Ça expliquerait que les cousins lointains de Tunisie ne l'aient pas appris. Il ne se sont pas revus.

— Ils n'en ont pas reparlé. Ils sont arrivés en France avec tout le chamboulement que ça impliquait. Ils ont continué leur vie avec ce truc énorme, réalise Mona, remplie d'empathie pour ses grands-parents.

— C'est un énorme secret, réalise Stan.

— Ils ont voulu nous protéger, sûrement. Mais quelle mauvaise décision ! Ne rien dire, faire avancer une famille entière avec un secret lourd comme celui-là, déplore Mona.

— Tu crois que c'est pour ça qu'on est comme ça ?

— Évidemment ! Madame Savonet va halluciner. Ça fait des années qu'elle me parle de quelque chose qui me dépasse, quelque chose qui doit appartenir à mes ancêtres. Il s'appelle Joseph. C'est un petit frère qu'on n'a pas connu. Enfin, un oncle pour moi, mais c'est pareil. Comment on va faire pour en parler à Papi et Mamie ?

— Je ne crois pas qu'on puisse leur en parler. Il faut qu'on voie Pierre et ta mère.

DEUXIÈME PARTIE

35.

« Jeudi 2 janvier.

J'ai de la chance.

Je suis seul sur le pont du bateau.

La nuit étoilée est magnifique.

Sur un bateau de croisière pour petits vieux, le soir il n'y a personne. C'est une merveille. Une merveille qui pourrait me refaire penser que tu existes, Dieu. Que seul toi as pu créer cela. C'est ce que dirait le rabbin.

Dieu, on est souvent ensemble, rien que tous les deux, en ce moment. Seuls tous les deux, ou seul avec moi-même. Une question dont personne n'a la réponse vraisemblablement. Peut-être que je l'aurai bientôt. Enfin, si quelque chose continue après le grand noir. Ou le grand blanc, on dit que c'est blanc. Si ça se trouve, il n'y a plus rien. Tout s'arrête et on n'a jamais les réponses à toutes les questions qu'on s'est posées pendant toute une vie. C'est sûrement ça. Et on se raconte tout ça, juste pour éviter d'être seul.

Pourtant je commence à bien aimer ça, être seul avec moi-même », ajoute Félix dans un soupir, allongé sur son transat, seul, sur le pont du bateau, parlant à voix basse sur son dictaphone et observant des silences sans couper l'enregistrement entre les salves de paroles.

« Je crois que c'est depuis que je m'enregistre avec ce truc que j'aime bien être seul. Peut-être justement parce que je ne suis pas seul. Ça me plaît. Attendre quatre-vingt-quatorze ans pour aimer être seul, ça c'est quelque chose !

Aimer écouter le silence, le vide, l'enregistrer. Si je l'enregistre, ce n'est plus vraiment du vide, remarque Félix. Ça devient de la matière. Chut ! Écouter le silence, se dit Félix à voix haute avant de se taire.

À cinq heures du matin en revanche, c'est l'heure de pointe ici, reprend-il.

C'est le réveil de la prostate.

Tous les octogénaires sont au taquet.

Ils arpentent le pont en attendant le petit déjeuner.

J'ai de la chance avec ma prostate.

Je suis sûr que c'est parce qu'avec Étoile, on continue de...

Mona, si tu écoutes, je suis désolé de raconter ma vie intime de vieil homme.

Mais oui, c'est important de le dire. Si on fait marcher la machine jusqu'au bout, elle ne s'enraye pas. Je ne suis pas médecin mais c'est du bon sens. Et puis c'est tellement mieux la vie quand on fait l'amour. »

Félix se tait et contemple la nuit avant de reprendre :

« Je crois que la mort de mon père a fait de moi un éternel enfant.

Peut-être que chacun d'entre nous a un âge véritable qu'il garde toute sa vie.

Moi je crois que j'ai seize ans pour toute la vie.

D'ailleurs j'ai ressenti des sensations d'adolescent ces jours-ci. Une femme qui me plaît. Elle est mariée et le mari a vu mon petit jeu de séducteur du dimanche. Étoile aussi, peut-être, mais elle sait bien que c'est juste pour me sentir jeune, désiré, pour me souvenir que mon corps peut frissonner, une manière de se rappeler les histoires d'avant.

Ça me fait penser à une fille que j'ai beaucoup aimée. Nous étions à Istanbul. Elle était interprète. C'était l'époque où je faisais de l'import-export. Nous avions passé la journée à faire des affaires. On avait rempli un bateau entier de marchandises à destination de Marseille. J'avais vendu tout le stock avant même que le cargo ne quitte le port turc. J'étais le roi.

Je réalisais au fil des jours que je plaisais bien à l'interprète qui m'accompagnait. Elle aussi me faisait drôlement de l'effet. Elle était belle. De longs cheveux bruns épais qui faisaient des vagues sur ses épaules. J'avais envie de les caresser. Je dormais dans un hôtel pas trop miteux. C'était l'époque où les affaires commençaient à marcher. Un jour, elle m'avait proposé de me faire découvrir au déjeuner les rues typiques d'Istanbul, quand nous aurions fini les rendez-vous d'affaire. Et comme nous cavalions, nous n'avions pas réussi à prendre ce temps. Il ne restait plus qu'un soir avant mon départ. Alors on y est allés. Comme ça n'avait pas vraiment l'air d'un dîner mais plutôt d'une visite touristique qui s'était déplacée sur le soir, ce n'était ni louche ni inconvenable pour une fille comme elle.

Le dernier soir donc, au lieu de dîner seul dans ma chambre, nous avons parcouru la ville, elle et moi, nous arrêtant dans les meilleurs bouis-bouis d'Istanbul pour manger et boire des spécialités locales. À un moment, assis sous un arbre et dégustant avec nos doigts une pâtisserie de là-bas, elle a regardé très profondément en moi, juste une seconde peut-être, avant de vite détourner les yeux. Mais ça avait suffi. Une seconde qui confirmait un ressenti de plusieurs jours et transformait le désir en quelque chose de magnifiquement réciproque. Ah ma fille, l'amour quand c'est réciproque, c'est fabuleux ! J'avais des papillons dans le ventre. Je ne sais pas si tu as déjà eu ça, Mona, des papillons dans le ventre qui te soulèvent la poitrine et tu as l'impression qu'elle va tomber. Je crois que c'est ce que je préfère dans l'existence. Ce regard avait la puissance de soulever mon cœur avec une telle force que je n'arrivais plus à expirer. C'était comme si tu inspirais trop et que tu ne savais plus comment gérer tout cet oxygène en toi. On savait tous les deux à ce moment-là qu'on avait envie de s'embrasser.

J'ai attendu qu'on soit dans une ruelle un peu calme pour passer ma main dans ses cheveux. Je me rappellerai toute ma vie comme elle a levé son bras pour caresser le mien qui était dans ses cheveux. Ça a créé un mouvement comme un tourbillon. Je l'ai fait tourner sur elle-même sans même m'en rendre compte. Et l'instant d'après nous étions l'un contre l'autre. C'était le meilleur baiser du monde. Il a duré une éternité. Nous tournions sur nous-mêmes et ne voyions plus rien de ce qui se passait autour. C'était comme plonger quelque part et ne pas remonter. Écoute, j'ai mieux, c'était comme faire de la plongée sous-marine sans bouteille d'oxygène et réussir à respirer. Explorer, voir des poissons magiques, des coraux, des merveilles de la vie et remonter complètement sonné de retrouver le monde émergé. Je n'ai pas souvent vécu ça dans ma vie. Des baisers comme ça, quand on en vit un, on le tient. Je l'ai revécu en pensée, cent fois. Mille fois.

En même temps, ce qui m'agace, c'est que toutes les fois dans ma vie où j'ai voulu le revivre en pensée, nos deux silhouettes n'arrêtent jamais de tourner, si bien que je n'arrive pas à attraper le baiser.

Bon, après ça, on a passé la nuit ensemble. Cette fille était d'une volupté incroyable. Sensuelle comme son pays, comme les couleurs, les formes et les odeurs d'Istanbul.

Je devais avoir cinquante ans. J'étais jeune. J'étais libre. Une vie que j'aimais m'attendait à Paris. Pierre, Stan et Floriane me comblaient de bonheur. Étoile et moi nous entendions bien. Elle pleurait encore, parfois. Je crois qu'elle n'a jamais cessé de pleurer. Mais la vie a toujours pris le dessus.

Mona, ne crois pas que la mort permette de raconter ça à la femme qu'on aime. Même la fin n'y peut rien. Ça doit rester un secret. Ne partage pas cette cassette avec ta grand-mère si je meurs avant elle. Elle pourrait se mettre en colère, et ce serait vraiment idiot parce que je n'ai aimé qu'elle toute ma vie. Cette femme et moi, on a vécu une parenthèse enchantée ; je l'ai adorée, mais c'est à Étoile que j'ai offert ma vie. Et elle m'a offert la sienne.

Même s'il y en a eu d'autres, des parenthèses enchantées, Dieu merci !

Il faut que j'arrête d'invoquer Dieu pour ce genre de choses sinon je vais finir en enfer, tu vas me dire.

Bref, si je te raconte ça, c'est à la fois parce que ça me fait plaisir d'y repenser et de le revivre un peu, mais c'est aussi parce que je veux te dire qu'il faut profiter. Profiter à chaque instant de la vie, prendre les perches qu'on te tend.

La vie, c'est un peu comme un trajet en TGV, tu vois. On est rassuré parce qu'on arrive à voir le paysage défiler à la fenêtre, mais on peut à peine le sentir. Dès que tu veux le capturer, tu es déjà des dizaines de kilomètres plus loin. »

36.

Mona ouvre les fenêtres du salon pour aérer la maison.

La cafetière italienne sonne. Ça fait tout drôle de préparer un café dans le silence de l'appartement vide d'Étoile et Félix, se dit-elle. Emprunter les gestes de Mamie. L'impression d'être une petite fille qui joue à la grande. Je connais cet endroit comme ma poche, mais il me semble si étranger sans eux. Une vie passée ici. Mona se souvient d'un après-midi de danse avec Stan. Une poésie laissée de côté pour danser plus longtemps. La promesse de l'apprendre en cachette dans son lit le soir. Une banqueroute de Jeannot au cercle, une dispute à la maison. Les parents qui crient. Pas de temps pour la poésie finalement. Le zéro en classe sans pouvoir expliquer à la maîtresse ce qui s'est passé.

Le lendemain heureusement, Stan était là. Sa complicité réconfortante au goûter. Oui, ces goûters faits d'une éternité de petits croquants tunisiens d'Étoile pour consoler les petits bobos de chacun. L'odeur de térébenthine dans l'atelier. L'envie de vivre ici et la difficulté de repartir chaque soir.

Mona attrape la cafetière dans la cuisine et la pose sur la table du balcon. Elle jette un œil en face à la fenêtre de Lucas puis retourne à l'intérieur de l'appartement. Elle ouvre l'armoire chinoise de sa grand-mère et trouve la pile de tissus blancs en ouate pour couvrir les plantes qu'Étoile lui avait indiquée. Elle revient sur le balcon et pose les tissus sur la table. Elle boit une gorgée de son café fumant.

— Bonjour Mona, crie Lucas de l'autre côté de la rue.

Mona lève la tête et découvre Lucas un étage au-dessus d'elle, au cinquième, sur la droite.

— Ah ! Bonjour, répond-elle, surprise.

— Il y a du café chaud ? lance-t-il.

— Heu, dit-elle hébétée, se retournant vers l'intérieur de l'appartement comme pour se confirmer qu'elle est seule et libre de l'inviter.

— Je peux venir ? demande Lucas sur un ton naturel mais néanmoins entreprenant.

— Oui bien sûr. Il faut sonner à Étoile.

Lucas referme la fenêtre. Mona s'agite, ne sachant que faire. Il va falloir attendre qu'il sonne ; elle entreprend de couvrir les plantes. C'est le moyen le plus sûr de rester naturelle. Ne pas changer les plans. Faire ce que j'ai à faire et occuper mes mains. Je ne sais pas à quoi m'attendre. Comment me comporter avec lui ? Je suis habillée n'importe comment. Mona lave ses mains glacées, à présent que les plantes sont au chaud. L'eau lui brûle les doigts. Elle regarde son visage dans le miroir. Même pas eu le temps de me maquiller ce matin. Une image de peignoir de soie passe dans sa tête.

Mona s'assied devant la coiffeuse d'Étoile. Il me faut un peu de maquillage. Elle saisit le pinceau du khôl de sa grand-mère. Elle l'a vue faire toute sa vie. Ce geste qui l'a fait voyager pendant toute son enfance. L'Orient, des couleurs, des odeurs, des fruits sur des marchés, des danseuses orientales, une sensualité que ses yeux de petite fille ont toujours trouvée un peu trop assumée. Est-ce que ça fait partie de moi, ça ? Ces filles avec leur ventre qu'elles font rouler comme s'il parlait. Est-ce que j'ai ça en moi ?

Le khôl qu'elle porte à présent lui donne une expression différente. Il est peut-être plus facile de se cacher derrière ce regard qui n'est pas vraiment le sien et qui appartient peut-être à cette partie latente, à la fois viscérale et inconnue, restée de l'autre côté de la Méditerranée.

La sonnerie ! Lucas est en bas. Ouvrir la porte et retourner sur le balcon. Faire mine de continuer de couvrir les plantes.

— Bonjour, fait timidement Lucas, ouvrant la porte d'entrée laissée entrouverte, un sac de viennoiseries dans les mains.

— Entre, je t'en prie ! répond Mona, faussement affairée pour se donner de la consistance.

Lucas pénètre dans le salon, referme la porte derrière lui et se poste à l'entrée du balcon.

— Le café est encore chaud, remarque-t-il. Une cafetière italienne, comme chez ma grand-mère !

— Je couvre les plantes pour qu'elles ne gèlent pas pendant qu'ils sont en vacances.

Mona se relève et fait mine d'essuyer ses mains. Voilà ! ponctue-t-elle, se sentant un peu bête, ne sachant quoi ajouter.

— Tu m'en offres une tasse ? demande Lucas, désignant la cafetière.

— Bien sûr, je vais t'en chercher une, répond Mona, se frayant un chemin pour sortir du balcon en évitant de le frôler.

Elle pénètre dans la cuisine, saisit une tasse et revient sur le balcon.

La silhouette de Lucas regardant au loin sur le balcon, de dos, lui plaît.

Pour la première fois, le corps d'un homme l'émeut. Pas des mains ou un regard, mais un corps. Sa silhouette, ses formes. Elle aime déjà ses fesses dans son jean, la forme de ses mollets qui se dessinent sous le tissu, légèrement bombés. Ils semblent dessinés comme ceux d'une statue qu'on verrait dans un musée. Mona place la statue sur une tournette et la met en mouvement pour observer le corps de Lucas. Trois cent soixante degrés. Les bras sont dessinés, un creux dans l'aine qui conduit sur une cuisse parfaitement gonflée et un sexe vigoureux porté par l'assurance d'un homme qui se tient fermement ancré dans le sol, sur ses deux pieds, avec un naturel et une manière d'assumer son sexe au milieu de son corps.

Mona repense à Vincent et à ses rondeurs bonhommes. Un corps ponctué de bourrelets qui rappellent l'enfance et appellent la générosité. Vincent a six ans pour la vie. L'âge où il entre dans le monde avec l'école et réalise qu'il est sans famille pour toujours. L'âge où il devient « l'autre » pour l'éternité.

— Merci, dit Lucas, acceptant la tasse de café. C'est marrant, je n'ai pas l'habitude d'être de ce côté-ci de ma fenêtre.

Mona regarde à présent la fenêtre que Lucas désigne, s'intéressant à ce qu'il dit pour ne pas rester sans rien faire. Mais elle n'écoute pas vraiment. La gêne et la timidité prennent toute la place et vident les mots de leurs sens.

— C'est fascinant de voir son chez-soi de l'extérieur, répète-t-il. C'est comme jouer à être l'autre pour un court moment.

Lucas semble une fois de plus répondre à mes pensées. Je pense à l'autre de Vincent. Il me parle d'être l'autre de soi-même. Comme s'il était connecté, non pas à moi-même, mais à ces pensées qui courent dans ma tête malgré moi. Tout le monde vit-il comme ça ? Avec une timeline de pensées qui s'écrit dans la tête pendant que le corps vit ? Quelle est la timeline de Lucas ? Mona s'imagine nue dans l'imaginaire de Lucas. Elle serait attifée d'un harnais et il la prendrait par-derrière. Elle hurlerait de plaisir sans pudeur. Il lui donnerait une tape sur la fesse et se détournerait un instant pour prendre de la drogue, de la cocaïne. Puis il reprendrait son action. Mona se sent toute bête et en veut à sa conscience d'avoir mis cette pensée dans sa tête à la place de ce qu'elle aurait aimé évoquer. L'image la fait rougir. Pourquoi cette image ? Ai-je peur de Lucas ? Son univers m'effraie-t-il ? Je suis peut-être pleine d'a priori sur son monde de la nuit. Je ne connais rien de la vie de cet homme.

— On aimerait tous voir nos vies de l'extérieur, répond Mona.

— Ça avance bien, les mémoires de ton grand-père ? lance Lucas, s'asseyant à la table de la terrasse et tendant une chaise à Mona pour qu'elle s'installe près de lui.

— Pas mal. En attendant qu'il rentre, je continue à corriger des choses qu'on a esquissées, à avancer des parties que j'ai prises en note. Après je relis avec lui et on ajuste. C'est long une vie quand on a quatre-vingt-quinze ans.

— Il te confie tout ?

— Oui, enfin c'est ce que je croyais… jusqu'à il y a quelques jours.

— C'est-à-dire ?

— On a découvert que mes grands-parents nous cachaient quelque chose.

— Une espèce de secret de famille ?

— Oui. Je ne sais pas pourquoi je te raconte ça.

— Il y a des secrets de famille dans toutes les familles, tu sais. C'est juste qu'ils ne sont pas toujours découverts. C'est un secret grave ?

— Pas mal. Ils nous ont caché l'existence d'un enfant. Un petit frère, mort très jeune. Enfin un oncle pour moi. Mais c'est un peu un petit frère. J'ai été élevée en quelque sorte par mes grands-parents, avec mes oncles. Ma mère est la plus âgée. Elle faisait ses études de médecine et moi je vivais à moitié ici.

— S'ils ont fait ça, c'est sûrement qu'ils n'avaient pas d'autre choix.

— Je crois que je commence à comprendre tellement de choses depuis que je sais ça.

— C'est une chance de le savoir.

— Mais je ne peux pas leur en parler, confie Mona à Lucas.

— Ce n'est peut-être pas nécessaire. Il fallait peut-être juste que vous le sachiez. Tes oncles et toi. Pour ouvrir un autre étage de votre mémoire.

Ouvrir un autre étage de votre mémoire. C'est dit si simplement, réalise-t-elle. Et c'est si vrai. Elle se sent bien avec cette oreille intelligente. Mona réalise que la discussion a pris un tournant sincère et intime sans qu'elle s'en rende compte. Elle repense avec pitié pour elle-même à l'instant où elle dessinait un trait de khôl sur ses yeux pour se montrer autre, ou encore au moment où elle couvrait les plantes pour se donner une consistance.

— Tant de choses s'expliquent à présent, poursuit-elle. Mes choix, mes peurs, les peintures de ma grand-mère toujours si joyeuses, sans doute pour consoler son chagrin.

Elle désigne à présent une toile d'Étoile accrochée sur le mur du salon.

— C'est peut-être toi qui inspires cette lumière à ta grand-mère.

Mona regarde Lucas, déconcertée, surprise par cette réflexion presque incongrue. Moi, lumineuse ? Non je ne crois pas, se dit-elle. Lucas voit quelque chose en moi que je ne vois pas.

— Tu as froid. Tes lèvres sont toutes bleues, dit-il, se penchant vers elle et l'embrassant à présent.

Il l'attrape par l'épaule et la conduit doucement à se lever de sa chaise en même temps que lui.

Mona se laisse faire. Un peignoir de soie caresse son bras. Une volute blanche évanescente passe devant ses yeux. Un rond de fumée se dessine. Elle reconnaît Lâcher-prise. Lucas la prend dans ses bras.

— Viens, on rentre, dit-il. Tu trembles. Il l'emmène maintenant sur le canapé, saisit une couverture pliée sur le sofa et enveloppe Mona avec. Il l'embrasse à nouveau. Je n'avais pas remarqué que tu avais de si jolis yeux de chatte, lui dit-il tandis qu'il tire sur la manche de son pull pour qu'elle retire son bras.

Mona plie son bras de manière synchronisée pour retirer la manche. Le mot de chatte la bouscule d'abord. Un papier doré commence à pointer le bout de son nez tandis que Mona plie le second bras pour dégager la seconde manche. En faisant sortir son pull par le haut, Lucas convoque Peignoir de soie qui caresse son visage et range le papier doré dans son triangle. Les cheveux de Mona retombent sur ses yeux. Lucas pose à présent à plat sa main libre sur le visage de Mona, couvrant ses yeux, son nez et sa bouche. Mona aime cette odeur puissante de vie. Un mélange de nombreuses odeurs, toutes celles de la vie de Lucas qu'elle imagine faite de rencontres, de nuits blanches, d'errances. Il retire sa main. Les volutes blanches font des ronds. Lâcher-prise enveloppe Mona qui ferme les yeux, emportée par les volutes et le peignoir de soie qui la conduisent loin, très loin. Elle les suit sans crainte. Lucas descend sa main par la fente de la couverture sur le ventre de Mona. À nouveau, il pose sa main sur elle, bien à plat. La main de Lucas remonte maintenant sur sa poitrine. Mona l'entoure avec ses bras, délivrée du froid. Lucas passe sa main sous les aisselles de Mona. Il s'attarde sur quelques poils et les caresse avec intérêt. D'abord surprise, elle y prend du plaisir. Sensation d'absolu. Être aimée tout entière. Être prise en totalité. Être goûtée partout en dehors de tout code. Lucas embrasse maintenant son visage sur les côtés et goûte sa peau avec sa langue. Il fait glisser sa bouche jusqu'au coin de ses yeux, léchant ce trait de khôl et le rendant infini. Les yeux de Mona se ferment, convoquant l'Orient et ses lumières, la sensualité des danseuses orientales qui ont perdu toute leur arrogance. Elles sont si belles, si souples. De leurs mains sûres d'elles, elles retirent les vêtements de Lucas et se laissent réchauffer par la chaleur de son corps si facile à aimer. La couverture tombe. Lucas saisit son cou qu'il encercle avec sa main. Il le tient maintenant entre son pouce et son index écartés. Il serre un peu, juste ce qu'il faut pour lui donner du plaisir. Avec l'autre main, il caresse sa joue, étirant son cou. Mona laisse échapper un cri de plaisir d'abord à l'intérieur d'elle-même, puis il sort. Vertige. Peignoir de soie fouette à présent son plexus et l'enivre, mettant le feu à ses oreilles. Un simple cou doucement étranglé et Mona a perdu sa géographie. Elle ne sait plus où sont les meubles, ni même où se trouve le balcon. Tout est nouveau dans cette pièce qu'elle connaît tant, à commencer par son corps qui réagit à des stimuli inédits. Plus de repères. Elle ne connaît pas cet endroit, cette galaxie qui l'emporte, pleine de volutes. Lâcher-prise est omniscient.

La tête de Mona parvient à viser un rond de volute ; son corps entier s'y faufile à présent, si fin et lisse qu'il ne déborde pas des contours du rond ; ne pas en toucher les bords qui perceraient le cercle, tenir en lévitation à l'intérieur, suspendue en l'air, et atteindre le second rond. Ici les corps volent et parviennent à pénétrer des cercles de plus en plus petits et de plus en plus hauts. Voler, toujours voler. Un nouveau vertige à l'intérieur des cuisses et au niveau du plexus. Toucher enfin le plus petit rond difficile à atteindre, le plus haut. Et être entièrement gobée par lui ensuite, s'évaporer soi-même comme une volute à présent. Une folie, un vertige. Et soudain, l'extinction brutale.

37.

— Bonjour, mon Gammarth, dit Mona au chien fou qui entre dans sa voiture, tenu en laisse par Pierre. Elle découvre son oncle, encombré d'un instrument de musique, sans doute à cordes, rangé dans une housse rigide qui peine à entrer dans l'habitacle.

— Tiens je t'ai apporté ses croquettes, lui dit-il, lui tendant un sachet pour libérer ses mains.

Il tente à présent de faire rentrer l'instrument dans la voiture. L'objet passe tout juste. Pierre s'assied, posant son sac de voyage sur ses genoux, l'instrument occupant toute la place vacante.

— Qu'est-ce que c'est que ça ? l'interroge Mona.

— Ma contrebasse.

— Ta contrebasse ?

— Tu m'accompagnes ?

— Où ça ?

— Elle s'appelle Simonetta. J'ai rendez-vous à l'hôtel, place de la République. Tu me déposes ?

— Tu lui as dit que tu étais contrebassiste ?

— J'avais envie qu'elle pense que je suis musicien.

— Et pourquoi la contrebasse ?

— Parce que ça se joue rarement seul. Si elle me demande de lui montrer, je pourrai toujours dire que j'accompagne et que ça n'a pas vraiment d'intérêt seul, sorti du contexte de l'orchestre.

— L'orchestre ?

— Philharmonique. De Bruxelles. J'ai dit que je partais demain matin pour New York avec la troupe. Ça m'a donné une excuse pour l'inviter à dormir avec moi à Paris à l'hôtel ce soir.

— Elle croit que tu vis à Bruxelles ?

— Oui, je suis français mais je vis à Bruxelles. Je suis de passage à Paris. Et elle, elle va venir passer la nuit avec moi à l'hôtel. Elle est formidable. Tu vois, une fille comme ça, ça marche avec une histoire de cette taille-là.

— T'es complètement cinglé.

— Si tu la voyais ! Merci beaucoup pour Gammarth. C'est sympa de le reprendre plus tôt.

— Qu'as-tu dit à Édith ?

— Que tu n'avais pas le moral et que je venais dîner avec toi. Que tu n'avais pas l'habitude de rester seule. Que peut-être, je ne te laisserais pas seule, du coup, ajoute-t-il l'air malicieux, et qu'il ne fallait pas qu'elle s'inquiète si je ne rentrais pas, qu'on dormirait chez Stan, ou chez Papi et Mamie ou chez toi.

— Tu exagères ! répond Mona, embêtée de renvoyer une telle image à sa tante, mais néanmoins amusée par la fantaisie de Pierre.

— Quand les enfants rentrent-ils ?

— Demain. Hugo ne peut plus skier.

— Tu dois être soulagée, non ? Stan m'a dit que ça avait été très difficile pour toi quand ils t'ont appelée pour te dire qu'il s'était luxé la jambe.

— Oui, j'ai paniqué. J'ai pas trop envie d'en parler, répond Mona soudainement assombrie, repensant à l'ictus malheureux.

Le coup de téléphone de Vincent. La réaction de Lucas pendant sa crise de panique. Le manque de sang-froid.

Elle se rappelle surtout ce terrible sentiment d'immense culpabilité quand Vincent a appelé. Si Hugo était à l'hôpital, c'était forcément à cause d'elle. Parce qu'elle était en train de prendre du plaisir avec son amant. Comment avait-elle pu se sentir libre de jouir de son corps ? C'était sûr ! Un malheur devait arriver et cela n'avait pas tardé.

Et puis le trou noir. Mona se souvient juste d'avoir mis Lucas à la porte avant d'appeler Stan pour qu'il vienne la chercher.

Un peu plus tard, dans une temporalité qu'elle ne peut pas vraiment évaluer, elle s'était réveillée chez Stan, au milieu de la nuit. Son oncle lui avait laissé sa chambre et couchait sur le canapé. En l'entendant se réveiller, il était venu à son chevet. Mona ne savait plus combien de temps s'était écoulé entre l'épisode de l'ictus et cet instant. Un après-midi et la moitié d'une nuit, lui avait dit Stan qui lui avait donné un cachet pour faciliter sa relaxation.

Qu'avait-elle dit à Lucas ? Elle ne s'en souvenait plus très bien. Seule la honte perdurait et le sentiment d'avoir tout gâché, rouvert le camembert de la peur et étouffé Désir et Lâcher-prise en les bâillonnant avec la ceinture du peignoir de soie.

— Tu vas voir Simonetta, si jamais tu l'aperçois devant l'hôtel. Elle est incroyable ! reprend Pierre avec sa légèreté contagieuse. Si tu ne la croises pas, je t'enverrai une photo.

— Je te fais confiance là-dessus. Ce que je ne comprends pas, en revanche, c'est pourquoi tu crois que tu as besoin de raconter des énormes mensonges à ces filles pour les séduire. Tu y arriverais très bien sans.

— Quand tu vas voir cette fille, tu vas comprendre qu'une fille comme elle, avec un petit agent immobilier comme moi, c'est un exploit ! Et puis, je vieillis, ajoute

Pierre avec une fausse gravité. C'est ennuyeux la vérité, le quotidien. Ce ne sont pas vraiment des mensonges, mais plutôt des mythes, précise-t-il, le sourire aux lèvres. Les filles aiment les mythes. Si on leur demandait leur avis, elles seraient d'accord, mais on ne peut pas leur demander, sinon elles n'y croiraient plus. C'est le serpent qui se mord la queue.

— Tu es fou.

— Les mythes, ça fait voyager ! C'est une manière de me mystifier, de faire de moi un personnage qu'elles ne demandent qu'à aimer. Il les emmène dans un univers imaginaire, un monde de fantasmes, un univers propice à l'amour.

— Et si elle tape ton nom sur internet ?

— Les contrebassistes ne sont pas des stars. On sait qu'ils sont géniaux, mais ils sont toujours dans l'ombre.

— C'est énorme !

— Au fait, tu ne m'as pas raconté comment ça s'est passé avec le gars de l'autre soir ? Vous vous êtes revus. C'était comment ?

— Je n'ai pas trop envie d'en parler.

— Mince ! C'était bien parti pourtant !

Comment lui raconter l'épisode pathétique ? Elle a si honte. Penser à autre chose. Se rassurer. Se rappeler qu'on n'est pas loin du but. Tout ça va changer avec la découverte récente du petit frère : une nouvelle piste de guérison est ouverte. Il y a eu récidive, certes, mais je vais guérir, c'est sûr. C'est sans doute le dernier épisode d'ictus amnésique.

— Tu as repensé au petit frère ?

— Je sais que je n'en ai pas l'air avec mes conneries, mais je suis bouleversé, confie Pierre.

— Moi aussi. On le découvre maintenant. À nos âges. Après des années, sans doute, de souffrance pour Papi et Mamie. J'ai du mal à comprendre d'ailleurs que Maman soit dans le déni. Stan m'a raconté qu'elle avait dit que c'était un « non-évènement ».

— Oui, sa première réaction ça a été de dire qu'on en faisait tout un pataquès alors que c'est une vieille histoire qu'ils ont bien fait de mettre sous le tapis, selon elle, que dans la vie faut avancer, et cætera et cætera. Elle ne doit pas réaliser.

— Alors que moi je suis complètement bouleversée. Comme si c'était mon petit frère à moi.

— C'est énorme, un secret de famille. Jamais je n'aurais pensé qu'il y en aurait un, dans une famille extravertie comme la nôtre, avec un père si bavard. Tu crois que ça nous a tous conditionnés ?

— Oui, je pense.

— Tu crois que moi… c'est à cause de ça ?

— Toi quoi ? Tu veux parler des mensonges ?

Mona réfléchit au questionnement de Pierre. Bien sûr que ça a tout programmé, conditionné. Cette découverte est capitale. Peut-être que Pierre ne changera rien à sa vie, parce qu'il l'aime comme cela.

Mais elle, elle est bien décidée à changer.

Cette découverte va lui permettre de progresser. C'est sûr, ce voile levé sur ce silence révèle chacun des membres de la famille. Il peut redistribuer les cartes, même.

Floriane et son désir de prolonger sa jeunesse avec ses piqûres, n'est-ce pas qu'une peur de la mort ? Maman a grandi avec la mort se dit Mona, Pierre et Stan aussi. J'ai grandi avec la mort. Elle était omniprésente. Derrière chaque silence de Mamie, derrière chaque souvenir obscur de l'enfance de Maman, elle devait se cacher, silencieuse et dissimulée. Peut-être même mes enfants sont déjà hantés par cette histoire sans le savoir.

Comment Maman peut-elle penser que c'est un évènement mineur ? Mon angoisse et ma peur de la tragédie sont nées là, c'est certain. Idem pour Pierre. Son rejet des femmes qui sont des mères est une peur panique des nourrissons et du deuil.

— Possible, répond Mona à la question de Pierre. Possible que ça ait joué pour toi comme pour Maman que ça a sans doute rendue fuyante. Possible que vous fuyiez chacun quelque chose.

Je vais en finir avec cette anxiété et ces ictus amnésiques qui menacent sans cesse de se reproduire, se dit Mona. Le drame s'est joué avant moi. J'ai trouvé la clef. Cela suffira-t-il ? Vais-je réussir à changer ? Suffit-il de nommer les choses pour les réparer ? Joseph. Joseph, tu es avec moi depuis si longtemps je crois. Joseph.

— Que dis-tu, demande Pierre ? Tu parles dans ta barbe.

Mona reste silencieuse, plongée dans ses pensées.

— Joseph, c'est beau, non ? Pauvre petit frère, reprend Pierre. Il n'a rien connu de la vie, de nous.

— Il faudrait peut-être aller nous recueillir sur sa tombe, lance Mona.

— À Tunis ? Oui, nous irons, acquiesce Pierre.

38.

— Comment s'est passée votre naissance, Mona ?

— Probablement mal, répond Mona, allongée sur le canapé de Madame Savonet et recouverte de la couverture bleue.

Les yeux fermés, elle poursuit :

— Mes parents m'ont toujours dit que j'étais née enroulée dans mon cordon.

— Et la grossesse, qu'en savez-vous ?

— Rien à signaler. Pourquoi ?

— Nous allons avoir besoin de savoir ce que représentent la vie, la naissance, la maternité pour vous. Un peu à l'image de votre oncle qui rejette la maternité, peut-être que vous rejetez… comment dire…

— La vie ?

— Oui, peut-être. Vous l'avez dit en tout cas.

— Je ne sais pas. J'ai dit ça comme ça, se justifie Mona. Je suis là chez vous, chaque mois, poursuit Mona, pensive. Je regarde les carrés de mosaïques autour de la cheminée. Ça me fait partir à l'intérieur de moi. Quand j'y repense, toutes ces journées gâchées à cause de mon anxiété, toutes les fois où je me suis laissée emporter dans des comportements impulsifs, toutes ces projections négatives que j'ai pu faire dans ma vie, les vacances polluées par le stress, les boulots ratés à cause de mes peurs, les histoires d'amour gâchées par mon incapacité à aimer.

— Aimer et avoir peur, en effet, ça ne peut pas marcher ensemble.

— Oui je sais, « c'est comme tousser et inspirer, ça ne marche pas ensemble », vous me le répétez souvent.

— Exactement.

— Vous voyez, tous ces petits carreaux, c'est un peu dans ma tête comme mes souvenirs. Chacun de ces carreaux en est un. Ils sont tous là mais ils sont collés un peu n'importe comment. Sans ordre. Chaque fois, j'entre ici, je m'assois, et je me fais la réflexion. Je les regarde… c'est comme si je retrouvais mon psychisme étalé dans ces petits carreaux. Ils se mettent en place pour être posés à plat, comme des cartes sur la table. Mais sans ordre précis. Comment sont-ils choisis ? Pourquoi sont-ils là, ceux-là plutôt que d'autres, et dans quel ordre sont-ils rangés ? Pourquoi l'un à côté d'un autre ? Il n'y a pas de lien particulier. Et vous voyez, tout à l'heure, quand je suis arrivée, je me suis dit pour la première fois que j'avais l'impression qu'ils étaient rangés. Je les ai retrouvés là. Tous. Mais j'ai eu l'impression qu'il y avait un ordre. Un peu comme si je voyais la mosaïque d'en haut, à plat, recollée avec du ciment, et que ça formait un dessin. Pas forcément une figure, mais une forme qui a un sens. Et je crois que le sens, c'est ce petit frère.

— Intéressant.

— Et derrière la forme, il y a autre chose, comme un ressenti un peu désagréable qui vient gâcher la clarté du dessin, je crois que c'est la culpabilité.

— Vous vous sentez coupable d'être en vie alors que ce petit frère, ou plutôt cet oncle, est mort ?

— Je crois, oui.

— C'est bien, approuve Madame Savonet.

— Ce n'est pourtant pas mon petit frère, mais celui de ma mère.

— En effet.

— Elle semble si détachée. C'est comme si elle était insensible à cette histoire. Est-ce que ce serait possible que j'endosse une culpabilité à sa place ? Une culpabilité qu'elle a refusée. Ça existe ? Que je porte un trauma qui ne serait pas à moi, mais à elle ?

— C'est un peu plus compliqué que cela. Il s'agit de mémoire cellulaire. Cette histoire y est sans doute inscrite. Elle ne vous appartient pas mais est inscrite dans vos cellules. Comme un héritage, vous voyez ?

— Oui je vois, mais je ne sais pas trop si j'y crois pour être tout à fait sincère. Je me dis qu'on n'en sait rien. Je ne suis pas très à l'aise avec ces théories nouvelles un peu bizarres.

— Nous portons bien dans nos gènes, dans nos cellules, les attributs de nos parents, une couleur d'yeux, une marque de reconnaissance, un grain de beauté ici ou là. Pourquoi ne pas porter des traumas qui se logeraient dans notre mémoire cellulaire ?

Pourquoi pas, en effet, se dit Mona. De la même manière que notre patrimoine génétique évolue en fonction de notre environnement, avec le climat, la nourriture, le pays dans lequel les générations vivent, leur alimentation, ce même patrimoine génétique pourrait – et ce serait cohérent – porter l'empreinte des accidents vécus par nos ancêtres.

— La vie pour moi, c'est la mort ? C'est ça ? Donner la vie c'est donner la mort ? dit Mona à l'issue de sa réflexion.

— Ça c'est pour tout le monde, la rassure Madame Savonet. En donnant la vie, on donne forcément la mort. Mais pour vous c'est traumatique.

— Oui, moi je culpabilise de vivre et j'ai peur de tout, comme si la mort m'attendait à chaque coin de rue.

Comment pourrais-je être épanouie avec ce fardeau ? C'est impossible. Et impossible aussi de m'ouvrir à l'amour. Il n'y a qu'à voir comment j'ai saboté les choses avec Lucas.

Mona sanglote. Comment rattraper les choses avec Lucas ? Comment réparer le mal fait aux enfants. Grandir avec une mère surprotectrice, ça n'a jamais épanoui personne. Je dois être castratrice, se dit-elle, et jamais mes enfants ne pourront s'émanciper. Il est sûrement déjà trop tard.

— Mona, nous allons rendre ici à cet enfant ce qui est à lui. Nous allons dans les séances à venir lui dire au revoir. Et vous irez mieux. C'est une chance, ce qui vous arrive. Nous avons, vous avez trouvé la clef en quelque sorte.

— Il faut vraiment que ça marche, répond Mona, en sanglots. J'en ai assez. Je suis au bout. Au bout de moi. Je ne supporte plus de vivre avec moi. Je m'en veux terriblement. Vous vous rendez compte, j'ai tout saboté avec Lucas l'autre matin. Les choses étaient tellement idylliques.

— Oui, vous me l'avez raconté. Parlons de l'avenir plutôt, élude Madame Savonet. Vos grands-parents sont-ils rentrés ?

— Ils reviennent dans quelques jours. Je ne sais pas si je dois leur parler de Joseph. Lucas me l'a déconseillé. Selon lui, le plus important c'est que nous le sachions et les confronter à cela ne changera pas forcément les choses. Il a peut-être raison.

— En effet, je ne pense pas que votre grand-mère puisse entendre cela, confirme Madame Savonet. Nous allons faire quelques exercices de respiration. Je vais compter jusqu'à 10, et à 10 vous serez complètement relâchée…

39.

Garder un secret, l'entretenir, ne pas en parler à Papi et Mamie. Comment continuer à présent que nous le savons ? Peut-être que ce n'est pas bien grave. Perdre un nourrisson est une chose fréquente. Pourquoi cela nous semble-t-il si capital, se demande Mona. Est-ce la force du secret ? Un secret peut-il faire d'un évènement mineur un traumatisme majeur ? Mona repense à la mosaïque de Savonet. Un mal de ventre la saisit. C'est un peu comme une eau stagnante qui remue dans le haut du ventre, vers le plexus. Une sensation qu'elle connaît si bien. Un mal-être qui ne porte pas vraiment de nom, vous rend inconfortable comme quelque chose de latent, sans se révéler vraiment.

La perspective de passer une dernière soirée seule sans les enfants plonge Mona dans une profonde détresse. La nuit dernière n'a pas été simple. Seule malgré Gammarth, tout était un peu triste. Demain matin, elle ira chercher Léa et Hugo à la gare. En attendant, elle ne sait que faire de cette longue soirée de solitude.

Mona démarre sa voiture et se dirige vers chez elle.

Ne pas avoir été capable de profiter de cette semaine sans les enfants, ne pas être en mesure d'accueillir la vie seule avec moi-même, se dit Mona, c'est un échec. Je me fuis. Où aller ce soir ? se dit-elle tandis qu'elle emprunte la direction de l'appartement familial.

Que faire ? Stan n'est pas disponible. Je n'ai pas vraiment d'autre ami que lui. Une vie entière dans cette famille. Bien sûr que ce n'est pas normal. C'est sans doute pour cela que tout ce qui y touche prend un air traumatique. Mes deux amis dans la vie sont mon oncle et mon grand-père. Quelque part c'est ridicule. Comment avancer ? Comment explorer le monde quand on n'a pas élargi son cercle.

La voiture est arrêtée au feu rouge. Pas envie de rentrer à la maison, se martèle Mona. L'autre jour, je ne m'étais pas sentie si mal au studio, se rappelle-t-elle. Elle repense à la bougie qu'elle y a laissée, à l'idée de prendre un bain là-bas au lieu de rentrer à l'appartement. J'avais commencé à m'y sentir bien, mais est-ce mon endroit ? Existe-t-il seulement un endroit où je me sente dans une intimité avec moi-même ? Où je peux exister en dehors de la mère, de la femme ou ex-femme, de la fille ou petite-fille que je suis ?

Mona se visualise sur la branche de cerisier. C'est un chez-moi, un univers que j'aime et que j'ai choisi, une galaxie où je peux explorer, m'explorer. Y trouver la douceur, la liberté, l'intimité, le désir, le plaisir. La peur n'y a pas de place.

Mona se visualise allongée nue sur la branche de cerisier. Elle tient en équilibre et se recroqueville sur un petit bras du rameau. Sa tête est posée sur une fleur-coussin. Recouverte de Peignoir de soie, elle est caressée par la douceur de l'étoffe. Elle réalise combien elle se sent bien.

Envie de revoir Lucas ; faire le premier pas. Profiter de cette soirée pour le retrouver. Lui dire tout ce qui me plaît chez lui et tenter de lui faire oublier ce qui s'est passé. Ma folie, l'angoisse pour les enfants et cette crise de panique. Lui expliquer ce qui s'est déroulé dans ma tête et m'excuser.

Je lui dirai combien je suis désolée d'avoir paniqué lorsque j'ai reçu le coup de fil de Vincent qui m'annonçait qu'Hugo était à l'hôpital.

Mona ne se rappelle plus très bien comment elle a sommé Lucas de partir.

Est-elle restée calme devant lui ? Sans doute que non. Un vague souvenir d'avoir été en panique et désagréable. D'avoir formulé quelque chose comme « C'est à cause de nous tout ça », « Il faut que tu partes ».

Elle se rappelle aussi la douceur de Lucas tentant de l'apaiser.

Quelle folie. Avoir mis cet homme à la porte ! Il faut que j'aille le retrouver, se dit Mona en prenant la direction de chez Lucas.

Aller devant chez lui, sonner à sa porte. « L&S ». « Lucas et Sonate », il avait dit.

Lui présenter mes excuses puis faire l'amour avec lui.

J'accepterai sans inhibition tout ce qu'il me proposera. Je serai entreprenante. Je le déshabillerai et ferai tomber mes vêtements. J'assumerai mon corps. Je me le promets, à moi-même. Ce soir, je vais enclencher cela. M'affranchir. Me libérer. Et baiser avec lui, oui, baiser sans filtre. Toute la nuit. M'offrir à lui et au monde libre qui est juste là, devant moi. Lucas, tu es une île, une galaxie dans laquelle je pourrais être libre ; je le sens si fort.

Arrivée en bas de chez Lucas, Mona réalise qu'il ne lui a pas donné le code d'entrée de la porte de l'immeuble. Elle regarde aux alentours et jette un œil en face, chez Félix et Étoile. Ce quartier dans lequel elle a grandi. L'ombre de Joseph qui a dû planer toute cette enfance durant. Joseph devait être là tous les jours, les mercredis de comédies musicales, les soirées de devoirs, les promenades dans le quartier. L'enfance ici… Le spectre de Joseph était là, dans la tête d'Étoile, dans les souvenirs de Félix aussi. Dans les croquants tunisiens à la fleur d'oranger de Mamie, il y avait un peu du petit frère, du souvenir de cet enfant aimé, embrassé, de ce nourrisson qui avait dû apporter tant de joie avec sa peau fraîche qu'Étoile avait dû respirer, cajoler, nourrir au sein puis laisser là-bas. Abandonner. Sans se retourner. Un petit bout d'elle. Un morceau de son être.

Une maman entre dans l'immeuble de Lucas, les bras chargés. Mona lui tient la porte et en profite pour pénétrer dans le hall. L'interphone L&S est juste devant elle. C'est une folie de débarquer ainsi. Et s'il n'était pas seul ? Lucas m'a peut-être vite oubliée et remplacée. Mona l'imagine à présent, préparant un repas dans sa cuisine. Une jolie fille de magazine est assise sur le plan de travail. Ils se regardent avec complicité. Elle attend qu'il ait préparé des pâtes. Il est italien. Il cuisine bien. Après un regard profond et prometteur, il lui colle un baiser. Il passe son bras autour de sa tête et l'approche contre lui. La branche de cerisier frôle le visage de la jolie fille de magazine. Mona est vexée, triste. Elle se ravise. Ne pas sonner, faire demi-tour. Laisser tomber. Allez Mona, on se raisonne, se dit-elle l'instant d'après. Je suis une machine à scénario, un distributeur de clichés. Rien n'indique qu'il n'est pas seul chez lui. Que je ne suis pas en train de jouer avec mon imagination. Ne pas confondre le possible et le probable, dirait Savonet. Allez ! Il faut sonner et aller au bout.

Mona appuie avec son index sur la sonnerie. Son cœur est suspendu à la réponse de Lucas. Elle est comme en apnée en attendant qu'il lui ouvre et se répète en boucle les mots qu'elle s'apprête à prononcer quand il décrochera : « C'est Mona. Je suis passée dans le quartier. Je peux monter ? »

Et s'il répondait « Non, désolé, je n'ai rien à te dire » ou alors, pire encore, « Je travaille je ne suis pas disponible maintenant. Je te rappellerai ».

C'est peut-être la fille de la cuisine qui va répondre : « Qui est-ce ? Non, Lucas n'est pas là. Je lui dirai que vous êtes passée. Qui êtes-vous ? »

Après quelques minutes d'attente, pas de réponse.

Mona se résout à sonner une deuxième fois. Elle appuie de manière un peu plus longue. Au cas où. Il était peut-être sous la douche ; et puis il y a sûrement de la musique chez lui et il n'entend pas la sonnerie car le niveau du son est fort.

Ou alors c'est pire : la sonnerie résonne dans son appartement, mais il est affairé au lit avec la fille de la cuisine et n'est pas en mesure d'aller ouvrir la porte. Il se dit que c'est sans doute un coursier qui repassera plus tard.

Quelques longues minutes passent encore et Lucas ne répond toujours pas.

Le silence se fait long dans le hall de l'immeuble. Mona aimerait bien monter et sonner à la porte de Lucas. Frapper fort pour qu'il entende. Elle pourrait demander à la gardienne de lui ouvrir et tenter de se présenter devant sa porte directement. Ce serait de la pure folie ! On ne monte pas chez les gens comme cela ! À l'improviste ! Que faire ?

Après quelques instants à hésiter, tournant en rond dans ce hall d'immeuble, Mona se résout à aller patienter chez Félix et Étoile. De toute façon, Gammarth l'y attend. Ce sera l'occasion de le sortir et de remplir ses gamelles. De chez Félix et Étoile, elle pourra se poster devant la fenêtre de Lucas. Au moins, elle sera aux premières loges pour le voir rentrer. Quand une lumière s'allumera, elle retournera sonner chez lui. Il lui ouvrira et ils s'étreindront longuement. Il pardonnera sa folie et ils feront l'amour jusqu'au petit matin.

40.

Mona pénètre dans l'appartement de ses grands-parents. Gammarth est calme. Il ne lui fait pas la fête. Il est allongé près de l'entrée et se tient silencieux.

Un bruit se fait entendre de l'autre côté du couloir.

— Il y a quelqu'un ? lance Mona.

— Oui, je suis là, répond une voix en provenance de la chambre.

Mona reconnaît celle de Raphaëlle.

— N'entre pas, poursuit sa cousine. Je suis occupée. Je ne suis pas seule.

Mona, gênée, hésite à partir. À tous les coups, Raphaëlle est venue avec sa petite copine. Elle a pourtant bien dû voir Gammarth en arrivant. Elle aurait pu se raviser. Elle a un certain culot, pense-t-elle. Mona envisage de repartir avec Gammarth pour ne pas avoir à rencontrer Raphaëlle dans une situation embarrassante, mais elle repense à Lucas et à son poste d'observation qui l'attend. Et puis il y a ses réticences à rentrer chez elle, seule.

Elle garde finalement son manteau sur ses épaules et s'installe sur le balcon.

Elle s'assoit et regarde le ciel. Elle respire puis jette un œil aux plantes et ajuste le tissu blanc qui les recouvre. Elle découvre délicatement le jasmin pour s'assurer que la terre n'a pas gelé.

Il est comme le cœur de mes grands-parents, pense-t-elle. Ses odeurs sont restées là-bas. Il est en hiver. Il peine à garder son feuillage vert mais il résiste et refleurit. Il est le gardien des effluves de leur Tunisie natale. Il faut le protéger comme on protège la fraîcheur d'un souvenir.

Depuis petite, Mona observe les fleurs et leurs similitudes avec les hommes. Elles sont souvent les métaphores de nos vies, pense-t-elle depuis l'enfance.

Elle se rappelle un souvenir. Adolescente, elle avait déterré une plante sauvage à laquelle elle s'était attachée lors d'un séjour en Normandie. Elle l'aimait tant qu'elle avait eu le projet de la rapporter avec elle. Elle l'avait dégagée avec délicatesse de la terre qui l'entourait, puis replantée dans un pot. Ainsi, elle pouvait la prendre chez elle.

Une fois rentrée à Paris, elle l'avait placée devant sa fenêtre. Chaque jour, elle l'observait et constatait avec tristesse qu'elle perdait de sa splendeur. Elle était déçue et s'en voulait de l'avoir ainsi coupée de son milieu naturel. Elle prêtait désormais à la plante des pensées anthropomorphiques, l'imaginant derrière les barreaux d'une prison, condamnée à vivre sur un petit balcon en ville, dans ce médiocre pot, quand sa famille et ses amis pouvaient jouir, eux, d'une liberté et d'un espace qui leur offraient un épanouissement naturel. Mona se voyait en bourreau de cette pauvre chose vivante qu'elle avait voulu apprivoiser.

À quel point peut-on contraindre un individu à être heureux dans un milieu qui lui est hostile, se demandait-elle ?

Un beau jour, Mona remarqua que la plante avait repris de sa vigueur et s'était remise à pousser. Elle ne se développait pas généreusement mais vivait une existence acceptable dans son pot. Elle s'y était fait. Peut-être parce qu'elle avait reçu de l'amour et de l'attention de Mona. Ce rebondissement apaisa Mona, mais elle se promit tout de même de la replanter l'été suivant, ce qu'elle fit quand, avec ses parents, ils retournèrent en Normandie.

Les feuilles du jasmin sont toujours là, bien vertes, remarque Mona. Elles sont remplies de l'amour de Papi et Mamie. Elles doivent savoir combien elles sont importantes pour eux. Ce jasmin, c'est leur petit bout de Tunisie, se dit-elle, repliant le tissu blanc, en prenant bien soin de le caler pour qu'il résiste au vent.

Le froid se fait sentir à présent. Mona se dirige vers la cuisine pour préparer du thé chaud. Elle attrape une couverture et s'installe à nouveau sur la terrasse, admirant la vue en attendant que l'eau bouille. Elle remarque avec amusement que la fenêtre est remplie de buée. Elle s'en approche et commence à écrire dessus avec son doigt.

Elle dessine d'abord un J, puis un O, un S, un E, un P, et enfin un H.

« Joseph ». Elle contemple le prénom écrit. Joseph, je t'ai trouvé, se dit-elle. Je sais que ton souvenir est présent chez chacun d'entre nous.

Puis Mona réalise avec gravité qu'elle a inscrit sur la vitre de ses grands-parents le prénom interdit, le tabou absolu. Elle se hâte alors d'aller chercher dans la cuisine un chiffon et du nettoyant pour vitres, comme si Félix et Étoile pouvaient arriver d'un instant à l'autre. Cette projection de ses grands-parents découvrant le prénom interdit qui s'afficherait comme la menace d'un fantôme la glace. Elle nettoie la vitre avec urgence.

Tandis qu'elle frotte avec insistance pour effacer toute trace de l'inscription, apparaît la silhouette de Raphaëlle de l'autre côté de la vitre, à l'intérieur de l'appartement.

La gamine est vêtue d'un long et large tee-shirt avec une inscription « Metallica ».

— Tu fais le ménage ? demande sa cousine, s'asseyant avec naturel sur le canapé.

Elle est en petite tenue devant moi, remarque Mona, et elle est parfaitement à l'aise. Ai-je été un jour comme elle, dans une parfaite insouciance ? Mona se dit qu'elle n'en a pas le souvenir.

Elle se rappelle ses dix-huit ans. Elle avait obtenu son baccalauréat et commençait ses études de philosophie. Elle logeait dans la chambre de service du sixième étage, dans ce même immeuble, au-dessus de chez Félix et Étoile. Elle passait voir ses grands-parents tous les jours et retrouvait souvent Stan pour discuter. Elle n'avait jamais eu de petit ami et s'était fixé pour objectif cette année-là d'en trouver un à la fac.

Pendant les cours, elle regardait les garçons et se demandait si elle arrivait à s'imaginer s'accouplant avec eux. Cela donnait lieu à des scènes de sexe qu'elle projetait, des fornications un peu ridicules, souvent hilarantes, pendant les exposés sur la morale expérimentale de Rousseau ou la phénoménologie husserlienne qui prenait soudain des aspects très parlants pour elle. La sexualité était un phénomène, comme l'évoquait le philosophe Husserl, qu'elle avait besoin d'expérimenter pour pouvoir le penser. Mais avec qui partager cette première expérience ?

C'était là l'objet de ses éternelles discussions avec Stan, étudiant, lui, en double cursus de psychologie et de sociologie, qui venait de vivre sa première expérience homosexuelle et redoutait la réaction de ses parents quand il leur confierait un jour qu'il aimait les hommes. Mona pensait parfois qu'il était peut-être plus aisé de coucher avec quelqu'un du même sexe que soi. Il suffisait d'aller dans un lieu où on se retrouve entre gays. Le message est clair. On est là pour ça. Stan n'était pas de cet avis. Ce n'était pas simple pour lui.

Ne laissant jamais passer aucun signe de désir, Mona se demandait cependant comment exprimer à une personne du sexe opposé ses intentions. Il lui semblait impossible de faire ce pas. Et si elle ne connaissait jamais de relation avec un garçon. Si elle restait vierge toute sa vie durant ? Comme Madame Toutain, la professeure d'histoire dont on ne pouvait envisager qu'elle ait eu des relations sexuelles.

Mona était obsédée par cette question qui l'occupait au fil des jours et la détournait des cours. Jusqu'à ce qu'enfin la chose arrivât. C'était un soir de juin. Elle travaillait depuis quelques semaines en binôme avec un étudiant sur un exposé portant sur Michel Foucault et *L'histoire de la folie à l'âge classique.* Les thèmes développés dans le livre poussaient à de tels questionnements sur l'intime que des liens plus serrés étaient nés entre Mona et ce jeune homme. Il ne lui plaisait pas, ce qui la conduisait à se sentir plutôt à l'aise avec lui. Elle ne lui trouvait aucun charisme et regardait avec amusement le manque d'assurance et la fadeur manifeste qui se dégageaient de lui. Elle trouvait attachante sa banalité et s'enorgueillissait parfois de s'imaginer l'en délivrant, se tenant devant lui en femme fatale décomplexée et lui inculquant tout des plaisirs de l'amour et de la découverte du monde, dont elle ignorait pourtant tout.

Autour de l'exposé, ils débattaient sans trop de stimulation intellectuelle mais touchaient parfois à l'intime. Ils devaient cela, non à une complicité, mais à la nature de leurs échanges autour de leur travail sur des thématiques profondes qui les appelaient à se livrer.

Qu'est-ce qui est normal ? Qui est normal ? Où se situe la frontière avec le pathologique ?

Est-ce que je me sens à l'intérieur ou à l'extérieur de la société ? Suis-je en marge moi aussi ou parfaitement normal socialement ? Me suis-je déjà envisagé comme fou ? Ai-je eu des pensées ou un comportement déviants ?

L'un comme l'autre avaient été amenés à se confier sur quelques éléments intimes de leur personne, et leurs langues s'étaient déliées alors qu'ils échangeaient le soir, lors de la rédaction de leur exposé, brisant une certaine glace sociale. Le jeune garçon avait confié qu'il se sentait tout petit par rapport à son père charismatique. Il racontait combien il n'avait pas besoin d'être solaire, lui qui vivait bien ainsi, malgré la perception désagréable de la déception de son père qu'il lisait dans ses yeux face à sa fadeur. Était-il anormal qu'il n'ait pas envie de briller comme lui. Se contenter d'une petite vie honnête, était-ce un tort. Était-il apathique comme Meursault le héros de *L'Étranger* ou juste normal ? Mona trouvait touchantes ses confessions et l'envisageait avec moins de jugement à présent, même si elle continuait, malgré cela, de le trouver ennuyeux.

Un soir, emportée par l'ivresse de quelques bières partagées, elle avait confié de son côté qu'elle était vierge et recherchait une première relation sexuelle. De manière pathétique, presque pathologique, avait-elle avoué avec amusement, se sentant en confiance avec ce jeune homme inoffensif et peu enclin au jugement d'autrui. Elle lui avait livré qu'elle était étouffée elle aussi par sa mère et son débordement de féminité qui la bridait, sans oublier la morale judéo-chrétienne en vigueur dans sa famille qui la bloquait. Elle se sentait résolument hors de la société tant qu'elle ne l'aurait pas fait.

Le jour de l'exposé devant la classe, alors que le garçon s'exprimait avec une certaine ferveur devant l'assemblée, Mona avait commencé à s'imaginer avec lui en pleine fornication. Contrairement à son habitude des évocations imaginaires érotiques pendant les cours ou autres réunions en société – qu'elle apparentait à un syndrome intériorisé de Gilles de la Tourette focalisé sur le sexe –, la scène n'était pas ridicule ni purement pornographique. Elle imaginait des caresses et une étreinte agréable. La maladresse du garçon se transformait en sensibilité et sa vulnérabilité la poussait à se libérer de son inhibition. La projection de la chose lui était agréable.

Alors qu'elle le déshabillait du regard pendant qu'il développait la notion d'univers carcéral lié à l'hôpital psychiatrique, leurs regards se croisèrent. C'était comme si le garçon avait lu dans les yeux de Mona et s'était senti nu tandis qu'il parlait à la classe. Le soir même, alors qu'ils fêtaient leur dix-sept sur vingt, partageant quelques bières dans la chambre de Mona, le jeune homme avait entrepris de l'embrasser.

Mona n'avait pas aimé ce baiser. Elle ne s'émancipait pas du mélange des langues comme phénomène, objet d'étude. Elle s'extirpait en pensée de son corps en pleine étreinte pour le regarder froidement, tel un observateur placé au-dessus d'eux, leurs bouches s'embrassant. Elle objectivait les deux visages, mesurait la salive de l'autre qui pénétrait dans la bouche de l'un et se perdait dans des considérations hygiéniques et olfactives. En d'autres termes, ce baiser était beaucoup trop phénoménologique pour l'emporter.

Elle se laissait pourtant faire, son corps semblant d'accord pour aller plus loin. La vulnérabilité du garçon assurément la mettait en confiance, même si le jeune amant inexpérimenté ne faisait pas naître de désir en elle. La confiance suffisait à Mona pour qu'elle prît part à l'action. Elle se déshabilla pour accélérer les choses. Quelques instants plus tard, ils étaient l'un dans l'autre. Un préservatif entre eux empêchait tout contact phénoménologique de leurs deux sexes et laissait s'échapper un certain grincement de latex. Un son qui entravait toute amorce d'excitation pour Mona.

Une fois qu'il fut parti, la chose était faite. Elle ne réitérerait pas avec lui mais trouvait une certaine satisfaction à avoir ouvert une voie aux autres rencontres qui se présenteraient.

— Il y avait une tache que je voulais enlever, répond Mona à Raphaëlle.

— C'est bien ce que je dis, tu fais du ménage. T'es géniale, reprend Raphaëlle. Tes enfants sont aux sports d'hiver, tu es seule à Paris et tu viens faire du ménage chez Papi et Mamie.

— Non mais je te dis que ce n'est pas ça. Bon, laisse tomber, ce n'est pas grave, dit Mona, se dirigeant vers la cuisine pour remettre le chiffon et le produit en place et récupérer son thé. Veux-tu un thé ? lance-t-elle à sa cousine.

— Non merci, crie Raphaëlle. Il y a des bières ?

— Oui. Je t'en apporte une ? répond Mona, un ton plus bas depuis la cuisine, prenant en compte le fait que l'amie de Raphaëlle est peut-être endormie dans la chambre.

— Avec plaisir, merci, oui, lance Raphaëlle.

Revenue dans le salon avec son thé et la bière pour Raphaëlle, Mona se dirige vers le balcon et reprend sa place, préférant se tenir à l'extérieur de la scène qui se joue entre Raphaëlle et son amie. Raphaëlle se couvre avec un plaid qu'elle trouve sur le canapé, allume une cigarette et rejoint Mona sur le balcon.

— Comment se fait-il que tu sois là ? demande-t-elle à sa tante.

— Je n'ai pas très envie d'en parler. J'avais besoin de venir, c'est tout. Mais c'est plutôt à toi qu'il faut demander ça, non ?

— On n'avait pas trop d'endroits où aller. Je me suis dit que ça ne dérangerait personne. Je ne pensais pas tomber sur toi. Et toi, tu attends quelqu'un ? Un Italien à tout hasard ?

— Comment tu sais ?

— Papi m'a raconté pour le voisin DJ. Il le trouve charmant.

— Je n'ai pas trop envie d'en parler, je t'ai dit.

— Ah non, tu m'as seulement dit que tu n'avais pas envie de parler de la raison de ta présence ici. Donc j'en déduis que si tu es là, ça a un lien avec l'Italien. N'est-ce pas ?

Mona est sauvée par l'apparition de la jeune fille, qui la dispense de répondre. Un peu timide, elle pénètre dans le salon, cherchant son amie du regard. Contrairement à Raphaëlle, elle s'est rhabillée et a revêtu son manteau. Elle s'approche du balcon et se poste devant l'encadrement de la fenêtre pour dire au revoir. Elle salue Mona qui reconnaît la jeune fille qu'elle avait vue l'autre matin en bas de chez Félix et Étoile.

Raphaëlle, emmitouflée dans la couverture, ne se lève pas pour raccompagner son amie et lui envoie un baiser à distance.

— Tchao, on s'appelle, lui lance-t-elle avant de reprendre la conversation avec Mona. Donc c'est quoi le lien ? Pourquoi t'es ici, reprend-elle. T'as rendez-vous avec l'Italien ?

— L'Italien s'appelle Lucas, répond Mona, après avoir entendu la porte se refermer.

— Et alors, t'en es où avec Loucas ?

— Nulle part !

— Tu ne lui plais pas ?

— Si.

— Mais quoi alors ?

— J'ai tout gâché.

— T'as fait quoi ?

— Je ne peux pas te dire, mais là j'essaie de rattraper. Je voudrais m'excuser. C'est pour ça que je suis ici. J'attends qu'il rentre pour aller le voir.

— Tu ne peux pas lui écrire ?

— Je n'ai pas son numéro.

— T'as son insta ?

— Non.

— Il est DJ, non ? demande Raphaëlle, affairée maintenant sur son téléphone.

— Oui c'est ça.

— Un Loucas, DJ, italien, c'est facile à trouver, ça ! Regarde, c'est lui, là ? demande Raphaëlle en montrant l'écran à Mona pour qu'elle valide le profil du Lucas qu'elle vient de trouver.

— Montre, dit Mona, regardant timidement. Oui c'est lui, c'est ça.

— Il mixait hier. À Lisbonne. Pas sûr qu'il soit rentré.

— Peut-être qu'il rentre ce soir alors.

— Peut-être. Il a l'air cool en tout cas. Mais tu sais, moi à ta place, je ne m'excuserais pas. Je ne sais pas ce que tu as fait mais il y a une règle, faut jamais s'excuser, sinon, l'autre en profite pour te dominer.

— Drôle de vision.

— C'est sûr qu'on est loin de vos films cuculs à Stan et à toi

— C'est pas cucul Michel Legrand.

— Non c'est sûr, Stan m'a fait écouter des jolies mélodies de lui, mais vos films où ils parlent en chantant et où ils se mettent à danser dans la rue avec des histoires un peu bébêtes voire machistes avec des princes charmants à tous les coins de rue et des filles qui pleurent sur leur sort et qui ne connaissent qu'un seul homme dans leur vie, c'est moyen !

Raphaëlle ne comprend pas la sensibilité et l'émotion qui se dégagent de ces films, se dit Mona. Mais il faut reconnaître que l'analyse n'est pas fausse. Comment s'émanciper quand on a pour héroïnes des filles archiromantiques et passives qui attendent tout de l'amour. Les personnages modernes qui façonnent l'imaginaire de Raphaëlle sont différents. Ils sont pleins de caractère et d'affirmation de soi et de leur corps. On n'a pas les mêmes modèles. Peut-être devrais-je m'inspirer d'autres figures, tout simplement.

— Pour moi, poursuit Raphaëlle, ces films sont des bonbons sucrés faits par des hommes qui continuent de dominer les femmes par leur vision patriarcale limitante.

— Tu sais, ce qu'on aime dans ces films c'est la musique surtout, se défend Mona.

— Bien sûr, mais c'est pire parce que cette domination passe par le canal de l'émotion. En jouant avec l'émotion, les comédies romantiques imprègnent l'inconscient collectif des femmes et les empêchent de s'émanciper, en les plaçant dans l'attente d'un prince charmant. Nous, on en a fini avec ça. Ta vie, tu la gères sans attendre un homme. Après tu te mets avec quelqu'un, mais c'est ta vie et pas la sienne. Bref, ce que je te disais, en tout cas, c'est qu'avec les garçons, on ne s'excuse pas. Mon conseil avec l'Italien, tu te détends. Tu redescends un peu. Tu te débrouilles pour le revoir et tu l'embobines. Tu fais la fille super cool et il va tout oublier. Vous faites ce que vous avez à faire ensemble et ça repart.

— Tu crois que c'est si simple ?

— J'en suis sûre ! Bien sûr que c'est simple. Les hommes, c'est pas très élaboré tu sais. T'aurais beaucoup plus de mal avec une femme.

Mona, amusée, se sent soudain infusée par ce vent de légèreté. La perspective de simplicité dont parle Raphaëlle est si agréable. Elle lui semble à présent à portée de main. La vie n'est-elle pas faite pour être consommée avec légèreté, dans le présent ? Comment ai-je pu me laisser polluer par toute cette complexité qui me porte toujours dans le passé douloureux ou le futur que j'imagine tragique ? Quelle connaissance ai-je du présent ?

— En attendant que ton Lucas soit rentré, tu n'as qu'à venir avec moi. Je rejoins des potes dans un bar.

— Mais je ne saurai pas quand il sera rentré.

— T'inquiète, il est à peine 19 heures. Tu seras revenue dans deux heures.

— Ok, je viens ! dit Mona, charmée par ce vent de liberté.

Raphaëlle finit d'envoyer un message sur son téléphone et se lève pour se préparer. Mona se dirige vers la chambre de ses grands-parents. Elle s'assoit devant la coiffeuse d'Étoile et saisit le bâton de khôl. Elle tire un trait au-dessus de ses cils et se regarde découvrant dans le miroir son potentiel féminin. Elle se lance un regard prometteur, rempli de désir et d'optimisme pour cette soirée.

— Je recharge la gamelle de Gammarth et on y va ! crie Raphaëlle de l'autre côté de l'appartement.

Mona se sent si légère. Elle s'appréhende libre et sans attache, prête à disposer de son corps, à réconcilier ses fantasmes et la réalité de ses mouvements. Elle se promet de s'autoriser à s'affranchir de ses pensées limitantes. Cette soirée, elle le décide là, devant ce miroir, ne sera pas dominée par les frustrations et le regret. À elle la vie !

— Tiens ! Bois ça ! C'est de l'arrack, Ça va nous détendre. Tu bois cul sec ! lui lance Raphaëlle, son manteau sur le dos.

Mona accepte d'un geste rapide. Sans réfléchir, portée par la surprise et l'excitation, elle boit. Puis elle se lève et suit sa jeune cousine, laissant Gammarth dans l'appartement.

41.

— Ça fait une semaine que tu savais qu'on arrivait ce matin à dix heures et tu nous as oubliés ! Je ne comprends pas comment c'est possible. Toi qui t'inquiètes toujours pour tout, tu sais que ton fils a une jambe luxée, qu'il boite encore un peu, et tu ne viens même pas nous chercher à la gare !

Mona embrasse son fils qui lui rend un grand sourire, fier de ses béquilles, tandis que la petite Léa est collée aux jambes de sa maman. Mona peine à entrer dans la discussion faite de reproches que lui impose Vincent. Son corps n'est toujours pas réveillé. Son esprit non plus. Lui reviennent des souvenirs de la soirée. Un shot de vodka avec cette fille aux yeux profonds. Une cigarette partagée avec un jeune homme aux boucles d'ange. Une main plongée dans ses cheveux qui la fait encore frissonner. Mona a la gueule de bois, c'est sûr, mais le cœur léger. Vincent est un pesant phénomène ce matin, qui s'agite dans la cuisine et qu'elle voudrait congédier. Elle a dix-huit ans, l'envie de remercier le père de ses enfants, de le renvoyer chez lui – concept du chez-lui à préciser, régler cette question de toute urgence. Placer les enfants devant un bon dessin animé et prendre le temps de se remettre en douceur du réveil de son corps encore imbibé des excès de la nuit.

Vincent se calme. Il est à l'évidence dans le souci de ne pas tout gâcher. Il a rapporté de la montagne un fromage à raclette et se désole de ces retrouvailles perturbées. Il avait imaginé qu'ils les célébreraient ensemble devant l'appareil qui rappelle la montagne et amuse tant les enfants.

Cette évocation – qu'elle aurait comprise quelques heures plus tôt – lui apparaît comme un cliché ridicule et elle se retient de rire avec insolence. Elle se remémore soudain un baiser. C'était le garçon aux cheveux d'ange ? Non, la fille aux yeux profonds. Mona se rappelle cette sensation si excitante au moment où la fille entreprenante la colle contre le mur un peu avant le fumoir. Quelques instants plus tard, elle est impliquée dans un long baiser qui lui procure un plaisir inédit. Mona se souvient avoir apprécié, l'euphorie de l'alcool aidant, que la fille passe une main sur ses seins.

Consciente d'afficher une mine étonnée en décalage avec la discussion de Vincent, Mona se ressaisit et se force à intégrer le présent. La situation l'amuse cependant et elle s'étonne de ne pas juger avec gravité les excès auxquels elle s'est livrée.

Elle parvient à prendre le dessus sur le malaise du présent en inventant une excuse qui tient la route au sujet de Raphaëlle. Elle avait besoin d'un cours pour son bac philo et elles ont papoté une partie de la nuit après leur travail. Elle est désolée de ne pas s'être réveillée. Vincent se montre compréhensif et Mona lui donne rendez-vous pour le soir même. C'est promis, ils partageront le morbier devant la rituelle raclette hivernale. Elle remercie d'ailleurs Vincent d'avoir rapporté ce fromage qu'ils aiment tant.

La porte refermée, Mona se délecte du silence. Il est certes entravé par un mince son qui s'échappe de sa chambre où les enfants sont installés devant un dessin animé, mais elle peut néanmoins se détendre, maintenant que Vincent est parti. Elle prépare du café et réalise avec déception qu'elle n'est pas allée chez Lucas. C'est avec lui qu'elle voulait passer la nuit. Comment est-elle rentrée chez elle ? À quelle heure ? Un vague souvenir d'une porte de taxi qui claque. L'impossibilité de remplir d'images l'opaque chemin en voiture au milieu de la nuit. Était-elle seule ? Se tenait-elle assise ou allongée sur la banquette arrière. Quel chemin le taxi a-t-il emprunté ? Aucun souvenir hormis celui de la clef qui avait du mal à trouver la serrure de la porte de l'appartement. Puis le canapé. Le souvenir de s'être jetée dessus et puis réveillée brutalement dans une apnée violente à cause de la sonnerie de l'interphone. La panique. Le souvenir des enfants qu'il fallait aller chercher à la gare. La voiture restée garée en bas de chez Félix et Étoile, de chez Lucas.

Mona rit de la situation et se réjouit de ce trou noir provoqué par l'alcool et non par un ictus amnésique. Quel bonheur de tout oublier d'ivresse et non d'angoisse. C'est tellement plus normal, se réjouit-elle. Elle se sent libérée de toute gravité. C'est sûr, la légèreté est entrée dans sa vie, et pour longtemps. Elle est une autre et cette Mona-là lui plaît.

42.

— Bonjour ma chérie. Comment ça va ? La jambe d'Hugo va mieux ?

— Ça va bien, Mamie ? répond Mona, parlant dans l'écran de son téléphone. On est au square et il recommence à jouer. Il y va doucement ; il a encore ses béquilles mais ça va de mieux en mieux. En tout cas, il ne souffre pas. Regarde, dit-elle, retournant l'écran de son téléphone pour montrer, avec la caméra, le square et les enfants, Léa sur son toboggan, Hugo entouré de ses copains.

— Il crâne un peu avec ses béquilles, commente Mona à l'attention de sa grand-mère. Et vous ? Comment c'est, la croisière ?

— Il fait un temps de rêve. C'est magnifique. L'Égypte, le Nil...

— Montre-moi un peu. C'est beau ! s'exclame Mona, admirant les images que sa grand-mère partage avec elle.

— Ton grand-père s'est fait copain avec tout le bateau. On dirait que c'est lui l'organisateur de la croisière !

— Ça ne m'étonne pas !

— Toutes les femmes ici sont folles de lui. Ah, je ne t'ai pas dit, il passe son temps sur son dictaphone. Il adore ce truc que tu lui as donné. Il lui raconte tout. Il dit que ce sont ses mémoires au présent.

— C'est une bonne nouvelle, ça. Et toi tu peins ?

— C'est sublime ici. Je dessine surtout. Il y a de si jolies choses qui m'inspirent.

— Envoie-moi des photos de tes dessins, comme ça je verrai…

Mona jette un coup d'œil au toboggan. Elle ne voit plus Léa. La panique l'envahit.

— Léa ! crie-t-elle, jetant son téléphone. Léa, hurle-t-elle à nouveau. Elle est à présent debout et arpente le square.

— Léaaaaa.

J'en étais sûre ! pense Mona dans la panique. Je relâche la pression, me sens libérée de l'angoisse, et bam !

Si ça se trouve, Léa est partie du square et a suivi quelqu'un. Le jeune handicapé ! Mona se rappelle le jeune homme qu'ils ont croisé en arrivant. Il semblait avoir un retard mental. Il était perché sur des rollers. Il l'inquiétait. Il avait regardé Léa. Elle lui avait souri avec innocence. Et si elle était en train de le suivre ?

— Vous n'avez pas vu une petite fille avec une longue jupe rose un peu flashy ? demande Mona à un papa au hasard.

Le square tout entier semble impassible. Un instant qui dure une éternité. Hugo, assis par terre entouré de ses copains, lève les yeux de sa partie de billes, comprenant qu'il se passe quelque chose.

— On a perdu Léa ! C'est une catastrophe, Hugo. Viens avec moi, lui dit-elle, semblant oublier qu'il marche avec peine. On va appeler Papa. Il va venir nous aider. Je n'y arriverai pas seule. C'est un enfer. Je ne sais pas où est ta sœur. Où est mon téléphone ? se questionne Mona à voix haute avant de réaliser qu'elle l'a jeté au milieu de la conversation avec Étoile un peu plus tôt. Elle se dirige vers le banc pour tenter de le retrouver.

Ne pas tomber dans les pommes, se martèle-t-elle en chemin. Garder mon sang-froid pour retrouver Léa. Je suis une maman. Je dois être responsable.

À l'approche du banc en quête de son téléphone, suivie de quelques mètres par Hugo qui titube avec peine, porté par ses béquilles, Mona aperçoit Léa. Elle est assise sous le banc, un paquet de biscuits sur les genoux, et parle au téléphone. Mona, tremblante, s'approche. Elle entend sa grand-mère rire au bout du fil.

Mona sort la petite Léa de sous le banc. Elle l'assoit sur ses genoux tandis que sa fille tient encore le téléphone dans sa main. Mona la serre fort contre elle sous le regard d'Hugo. Elle craint de ressentir quelque chose d'irréversible dans les yeux de son fils. De la pitié ? Du ras-le-bol ? De la protection ? Mona réalise qu'elle lui a fait faire le tour du square à la hâte malgré ses béquilles. C'est cette foutue anxiété qui a repointé le bout de son nez. Certes pas d'ictus, mais un comportement inapproprié. Je m'en veux. Et pourquoi avoir pensé à ce pauvre handicapé ? L'anxiété révèle le pire de moi-même. Et moi qui me croyais guérie.

— Ma chérie, que s'est-il passé ?

— Je l'ai perdue. J'ai paniqué, Mamie, répond Mona, saisissant le téléphone resté dans les mains de Léa. Je me suis bêtement affolée, confie-t-elle, la bouche tremblante.

— Mais oui ma chérie. La petite était assise sagement. Elle mangeait des gâteaux, en cachette certainement, ajoute Étoile avec douceur. Elle était juste à côté de toi. Il faut que tu gardes ton sang-froid, lui recommande sa grand-mère.

— Oui Mamie. Je sais, répond Mona, honteuse, imaginant le poids de ce que lui dit sa pauvre grand-mère.

Le sang-froid, l'a-t-elle gardé quand elle a perdu son enfant, elle ? Comment Mona peut-elle lui infliger cela alors qu'elle sait à présent que sa grand-mère, elle, a vécu une tragédie. Pardon Mamie, pardon, se dit-elle. J'ai envie de te prendre dans mes bras pour te consoler. Et de te dire aussi que je sais, maintenant que nous sommes si liées par cette histoire, que c'est à cause de cette tragédie que je ne peux pas me contrôler. Ce drame résonne encore dans ma vie et m'empêche de trouver ma sérénité.

— Tout va aller bien, ma chérie. Tout cela n'est pas grave et tes enfants savent bien que si tu te comportes comme cela, c'est parce que tu les aimes juste un peu trop ! C'est normal, ils sont tellement géniaux. Hein mes chéris, vous êtes trop adorables. Alors votre maman, elle ne sait plus comment faire tellement elle a d'amour.

— Avec qui tu parles, ma chérie ? demande Félix à Étoile.

— Je suis au téléphone avec Mona. Elle est dans la caméra !

— Bonjour ma chérie, dit Félix, collant sa tête à celle d'Étoile pour la faire rentrer dans l'écran. Comment vas-tu ?

— Dis-lui comme tu t'amuses avec le dictaphone, lui souffle Étoile.

— Tu me feras écouter, demande Mona, à la fois souriante et affaiblie par l'angoisse énergivore qui commence néanmoins à redescendre.

— Tu parles ! Il marche une fois sur deux, répond Félix. Je n'arrive pas trop à m'enregistrer. Tu as les yeux tout rouges. Tu as pleuré, ma fille ? Qu'est-ce que tu as ?

— Elle a cru qu'elle avait perdu la petite au square.

— Combien de fois on la perd, celle-là ? Arrête de t'inquiéter, ma chérie. Celui qui te la prend, il te la ramène ! Ces petits sont insupportables, Mona ! Je te l'ai déjà dit, il n'y a que toi qui peux les garder. Personne ne les voudrait. N'est-ce pas les enfants ?

Mona rit à présent, d'un rire mélangé à des pleurs.

— Allez, on va raccrocher, les enfants ! Soyez sages avec votre mère, ajoute Étoile.

— Ne dis pas de bêtise, complète Félix. Tu as déjà vu des enfants sages dans notre famille, toi ? Prends soin de toi, Hugo. Et ne crâne pas trop avec les filles avec tes béquilles, hein ?

Hugo et Léa partagent les derniers biscuits. Épuisée, Mona repense aux paroles récentes de Madame Savonet.

« Vous aurez des moments de rechute, avait-elle prévenu. La panique va sans doute repointer le bout de son nez. À vous de savoir la détecter, la différencier de la peur rationnelle. C'est sûr, elle va jouer avec vous, revenir pour voir si vous y êtes encore sensible. Peut-être que vous replongerez. Ce ne sera pas grave. Vous apprendrez au fil du temps à ne pas la laisser entrer. Quand on progresse, il y a toujours des moments de récidive ; ce n'est pas une régression ; c'est juste comme une vague qui revient pour repartir plus loin. Il ne faudra pas se décourager. »

43.

— Bon, je reprends sur la nuit de noces, Papi ?

Mona est concentrée devant l'écran de son ordinateur tandis que Félix, assis à côté d'elle sur le coin de la table de la salle à manger, se lime les ongles. Elle essaie de capter la concentration de son grand-père dont le va-et-vient de la lime rouge sur le bout des doigts provoque un bercement qui semble mettre en branle sa mémoire.

— Vas-y ma chérie, je t'écoute, je suis en 1949.

— « Une fois dans la chambre, à l'abri de la famille, je me retrouvai face à cette femme qui était presque une enfant. Comme une biche terrorisée. » Ça c'est un peu cliché, la biche terrorisée, rebondit Mona.

Félix ne réagit pas, faisant implicitement comprendre à Mona qu'elle peut poursuivre.

— Ok comme tu veux, je poursuis : « J'ai commencé par la rassurer, lui lançant avec humour que ce serait à elle de faire le quart d'heure américain. Nous consommerions quand l'envie lui viendrait. Je ne voulais pas la brusquer. Même si je rêvais de connaître l'odeur de sa peau et sa manière de s'abandonner, je n'étais pas prêt à tout pour assouvir mon désir. Nous avions la vie devant nous. J'étais bien décidé à mentir à ceux qui réclameraient un commentaire sur cette nuit de noces. Mentir pour faire taire les bavards, après tout c'était de bonne guerre. En faisant acte de patience, je marquais un bon point avec Étoile. Elle avait retrouvé son sourire, retiré ses chaussettes blanches et se sentait bien, blottie tout habillée contre moi. »

— Je ne changerais pas une ligne, même pour la biche terrorisée. C'est très bien. C'est la classe, non ?

— Tu parles de quoi ? De ton comportement ? C'est la moindre des choses.

— J'en connais qui n'auraient pas pris de gants.

— Dieu merci, l'époque a changé, remarque Mona.

— On avait dit qu'on enchaînerait avec le chapitre de ma mère qui vivait chez nous et qui nous rendait la vie impossible.

— Je trouve qu'on est un peu long sur toute cette période, se risque à commenter Mona.

Elle regarde à présent par la fenêtre comme pour trouver une inspiration et se lance :

— Quand est-ce qu'on va arriver à la naissance des enfants ?

— On va peut-être aller plus vite, tu as raison, répond Félix, mais tu sais bien ce que je pense. Quand on aura fini…

— Quand on aura fini, tu ne mourras pas, Papi. Arrête avec ça, le rassure Mona. Dieu t'a oublié, c'est toi qui me l'as dit. On ne va pas revenir dessus ! ajoute-t-elle avec assurance, gênée au fond d'elle d'user de ce stratagème pour arriver plus vite au chapitre des naissances.

Elle repense à Lucas et la finesse de sa remarque. Nul besoin de confronter Félix et Étoile à cet épisode. À eux, les enfants et petits-enfants, d'utiliser cette information à bon escient sans remuer de douloureux souvenirs.

— Il faudrait qu'on trouve un surnom à Dieu pour qu'il ne nous entende pas quand on parle de lui, reprend Félix avec malice.

— Zeus ?

— Trop facile. Il se reconnaîtrait.

— Tu crois vraiment que Dieu a le temps d'écouter toutes les histoires de tout le monde ?

Étoile entre dans la pièce et propose du café. Félix la regarde sortir en silence et attend qu'elle ait quitté la pièce pour reprendre en chuchotant :

— Ma fille, je ne t'ai pas raconté. La croisière ! Ta grand-mère était jalouse. J'avais un succès fou. Il y avait deux femmes. Une mariée très jolie qui en pinçait pour moi, je crois, et une autre, une veuve, très sexy, soixante-dix ans environ, qui était à deux doigts de m'entreprendre. Elle voulait toujours parler avec moi. « Félix par-ci, Félix par-là. »

— Papi, pourquoi tu me racontes ça, répond Mona, faisant mine d'être agacée par ces confidences. Je suis votre petite-fille à tous les deux.

— Mais tu sais bien que je n'ai rien fait. Les veuves, ça m'a toujours fait peur. Tu crois que ton grand-père a envie d'être le prochain ?

Mona est amusée par la superstition de Félix. Petite déjà, elle avait enregistré que chez ses grands-parents – ce qui valait pour tous leurs amis et la famille de Tunisie – la mort porte malheur. Quelque chose de contagieux. On n'épouse pas une veuve parce qu'on n'a pas envie d'y passer à son tour ! On ne reste pas trop longtemps près des gens endeuillés pour ne pas rapporter la mort chez soi. On se lave bien les mains en sortant d'un cimetière pour ne pas garder la mort sur les mains.

Comment avaient-ils vécu le décès de cet enfant ? Ils avaient dû se sentir comme contagieux de la mort. La porter, porter le deuil, ça avait dû être si douloureux. Comme une envie de se fuir soi-même – portant la mort désormais –, de tout quitter, de quitter la maison, de changer d'habits, de tout abandonner pour ne pas que le drap mortuaire recouvre toute la famille.

— Attends, je vais te la montrer. Je l'ai en photo. Un canon ! Viens à côté de moi, lui ordonne Félix, content de lui.

— Toute refaite, pose Mona comme un verdict. Une cliente de Maman, à mon avis !

Elle retourne s'asseoir. Au passage, elle fait un détour par le salon. Elle regarde la fenêtre d'en face et fait semblant d'observer la couleur du ciel. Les rideaux de Lucas sont fermés. Comment le revoir ? Jamais il ne cherchera à me recontacter après mon comportement déplorable. Il faudrait qu'on se revoie par hasard. Aller promener le chien et croiser les doigts pour tomber sur lui. Mais que lui dire ? Je me sens si bête.

— Bon, on continue ? dit Félix, prêt pour la dictée.

Mona s'installe et commence à écrire, perdue dans ses pensées polarisées sur Lucas. Elle écoute d'une oreille la logorrhée de Félix et écrit sous sa dictée.

« À Tunis, nous vivions à la méditerranéenne. Les vieux avec les jeunes. On ne les cachait pas comme aujourd'hui. C'étaient même eux les maîtres de la maison à cette époque. »

Lucas aussi est né dans une famille italienne assez traditionaliste, pense Mona. Il lui avait confié qu'il avait grandi avec sa grand-mère à leurs côtés. Machisme, famille omniprésente, parents et grands-parents ingérants. L'Italie et la Tunisie, c'est du pareil au même. C'est en partie pour cette raison qu'il était venu vivre en France. Pour ne pas avoir à subir ce poids.

— Ma mère l'avait bien compris, dicte Félix, et ne craignait pas d'en abuser. Elle avait décidé de faire de ma jeune épouse sa servante, en quelque sorte. »

— Attends, tu vas trop vite, le ralentit Mona.

— Il faut dire que Maman avait en face d'elle quelqu'un de docile, poursuit Félix. Étoile avait la particularité de ne jamais s'énerver. Mais je crois qu'elle aimait bien ma mère, au fond.

Étoile entre dans la pièce à cet instant. Vêtue de sa blouse de peinture, un café à la main pour Mona, elle dépose la tasse sur la table avec violence.

— Tu crois… tu crois…, l'interrompt-elle. Je n'ai jamais eu le syndrome de Stockholm ! Ta mère était un bourreau.

— Tu vas tout gâcher ; je disais justement que tu étais très mignonne avec ma mère, répond Félix.

— Je n'étais pas mignonne, reprend-elle en colère. J'étais terrorisée. Elle me confisquait mes sous pour la peinture si je m'avisais de lui répondre. Ce livre est décidément un tissu d'arrangements avec la vérité. Félix, jusqu'à quand vas-tu mentir dans tes mémoires ?

Une sonnerie retentit. Étoile et Félix s'arrêtent net.

— On n'attend personne, dit Félix, profitant de la diversion pour mettre fin à ce règlement de comptes.

— J'y vais, dit Mona, se dirigeant vers la porte.

Derrière la porte, Lucas est là. En le découvrant, elle retient son sourire en même temps que sa gêne, qu'elle cache avec sa main, occupée à enrouler ses mèches de cheveux sur elles-mêmes.

— Ça va ? Je t'ai vue par la fenêtre.

— Je suis si désolée.

— J'espérais te voir attablée avec ton grand père, à vrai dire. Je te guettais un peu.

— Je ne sais pas ce qui m'a pris.

— Je n'ai pas tout compris, répond Lucas à voix basse pour ne s'adresser qu'à elle, prenant en compte la présence sonore de Félix et Étoile dont la discussion a repris avec véhémence.

Un léger sourire aux lèvres, il cherche à dédramatiser et détendre Mona afin qu'elle ne soit pas intimidée.

— Qui est-ce ? crie Étoile de l'autre côté de la pièce.

— Un voisin ! C'est pour moi, Mamie ! Quand Vincent m'a appelée, j'ai paniqué, se justifie-t-elle maintenant à l'attention de Lucas resté sur le pas de la porte.

— C'est normal, la rassure-t-il.

— Non ce n'est pas normal, reprend-elle. Je n'aurais pas dû me mettre dans cet état. Et puis ce n'était pas grand-chose. Sa jambe était simplement luxée. Ils ont réduit la luxation d'un coup. Il n'a pas eu mal. Pas de quoi perdre mes moyens.

— Tu ne pouvais pas le savoir, ajoute à juste titre Lucas. Je suis content que tout soit rentré dans l'ordre. Tu avais l'air de m'en vouloir, à moi, de ce qui se passait. Mais pourquoi ?

— Je me sentais coupable d'être là avec toi, reconnaît Mona. Et tout de suite, j'ai pensé que c'était à cause de nous, de toi, ce qui arrivait à mon fils.

— Quel rapport ? Que faisions-nous de mal ?

— Je culpabilise dès que je suis heureuse, avoue Mona. C'est une espèce de pensée magique. Comme les enfants, tu sais ? « Si je marche sur les lignes du carrelage, je vais avoir une mauvaise note, et cætera. »

— Tu es complètement folle.

— Je sais, j'ai si honte.

— Je n'ai jamais fait ça avec le carrelage, dit Lucas, amusé, mais j'adore l'idée. Si ça marche et que ça peut éviter d'apprendre les leçons.

Mona rit du pragmatisme de Lucas. Elle se détend.

— Tu es si impulsive, poursuit-il. Et si sensible, ajoute-t-il avec affection en s'approchant d'elle. Je suis content de te revoir.

— Je suis désolée, se lamente Mona.

— Tu m'avais dit que tu étais sinistre. Dès le premier jour. J'étais prévenu, répond-il à présent tout près d'elle. Tu sais ce qui me fait plaisir ?

— Non.

— Tu viens bien de dire que tu étais heureuse avant que le téléphone sonne, dit-il, s'approchant d'elle pour l'embrasser, avant d'entendre les pas d'Étoile arrivant dans l'entrée, le faisant reculer d'un bond.

— Bonjour Monsieur, lui dit Étoile avec un sourire courtois.

— Bonjour Madame, répond Lucas, intimidé.

— Que voulait Monsieur, ma chérie ? demande-t-elle à Mona.

— Mamie, je te présente Lucas. Il habite l'immeuble d'en face. Il m'a aidée l'autre fois à défendre Napoléon quand il a eu un problème avec son parapluie, tu te rappelles, je t'en ai parlé ?

— Bien sûr, quelle histoire ! répond Étoile, concernée à présent. Les gens sont devenus fous. Voler un sans-abri ! Je vous offre un café, Lucas ?

— J'ai beaucoup entendu parler de votre café, répond Lucas, regardant Mona avec complicité.

— C'est-à-dire qu'il est connu dans tout le quartier, ajoute Mona, accompagnant sa réponse d'un rire de gêne.

Étoile regarde sa petite-fille et semble déceler un lien entre Lucas et elle. Elle s'apprête à les laisser discuter et à se diriger dans la cuisine pour faire un nouveau café, quand Félix crie depuis l'autre bout de l'appartement.

— Où es-tu, Mona ? lance-t-il en hurlant avant qu'on entende le son de sa voix s'approcher dans l'entrée. Alors ! Tu viens, ma fille ? lui dit-il, ignorant d'abord la présence de Lucas.

— Papi, tu te rappelles Lucas, le coupe Mona. Il habite l'immeuble d'en face.

— Bonjour Monsieur, adresse Lucas à Félix avec son accent.

— Oui, vous êtes le DJ. Bonjour Monsieur. On dit Loucas, c'est bien ça. Vous êtes italien ? J'ai eu un ami qui s'appelait Lucas. Quand on était à Tunis, il y avait beaucoup d'Italiens. Ce Lucas-là était boxeur. Avec lui j'ai gagné beaucoup de sous. Un sacré sportif !

— Ah oui ? s'étonne Lucas

— J'organisais des combats de boxe. Enfin entre autres. J'ai eu plusieurs métiers dans ma vie. Si vous saviez ce qu'on s'amusait avec ces combats de boxe. Je recrutais les meilleurs boxeurs d'Europe et les faisais concourir. Mais dites-moi, que nous vaut le plaisir de votre venue, Monsieur ?

— Je passais juste dire bonjour à votre petite fille. Je vous laisse, je vois que vous êtes en plein travail.

— Tenez, voici votre café, Lucas, lance Étoile à l'attention du jeune voisin.

Mona regarde la scène comme si elle l'observait de l'extérieur. Elle trouve Lucas assorti à la maison et à ses grands-parents. Elle se dit qu'elle a de la chance qu'il soit revenu. Elle se promet de ne plus mettre un pied dans le mauvais camembert. Rester focus sur le peignoir de soie et les volutes. Tenir le bonheur très fort et ne pas poser un orteil de l'autre côté.

44.

« Mercredi 15 janvier.

Mona, aujourd'hui, tu m'as demandé pourquoi je n'allais pas plus vite dans mes mémoires. La naissance des enfants. Je ne peux pas. Comment te dire ? »

Félix marque une pause. Debout, à sa fenêtre, il est pensif et distribue les mots avec parcimonie, conscient qu'ils se gravent sur la bande du dictaphone.

De l'autre côté de la rue, il aperçoit Lucas, derrière ses rideaux, qui pianote sur un clavier électrique.

Félix enclenche à nouveau son dictaphone.

« Tu sais, plus j'avance avec ce dictaphone, plus je me dis que je ne te le rendrai pas.

C'est un peu devenu mon journal intime. Alors…

Ce n'est pas que ça remplace le livre qu'on écrit, mais je crois reconnaître que je prends plaisir à me confier ici, seul, sans avoir à mettre les formes.

Ces cassettes, je ne suis pas certain de te les rendre.

Tu les écouteras sans doute, mais, un jour. Je ne sais pas quand… quand je ne serai plus là, sans doute.

Tu vois, je n'ai pas envie de me retenir de raconter. Ça me plaît. Même si ici, c'est souvent moins joli que ce que tu écris.

Quoique parfois je dis de belles choses et je suis fier de moi quand même.

L'autre jour, je pensais justement à ce dictaphone et aussi à tous ces matins où on se retrouve pour écrire. Je me disais qu'en fin de compte, dans la vie, il y a deux choses à faire pour un homme – enfin je dis un homme, je me comprends, un homme ou une femme.

Bref, premièrement, il faut vivre sa vie. Pleinement.

Deuxièmement, il faut la raconter. Soi-même.

Ne pas laisser les autres la raconter à ta place, c'est très important.

Rester maître de son destin, l'écrire soi-même. Tant de gens nous volent notre vie en pensant à tort ce que nous sommes, de notre vivant. Alors il y a des choses qu'il faut rétablir. Au moins, qu'on ait ça comme avantage quand on est mort.

Oui, quand on est mort, on ne parle plus, alors les gens nous écoutent enfin. Tu sais bien, on se fait toujours respecter quand on parle peu. C'est ta grand-mère qui dit ça.

"Toi tu parles trop, Félix, et tu parles trop fort alors on ne t'écoute pas !", elle me dit.

Quand je serai mort, on m'écoutera. Avec attention. Alors j'en profite pour dire ce qui me semble important.

Je ne veux pas que quelqu'un réécrive ma vie à ma place après ma mort. Ça me tuerait pour de bon.

Je ne sais pas où on en sera dans le livre quand je serai mort, mais il faut que je t'explique des choses.

Si je ne vais pas plus vite pour arriver à la naissance des enfants, il y a une raison. »

Félix marque une pause. Arrête le dictaphone pour réfléchir à ce qu'il s'apprête à dire, se concentre, puis le remet en marche.

« En réfléchissant, ajoute Félix – ralentissant son débit et suspendant sa parole pour réfléchir en même temps qu'il la conçoit –, même en dictant librement des choses ici, il y a des éléments que je dois retenir dans le cas où je partirais avant Étoile. »

Félix se ravise. Il se tient silencieux, regarde par la fenêtre, essayant de suivre du regard les déplacements de Lucas de l'autre côté de la rue, puis il reprend, comme résigné.

« Tu sais, ma fille, ce n'est pas facile de trouver un endroit sur cette terre où on peut tout dire. Il y a des choses qu'on peut dire parce qu'il y a prescription, et d'autres pour lesquelles la prescription n'existe pas.

Par exemple, dit-il, se ressaisissant, je pense qu'il y a prescription pour la belle femme de la croisière. Pas la veuve, l'autre, celle qui était mariée et qui me plaisait. Même si j'ai nié auprès de ta grand-mère.

Oui, la veuve, elle me fait peur, tu sais bien. C'est comme ça, c'est à cause de ma mère.

Je ne sais pas si je t'ai déjà raconté – j'espère que je ne radote pas – que quand j'étais petit, bon tu te rappelles, je t'ai déjà dit, j'étais entouré de femmes, ma mère et ses amies. J'entendais toutes ces conversations de mégères pleines de principes, de croyances et de superstitions. Et la mort, c'était tabou. C'était comme si en parler, ça allait la provoquer. On avait tellement peur de la mort qu'on ne disait pas son nom.

Du coup, les veuves ça faisait peur, parce que forcément, elles avaient connu la mort de près. Elle avait été dans leur lit. Et oui, à Tunis, les veuves, elles restaient souvent entre elles. Ma mère – et pourtant elle était veuve elle-même, et c'est ça le comble – les fuyait comme la peste.

Bref, j'en étais où ? Oui, à la jolie femme de la croisière. Elle m'a entrepris et ça m'a ému. Elle est même venue me parler et nous avons fait connaissance, seul à seule, pendant qu'Étoile s'était isolée pour peindre. C'était plaisant. J'avais un peu de papillons dans le ventre à l'idée de la retrouver et de faire des balades avec elle sur le pont. Mais on n'a rien fait, Mona, je te le jure, tu pourras le dire à ta grand-mère.

Même si elle était bien roulée quand même pour son âge. »

45.

La séance d'écriture n'a pas été productive, ce matin. En promenant Gammarth en bas de chez Étoile et Félix, Mona se dit qu'elle a remarqué une sorte de désengagement de son grand-père. Autrefois, il était très heureux de se rappeler des souvenirs enfermés depuis des années. Les histoires d'amour, les voyages, ses débuts avec Étoile. À présent, c'est un peu comme s'il commençait à se lasser de l'exercice. Peut-être l'ai-je fermé en évoquant les naissances des enfants, s'interroge Mona. C'est peut-être cela qui explique ce semblant de lassitude. Ai-je trahi sa confiance ?

Je n'aurais pas dû suggérer cela. J'aurais dû rester à ma place. Cette histoire est la leur. Elle est à Papi et Mamie. C'est leur souffrance, se reproche Mona.

Et en même temps, n'est-elle pas à nous aussi ? À Stan, Pierre. À moi. Et à Maman bien sûr, même si elle ne le reconnaît pas. Madame Savonet l'a dit. Elle est dans ma mémoire cellulaire.

Et si Maman n'avait pas voulu de ce trauma ? Pauvre petit frère. Privé de vie mais aussi privé de mémoire.

Et si ce petit être avait refusé d'être nié par Maman et avait choisi de m'habiter. Peut-être cherche-t-il à ce que je sois la grande sœur qui le pleure à la place de Maman ?

— Allez viens, Gammarth, on avance ! ordonne Mona au chien qui essaye de l'emmener dans une direction opposée. Ok ! Puisque tu insistes, encore un petit tour, mais après je te remonte à Mamie.

Mona réalise qu'elle agit comme si elle était pressée d'aller travailler, alors qu'elle a pourtant décidé qu'elle enverrait un mail pour dire que son état ne s'est pas amélioré. Il faudra quémander un autre arrêt maladie à Floriane. Je n'aime pas lui devoir cela, se dit Mona, mais là je n'ai pas le choix. Je ne peux pas y retourner.

Elle entreprend un second tour de pâté de maisons, emmenée par le chien qui semble avoir besoin de dépenser de l'énergie.

La promenade contrainte, grâce à un soleil d'hiver optimiste, devient agréable. C'est l'occasion de souffler. Mona s'enjoint de profiter de ce moment, de mettre cet instant en suspens sans précipiter son esprit dans la journée difficile qui s'annonce. Organiser sa vie professionnelle, tenter aujourd'hui encore d'annoncer à Antoine qu'au-delà de cet arrêt maladie, elle souhaite quitter ce job. Tenir bon. Ne pas revenir en arrière, ne pas prendre peur, se lancer. Ce serait bien qu'elle y arrive aujourd'hui.

En attendant, il faut profiter de cette balade. Respirer, Lâcher-prise, marcher. Isoler cet instant volé de ce qui le précède et de ce qui va lui succéder. En faire un segment indépendant où je me concentre sur moi, où je suis en pleine conscience de l'air qui passe dans mes narines, du soleil qui ouvre mes yeux, de la sensation de mes pieds sur le sol. Prendre du plaisir dans ce ressenti. Sentir l'air frais et me réjouir de me réchauffer avec ce long manteau. Mona ferme les yeux et apprécie les rayons du soleil qui lui réchauffent le cœur.

Gammarth s'arrête. Mona marque une pause dans le rythme de la respiration profonde qui accompagnait sa marche. Le chien fait à nouveau ses besoins. Mona enfonce machinalement sa main dans sa poche. Elle réalise qu'elle n'a pas de sac. Elle regarde autour d'elle, cherche dans son champ de vision une solution pour ramasser la crotte de Gammarth. Pas de distributeur de sacs à crottes. Impossible de laisser cela au milieu du trottoir. Des passants le remarquent déjà et les regards qu'ils lancent à Mona lui enjoignent de faire le nécessaire. Elle aperçoit une dame derrière la vitrine d'un magasin, qui ajuste des objets sur un présentoir. Mona se dit qu'elle semble accueillante. La dame lui sourit avant de refermer la porte du décor de la vitrine, laissant apparaître un panneau sur lequel est inscrit « Pierres, obsidiennes du Mexique, bijoux artisanaux ».

Mona rend le sourire à la commerçante de l'autre côté de la vitrine et se décide à entrouvrir la porte de la boutique.

— Bonjour Madame, excusez-moi de vous déranger.

— Je vous en prie.

— Mon chien vient de faire ses besoins dans la rue et je réalise que je n'ai pas pris de sac avec moi, vous auriez quelque chose pour me dépanner ?

— Entrez, Mademoiselle, l'invite chaleureusement la dame. Je vais vous trouver ça.

La femme vêtue d'une combinaison plissée rouge brique et perchée sur des talons moutarde va fureter derrière son comptoir. Son allure aux couleurs criardes se marie bien avec le cosmopolitisme du magasin, se dit Mona. Des objets du monde entier habillent cette petite caverne surchargée. Mona est postée à l'entrée de la boutique, tenant fermement en laisse Gammarth pour qu'il n'entre pas. Sur le pas de la porte, on sent déjà les effluves d'encens qui enveloppent ce lieu particulier.

— Entrez, entrez, répète la femme à l'attention de Mona qui se cantonne à l'orée de la boutique.

Mona fait quelques pas dans le bric-à-brac en réponse à l'invitation et resserre la laisse de Gammarth pour qu'il ne s'aventure pas dans le magasin rempli de babioles. L'odeur d'encens se fait plus présente. Mi-agréable, mi-étrangère, comme les objets qui peuplent le lieu, des pierres et des bijoux trouvés chez des peuples et dans des régions où des croyances prévalent sur l'esprit cartésien occidental. La femme tend un sac en plastique à Mona, qui la remercie chaleureusement. Elle ressort, ramasse la crotte et jette le sac dans une poubelle.

La dame la suit du regard depuis l'autre côté de la vitrine et lui rend un sourire amical. Mona entrouvre à nouveau la porte de la boutique pour la remercier. Gammarth aussi semble reconnaissant. Il profite de la mince ouverture pour entrer et sauter sur sa nouvelle amie.

Mona tente de le rattraper avec la laisse. Gammarth n'entend rien et d'un coup de train arrière fait valser un plateau de pierres qui vole sous l'impulsion de sa queue.

Mona rattrape le plateau de justesse et le repositionne en semi-équilibre, arborant un sourire désolé. Le plateau semble retrouver son équilibre, mais une pierre se détache et roule sur le poignet de Mona qui tient le plateau. Elle tente de rattraper le caillou mais n'y parvient pas. La pierre tombe par terre.

— Oh je suis désolée, s'excuse Mona.

Elle ramasse la pierre ébréchée ainsi que le petit bout manquant échoué par terre.

La femme souriante est devenue sérieuse. Elle regarde Mona avec consternation. Remarquant la gravité de la dame aux couleurs criardes, Mona jette un coup d'œil au plateau qu'elle tient encore dans les mains pour tenter d'y déceler un prix.

Combien peut valoir une telle pierre ?

Elle tente de déchiffrer à la place de la pièce manquante une petite étiquette sur laquelle est inscrite à la main « Obsidienne du Mexique ». L'écriture manuscrite est dense et les caractères minuscules. Mona peut lire à présent la phrase rédigée avec soin à la suite : « Aide à retrouver la paix intérieure et à communiquer avec le monde céleste ».

— Je suis désolée. Vraiment. Ces pierres ont des valeurs, enfin je veux dire, des significations particulières apparemment.

— Oui, en effet, répond la dame qui semble gênée pour Mona davantage que pour la valeur perdue de l'objet qu'elle ne pourra plus vendre. Briser une obsidienne n'est jamais anodin, ajoute-t-elle d'un ton définitif.

— Que voulez-vous dire ? s'inquiète Mona, devant l'air grave de la dame.

— Si cette pierre s'est cassée plutôt qu'une autre, ça a sans doute un sens. Avec les obsidiennes, c'est souvent un problème de communication avec le monde céleste.

— Pardon ?

— La pierre sert à relier deux être séparés. Souvent, l'un dans la vie, l'autre dans la mort. Alors quand elle est brisée…

— Je suis désolée, répète Mona, nouée.

Un malaise la saisit. À l'intérieur de son ventre apparaît la sensation désagréable d'être dans un lieu hostile où elle n'avait rien à faire et dont il faut se sortir. Elle n'a jamais aimé ces univers louches. Les pierres qui ont des significations, c'est comme les médecines parallèles, les voyantes, les gens qui brûlent de l'encens, les librairies ésotériques ; ou comme ceux encore qui s'habillent dans des couleurs improbables. Tiens ! Comme cette femme : du rouge et du moutarde, qui porte ces couleurs ? Tout ça, je n'ai jamais aimé, se dit-elle. Ça me file les jetons. C'est dans la même famille que les massages bizarres, le tantra et tous ces trucs, qui courent après des expériences de l'au-delà, la mort imminente et toutes ces conneries. Mona peine à regarder la dame dans les yeux ; elle focalise son regard sur le tissu plissé mi-chic, mi-baba cool de son chemisier.

— Je vous en prie. Il y a peut-être quelqu'un d'important pour vous dans le monde céleste, lance la femme au chemisier, avec une certaine douceur.

— Je ne crois pas, non, répond immédiatement Mona, comme par réflexe. Enfin, je veux dire, je ne suis pas très sensible à ces choses-là.

— Quelqu'un avec lequel vous n'arrivez pas à communiquer, reprend la femme, semblant poursuivre son intuition et ignorer la réponse de Mona.

— C'est possible, répond malgré elle Mona, la gorge nouée, sortant de sa bouche une réponse à peine audible.

— Vous dites ?

— Un petit frère, dit Mona malgré elle.

Un sanglot arrive maintenant dans sa voix et la prend par surprise.

— Je suis désolée. Vous avez perdu un petit frère ?

— Oui, acquiesce Mona, assumant maintenant l'information qu'elle a donnée à la dame au chemisier plissé.

Noyés dans leurs larmes discrètes, les yeux de Mona fixent les plis du tissu à présent. Ces derniers sont parfaits. Comment ont-ils été dessinés pour tenir parfaitement dans une chemise qui n'est pourtant pas un tissu droit. Comment le couturier a-t-il conçu cette pièce pour que chacun des plis reste à sa place et qu'à aucun moment la matière n'arrête de plisser. On achète des morceaux entiers plissés ou bien est-ce le couturier qui donne cette forme en accordéon au tissu ? Il y a ce dernier bouton du chemisier, celui du haut. Il n'est pas fermé, se dit Mona. C'est embêtant. Ça crée un petit bout de tissu qui dégueule. Ça rompt le mouvement parfait des plis. Mona se dit qu'elle a envie de reboutonner le bouton de la dame pour rendre les plis parfaits. Cette dernière la regarde avec empathie avant de lui répondre.

— Je comprends votre peine. La perte d'un enfant, on ne s'en remet vraiment jamais. Mais vous savez, votre petit frère est là. Tout près de nous. Vous pouvez entrer en relation avec lui. Spirituellement je veux dire. J'en suis certaine.

Mona poursuit sa réflexion, comme hébétée, concentrée sur le dernier bouton du chemisier de la dame pleine d'empathie. Elle l'appréhende avec une certaine distance et une certaine étrangeté, remarquant maintenant son rouge à lèvres qui s'est introduit dans le sillon d'une de ses rides. Elle pense qu'elle aimerait bien prendre un coton-tige pour repasser dessus et enlever le rouge qui est parti dans les rivières. Elle attraperait la peau, la tendrait pour mettre les plis à plat et effacerait le rouge. Le geste revient en boucle. Comment s'y prendre pour ne pas se mettre du rouge sur les doigts. Il faudrait avoir des doigts fins et agiles, munis de gants aussi peut-être. Avec cet équipement, je pourrais aussi nettoyer le cadre de Madame Savonet. « Marie-Claude Savonet. Hypnothérapeute, diplômée de l'université de Montréal. » Ça fait tant d'années que je pense à le nettoyer avec du produit pour les vitres et deux feuilles d'essuie-tout. Il faudra bien le sécher avant de le refermer pour que l'encre sur le diplôme ne se mette pas à baver. Je le remettrais en place au-dessus de la cheminée, à côté de la mosaïque. La mosaïque aussi a des couleurs criardes, pense Mona. Ses tesselles orange et rouges. Ce n'est pas très harmonieux. Mona revoit la mosaïque, comme si elle était au-dessus. Une vision zénithale qui fait apparaître le dessin de la clef de l'inconscient : le petit frère. Une larme arrive dans la bouche de Mona après avoir fait son chemin sur ses joues, la faisant sortir de son inertie.

— Enfin, ce n'est pas vraiment mon petit frère, ajoute Mona. C'est celui de mes oncles et de ma mère.

— Vous parlez donc de votre oncle. Vous avez pourtant dit « un petit frère », lui rappelle la bouche aux sillons rouges.

— Oui, je crois que c'est un peu comme si c'était le mien. J'ai été élevée avec mes oncles.

— Bien sûr ! La mémoire cellulaire, répond la dame.

— Vous connaissez ? l'interroge Mona, étonnée.

— Choisissez une obsidienne, lui dit à présent la dame, s'approchant d'elle en lui tendant le plateau de pierres, et gardez-la auprès de vous, elle vous aidera sans doute à régler votre problème.

— C'est gentil, mais non merci. Je ne suis pas très à l'aise avec toutes ces choses-là. Je n'ai pas trop envie d'y croire, enfin vous voyez ce que je veux dire.

— Bien sûr, et c'est bien normal. Mais faites-moi confiance. Vous n'êtes pas venue me voir par hasard.

— Oui, enfin, vous vous rappelez, c'était pour le sac du chien…

— Comment vous appelez-vous ? lui demande la dame.

— Mona.

— Mona, vous n'êtes pas entrée dans ma boutique par hasard ce matin. C'est sans doute ce petit frère qui vous a conduite ici. Il doit avoir des choses à vous dire. Prenez une pierre et réglez avec lui ce qui vous encombre tous les deux.

Mona est à présent focalisée sur le dernier bouton du chemisier de la dame. Elle aimerait tant le refermer pour admirer la régularité des plis. Tout arranger dans ce désordre.

— Je m'appelle Malinka, poursuit la dame. Faites-moi confiance. C'est un cadeau que j'aimerais beaucoup vous faire.

Mona se voit choisir une petite pierre. Parmi toutes les pierres foncées, celle qui l'attire immédiatement est claire.

— C'est bien. Gardez-la près de vous, le temps de régler tout cela.

Mona regarde à présent la pierre dans le creux de sa main. Comment l'ai-je choisie, se demande-t-elle. Cette petite chose de couleur irrégulière, de forme douce, sans pic, aucun côté qui fasse mal, un ovale parfait, comme celui d'un cocon, presque virginal. Un fœtus. C'est évident, c'est un fœtus et c'est lui qui m'a choisie. Ce n'est pas moi qui ai voulu cette pierre-ci plutôt qu'une autre. Elle m'a appelée pour que je la choisisse, comme un lapin dans la cage de l'animalerie, comme un enfant dans un orphelinat. La dame regarde Mona avec bienveillance. Mona se sent à la fois accueillie et menacée. Une partie d'elle est prête à naviguer dans les sillons rouges, une autre à partir en courant de peur de se noyer. Soudain, le plexus de Mona se soulève. Ses oreilles chauffent. Le contact avec la pierre provoque un malaise. Envie de s'en débarrasser. De se dire que c'est des conneries. De la rendre à la dame au chemisier plissé.

Il est un peu tard. Elle est déjà à moi, se dit-elle. L'adoption est en cours. Je ne peux pas abandonner mon petit frère. Il est là maintenant. La main de Mona s'est refermée machinalement et Mona range la pierre dans sa poche. Elle remercie la dame et se dirige vers la sortie. Pour reprendre avec fermeté la laisse de Gammarth, elle dépose la pierre dans le fond de sa poche, vérifie que celle-ci n'est pas trouée, que la pierre ne se perdra pas dans sa doublure. Garder cette pierre. Ne pas la perdre une seconde fois. La mettre à l'abri.

— Merci Malinka.

— Au revoir Mona, et bonne chance.

46.

— C'est bien. Respirez, Mona. Tous vos membres sont maintenant engourdis. Vous vous sentez comme enveloppée. Nous allons à présent rechercher un souvenir très très lointain. Celui lié à votre naissance. Le jour où vous êtes arrivée à la vie. Que voyez-vous ?

— Ça me fait mal ici, répond Mona, désignant son plexus solaire. C'est un peu angoissant.

— Que voyez-vous ? l'invite à poursuivre Madame Savonet.

— Je vois la mer, l'eau… mais ça provoque comment dire, du dégoût… Une mer béante qui ne me donne pas envie de la traverser. Ça m'oppresse.

— Comment est le bébé que vous étiez ? Comment le voyez-vous ?

— Il est perdu, répond Mona après un long silence. Elle se concentre et poursuit : Il n'a pas envie de sortir. Dehors il sait qu'il va mourir. Et puis il y a encore cette mer béante qui le dégoûte. »

Le rythme cardiaque de Mona s'accélère ; elle respire fort et semble commencer à paniquer.

— Je ne me sens pas très bien, dit-elle, appelant à l'aide.

— Ok, on va revenir doucement à notre réalité, reprend Madame Savonet. Ne paniquez pas. Je vais compter depuis 10 jusqu'à 1.

10 on reprend connaissance du lieu où nous sommes, du cabinet, du lit sur lequel vous êtes allongée.
9 vous allez progressivement bouger les doigts de vos mains.
8 vos doigts de pieds
7 vous reprenez contact avec la réalité
6 vos membres reprennent vie et vous les bougez
5 vous vous étirez
4 vous reprenez le contrôle de votre visage
3 vous bougez vos lèvres
2 vous entrouvrez les yeux
1 vous êtes réveillée

Comment allez-vous, Mona ?

— C'était très désagréable, dit Mona, revenant à elle petit à petit. Pourquoi cette mer ?

— Peut-être était-ce la mère « m-e-r-e » qui s'exprimait à travers l'image inconsciente déplacée de la mer « m-e-r ».

— Ah oui ?

— Vous savez bien que le langage de l'inconscient est codé, lui rappelle Madame Savonet. Vous avez dit qu'elle était béante. Pouvez-vous détailler ?

— C'est le mot qui m'est venu à l'esprit.

— Béante comme quoi ? Comme une bouche béante ? l'invite à réfléchir Madame Savonet.

— Comme un sexe, lâche Mona. Le sexe de ma mère lors de son accouchement de moi, sans doute.

— Ok, bien.

— J'éprouvais un dégoût très fort, poursuit Mona.

— Vous avez dit en parlant de ce bébé : « Il sait qu'il va mourir. » Comprenez-vous pourquoi vous avez dit ça ?

Pourquoi auriez-vous dû mourir ? Vous êtes toujours en vie.

— Moi oui.

— Qui est mort, alors ?

— Le petit frère n'est plus en vie.

Mona se demande ce qu'elle fait là. Est-elle complaisante avec Madame Savonet. Ne l'emmène-t-elle pas sur une piste de psychologie de comptoir ? Mère/mer, le complexe de culpabilité. Un peu facile. Et si elle se racontait des histoires ? Parfois j'ai l'impression de tourner en rond dans ce cabinet et je n'y crois plus, se dit-elle. La psy c'est un peu ça aussi, se raconter des histoires pour se déresponsabiliser de qui on est, de qui on devient, de ce qu'on fait de sa vie. La thérapie, ce n'est peut-être que du storytelling. On revient a posteriori sur les choses. Facile de les raconter avec un point de vue et de se poser en victime. Et puis ce n'est pas mon petit frère. C'est celui de Maman et il est mort il y a plus de cinquante ans. Comme beaucoup de nourrissons à l'époque. Il n'y a pas de quoi en faire un plat.

Mona repense à la panique, à son cœur qui s'est accéléré au moment de l'évocation de sa naissance, de l'émotion qu'elle a vécue. C'est mon corps qui a parlé, s'avoue-t-elle. Ce n'était pas de la complaisance. Il y a forcément quelque chose de vrai dans tout ça si mon corps me parle ; c'est mon inconscient qui s'exprime. Pas de déni. Allez Mona, rappelle-toi, Madame Savonet t'a déjà dit que l'inconscient essaye de te faire abandonner la thérapie au moment où tu touches quelque chose de profond. Résiste !

— Poursuivez, Mona, l'invite à reprendre Madame Savonet. Vous dites que ce petit frère n'est plus en vie. Vous croyez que vous l'ignoriez à cette époque, au moment de votre naissance ?

— Non. Je le savais déjà, dit Mona. Je pense maintenant que je suis née avec la conscience de cet évènement. Enfin inconsciemment tout de même, sans doute. Mais il était là dès le premier jour. La vie me faisait si peur. Et ce sexe béant, poursuit-elle, c'est celui qui donne la vie et qui donc forcément me fait peur puisqu'il donne la mort du même coup. Il donne la mort au petit frère par extension.

— C'est bien, confirme Madame Savonet. Respirez, à présent, Mona. Fermez les yeux, respirez et retournez à l'intérieur de vous-même. Je vais prononcer certaines paroles que vous allez mémoriser, et quand vous serez ressortie d'ici, ces choses seront assimilées en vous. Vous n'y repenserez pas forcément, mais vous les aurez en vous et elles vous aideront à affronter le quotidien conscient. Dites-moi quand vous serez prête, Mona. Vous lèverez le petit doigt.

Mona repense à ce qu'elle vient de découvrir avec Madame Savonet. C'est un pas certain vers la connaissance de l'origine de ses maux. Le savoir inconscient d'un secret de famille avec lequel elle est née. Elle repense à la pierre de Malinka. L'obsidienne restée dans sa poche. Que doit-elle en faire ? La garder auprès d'elle, ce serait comme se trimballer avec une urne funéraire dans le fond de sa poche, prête à se renverser à la moindre turbulence. Il faut rendre ce petit frère qui ne lui appartient pas. Mais à qui ? À sa mère ? Doit-elle remuer tout cela chez elle ? Maman n'a rien demandé, se dit-elle. Elle n'a jamais fait de thérapie. De quel droit me mêler de sa vie. Le mieux serait peut-être de rendre l'obsidienne à Malinka, lui dire que le problème est réglé, que le petit frère s'est manifesté – depuis l'au-delà ou depuis les limbes de mon inconscient, peu importe, mais que c'est une affaire classée – et lui rendre la pierre pour qu'elle profite à quelqu'un d'autre.

— Prenez votre temps et faites-moi savoir quand vous serez prête, Mona, rappelle Madame Savonet.

Mona est perdue dans ses pensées. Elle n'est pas certaine d'être disponible. Difficile de se concentrer avec tout ce flux de pensées. Pas simple de basculer dans la semi-conscience pour recevoir pleinement les paroles de Madame Savonet. Allez, je mets de la bonne volonté. J'arrête de penser. Faut que je lève le doigt et je n'y suis pas. Je respire. Je me concentre sur ma respiration et ma détente. Ma mâchoire. Relâcher ma mâchoire. Oui, comme ça. Focus sur ma respiration. Replonger dans les abîmes de moi-même. E.T., tu es là, toi, mon ami, comme toujours. Fais-moi un câlin. Oui, il faut lever le doigt maintenant. Tu restes avec moi, hein ? Allez, on lève le doigt !

— Les générations sont poreuses, Mona, commence Madame Savonet, et cette histoire qui appartient à vos grands-parents, vous l'avez prise à votre compte. Vous vous l'êtes appropriée. Le jour de votre naissance, le spectre de cet enfant perdu était présent, car votre mère l'avait enfoui. Vous ne devez pas lui en vouloir. Elle n'a pas voulu vous faire subir cela. Elle voulait simplement vous donner la vie avec générosité, mais le souvenir inconscient de la perte de son petit frère était là et vous l'avez pris à votre charge. Sans doute pour protéger votre mère, pour la débarrasser de cela et assurer son bonheur. Vous savez, Mona, les enfants s'adaptent et ont la force d'endosser des choses très lourdes, trop lourdes pour eux, parfois, tant ils aiment leurs parents. Le dégoût que vous avez ressenti pour la mer béante n'est rien d'autre que l'expression d'une peur de la mort. Il ne signifie pas que vous être dégoûtée par votre mère.

Des larmes coulent à présent sur les tempes de Mona. Elles accompagnent le flot des paroles de Madame Savonet. Des yeux fermés dégoulinent des larmes salées et le cœur de Mona se soulève maintenant de sanglots.

— Quand vous écoutez mes mots, Mona, ressentez-vous un mal-être quelque part dans votre corps ?

— Oui, ici, répond Mona, désignant son plexus.

— Quelle intensité de malaise sur une échelle de un à dix.

— Neuf ! Je voudrais me débarrasser de l'image du sexe béant, supplie Mona ; elle me gêne !

— Décrivez-la moi d'abord s'il vous plaît, Mona.

— Je vois les jambes écartées de ma mère, un sexe béant. Il est lâche et il semble crier, comme s'il avait une bouche pour hurler. Il me fait peur et je n'ai pas envie de sortir. Je le vois maintenant depuis l'intérieur, et envisager de sortir dans le monde m'effraie. Je suis une toute petite chose et je n'ai pas envie d'entendre crier ce sexe qui parle trop fort.

— Concentrez-vous sur ce petit être que vous êtes ; imaginez maintenant une autre porte pour sortir. Un beau chirurgien avec un regard ami vient vous chercher. Il vous accueille avec un grand sourire. Il vous souhaite la bienvenue. Les cuisses de votre mère ont disparu et la patiente qui est allongée est désormais amie. Ça peut être qui vous voulez. Ça peut même être vous, adulte. Cette personne bienveillante sourit à cet enfant. Il semble si délicat, si joli. Un drap soyeux recouvre cette maman-amie et le chirurgien place le bébé dans ses bras. Le bébé que vous êtes est à présent réconforté par ces bras bienveillants et douillets. Vous appréciez cette étreinte ; vous êtes rassurée d'être accueillie par ce visage agréable et ce sourire bienveillant.

Les sanglots de Mona s'apaisent et font place à présent à quelques expirations répétées à intervalles réguliers et espacés.

— Vous ressentez toujours un malaise au niveau du plexus, Mona ? Quelle note d'intensité mettriez-vous à ce ressenti ?

— Quatre, évalue à présent Mona.

— On reste comme ça, reprend Madame Savonet. Gardez votre respiration tranquille, apaisée.

Mona est calmée. Elle se sent coupable d'avoir ressenti du dégoût pour le sexe de sa mère. Ça n'a rien à voir avec son sexe, se dit-elle. C'est l'affaire de mon inconscient. Ça ne concerne que moi. C'est la charge que j'ai prise. Maman n'y est pour rien. Elle doit subir, elle aussi, son inconscient qui ne veut pas regarder cette mort en face et qui l'en détourne sans cesse. Mona repense au sexe. Au sexe de sa mère puis à son propre sexe. Au sexe des femmes en général. Au sexe peint par Gustave Courbet. À son sexe à elle.

Au milieu de toutes ces images, il lui apparaît à présent clairement que sa conception du sexe est connotée. Elle est altérée. Sans doute par le souvenir inconscient de cet accouchement chaotique. Dans ma représentation mentale et symbolique, depuis le premier jour de ma vie, le sexe c'est la mort, pour moi, réalise-t-elle. Comment prendre du plaisir avec ça ? Comment aurais-je pu m'épanouir sexuellement avec un tel contresens ! Sexe égal mort. Mona repense à quelques moments clefs de sa vie de femme où l'abandon a parfois sonné à sa porte sans qu'elle accepte de lui ouvrir. Elle le regrette. Tant de moments gâchés. Une jeunesse qui ne reviendra pas. Une partie de ma vie volée.

Ne pas regretter. Accepter.

Je respire maintenant doucement dans une alternance qui s'étire. Je suis bien.

La branche. Oui, reviens la branche que je te regarde. Le cerisier japonais. J'aime tes couleurs vives et délavées à la fois. La peau de Lucas. Envie de me coucher sur une branche du cerisier et de rester lovée sur le bras de Lucas sous son pull tout doux. Mona est tout petite, comme une miniature d'elle-même, nue, allongée sur le bras de Lucas. Peignoir de soie recouvre à présent ses fesses tandis qu'elle fait un câlin à la branche devenue tronc. Un tronc sur lequel elle se tient comme sur un radeau pour ne pas s'échouer. Il fait un peu froid mais le peignoir de soie la recouvre. Ne pas bouger. Rester enveloppée dans cette étoffe. Être prête à accueillir le désir. Je fais la promesse à l'abandon que je le laisserai gagner du terrain. M'enivrer. Rester couchée sur le bras de Lucas et passer un moment dans sa manche, au chaud, pour goûter à la délicatesse de ses mouvements, épouser son rythme, me donner à sa peau.

47.

— Merci. C'est cool que tu aies pu venir, dit Mona à Vincent en déballant les courses.

— C'est quoi comme mission ?

— Ce n'est pas une mission, glisse rapidement Mona en enchaînant avec la phrase suivante pour détourner l'attention de Vincent de sa réponse. J'ai acheté des galettes. Il n'y a plus qu'à les faire cuire. Il y a des œufs, du fromage. Et du jus de pomme.

— Tu sors, en fait ? C'est pour ça que tu m'as appelé ? Pour que je garde les enfants ?

— Oui, je vais au ciné. Ça fait longtemps que…

— Avec qui ?

— Un ami.

— Ah.

— Je suis désolée, Vincent. J'aurais peut-être dû m'organiser autrement. C'était un peu maladroit de ma part de te demander à toi.

— Mais non ! Tu plaisantes ? Je suis content de voir les enfants. Ce qui me rend triste, c'est juste de savoir que tu vas peut-être recommencer quelque chose avec quelqu'un d'autre. Enfin, je sais que c'est inévitable.

— On sera toujours proches. Tu as été mon meilleur ami. Puis mon mari.

— Mais je ne suis même plus ton meilleur ami. Tu évites de me raconter les choses.

— Que voudrais-tu que je te raconte ? Ce n'est pas facile. Tu comprends ?

— Oui, bien sûr.

— Ce qui est sûr, c'est que tu seras toujours le père de nos enfants, ajoute Mona. Et qu'on sera toujours une famille.

— Dis-moi quelque chose que tu ne dis à personne. Comme avant, quand on n'était pas encore des amants. Quand on était à la fac. Dis-moi un truc entre nous.

— Un truc que je n'ai dit à personne ?

— Sauf à ta psy, bien sûr.

— J'ai quitté mon job. Je vais me consacrer à l'écriture.

— Vraiment ? Waouh. Ça c'est une bonne nouvelle !

— Merci pour tes encouragements. Ça ne va pas être simple pour les sous. Je vais faire un câlin aux enfants avant de filer.

Mona se dirige vers la chambre des enfants. Elle ne sait pas pourquoi elle a choisi de dire cela. Un mensonge peut-être pour s'obliger à le faire.

C'est lui ! Mais bien sûr. C'est lui qui a dit cela ! C'est lui qui a conçu cette pensée. Abandonner mon travail, c'est l'œuvre de Lâcher-prise ! Il ne me lâche pas. Il a peur que je me dégonfle.

— Tu me fais un câlin, ma chérie ?

— Tu sais, Maman, aujourd'hui j'ai eu très mal au ventre à l'école, l'alerte Léa, désignant un endroit précis sur son ventre. Ici ! montre-t-elle en enfonçant ses doigts à côté de son nombril.

— Où ça ici ?

— Là quand on appuie ici. Là ! montre Léa, prenant la main de sa maman pour lui indiquer le point douloureux.

— Et qu'as-tu déjeuné à la cantine aujourd'hui ?

— Il y avait des meringues au chocolat en dessert. C'était trop bon.

— Miam ! Tu adores ça, les meringues !

— Oui c'est vrai. Aïe, j'ai mal un peu là quand j'appuie sur mon ventre.

— Tu as fini tout ton dessert ?

— Bien sûr. Et Chloé m'a donné sa meringue en plus. Elle n'aime pas ça. Mais alors, tu dis quoi pour le ventre, Maman ? Hein ?

— Ma chérie, je dis que si tu as trouvé que les meringues au chocolat étaient bonnes, alors ça ne doit pas être bien grave. Ça va passer tout seul quand tu n'y penseras plus.

— Tu dis toujours que quand on a un doute, il faut aller chez le docteur Werber.

— Je disais toujours ça. Mais ça c'était avant. Tu sais, ma chérie, les parents aussi, ils grandissent, comme les enfants, même si ça ne se voit pas parce qu'ils sont déjà grands. Alors maintenant que je suis plus grande, j'essaie de ne plus appeler le docteur Werber tout le temps. Parce qu'après il n'aurait plus de temps pour les autres malades. Tu comprends, ma chérie ?

— Oui je comprends, mais moi j'aime bien quand on y va. Aussi parce que tu t'occupes de moi. On est toutes les deux et après tu m'offres un beignet aux pommes à la boulangerie.

— Eh bien si tu veux, on ira se promener toutes les deux et manger un beignet aux pommes demain après l'école, mais sans aller chez le docteur Werber. Juste comme ça, toi et moi. Ça t'irait, ça ?

— Oui Maman.

Mona embrasse Léa et saisit un plaid au bout de son lit qu'elle pose entre l'enfant et sa couette, sur son ventre, pour le tenir bien au chaud. Elle prend soin de bien le border sur les côtés. Lui revient la sensation du froid et du chaud. Quand Floriane lui appliquait, les jours où elle était malade, de l'eau de Cologne sur le ventre avant de repositionner aussitôt son tricot de peau pour que le froid se transforme en chaud. Floriane appelait ça « une friction d'eau de Cologne ». Mona se souvient combien elle aimait être malade. Pendant quelques instants, sa maman s'occupait d'elle pleinement. Elle lui apportait parfois un chocolat chaud au lit et caressait ses cheveux. Elle aurait voulu être malade tous les jours pour que sa mère et elle vivent ces instants de partage.

— Bonne soirée, ma chérie. Tu te reposes un peu en attendant que Papa prépare le dîner et après le repas, tu retournes sans tarder te coucher dans ta chambre et tu remets bien ton ventre au chaud. Nous on se voit toutes les deux demain pour le goûter. Miam. On va se régaler.

Mona se sent étrangère à elle-même. Comment a-t-elle affronté le mal de ventre de Léa sans paniquer, sans céder aux injonctions du mental. Elle se visualise sur la branche du cerisier. Elle semble avoir lâché prise. La preuve, elle tient en équilibre sur cette branche de cerisier bien trop étroite pour elle et ne se débat pas, ne bascule pas ; elle tient sur le fil, comme ça, comme un chat. Tranquille. Ses sourcils ne sont pas froncés et ses membres ne sont pas agrippés à la branche avec force, mais juste posés sur elle en parfait équilibre.

Après avoir embrassé Hugo dans sa chambre tandis qu'il était concentré sur ses devoirs, Mona se décide à dire au revoir à Vincent et à partir.

— Tu sais, pour les sous, lui dit-il, pendant qu'elle vérifie que rien ne manque dans son sac, pour ce que tu me disais tout à l'heure... je t'aiderai.

— Merci Vincent. C'est adorable de ta part et ça me touche. Mais il faut que je m'assume seule, que j'assume mes choix, que je m'affranchisse, que je ne m'enlise pas dans des dépendances.

— Pourquoi veux tu t'enliser si je t'aide ? Je ne vois pas le rapport. C'est pas bon, ça, les soucis d'argent quand on veut se lancer dans une passion. Au contraire, si je t'aide, ça te permettra de ne pas te noyer dans des préoccupations d'argent.

— Sauf que je ne me serai pas débrouillée seule.

— Mais ça sert à ça, une famille.

— Faut que j'y aille, dit Mona, coincée dans la démonstration erronée de Vincent.

Il ne comprend pas que je ne suis pas en peine de manifestation de soutien de la famille. Je ne cherche pas l'appui ou l'investissement de mes proches ; je cherche juste le soutien de mon moi. Un moi libre et autonome. Redéfini. Ce n'est pas la famille qui est en jeu. Elle, elle est installée. Un peu trop bien, même. C'est moi qui dois m'installer maintenant, vivre, me définir, indépendamment de tout le reste.

Mais comment Vincent pourrait-il le comprendre ? Lui qui recherche une famille dans la moindre de ses actions. Lui qui se sent continuellement sur le point de la perdre et qui guette dans toute occasion le moyen de la confirmer, de l'éprouver, de se prouver qu'il en a une, immuable, pour la vie, solide et viscérale comme si elle était une racine et non une branche.

C'est exactement cela, réalise Mona. Vincent souffre d'être assis maladroitement sur une branche dont il ne peut pas apercevoir les racines, une branche perdue parmi les autres branches, au milieu d'arbres si hauts qu'on ne peut pas en voir les troncs.

Et moi, moi je rêve de marcher telle une funambule sur les branches les plus hautes, les plus fines, les plus risquées, les plus bancales, sans avoir jamais peur de tomber, prête à m'offrir à ce tapis de feuillage, telle une rock star qui se jette dans la foule et s'y abandonne, confiante dans l'amour inconditionnel de tous ces gens qui l'aiment.

— Tu rentres tard ?

— Je vais dormir au studio, si tu es d'accord. Ça me semble plus simple, répond Mona en ouvrant la porte. C'est bon pour toi ?

— Si tu veux.

— Alors on fait comme ça. Bonne soirée et merci beaucoup.

— Bonne soirée, répond Vincent.

48.

La nuit brille à travers le voilage. Félix est pensif. Il se laisse caresser par les filets de lumière qui entrent dans la pièce, diffusés par le tulle. De l'autre côté, le réverbère et sa poésie. Les nuits sont de plus en plus longues. Cela fait plusieurs jours que le sommeil ne vient pas. Et pendant ce temps-là, Étoile qui dort profondément. Félix ouvre le tiroir de sa table de nuit et saisit son dictaphone. Il le met en marche délicatement et chuchote :

« Mercredi 19 février.

Mona n'est pas venue aujourd'hui. On n'a pas écrit mais ça n'a pas été si pénible que ça. J'aime de plus en plus dicter les choses ici. Elle, elle est trop occupée en ce moment et moi, en fait, je peux dire tout ce que je veux ici. Tant que je serai vivant, personne n'en saura rien. »

Félix est interrompu par le ronflement d'Étoile qui couvre son chuchotement.

Il tend le dictaphone vers elle et se tait à présent pour enregistrer son ronflement dans le parfait silence de la nuit. Puis il reprend en direction de l'engin.

« Voilà, Étoile, tu dis toujours que je mens, que tu ne ronfles pas. Tu as maintenant la preuve que je dis la vérité. C'est important de rétablir les vérités de son vivant !

Plus sérieusement, je crois vraiment que la mort, en plus de nous enlever la vie, elle nous ôte toute notre liberté de dire qui on est vraiment.

Je pense qu'on ne devrait pas avoir le droit de parler des morts, parce que c'est très inégal. C'est comme un combat de boxe avec un homme à terre. Ça ne se fait pas. Tout le monde le sait. La mort, ça vous met KO. Vous ne pouvez plus rien répondre.

Ça me fait penser à toi, Moktar, quand on organisait les combats de boxe. Ah Moktar, tu me manques souvent. Mon meilleur associé. À Tunis tu me disais tout le temps que la meilleure des défenses, c'est l'attaque.

Tu vois, avec cet appareil – Ah Moktar, je me réjouis de te retrouver bientôt à Tunis, mon ami Moktar –, je devance, j'attaque. Je maîtrise le récit. Je ne laisse personne me voler ma propre histoire.

Si jamais après ma mort quelqu'un racontait des choses que je n'ai pas mises ici ou dans le livre avec Mona, ce serait comme une seconde mort. Moktar, j'espère que tu seras là pour rectifier les choses, toi qui me connais si bien malgré toutes ces années.

Tu sais, Moktar, je veux être enterré chez nous, dans notre pays à tous les deux, en Tunisie. J'espère que tu seras là pour mon enterrement, avec mes enfants. Et si jamais quelqu'un parle un jour de cette peine que nous avons eue et de ce drame que nous avons laissé là-bas, j'espère que tu sauras leur expliquer, aux enfants, qu'on a voulu les protéger, ne pas en parler pour ne pas les accabler de cette peine. Ah Moktar, je me rappelle comme si c'était hier ce départ, ce déracinement, la douleur qui nous habitait, Étoile et moi, à ce moment-là.

Oui, j'aimerais que tu sois présent, Moktar. Toi qui étais à mes côtés. Je crois que si on est partis si vite, sans se retourner, c'était pour échapper au deuil, sauver notre famille de la tristesse. Et tu sais, je crois qu'on a réussi ça. Ils sont magnifiques et ils sont heureux, les enfants. Les enfants, et puis Mona et Raphaëlle.

Je suis content de te les présenter bientôt, Moktar… Tu vas voir comme ils sont beaux. Stan et ses grands yeux, sa sensibilité. J'ai envie de le prendre dans mes bras, de le protéger parfois. Mais je suis pudique avec lui ; avec son frère aussi. Ma petite-fille, Mona, dit que tout ça c'est du machisme, ne pas être sensible, ne pas prendre un homme dans ses bras. Pourtant je suis comme ça avec ma fille Floriane aussi.

Floriane, ma fille chérie, tu vas la rencontrer, Moktar !

Tu te rappelles, je voulais tellement un garçon quand elle est née. J'avais besoin de me rassurer, de me dire que j'étais capable d'en faire un. Mais très vite je l'ai aimée, Floriane. Tout ça, ça n'avait rien à voir avec elle. Message pour toi, Floriane, ma chérie. Si je n'ai pas été assez présent au début, excuse-moi. Sois convaincue que je t'ai vite aimée autant que tes frères. »

Les ronflements d'Étoile ont repris et couvrent la voix de Félix. Il est pris d'un fou rire jubilatoire à l'idée de l'enregistrer. Il approche le dictaphone d'Étoile.

— Étoile, écoute ça, c'est magnifique ! Ça me fait penser à un documentaire animalier, cet enregistreur. Il faut être là au bon moment. J'aurais pas pu faire mieux.

Le dictaphone à côté de son visage fait sursauter Étoile dans son sommeil.

— Qu'est-ce que c'est ?, marmonne-t-elle.

Félix, comme quelqu'un pris en flagrant délit, éloigne d'un coup le dictaphone du visage d'Étoile et le cache sous la couette. Il s'immobilise, prêt à fermer les yeux si Étoile ouvrait les siens. Elle s'est rendormie.

Il soulève délicatement la couette et s'extirpe du lit sans faire de bruit. Il se dirige vers la cuisine, allume la lumière et se sert un verre d'eau qu'il emporte dans le salon dont la petite lampe restée allumée l'appelle chaleureusement. Il s'assied sur le canapé. Définitivement, ce soir non plus, il n'a pas sommeil.

49.

Encore ce geste nouveau qui m'enivre, se dit Mona. Je donnerais n'importe quoi pour ce truc. Lucas attrape son cou entre son pouce et son index et de l'autre main l'étire en caressant sa joue et embrassant le coin de ses yeux. Il choisit maintenant d'étirer ce corps qui s'offre à lui par le bas, en caressant ses seins et en descendant sur son ventre.

Tout à l'heure, en arrivant chez Lucas, Mona avait jeté un œil à la fenêtre d'en face. La petite lumière du salon était allumée comme toutes les nuits. Mona s'était sentie à la fois si près de ses grands-parents et si loin. Dans une géographie amie.

À présent qu'elle est enivrée sous les caresses de Lucas, elle pourrait être de l'autre côté du globe. Loin de tout. Sans valise ni billet d'avion. Rien ne compte que cette réalité. Celle de la sensation que lui procure Lucas quand il attrape son cou. Où sont-ils ? Elle n'en sait rien. Dans une galaxie où seuls les sens dominent et dont nous sommes les esclaves volontaires. Qui est le maître, qui est l'esclave, se demande Mona, convoquant Hegel dans son délire extatique. Je suis l'esclave de mes sens et mes sens sont moi. Ils sont aussi esclaves de moi. Ou plutôt non, il s'agit d'une fusion. Je suis rassemblée dans le plaisir. Mes sens et moi, on forme une seule personne.

Lucas retire ses vêtements et Mona redécouvre avec le même émerveillement que la fois précédente la perfection de son corps. Elle aime ses mollets dessinés et ses attaches fines. Il est bâti comme un homme antique dont on voit les sculptures dans les musées, dessiné avec la finesse de ces œuvres dont Mona a toujours perçu la part de féminité. La puissance de son corps alliée à la finesse de sa silhouette la subjugue. Elle aimerait le regarder tout entier en prenant son temps, le toucher à chaque courbe.

Lucas s'accroupit à présent et pose une main parfaitement à plat sur le ventre de Mona. Elle est toujours debout mais ne ressent aucune pesanteur. Elle pourrait être allongée. Elle l'est sans doute. Elle ne sait plus où se trouve son centre de gravité. Son attraction tout entière est portée sur les mains de Lucas qu'elle désire plus que tout sur sa gorge. Elle ne fait pas le tour de cette sensation d'enivrement. N'est-ce pas cela, s'abandonner à quelqu'un ? Lui offrir sa gorge qu'il pourrait comprimer et étrangler ; et savoir qu'il va juste vous donner du plaisir, le plus loin possible ?

Lucas est maintenant entre ses jambes. Le plaisir de Mona est exponentiel. Elle qui pensait qu'il était à son paroxysme simplement avec ces mains sur son corps, elle découvre que sa langue est de la même puissance. Cet homme est un corps et un seul. Comme une pieuvre dont le centre névralgique est relié à tout le reste. Il est un tout. Un tout relié, rassemblé avec lui-même. Libre. Les bribes de la conversation échangée avec Lucas lors de la soirée reviennent à Mona. Sa liberté acquise au prix de renoncements. La fuite de sa famille italienne, sa rencontre avec le punk et le jazz. Sa formation de pianiste et son tournant électro. Ses nuits à mixer dans les clubs. Ses errances. Sa liberté. Mona ne retient que cela. La capacité de Lucas à se laisser porter par des rencontres, s'abandonner à des amitiés, des amours pour des gens, des musiques. C'est cela que sa langue porte en elle. La richesse de cette vie faite d'aventure, l'absence de peur de l'abandon, l'envie d'aller toujours plus loin, au fond des autres, au fond de soi. Mona est transportée. Lucas l'attrape à présent, la portant à bout de bras en la tenant par le bassin pour l'amener sur le lit et l'allonger. Elle ne s'est jamais sentie si proche de la branche sur laquelle elle aimait à être lovée dans ses rêves. Elle est un petit animal léger et gracieux accroché au rameau du cerisier sur le bras de Lucas. Elle est légère ; la pesanteur n'est plus. Le poids des limites non plus. À la porte de l'abandon, elle est prête à s'engouffrer et à se perdre avec Lucas. Il la pose à présent sur le lit et embrasse son pied, puis remonte délicatement jusqu'à son sexe pour continuer de l'embrasser. Mona accueille avec surprise chacun des gestes de Lucas qu'elle trouve parfaits, presque scientifiques, pense-t-elle. Sa maîtrise de son corps qu'il ne connaît pourtant pas, la surprend à chaque instant. C'était comme s'il lisait en elle et anticipait à chaque fois de quelques secondes le chemin de son plaisir.

Les cheveux de Lucas caressent les cuisses de Mona qui se délectent de cette nouvelle rencontre, quand elle sent subitement au-dessous d'elle la manche de son manteau jeté maladroitement sur le lit.

Le tissu lui rappelle où elle est et le parcours du manteau. Il est en équilibre sur le lit, tenant par une manche sur la couette tandis que le reste est probablement jeté sur la tranche du lit, prêt à tomber par terre. La poche. Va-t-elle se déverser sur le sol. La pierre est dans la poche. Mona la visualise parfaitement avec son ovale virginal. Elle est probablement prête à s'échapper de la poche et à rouler sur le sol de Lucas, dans la pénombre de la pièce. Où ira-t-elle ? Comment la retrouver ensuite ? Que dire à Lucas ? Et si cette pierre la regardait les jambes ouvertes prenant du plaisir avec Lucas. Ce n'est qu'un enfant, le petit frère. Je ne peux pas faire cela. Il n'a rien demandé. Lucas remonte sa main à présent sur la gorge de Mona et la serre en embrassant le bout de son sein. Mona gémit de plaisir et visualise la pierre qui la regarde. Un nourrisson posé sur le sol qui les fixe, effaré de leurs jeux d'adultes. Elle ouvre les yeux, regarde Lucas et sort de la nuit.

— Excuse-moi, dit-elle. Je m'absente un instant.

Mona se lève, retrouvant toute la pesanteur de son corps, et saisit son manteau. Elle enfonce rapidement sa main dans sa poche, reprend contact avec la pierre afin de s'assurer qu'elle est toujours au fond de la poche et pose le vêtement sur une chaise, sur le chemin de la salle de bains. Elle pénètre dans la pièce d'eau et se lave les mains. Le contact avec la pierre la gêne. Il a quelque chose d'incestuel pour elle. Toucher le petit frère avec ses mains humides des caresses de Lucas et de leurs sécrétions la dérange. Le corps a repris son aspect fonctionnel et mortel. Sa pesanteur lui rappelle qu'elle a quitté la transcendance et retrouvé les repères du lieu, de ses limites et de leurs finitudes. Elle éteint la lumière de la salle de bains et retourne maintenant dans la chambre de Lucas. Elle se place auprès de lui, retrouvant l'emboîtement de leurs corps sans difficulté. Lucas l'accueille en l'enveloppant, en cuillère contre lui.

— J'ai froid, dit-elle.

Il la serre fort contre lui et la recouvre, continuant de la caresser sans chercher à reprendre ce qu'ils avaient entrepris. Le bras de Lucas est à présent posé entre les seins de Mona. À cette distance et malgré l'obscurité, elle devine le dessin de la branche de cerisier et ferme les yeux, enveloppée par la puissance de ce bras.

— J'aime le goût de ta peau et celui de ton sexe. J'aimerais goûter tout cela encore. Et je suis désolé si je suis allé un peu vite pour toi, lui dit-il.

— Pas du tout. C'était formidable. C'est moi qui… comment dire, qui ai parfois du mal avec le Lâcher-prise. Parfois je m'égare et je…

— Il n'y a aucune pression à se mettre. Restons comme cela. J'ai envie de voir le jour se lever avec toi. Tu restes ?

Mona fait oui de la tête et se presse contre Lucas dont elle aime le corps tout entier. Les jambes repliées de la jolie statue antique sont parfaitement calées derrière les siennes. Les cheveux doux de Lucas touchent parfois sa nuque, lui procurant un doux plaisir. Son sexe est calé contre elle. Elle l'aime déjà sans vraiment bien le connaître. Enfin il y a son bras, son socle, la branche sur laquelle elle a choisi de se poser pour être désormais un oiseau libre d'apprendre à voler.

Le mal-être ressenti avec la pierre se dissipe. Mona est réchauffée par le corps de Lucas. Il faudrait peut-être me séparer de la pierre, pense-t-elle. Ne pas la garder dans mon manteau. Lui trouver un endroit bien à elle. Ne pas emporter le petit frère avec moi partout. Peut-être cacher la pierre dans un lieu neutre où je pourrais aller la voir sans qu'elle soit toujours sur moi.

Le jour va bientôt se lever. Mona réalise que la petite lumière du salon de chez Félix et Étoile est éteinte. Une lueur de jour pénètre dans l'appartement de Lucas. Mona ferme les yeux et s'abandonne au répit.

50.

Félix s'est assoupi puis réveillé. Comme un marin. Être un vieil homme vous oblige à faire les quarts pour surveiller que personne ne vient vous emporter. Guetter l'horizon et ne pas s'endormir pour toujours sentir la vie, toujours ressentir son corps et ne pas se laisser avoir par la mort qui vous fait croire que vous êtes dans un rêve. Après vous ne retrouverez jamais vos sensations. Et ce sera fini. Plus d'Étoile. Plus d'odeur de jasmin. Plus de jambes de femmes quand vous les regardez aux terrasses des cafés. Les morts ont-ils le droit de venir aux terrasses des cafés sans que les vivants les voient ? Ils peuvent regarder les jambes des femmes par en dessous. Personne ne leur dira jamais rien.

Je préfère tout de même rester assis dignement à ma place et être parmi les vivants. Ne pas basculer. Tenir bon dans ce monde, me réveiller auprès d'Étoile, entendre ses ronflements, sentir la joie de Gammarth quand Mona arrive et sa peine quand Étoile devient sombre et repense à ce qu'elle a enfoui.

Félix enclenche le dictaphone et parle, la voix désormais plus claire accompagnant le jour qui se lève :

« Jeudi 20 février.

Quand je pense que dans peu de temps nous irons à Tunis ! Revoir Tunis ne va pas être simple. On y a laissé des souvenirs difficiles. Mais d'autres tellement bons.

Je ne suis pas si sûr que les mauvais souvenirs soient restés là-bas. On les emporte toujours avec nous, ceux-là. Ce sont peut-être les bons qui flânent au milieu des odeurs de fleur d'oranger. J'ai hâte de les retrouver. De faire découvrir ces senteurs à Mona. De te faire découvrir, ma petite-fille, ces effluves qui vont te transporter. Nous allons retrouver toute cette belle famille que l'internet a réunie. C'est peut-être cela qui m'empêche de dormir. L'excitation de retrouver tout ce monde, de te revoir, mon vieil ami Moktar, d'aller ensemble boire un sirop d'orgeat à Sidi Bou Saïd, comme au bon vieux temps. Ça va arriver vite. Je suis comme un gamin. Impatient. Et je ne peux pas dormir, comme un gosse qui compte les dodos. »

Le jour s'est levé. Félix a éteint la petite lumière qui accompagnait la nuit au salon. Il retourne se coucher auprès d'Étoile. Elle va bientôt se réveiller.

51.

Mona est assise sur le tabouret de la coiffeuse d'Étoile. Elle saisit le petit pot de khôl de sa grand-mère et trace un trait au-dessus de ses cils. Elle se regarde à présent dans le miroir et sourit à Étoile qui cesse son agitation un court instant pour la regarder.

— Ça te va bien. Je te le donne si tu veux, ma chérie, dit sa grand-mère, avant d'enrouler autour de son bras un peignoir qu'elle pose dans sa valise.

Une malle est éventrée sur le lit de Félix et Étoile. La petite Léa joue par terre. L'ambiance est particulière. On se prépare à retourner à Tunis. Un voyage tant attendu.

Comment Papi et Mamie ont-ils quitté la Tunisie ? Faire une valise quand on sait qu'on ne reviendra pas. Qu'emporter ? On laisse toujours des choses. C'est un crève-cœur pour tous ceux qui, comme eux, partaient. Mais pour Papi et Mamie, au lendemain de l'enterrement d'un enfant, ça a dû être une telle épreuve.

Mona tente d'imaginer Étoile, jeune. Elle qui aujourd'hui se déplace avec une présence bien ancrée dans le sol, enchaînant des gestes lents et précis. À quoi ressemblait-elle ? Une jeune femme aux gestes rapides et aux mouvements timides ? Elle l'imagine triste, le regard perdu, penchée sur une valise, silencieuse, regardant un monde à abandonner, partant pour l'inconnu, Félix la consolant.

Elle aimerait tant évoquer cela avec elle. Connaître ce volet de leur histoire sur lequel s'est refermée leur jeunesse. Mona se souvient des vendredis soir où elle était enfant. Il y avait souvent des invités à la table du shabbat. Stan et elle devaient laisser de la place « pour les grands » et dîner sur de petites chaises qui leur étaient destinées, à la table du salon. Quand cesserons-nous d'être des enfants ? se demandait Mona à l'époque. Si ça se trouve, pensait-elle parfois, les enfants ne grandissent jamais.

Elle se laissait même aller à croire à une chose qu'elle avait imaginée, très naturellement, alors qu'elle était toute petite. Et si les adultes n'avaient jamais été des enfants ? Et s'ils nous faisaient croire qu'ils en avaient été pour que nous ne nous rebellions par contre notre statut ?

Être enfant et subir l'autorité, l'injustice, un traitement à part, c'est une condition qu'on n'a pas choisie, une injustice de classe, se disait Mona. On nous fait croire que tout cela est normal mais c'est pour mieux nous soumettre, nous les gosses, pensait-elle.

« Papi et Mamie n'ont jamais été enfants, si ça se trouve », disait-elle à Stan. « Regarde-les ! Ils ont l'air si naturel en grands-parents. »

Mona repense avec amusement à son monde imaginaire. Elle se dit à présent que si Étoile et Félix avaient l'air de n'avoir jamais été des enfants, c'est peut-être parce qu'ils ont quitté le monde de la jeunesse, de l'innocence et de la légèreté très jeunes, cette année-là, quand ils ont perdu ce fruit de leur amour en même temps que leur pays, en partant, sans se retourner.

— Où as-tu mis ma veste en lin, Étoile ? demande Félix, agacé.

— Je l'ai rapportée de la blanchisserie hier. Elle doit être dans ton placard.

— Je ne la trouve pas.

— Je ne peux rien pour toi, mon chéri. Je suis déjà bien gentille d'être allée la chercher à ta place. Tu peux me dire merci.

— Merci ma chérie ! répond Félix avec ironie. Je n'en peux plus de cette famille de féministes.

— Mon amour, c'est vous qui avez commencé.

— Toi, arrête de te laisser bourrer le crâne par ta petite-fille !

— Il parle de moi ? demande Mona à sa grand-mère.

— Il dit ça par rapport à Raphaëlle.

— C'est sûr qu'elle a un cran d'avance.

— Je dirais même qu'elle a du cran tout court. Elle est venue nous voir hier, et Papi et elle ont eu une discussion là-dessus. Il ne s'en remet pas.

— Étoile, aide-moi s'il te plaît, réitère Félix, agacé.

— Qu'est-ce que tu as mis dans la bouche, Léa ? demande Étoile à Léa qui semble mastiquer quelque chose.

— C'est un bonbon, Mamie, je l'ai trouvé par terre.

— Montre-moi ça ! Il n'y a pas de bonbon par terre. J'espère que ce n'est pas un médicament de ton grand-père.

— Montre à Mamie, ma chérie, ce que tu as mis dans la bouche, demande calmement Mona à Léa. Crache dans la main de Mamie, dit Mona, accroupie à présent aux côtés de sa grand-mère devant l'enfant.

— Elle a failli l'avaler, s'écrie Étoile, ayant récupéré elle-même avec ses doigts un médicament dans la bouche de sa petite-fille. C'était une gélule ! s'insurge-t-elle.

— Il faut faire attention, ma chérie, recommande avec douceur Mona à Léa. On ne met pas n'importe quoi à la bouche. Tu comprends, ma chérie ?

— Ça aurait pu être très grave, Léa, dit Étoile à l'enfant avec véhémence. Tu nous as fait peur !

— Tu l'as vu avant, Mamie. C'est l'essentiel. Heureusement ! exprime Mona avec reconnaissance.

— Viens avec moi, Léa. Mamie va te mettre un dessin animé au salon. Ça te ferait plaisir, n'est-ce pas ? dit Étoile à la petite en l'y accompagnant.

Félix, toujours en quête de sa veste, multiple les allers-retours vers la chambre.

— Je ne retrouve rien. Où elle l'a mise ? demande-t-il à Mona.

— Tu es content de partir, Papi ? demande Mona à son grand-père.

— Bien sûr que je suis content. Partir à Tunis avec vous tous. Quand tu penses qu'on ne l'a jamais fait avant. On aurait pu, pendant toutes ces années. On n'a jamais eu l'idée de le faire. Heureusement que les cousins ont organisé ce rassemblement. Tu sais, j'ai eu une idée ces jours-ci. Je vais essayer de revoir mon ami Moktar.

— Moktar, ton ancien associé ?

— Oui, j'aimerais le retrouver. Ça fait si longtemps. Et je pense toujours à lui. L'amitié c'est comme ça, on n'oublie pas les gens. On les aime toujours.

— Comment vas-tu le retrouver ? Il est peut-être sur Facebook ?

— Ça m'étonnerait, ça. Mais tu sais, à Tunis, on n'a pas besoin de Facebook pour se retrouver à mon avis. Je suis sûr qu'il est toujours au même endroit. Il habitait au-dessus de l'épicerie de l'avenue de Paris.

— On ira voir. J'ai hâte que tu me le présentes. Tu m'en as tellement parlé.

— Voilà ma veste ! s'écrie Félix. Tu l'avais rangée avec tes manteaux. Étoile ! Étoile ! Pourquoi j'ai une femme si désordonnée, moi !

Félix brandit à présent sa veste, allant à la rencontre d'Étoile qui revient dans la chambre sans lui prêter attention.

— Que se passe-t-il, Mona ? demande-t-elle à l'attention de sa petite fille.

— Moi ? De quoi parles-tu ?

— Je ne te reconnais plus. Léa avale un médicament pour la tension de Papi et tu restes de marbre. Tu es ailleurs ou quoi ? Ce matin j'ai eu Vincent au téléphone. Il m'a dit lui aussi qu'il te trouvait changée, distante des préoccupations liées aux enfants.

— Je te rappelle que c'est moi ta petite-fille ! Ça commence à bien faire, Vincent par-ci, Vincent par-là. Il est dans la famille, ok ! Mais ce n'est que mon ex-mari.

— Tu ne peux pas dire ça ! Il est comme mon fils !

— Tu as déjà trois fils ! Enfin deux, se rattrape Mona, saisie par une violente peur au niveau de la poitrine.

Mona est sans voix. Elle fixe les yeux d'Étoile pleins d'effroi face à ce qu'elle vient de prononcer. « Trois fils », comment a-t-elle pu laisser échapper une telle phrase ? Étoile a-t-elle compris qu'elle savait ? Ce serait terrible pour elle ! Mona s'est-elle dévoilée ?

Étoile ne peut imaginer une chose pareille, se rassure Mona. C'est impossible se raisonne-t-elle, mais j'ai dû lui faire de la peine. Entendre cela ne peut pas avoir été neutre pour elle.

— Vincent ne peut pas prendre toute cette place, reprend Mona, pour enchaîner sans montrer qu'elle est perturbée.

— Vincent est comme mon fils et personne n'y pourra jamais rien ! Nous l'avons tous adopté quand tu l'as fait entrer dans la famille, et ça c'est pour toujours. Que tu restes avec Vincent ou pas, c'est ton choix et je le respecte. Je te comprends, même, et te soutiens dans ton émancipation, mais rien ne changera entre lui et nous. Quand on a aimé les gens un jour, on les aime pour toute la vie. Et puis si

Vincent m'appelle, c'est d'une part parce qu'il est triste et a besoin de soutien, et d'autre part, parce qu'il s'inquiète. Il paraît qu'Hugo lui a confié qu'il pensait que tu ne l'aimais plus parce que tu ne t'es pas inquiétée de sa dernière grippe alors qu'il avait quarante de fièvre.

— Je me soigne, tout simplement, Mamie, répond Mona avec un calme olympien. Je tâche de prendre mes distances avec la peur. Je remplace mes mécanismes anciens par d'autres. Quand Hugo a la grippe, je m'efforce d'attendre calmement que ça passe. Sans panique.

— C'est bien, ma chérie. C'est une très bonne chose, répond Étoile, apaisée. Comment t'y prends-tu ?

— Je respire, j'écoute de la musique, je marche. J'essaie de ne pas céder à l'angoisse.

— Et tu es amoureuse ! ajoute Félix avec malice.

— Papi !

— Tant mieux alors. Moi j'ai eu peur pour la petite, en tout cas, dit Étoile, émue, avant que des larmes ne viennent embuer ses yeux.

— Ça va, Mamie ? lui demande Mona, touchée.

— Oui ça va aller, ça va aller. J'ai eu peur. Et puis je n'aime pas les départs, explique Étoile, soudain coupée par une sonnerie. Je vais ouvrir, ma chérie. C'est sûrement Raphaëlle. Elle doit récupérer les tableaux que j'ai faits pour Pierre. Enfin son ami. Ce sera l'occasion que je te les montre aussi.

Mona pense à la remarque d'Étoile. Elle dit ne pas aimer les départs, comme on n'aime pas les salsifis ou les épinards de la cantine. Rien de tout cela n'est anodin. Tout prend un sens différent. Y avait-il aussi des sens cachés pendant toutes ces années, que Mona n'a pas su voir, qu'elle ne pouvait pas voir, ignorant cette histoire ? Étoile qui n'aime pas les départs, Félix qui n'évoque pas ses enfants lorsqu'ils étaient petits, cette famille dont on voit peu de photos, Étoile qui dessine la vie et la raconte peu, les rares évocations de la Tunisie cantonnées à un univers culinaire. Un pays qui participe de leur identité et qui est décrit depuis tant d'années comme dans un dépliant touristique. Tout semble évident. Le secret prend toute la place entre les lignes de ces années de silence.

— Le copain de papa peut être content, s'exclame Raphaëlle. C'est une chance d'avoir des toiles comme celles-ci.

— Ils sont magnifiques ces dessins, Mamie, ajoute Mona.

Mona observe sa jeune cousine. Elle est si libre, pense Mona. Est-elle sauvée ? Constitue-t-elle un nouveau maillon de la chaîne ? Un maillon qui ne poursuit pas le schéma transmis, qui s'émancipe, loin du traumatisme, qui entame une nouvelle voie, un nouveau sillon.

Peut-on recréer une lignée différente de la sienne, une nouvelle frise ?

Mona repense à ce mot, « frise », et aux exercices du cours élémentaire. Il fallait dessiner des frises, des mouvements répétitifs, des intervalles réguliers qui reproduisaient des mécanismes, un vocabulaire pictural.

Je vais construire une nouvelle frise, un nouveau dessin, un nouveau dessein, m'émanciper de cette histoire, pas seulement pour moi, mais aussi pour Léa et Hugo.

Je le leur dois. Si mes années d'anxiété n'ont pas déjà ruiné leur vie, s'il n'est pas trop tard, je dois inventer pour eux un nouveau paterne.

Je ne veux pas qu'ils soient le produit de cette tragédie, du petit frère mort dans ma poche, de cette pierre douce et ovale, virginale qui nous appelle, comme un tunnel blanc vers le passé. Le tunnel de la mort est dans l'avenir, pas dans le passé.

C'est ça qui provoque le dysfonctionnement. Penser à en parler à Madame Savonet.

— Au revoir Mamie, on se retrouve demain à l'aéroport, dit Mona, enfilant son manteau et rejoignant instinctivement, avec sa main, la pierre dans sa poche. Tu viens, Léa, on y va ma chérie.

— Salut Mona, amusez-vous bien à Tunis et envoyez des photos, lance Raphaëlle.

— À demain ma chérie, ajoute Étoile, et merci d'être venue m'aider, ma petite Léa. Embrasse ton papa pour moi, ajoute-t-elle en donnant un baiser sur le front de la petite.

52.

Assise à une terrasse de café dans l'aéroport, Mona repense à Étoile. Comment va-t-elle vivre ces retrouvailles avec Tunis ? Cela fait tant d'années. En pensant à sa grand-mère, Mona caresse la pierre dans sa poche. C'est comme si elle l'avait apprivoisée. Il lui semble que le petit frère est là, tout près d'elle, dans la doublure de son manteau, et qu'il est bien protégé tout contre elle. Elle caresse l'ovale parfait de l'obsidienne et apprécie désormais la douceur de la pierre. Parfaitement lisse, elle lui est devenue familière. Depuis quelques jours, Mona peut distinguer, au simple toucher, l'endroit de l'envers de l'objet. L'aspect finement bombé qu'elle a appris à reconnaître et qui indique le dessus de la pierre si on la posait ; le haut et le bas de ce minéral, reconnaissables à un contour à peine plus pointu d'un côté. Cette pierre est sienne ; elle est la seule à pouvoir dialoguer avec ce petit frère à présent. Simplement par le toucher, simplement pas les sens, par une osmose et une intimité secrète, symbolique, charnelle et spirituelle.

Floriane et Jeannot entrent en scène par la grande porte de l'aéroport. Floriane devance son mari d'un bon mètre et fait son entrée dans l'aérogare la tête haute, le port altier, malgré le déséquilibre causé par la petite mallette à produits de beauté qu'elle tient à bout de bras.

Mona ne se manifeste pas tout de suite. Elle reste assise, confortable dans son huis clos avec la pierre. Sa mère ne la remarque pas. Mona la regarde de loin filer droit en direction du panneau d'affichage.

Maman est ce genre de femme que je ne serai jamais. Elle est toujours dans le souci de sa posture, de son port de tête, de sa manière de se tenir droite et de se déployer avec grâce quand elle marche. Cette charge de tous les instants en fait un être si différent de moi, se dit-elle. Elle se définit comme une femme dans tous les gestes qu'elle arbore et doit garder cette préoccupation constamment en elle. Elle est femme avant de respirer, avant de marcher, avant de bouger. Elle ne peut pas penser une situation sans être en conscience d'être une femme. C'est une notion a priori de son existence. Suis-je ainsi moi aussi ? Me définis-je comme une femme dans tous mes gestes, comme un a priori qui conditionne mon corps et toutes mes pensées ? Je ne le crois pas. Parfois je suis femme, mais le plus souvent je suis un humain au sens large du terme. Je crois que cela me fatiguerait de me penser en femme tout le temps, se dit Mona. Surtout dans la conception de Maman de la femme, avec toute la ribambelle de diktats que ça appelle.

Mona repense à Raphaëlle et à sa façon si différente d'être femme. Être femme pleinement pour choisir comment être femme. Être une femme tantôt capable d'être masculine, tantôt féminine. Être une femme qui aime les femmes à loisir, mais ne s'interdit pas d'aimer un homme. Suis-je cette femme-là ? Cette femme libre à qui appartient le concept de femme. Libre de le définir et de jouer avec. Je ne crois pas non plus.

Quelle sorte de femme suis-je ? Peut-être bien une femme encore en gestation. Une femme en puissance, qui ne s'est définie que dialectiquement toute sa vie. Maman, Raphaëlle. Mamie aussi. Mamie est femme. Quelle jeune femme était-elle ? Sans doute une femme dans le devoir et l'intériorisation. La peinture l'a sauvée. Quelle est cette chose qui me sauvera ? Mona pense au petit frère dans la poche. Elle sait qu'elle doit écrire son histoire ; un jour, quand elle l'aura recomposée, peut-être. En attendant, vivre. Être une femme à mon tour peut-être aussi dans les bras de Lucas. N'être plus qu'un être qui sent, qui ressent et qui cesse de penser. Lucas me manque déjà, se dit-elle. Auprès de lui, j'aime être cette femme nouvelle qui s'abandonne – enfin qui tente de s'abandonner, rectifie-t-elle avec dureté envers elle-même. J'aime goûter à ça, à cet état où je ne pense plus. N'être qu'un cou offert à ses mains qui le prennent et l'entourent délicatement pour me faire sentir combien j'existe.

Floriane s'est arrêtée dans son élan et a soudain posé son vanity case à ses pieds. Un appel sur son téléphone l'a stoppée dans son entrée magistrale. Occupée à parler dans l'appareil, elle est rejointe par Jeannot. Il prend part à la discussion. Mona sent bien qu'il se passe quelque chose d'inattendu. Elle saisit ses affaires ainsi que celles de Stan, qu'elle était chargée de surveiller au café, et rejoint ses parents. Pierre arrive lui aussi à la hauteur de Floriane et Jeannot sous le panneau d'affichage. Il discute déjà avec eux quand elle les retrouve.

— Que se passe-t-il ? demande Mona

— Bonjour ma chérie, lui dit Jeannot, posant un baiser sur son front.

— Ils ne viennent pas, annonce Pierre. Étoile a été malade toute la nuit. Felix dit que c'est de la folie de voyager dans cet état. Ta mère essaye de les convaincre de venir malgré tout, mais ce serait déraisonnable. Il faut qu'il reste avec elle à Paris.

Le groupe est rejoint par Stan. Floriane a maintenant raccroché et détaille la situation.

Félix et Étoile ne viendront pas. Félix refuse de laisser Étoile seule. Ils partiront sans eux.

— Ça fait deux ans qu'il nous parle de ce voyage, se lamente Stan. Le grand rassemblement de la famille !

— C'est pour lui qu'on est venus, ajoute Mona.

— On n'a rien à faire ici sans lui, acquiesce Pierre.

— Mes chéris, la Tunisie c'est très beau, conclut Floriane d'une humeur que l'annonce n'a pas altérée. Papa va s'occuper de Maman et tout va bien se passer. Elle est souffrante, mais rien de grave. Il n'y a pas de raison de s'inquiéter. Au contraire, profitez ! Vous allez pouvoir sentir les odeurs de notre enfance, faire le plein d'eau de fleur d'oranger et boire du thé à la menthe au Saf Saf.

— Ta mère et moi, on avait adoré ce voyage en 95, ajoute Jeannot à l'attention de Mona. C'est génial d'y retourner, même si ça va être court de ne rester que deux jours. J'avais gagné une fortune au César à Sousse.

— Tu penses au casino de Sousse, toi, dans ces moments-là ? demande Stan.

— Rien n'est grave. Ce n'est qu'un voyage reporté pour Papa et Maman. Pas de quoi être chamboulé à ce point, rétorque Floriane.

— Tu connais Hammamet ? poursuit Jeannot à l'attention de Stan. Il y a aussi le Médina là-bas. Super casino. Dommage qu'on n'ait pas le temps de faire une virée dans l'un des deux, se désole-t-il.

— C'était bien, Hammamet, se rappelle Floriane.

— Explique-moi quelque chose, Jeannot, à part le casino, rien ne t'intéresse dans la vie ? dit Pierre, entrant dans la conversation.

— Loin de là ! Tant de choses m'intéressent. Tu avais lu *Gatsby*, toi, Pierre ?

— Non. Enfin si. Quel rapport ?

— Figure-toi que je ne l'avais jamais lu et que je découvre ce superbe personnage. Tu vois les casinos, c'est ça, c'est cette vie magnifique. C'est la vie à la Fitzgerald. Tu vas voir, Tunis, c'est un peu ça dans ma tête, les palmiers, la mer, quelques casinos. La douceur de vivre.

— Je suis vraiment contrariée qu'ils ne viennent pas, Papa, se résout à exprimer Mona.

Il n'y a rien à faire ?

— Je peux rester veiller sur Maman et laisser partir Papa, si vous voulez, propose Stan.

— Ou moi, je peux le faire. Ce serait peut-être mieux, propose Mona.

— On n'a plus le temps, dit Floriane pour clôturer la discussion. Ton grand-père ne sera jamais arrivé à temps. On enregistre dans trente minutes.

Floriane reprend son chemin en direction de la zone d'enregistrement, suivie par ses frères et par Jeannot. Mona marche aux côtés de son père qui lui parle de Gatsby. Elle l'écoute comme une nappe sonore, se dit qu'elle n'a aucune légèreté. Elle est tout le contraire de Gatsby. Elle ne sait pas surfer sur la vie, voler les cheveux au vent dans le plaisir.

Pourquoi n'ai-je pas décidé de suivre le modèle de Papa, sa frise à lui ? Mona repense à nouveau aux frises de l'école. Le plaisir procuré par le crayon de couleur qui ne dépasse pas et aide à mettre en valeur ces mouvements répétitifs. La légèreté, le jeu, la joie de l'instant présent.

Qu'est-ce qui détermine que j'appartiens à la lignée de la famille de maman, à sa frise à elle. Avec ses sinuosités, ses accidents, ses traumas. Mona visualise à présent une frise dessinée d'arabesques aux boucles menaçantes. À leurs extrémités, des sortes de gargouilles se distinguent qui l'invitent à se poser sur leurs genoux avec un air maléfique. Elle est perdue entre ces figures diaboliques qui représentent les démons de leur histoire familiale. On l'invite à entrer dans cet univers peuplé de formes anxiogènes. Mona en sort rapidement, étouffée dans ce monde effrayant. Elle se glisse dans une fente laissée entre deux arabesques.

Elle essaie à présent d'imaginer la frise de la famille de Jeannot. Des ballons, des cotillons, des flûtes à champagne qui trinquent et flottent dans l'atmosphère comme s'ils étaient encore en mouvement quelques secondes auparavant. Le mouvement, la vie, la joie. La fête qui se répète à l'infini. C'est joyeux et plus accueillant que la frise de Maman, se dit Mona. Mais où s'asseoir ? Et jusqu'à quand ? La vie y semble une éternité trop longue et sans saveur. Qu'y faire une vie entière ? Ne pas y rester coincée. Il y a quelque chose de lassant dans cette frise. Difficile de trouver une place. Tout est en déséquilibre. Des flûtes qui se balancent, des ballons qui s'envolent, des jetons de casino et des livres en lévitation. Des livres qui racontent la douceur des Années folles, dont les pages volent derrière une décapotable qui file trop vite pour que Mona ait le temps de sauter dedans. Elle est laissée sur le bas-côté de la route.

Elle roule jusqu'à un tronc. Au-dessus d'elle, une branche de cerisier se déploie. Une jolie frise avec des boutons de fleurs qui éclosent de manière synchronisée. De belles couleurs, des roses et des rouges délavés qui cohabitent. La frise de Lucas lui offre une place confortable sur la branche. Comme un oiseau tout léger, elle remarque à sa surprise qu'elle peut tenir en équilibre. Puis s'allonger, même, lovée sur cette ramification qui propose un bouton de fleur en guise de coussin. Mona se sent enveloppée. Les boutons de fleur de cerisier s'ouvrent à l'infini sans régularité ni mécanisme, mais dans une harmonie réjouissante.

— Passeport s'il vous plaît, mademoiselle, lui demande l'hôtesse au sol.

Mona tend son passeport et s'apprête à donner sa valise à l'enregistrement. Le voyage commence. Elle seule sait qu'elle emmène avec elle un compagnon de route. Petit frère, tu vas revoir ce pays. Je vais aller sur ta tombe et m'y recueillir. Mona pense à cette pierre qu'elle déposera au pied de la sépulture, comme une partie d'elle, pour ne pas laisser le petit frère tout seul, pour qu'il sente sa présence et sa bienveillance, qu'il ne soit plus jamais abandonné, resté seul dans le pays de leurs racines.

53.

— C'est ici que nous passions nos étés. Nos familles étaient si proches. Je me souviens de toi, Pierre ! Tu étais si petit. À croquer avec tes beaux yeux bleus, comme ton père !

La vieille dame aux allures fantasques attrape Pierre par la joue dans un mélange d'affection et de familiarité gênante. L'octogénaire est dynamique, et son allure fantaisiste, appuyée par ses lunettes en forme d'ailes de papillon, lui confère une originalité amusante.

— Alors, comment va Félix ? poursuit-elle.

— Ça va bien, répond Pierre, expliquant maintenant que son père s'excuse de ne pas être présent. Il était impossible pour eux de venir, conclut-il, regrettant que Félix ne participe pas à ce rassemblement exceptionnel.

Sur le rooftop où est donnée la fête, perchée sur le toit d'un hôtel de La Marsa, la ravissante banlieue de Tunis que Félix a évoquée maintes fois pour raconter la douceur de vivre de l'endroit, règne une atmosphère toute particulière. Un sentiment d'étrangeté et de familiarité face à ce pays dont tout est à découvrir. Tous ces gens se ressemblent un peu. Ils portent un sceau de la famille en quelque sorte. Mona s'amuse à chercher ce qui crée les similitudes entre ces cousins. Ils sont nombreux à avoir des yeux bleus, comme Félix, comme Pierre et comme elle. Des visages aux multiples reliefs. Souvent des mentons légèrement prognathes. Même les implantations capillaires de tous ces gens différents ont quelque chose de similaire. Les hommes aux tempes légèrement dégarnies, les femmes aux chevelures à la Dalida.

Admirant maintenant la vue superbe que le rooftop offre sur la mer, Mona se rappelle les souvenirs de Félix qu'elle connaît par cœur. Une enfance vécue pleinement avec la sensation du soleil qui réchauffe la peau et brûle les pieds. « Quand j'étais petit, j'aimais marcher pieds nus plus que toute autre chose au monde. » Mona se remémore ces quelques phrases que son grand-père et elle ont consignées dans ses mémoires. « Cela me donnait un sentiment de liberté absolue. Comme si la terre, tout entière dans sa rondeur, s'offrait à moi et que je pouvais la fouler, comme on marche sur un tapis roulant qui vous fait avancer plus vite. »

Ce que Mona sait de La Marsa, c'est que la mer est omniprésente au milieu des jolies maisons de vacances du quartier résidentiel ; que les familles aisées de Tunis avaient des résidences secondaires. On appelait ça des oukala. Papi et sa famille en avaient une avant la mort du père de Papi. Les oukala, c'étaient des maisons ouvertes, sans porte. On y venait pour la belle saison. Une espèce de transhumance pour bon nombre de familles de Tunis. On appelait un porteur. Il venait avec sa carriole. On la chargeait des meubles de la maison, des vêtements et des batteries de cuisine. On mettait tout ce qu'on pouvait dessus, direction la oukala. Un vrai petit déménagement joyeux tous les étés.

« On passait du bon temps ici, racontait Félix, avant que Papa ne meure. »

C'est sûrement ici qu'est née ma mémoire cellulaire. Dans cette chaleur et cette joie orientale, se dit Mona.

Et moi qui ne connais rien encore de cet endroit ! Que sais-je d'ici, de ce lieu qui est ma source puisqu'elle est la leur ?

Je n'en connais que ce que Papi m'en a raconté. Une connaissance pourtant viscérale. Un pays que ma mémoire cellulaire a imprimé, une perception charnelle et indirecte de cette terre qui appartient à mon histoire.

C'est la toute première fois de ma vie que je peux enfin confronter ma perception fantôme de la Tunisie à sa réalité.

Et moi qui ne comprenais pas pourquoi j'avais du mal à ressentir. Comment être connectée à mon corps quand il m'a manqué toute ma vie un pan entier de ma découverte des sens.

N'est-ce pas là qu'a été créé mon paterne ?

Mona repense à son rapport à la féminité. Le khôl. Les belles danseuses orientales. Cette part ambivalente d'elle qui trouve son incompréhension dans le manque de ce rapport direct à ce pays qui fait partie de son histoire.

— Je prévois de venir à Paris l'hiver prochain, dit à présent la cousine aux lunettes papillons, qui s'appelle Marie-Claude, à Pierre, embarqué dans une discussion avec elle. Chaque année, je voyage pour échapper un peu aux hivers rudes de Montréal. J'en profiterai pour voir tes parents.

Tandis que Pierre montre des photos de ses parents à la cousine amusante, Mona aperçoit Stan, discutant un peu plus loin avec un homme qui porte un costume noir. Il ne doit pas être de la famille mais semble bien connaître les lieux. Mona regarde Stan échanger avec cet homme assez beau. Cette manière de prendre des postures, de passer sa main dans ses cheveux et d'arborer un sourire sans convention, elle la connaît bien. Stan est sensible au charme de l'homme en costume.

— On trinque, ma fille ? l'interrompt Jeannot au milieu de son observation.

Fraîchement revenu du bar avec deux coupes de champagne, il en tend une à Mona qui l'accepte.

— À ta santé, Papa, lance Mona.

— À la vie, ma chérie ! Que tu es belle ce soir ! Tu sais, ça fait un moment que je te trouve changée.

— Ah oui ? répond Mona, gênée.

— Tu as rencontré quelqu'un, ma chérie ?

— Heu…

— Disons que tu as l'air plus « femme », je dirais. Je me trompe ?

— Non mais…

— Ah tu as dit « non » ! Je ne me trompe pas. C'est une bonne nouvelle. Je n'ai pas vraiment besoin d'en savoir davantage. À la vie, ma fille, dit Jeannot en la regardant dans les yeux.

— Je viens d'échapper à une cousine carnivore, les interrompt Pierre, trinquant maintenant avec eux. Une certaine Marie-Claude qui doit croire que j'ai dix-huit ans vu son âge avancé. Elle m'a dit qu'elle avait déjà envie de me dévorer quand j'étais un petit garçon. Ça fiche la trouille.

— Tu as fini ta coupe, ma chérie ! remarque Jeannot. Je vais t'en chercher une autre.

— Pas de trace du cousin qui a parlé avec Stan sur Facebook, dit Pierre à voix basse sur le ton du secret, après que Jeannot les a laissés. Je pense qu'il n'est pas là, poursuit-il. Sa sœur non plus, ajoute-t-il, regardant autour de lui comme un détective en mission, mais je sais maintenant qu'ils sont trois. Il faut chercher le frère. Il s'appelle Victor, selon Stan. J'ai calculé, il doit avoir dans les soixante-dix ans.

— Allons-y, retrouvons-le, lance Mona, décidée à parler avec les gens, désinhibée par le champagne.

— Où est Stan ? demande Pierre. Il faut qu'il nous aide.

— Je crois qu'il est un peu occupé, répond-elle, désignant Stan parlant plus loin au jeune homme, un peu à l'écart.

Stan et le garçon se sont rapprochés à présent et semblent avoir engagé une discussion plus personnelle. La gestuelle de Stan montre qu'il est séduit par le beau Tunisien. Sa manière de sourire toutes les deux phrases, de passer en boucle sa main dans ses cheveux, de toucher le col de sa chemise.

— C'est le gérant du restaurant, dit Pierre. Je lui ai parlé tout à l'heure quand je cherchais l'étage de la fête.

— Il ont l'air de bien se plaire, lance Mona avant de s'engouffrer avec Pierre dans la foule à la recherche du cousin Victor.

Ils se présentent à différents groupes et demandent si l'on connaît un certain Victor.

— Victor, le frère de Jocelyne et Miro. Ils vivent à Madrid, explique Mona à Jeannine, une cousine dont elle vient de faire la connaissance. Une femme d'environ quatre-vingts ans à l'élégance particulière et à la coquetterie évidente. Leurs parents s'appelaient Irène et Jean, précise Mona.

— Victor de Majorque ? Celui du cercle de jeux ? demande la cousine sexagénaire. Il est là. Il a trouvé des compagnons ici. Ah, celui-là il est impayable ! Si vous voulez le voir, il faut aller à l'étage de la salle du petit déjeuner. Ils jouent au black-jack.

Pierre n'a pas entendu la conversation, happé par une cousine qui veut lui présenter sa fille.

— Tiens tiens, j'entends parler de black-jack, dit Jeannot par-dessus l'épaule de Mona.

— Je vous présente mon père, dit Mona à la cousine.

— Enchantée, je suis la fille de Berthe et Léon, se présente Jeanine.

— Et moi je suis une pièce rapportée. Jeannot, le papa de Mona et le mari de Floriane, sa maman.

— Floriane, ma mère, est la fille de Félix et Étoile, précise Mona à l'attention de la cousine.

— Tu es la petite-fille de Félix ? Quel séducteur ton grand-père ! lui confie la cousine Jeannine, la tutoyant maintenant comme si elle était une enfant.

— Je vous entendais parler de black-jack, Jeannine ? les coupe Jeannot.

— Oui, ça se passe à l'étage des petits déjeuners, précise Jeannine, se recoiffant comme si la seule évocation de Félix la faisait minauder.

— Attends, Papa. Il faut que je te dise quelque chose, dit Mona, attrapant son père par le bras et lui parlant discrètement, légèrement à l'écart de la cousine. Papa ! L'organisateur de la table de black-jack, Victor, est le cousin qu'on cherche.

— On cherche un cousin ? demande Jeannot. Il n'y a que des cousins ici !

— Le frère de celui qui a écrit à Stan que Papi et Mamie avaient eu cet enfant qui était mort, explique Mona.

— Vous êtes encore sur cette histoire ? s'étonne Jeannot. Qu'est-ce que vous lui voulez ?

— On veut en savoir plus. Lui poser des questions. Son frère et sa sœur ont coupé la discussion avec Stan comme s'ils avaient fait une gaffe. Ils ne sont pas venus au rassemblement. Ils sont de Madrid. Ils savent des choses qu'on veut leur demander sur ce petit frère.

— Ok ma fille. J'ai compris. Tu veux que je lui parle ? Le jeu ça crée des liens. Je vais le sonder, lui répond Jeannot avec légèreté.

Même s'il n'a peut-être pas vraiment saisi tout l'enjeu de cette investigation, il est prêt à aider son camp.

La cousine Jeannine ne semble pas s'être formalisée de leur départ prématuré de la conversation. Elle est embarquée dans une autre discussion. Mona en profite pour se mettre à l'écart et appeler Lucas.

— La vue est magnifique.

— Active la vidéo pour me montrer, lui répond-il.

— Mon père m'a fait boire du champagne, répond Mona, activant la caméra et reculant ses bras pour se laisser découvrir par l'objectif.

— En effet, tu as l'air joyeux. J'aime bien quand tu bois du champagne.

— J'aurais aimé que tu sois là. L'air est doux. Ça te plairait, je pense.

— Je pense aussi. Moi aussi j'aimerais être avec toi. En même temps, il faut bien que quelqu'un veille sur tes grands-parents, dit Lucas, écartant les rideaux pour voir la fenêtre d'en face.

— Ils dorment ?

— La télé est encore allumée chez eux. Vous avez pu parler avec des gens ?

— Le seul qui sait peut-être quelque chose est un fêtard qui tient un casino à Palma de Majorque. Mon père est allé faire une partie de black-jack avec lui. Je te laisse imaginer nos chances d'avoir des infos. Entre une partie de vingt et un et une vieille histoire qui remonte à cinquante ans, mon père va plutôt parler cartes avec lui. Mais bon, c'est déjà un début de piste.

Mona s'est assise sur une banquette, achevant la conversation avec Lucas faute de l'entendre, entre le brouhaha et la musique qui a démarré. La soirée a avancé. Le paysage est entré dans l'obscurité ; de jolies lumières ont pris la place du coucher de soleil.

Mona, à moitié assoupie, s'ennuie un peu, cuvant son champagne en attendant de recevoir des nouvelles de

Jeannot. Elle repense à Félix et Étoile restés à Paris. Au petit bout de papier sur lequel elle a noté l'adresse de Moktar, son ami, qu'elle doit aller embrasser pour lui. En aura-t-elle le temps ? La recherche du petit frère est prioritaire. De loin, elle observe Stan. Il murmure dans l'oreille du garçon. Pierre apparaît parfois entre les groupes. Il semble s'amuser à séduire facilement de vieilles cousines et en rire avec Floriane, passant de groupe en groupe.

Un SMS sur le téléphone de Mona la sort soudain de sa léthargie.

« Je suis en train de tous les battre. Si je gagne, on boit du champagne au petit dej, ma fille ! »

54.

« Mercredi 8 avril.

Tu es belle, ma chérie, quand tu es endormie comme ça, chuchote Félix dans son dictaphone en regardant Étoile.

La nuit est douce. Félix s'est installé sur le balcon de la chambre avec son dictaphone. Il est assis et regarde derrière la fenêtre. Étoile dort et la télévision envoie sur le balcon une lumière bleue qui se reflète sur les plantes en clignotant.

« Ça fait plusieurs jours que tu t'endors avec la télévision. Ça t'aide sûrement à ne pas repenser à tes vieux démons. Moi ça m'empêche de dormir, cette télévision. Je crois que je n'aurais jamais dû proposer qu'on parte à Tunis. C'est ça qui t'a toute chamboulée. Je pensais qu'on pouvait affronter. Que le temps avait fait son travail, mais peut-être qu'on ne vivra pas assez vieux pour effacer cette histoire que les années n'ont pas encore balayée. Enfin balayée, je ne voulais pas dire ça. Je ne te balaye pas, mon fils. Tu es là dans nos mémoires. Comment un être si petit, qui a si peu vécu, peut-il compter autant ? Ta mère ne t'a jamais oublié. Je crois qu'elle pense à toi à chaque instant de sa vie. Tu es comme derrière chacune de ses pensées. C'est un mystère. Quand c'est arrivé, je ne le réalisais pas. Je pensais que l'importance de la vie était proportionnelle à l'âge qu'on avait, à ce qu'on avait vécu, mais non. Je crois que chaque être compte. À partir de quand est-ce qu'on commence à compter, tiens ? Il y en a qui disent que même quand on est dans le ventre de sa mère, on compte déjà beaucoup. Non, ça c'est pas possible. Ça ferait beaucoup d'enfants errants dans le souvenir de leurs parents. Tous ces bébés qui ne sont pas nés. Qu'est-ce qui fait qu'on commence à compter ? Peut-être quand on se touche la première fois. Quand je t'ai pris dans mes bras, mon fils.

Si je suis tout à fait honnête, ce qui a été le plus difficile pour moi, c'est de voir le reflet de ton absence sur le visage d'Étoile. Le malheur dans son sourire figé. C'est sa peine à elle que j'ai vécue encore plus que celle de ta disparition. Joseph. Joseph. On n'a pas pu aller à Tunis. C'est trop difficile de revenir là où on t'a laissé. Ici la vie est différente.

À Paris, on est comme vierges de tout ça. Ici, rue Mogador, on joue les bons petits vieux français. On achète notre baguette, on va à des expositions, on a des amis de bridge qui s'appellent Monsieur ou Madame de quelque chose. Mais, nous au fond, on sait qui on est. On est de là-bas. Tunis, la chaleur. Les Tunisiens, on les aimait parce qu'on était à l'aise avec eux. On ne jouait à rien. Juste ils étaient musulmans et nous juifs. Mais on avait les mêmes défauts. Les mêmes colères. On parlait pareil. On mangeait pareil. Ici avec les Français, c'est pas pareil. On les aime pour des raisons différentes. Pas parce qu'ils nous ressemblent, mais parce qu'on les admire. Ils sont plus calmes, plus posés. Ils sont beaux, ils parlent bien. Ils sont sobres. Ça inspire le respect. Chacun chez soi. Personne ne vient frapper à ta porte à l'improviste. On est devenus un peu comme eux. Chacun dans son confort et ça ne nous déplaît pas.

Mais je crois que moi j'avais envie de retourner à Tunis. De reprendre des gens dans mes bras. De parler avec Moktar, de faire « rien » assis sur une chaise cassée à boire du thé à la menthe.

Moktar, où es-tu passé ? J'ai donné ton adresse à ma petite-fille pour qu'elle aille t'embrasser de ma part. Je ne sais pas si elle te trouvera. On écrit mes mémoires, elle et moi. C'est mon soleil cette Mona, tu vas voir. Elle me connaît comme sa poche. Je lui raconte tout. À part ce nœud de notre histoire que je n'ai pas réussi à évoquer. C'est un peu bête, mais ça remuerait trop de choses. Si elle vient te voir et qu'elle te parle de mes mémoires, j'espère que tu n'évoqueras pas ça. Je veux les protéger, ne leur transmettre que le bon de nous, sans les charger avec cette peine.

Et puis Étoile, elle ne supporterait pas qu'on lui en reparle.

Étoile, tu dors ma chérie. Je vais rentrer et éteindre la télévision. J'espère que ça ne va pas te réveiller. Tiens, le voisin avec son casque sur la tête qui me fait coucou. Il n'est jamais couché celui-là. Il doit attendre Mona. Ce serait bien que ça marche, leur histoire. Il est différent de nous et ça lui fait du bien. Même si, il faut le reconnaître, elle n'est pas allée le chercher très loin. »

55.

— Messahouda, Josette Sanchez, lit Mona à voix haute. Vous vous souvenez, ma meilleure amie Sarah Sanchez.

— Ça pourrait être sa grand-mère, dit Pierre. J'aimais beaucoup Sarah.

— Ce serait plutôt son arrière-grand-mère, à mon avis, cette Messahouda Josette, corrige Stan.

— J'ai hâte de trouver la tombe du petit frère, ajoute Mona.

— Joseph Bessis, où es-tu ? demande Pierre en avançant entre les allées. Allons dans le carré là-bas. Je le sens, ajoute-t-il.

— Il y a tellement de carrés différents. Difficile de s'y retrouver. Moi je ne sens rien, dit Mona. Je préfèrerais qu'on ait un plan.

— Regardez ! La maison du gardien du cimetière, là, s'exclame Stan. On n'a qu'à lui demander de l'aide. Il doit sans doute tenir un registre.

Ils se mettent tous les trois en route vers la guérite du gardien. Dans la petite cabane, c'est un vieux monsieur qui n'a qu'un seul œil qui leur répond. Son autre œil est blanc et comme retourné. Le gardien ne parle pas français. Difficile de communiquer avec lui. Malgré tout, il semble de bonne volonté avec son sourire solidaire. Son œil à vif effraie un peu Mona, mais elle lui rend un large sourire et entreprend de communiquer avec lui. Beaucoup de gestes et le nom de leur famille inscrit sur un bout de papier en lettres capitales devraient faire l'affaire. Le gardien tourne les pages d'un vieux registre et pointe du doigt la seule ligne qui désigne ce nom. Mona s'en étonne.

— Il n'y a qu'un seul Bessis. C'est étrange. Edmond, le père de Félix, ne peut pas être le seul enterré ici. Et sa famille ? Ses parents ou ses frères et sœurs ? Ils doivent être là aussi.

Comment poser ces questions au gardien qui ne parle pas français ? Mona ne comprend pas un mot d'arabe.

Le gardien emmène à présent Mona sur le pas de la porte et lui montre le jasmin grimpant qui a investi la guérite.

— Yasmine, Yasmine, lui répète-t-il

— Oui, il est beau votre jasmin. Magnifique, répond Mona, souriante. Elle regarde Pierre, interloquée, ne comprenant pas pourquoi le gardien lui montre sa plante.

— C'est des malades avec leur jasmin ! Papi et Mamie nous ont bassiné avec les leurs toute notre enfance. C'est vraiment le truc ici. Le premier type à qui on parle, il nous montre son jasmin, s'amuse Pierre.

— Allée des jasmins ? demande Stan. Yasmine way ? Yasmine road ?

Le gardien lève son pouce. C'est exactement cela qu'il voulait dire. La tombe du grand-père est dans l'allée des jasmins. Après une accolade chaleureuse entre Pierre et le gardien, ce dernier leur offre finalement du café qu'il va chercher dans son thermos. Ils acceptent volontiers puis saluent leur hôte.

Le café dans le gosier de Mona a une saveur particulière. Renforcé par le manque de sommeil et cet environnement dépaysant, il a le goût de cette terre fantasmée. Il sent la terre battue du sol, la chaleur du sable que foulaient les grands-parents, la sensation de moiteur de la peau qui retient l'humidité.

Ce café partagé avec le gardien du cimetière, c'est toutes les odeurs de cette enfance en creux, de ces racines en absence, de cette terre inconnue qui fait partie de mon histoire, se dit Mona. Les vestiges d'un pan entier de notre légende familiale sont consignés ici. On a laissé notre histoire ici, en Tunisie. Une terre qui garde nos aïeux. Nous sommes liés pour l'éternité par ce respect des morts.

Mona pense à Antigone et comprend combien il était important pour l'héroïne de faire enterrer son frère. Est-ce donc cela, les livres ? Des histoires qu'on vous apprend et dont vous mesurez la non-désuétude quand enfin, vous devenez à votre tour une héroïne adulte ?

Mona repense aux registres du gardien du cimetière. Pas de Joseph Bessis. Seulement un Edmond Bessis, le père de Félix. En même temps, il est un peu aveugle le gardien. Peut-être que ses cahiers ne sont pas très précis. Une fois arrivés dans le carré des jasmins, on va bien la trouver, cette tombe. Mais oui, on va la chercher. Ça prendra le temps qu'il faut. Je te le promets, petit frère, je vais la retrouver ta tombe et on va se recueillir dessus, lui dit-elle, caressant la pierre dans sa poche. Je te reposerai sur ta sépulture et te donnerai un baiser avant de te laisser. Tu te sentiras protégé et aimé. Plus jamais abandonné. Tu fais partie de notre histoire et tu n'en repartiras plus jamais. Jamais nous ne t'exclurons, nous ne t'oublierons.

— Ça y est, on est aux jasmins, s'exclame Pierre. C'est là !

— Il y en a pas mal. Ça ne va pas être simple, reconnaît Stan.

— Elles sont belles les tombes, s'attendrit Mona. Elles sont sobres. Et ces fleurs sauvages qui ont poussé partout. Je ne suis allée que dans des cimetières tristes dans ma vie. À Paris, des jours de pluie. Ça me rassure que Joseph soit ici, avec ce beau ciel bleu, cette douceur, ces jasmins et ces palmiers un peu plus loin.

— Encore faut-il le trouver ! s'impatiente Stan

— Ça y est je l'ai ! s'écrie Pierre. Edmond Bessis, notre grand-père.

— Je croyais que tu parlais de Joseph, lâche Mona, déçue.

— Vous ne vous rendez pas compte ! Depuis le temps qu'on nous parle de lui. Edmond, mort en 1939, dans le noir. Sans électricité. Pas drôle quand même, s'attendrit Pierre.

— C'est l'évènement fondateur de toute la vie de Papi. J'ai hâte de lire ses mémoires que vous écrivez tous les deux, Mona. Tu m'as dit qu'il en parlait si bien. Le souvenir est si prégnant dans sa tête. Prions pour Edmond, suggère Stan.

— On n'a jamais prié. On ne sait pas faire, répond Pierre.

— Ça n'a pas d'importance. Observons une minute de silence, tranche Mona.

Mona, Stan et Pierre se tiennent droit devant la tombe d'Edmond. Silencieux.

Edmond Bessis, le père de Papi. C'est fou que je le rencontre enfin, pense Mona. Papi aurait tant aimé être là. Revoir la tombe de son père. Le début de son récit. Oui, c'est là que notre histoire a commencé. Les mémoires qu'on écrit, Papi et moi. La mémoire qu'on réécrit, en omettant de parler de Joseph. Qu'on a fait semblant d'écrire peut-être.

Une sonnerie retentit, venant rompre le silence de la minute en cours. C'est le téléphone de Mona. Félix appelle en Facetime. Surprise, Mona décroche par erreur puis raccroche aussitôt. Silence.

— La minute est finie, dit Pierre quelques instants plus tard avec un sourire content de lui.

— C'était Papi, dit Mona à Stan et Pierre.

— On le rappelle ? demande Pierre.

— Faudrait pas qu'il nous voie ici. Il pourrait comprendre, oppose Mona.

— Comprendre quoi ? Pas du tout ! On a le droit d'aller au cimetière. On est sur la tombe de son père. Ça va lui faire plaisir, même. Tiens, il appelle sur mon téléphone. Je décroche. Allo Félix !

— Pierre ! Comment ça va ? J'ai essayé d'appeler Mona mais elle ne doit pas bien capter. Ça a raccroché. Où êtes-vous, mes enfants ?

— Bonjour Papi, dit Mona, entrant dans le cadre. C'est magnifique ici.

— Vous êtes où ? Je ne reconnais pas bien.

— On est au cimetière, on est venus pèleriner ton père. Tu nous en as tellement parlé !

— Alors Félix, tu l'as eue ? marmonne Étoile, émergeant, encore lovée dans sa robe de chambre. Mona va bien ?

— Oui, je suis en ligne avec les enfants, lance Félix à Étoile de la plus longue portée qu'il peut pour qu'elle l'entende sans avoir besoin de se rapprocher. Il dissimule une voix troublée. Mais ça capte mal, prévient-il, semblant réprimer des larmes qui montent. Je vais raccrocher. On les rappellera plus tard, finit-il, se retournant pour guetter le fond de la pièce, surveillant qu'Étoile ne s'approche pas. Allez je vous laisse, les enfants. À plus tard.

— Tu n'aurais pas dû décrocher, Pierre. Papa ne peut pas supporter la vue de ce cimetière, lui dit Stan.

— Merde ! Bien sûr, tu as raison ! Je suis désolé. Je n'aurais pas dû.

— C'est la preuve que Joseph est ici. On continue à chercher ! dit Mona.

— Il était au bord des larmes, continue Pierre en la suivant.

Mona, suivie de ses oncles, ne laisse pas la fatigue s'emparer d'elle. Elle est bien décidée à retrouver la tombe de Joseph. Cette tombe, c'est mon salut, se dit-elle. Joseph, j'ai besoin de te voir, de lire ton nom sur une stèle. De voir avec mes yeux ta date de naissance et de mort. De savoir où tu reposes. T'accompagner pour faire ta connaissance, puis te dire au revoir. Savoir où je pourrai revenir te voir. C'est la clef. Comment avancer dans une histoire à trous. C'est impossible. Dans mes cellules, quand on appuie sur le bouton « enfant », il y a un voyant rouge qui clignote. Jusqu'à il y a encore quelques semaines, je n'avais aucune idée de la raison de cette alarme de mon corps. Aujourd'hui je sais que c'est ton histoire qui s'est imprimée dans la mienne et qui vient mettre des warnings un peu partout. Grâce à notre rencontre je vais guérir, Joseph. Merci d'être venu me chercher. Maintenant que j'ai fait le voyage jusqu'à toi, ici, sur cette terre où Papi et Mamie ont construit leur famille, où ma mère a grandi, dans le silence de ton absence, montre-moi où tu es. Dessine-moi le chemin pour arriver jusqu'à toi. Nous ne pouvons pas rester dans l'obscurité, ni toi dans ma poche où il fait tout noir, ni moi sur ce sentier d'équilibriste. Je veux pouvoir avancer, me poser, m'asseoir, emprunter un chemin, sans avoir peur de tomber.

Épuisée à force de tourner en rond, Mona s'assied un instant sur un petit muret ombragé.

— On ne peut pas repartir d'ici comme ça. On a besoin de retrouver la tombe de Joseph. C'est pour ça qu'on est ici. C'est sûr. Ce rassemblement de la famille est providentiel. Il est là pour que nous démêlions cette histoire. À nous de retrouver la trace de l'existence de Joseph.

— Et de sa mort, ajoute Stan, s'asseyant à côté d'elle.

— On a tout ratiboisé depuis 8 heures du matin. Il est 11 heures. Aucune autre trace de membres de la famille, se résout Pierre.

— On n'a pas regardé sur internet. Il y a peut-être plusieurs cimetières à Tunis. Je regarde, entreprend Stan.

On est comme trois orphelins, pense Mona. Pas orphelins d'un père ou d'une mère, mais d'un frère. Mon frère, où es-tu ? Parfois je doute de tout cela, de toute cette histoire. Je me dis que je suis peut-être en train de perdre la tête. Ce petit frère, mon oncle, n'est-il qu'un ami imaginaire que j'ai mis dans ma poche comme une enfant trop seule ? Est-ce une histoire que j'ai fabulée, lasse de ne pas trouver de cause à mon incapacité à accueillir la vie comme une aventure à saisir ?

— Ok. Ok. Il y a un truc. Il y avait un autre cimetière. C'est là-bas que doit être Joseph. Qu'ils sont tous. L'ancien cimetière de Tunis, se réjouit Stan.

— C'est génial ! On y va, lance Mona.

— Il faut aller dans le centre de Tunis, dit Stan.

— C'est où exactement ? demande Mona

— Avenue de Londres, près du quartier de Lafayette. De l'autre côté du Belvédère.

« Avenue de Londres », « Quartier de Lafayette », « Le Belvédère », ces noms me sont si familiers. Papi en parle tout le temps. Avenue de Londres, n'est-ce pas là qu'est justement Moktar ? Mona déplie le petit papier rangé dans son sac. Avenue de Paris, faut que j'y aille aussi. Ça ne doit pas être bien loin. Je vais enfin fouler ces rues et vivre les sensations qu'ont vécues Papi et Mamie. Entendre le son de ces rues, voir le visage de Moktar que j'ai l'impression de connaître déjà.

— Je vous arrête tout de suite. On n'y trouvera rien, affirme Pierre. Sur un autre site, ils disent que l'ancien cimetière est devenu un jardin. Plus une seule tombe. Tout a été transféré ici en 56.

— Et Joseph est né en 62, dit Stan.

— Et mort la même année, ajoute Mona.

56.

Ah vous voilà, s'écrit Jeannot en les voyant arriver.

— Maman n'est pas avec toi ? demande Mona.

— Je suis rentré au petit matin. Je ne voulais pas faire de bruit dans la chambre alors je suis venu directement au petit déjeuner. Sans la réveiller. Je me suis dit que j'allais vous attendre ici. Il est quand même 11 h 30. Où étiez-vous ?

— Tu as gagné ? demande Pierre.

— Bien sûr, je gagne toujours, répond Jeannot, enivré par la fatigue.

— Tu as pu parler avec Victor ? demande Mona, impatiente d'en savoir davantage.

— Pas vraiment, les enfants. Vous savez comment c'est. On commence une partie et on ne sait pas quand elle finira. Après ça, j'ai gagné, alors il n'était pas très enclin à discuter avec moi. Et puis, à vrai dire je ne savais pas trop ce que vous attendiez de moi. Vous connaissez déjà l'histoire. Vous vouliez savoir quoi, au juste ?

— On revient du cimetière, Papa. On n'a pas trouvé la tombe du petit frère.

— Vous avez peut-être fabulé toute cette histoire.

— Impossible, répond Stan, catégorique. On sait qu'il a existé. J'ai même retrouvé une photo de Maman avec lui.

Mona pense à Vincent. Elle l'imagine à Paris, en train d'habiller les enfants pour les accompagner à l'école. Qu'est-elle venue faire ici ? Retrouver ses racines. Elle se sent soudain proche de Vincent. Comme lui, elle est amputée d'une partie de son histoire. Elle pense à Léa et à Hugo, à leurs pieds bien ancrés dans le sol, aux adultes équilibrés que Vincent et elle essayent de faire d'eux. Comment pourront-ils avancer avec autant de trous dans leur histoire ? Et si c'était ça qui les reliait, Vincent et elle ? On ne se choisit jamais par hasard. Madame Savonet dit que les cellules se reconnaissent. Est-ce qu'on s'est reconnus, Vincent et moi ? Est-ce qu'on sentait qu'on avait chacun un grand blanc dans notre histoire, un trou dans la timeline qui empêche d'avancer droit ? Je me suis, toute ma vie, sentie différente de lui, trop encombrée par ma famille quand lui n'en avait pas. Et aujourd'hui il m'apparaît comme une évidence que ce qui nous lie n'est pas cette différence, mais une similitude. Je n'étais pas, comme je l'ai longtemps cru, celle qui apporte la famille à celui à qui elle manquait, moi qui voulais réparer ; j'étais celle qui allait prendre conscience un jour d'une faille dans sa généalogie familiale, une faille qui vous empêche d'avancer correctement.

La différence entre Vincent et moi, se dit Mona, c'est que pour moi, tout n'est peut-être pas encore perdu. Je peux encore chercher et, qui sait, trouver des explications sur ce petit frère. Même si nous n'avons rien trouvé au cimetière, il reste les cousins. À nous de réussir à les interroger.

— Aide-nous, Jeannot, s'il te plaît, demande Stan. Rappelle-le, ce Victor.

— Tu n'as qu'à lui proposer une revanche, lance Pierre.

— Jamais de la vie. Je ne vais pas perdre ce que j'ai gagné.

— S'il te plaît Papa, insiste Mona avant que Floriane ne la coupe, arrivant vêtue d'une robe élégante, masquée de lunettes de soleil et lançant à l'assemblée un « bonjour mes chéris » hollywoodien.

— Bonjour Flo, répond Pierre. On revient du cimetière. On n'a rien trouvé. Il n'y a que la tombe du père de papa.

— On n'a pas trouvé le petit frère, répète Stan.

— Lâchez cette histoire, répond Floriane, exprimant une certaine lassitude. Et arrêtez de jouer aux détectives privés. Profitez du cadre. Amusez-vous. Vous ne voulez pas être un peu plus légers là ?

— C'est fatigant cette attitude. On en a déjà parlé. Papa, tu nous comprends, toi. Explique-lui les choses si elle t'écoute. Maman, tu peux rester indifférente si tu veux mais nous, on en a besoin de ces réponses, pour avancer, pour savoir d'où on vient, qui on est, quelle histoire coule dans nos veines.

— J'en peux plus de cette rengaine. Je vais aller prendre mon café au soleil. Vous me fatiguez, répond Floriane, prenant sa tasse de café dans les mains et quittant la table.

— Houya, comment tu vas ? crie soudain Jeannot au téléphone d'une voix joyeuse. Oui il est tôt, mais bon tu sais, je repars déjà demain en France et je me disais que je n'aime pas laisser mes adversaires comme ça. Alors je voulais te proposer une autre partie. Tu peux ce soir ? Super. Alors viens dîner avec nous à l'hôtel. Je suis avec mes enfants. Et ensuite on se fera une petite partie tous les deux… À tout à l'heure mon frère !

— Merci Papa.

— Comme ça tu pourras lui parler, toi, et lui demander ce que tu veux. En attendant, je propose qu'on aille tous faire une balade dans Tunis. Je rêve de reprendre le TGM.

Je t'emmène, Mona ? Et vous autres, ça vous dit une petite promenade en train ?

— Moi, je vais au souk, dit Floriane.

— Stan et Pierre, vous venez ?

— Je vais me coucher, Mona, répond Stan. Je n'ai pas assez dormi.

— Et moi j'accompagne Floriane au souk. Je dois rapporter des cadeaux aux filles.

— Je viens avec toi, Papa !

57.

— Rien n'a changé, c'est fou. J'ai passé ma vie dans ce train ?

— Pourquoi TGM ?

— Tunis-Goulette-La Marsa. Tu vas voir, on va passer devant le port de la Goulette et après il y aura l'arrêt Kérédine, et puis Aéroport et Le Kram

— Tu connais tous les arrêts par cœur, Papa ? le coupe Mona dans son énumération.

— Je crois, oui !

— Attends, ferme les yeux et tu me les récites.

— Attends, après le Kram, il y a Salambo, puis Carthage, Amilcar ; après c'est Résidence du Président, Sidibou Said, La Marsa. Non il y a la Corniche avant. La Corniche et puis La Marsa.

— Bravo ! Et Gammarth ?

— Le TGM ne va pas jusqu'à Gammarth. Gammarth c'est un peu le Saint Tropez de Tunis, précise Jeannot, exalté par ses souvenirs. C'était pour ceux qui avaient des voitures ! Mais on pourra y aller en taxi si tu veux, comme ça je te montrerai comme la plage est belle.

Je n'ai connu de Gammarth que Gammarth, mon chien, enfin celui de Papi et Mamie. Mona repense à Gammarth et sa joie de vivre. C'est amusant de penser à lui en appréhendant différemment son nom. C'est comme si du jour au lendemain son patronyme, qui n'avait jusque-là de lien qu'à ce que Gammarth était, se révélait soudain en correspondance avec un autre référent, antérieur à lui. Un peu comme mon histoire à moi, l'essence de Gammarth a une existence qui la précède. Gammarth, station balnéaire qu'Étoile et Félix se sont amusés à convoquer dans leur quotidien grâce à la présence de notre Gammarth – qui n'est pas le plus raffiné des chiens.

À présent que je suis là, c'est comme si mon alphabet prenait un autre sens. Les mots se chargent des référents cachés qui étaient une entrave à ma compréhension. D'abord ces femmes et ces hommes d'hier qui portaient tous une sorte de sceau de ma famille ; aujourd'hui ces villes dont je ne connaissais que les évocations et dont je sens maintenant les odeurs. En chair et en os.

En chair. Oui, c'est ma chair qui respire ici. Comme Papa qui retrouve instantanément la mémoire de la ligne du TGM, je retrouve celle de mes cellules.

Mona repense à Gammarth et à l'épisode du magasin de pierres. La rencontre fortuite avec l'obsidienne qu'il a fait tomber. Y a-t-il des hasards ? C'est Gammarth qui m'a conduite à Gammarth. Mona caresse la pierre tandis que le paysage défile derrière le sourire de Jeannot, qui se délecte de retrouver les images de son enfance. Joseph, je voulais te raccompagner à la maison. Où es-tu ? Pourquoi n'ai-je pas trouvé ta tombe ? Avons-nous suffisamment cherché ?

Mona repense maintenant à l'émotion de Félix quand ils lui ont parlé depuis le cimetière. Il était si ému. C'est sûr, ses oncles et elle devaient être tout près du but. À ce jeu de cache-cache on était chaud. Tres chaud. Tu étais sans doute juste à côté de nous et on ne t'a pas retrouvé.

— Papa, tu comprends pourquoi c'est important pour nous d'en savoir plus sur le petit frère ?

— Pas vraiment, ma chérie, mais si c'est important pour toi, alors c'est important. Ce qui compte pour toi compte pour moi.

Mona regarde Jeannot, son élégance naturelle, sa manière d'être assis dans ce simple train de l'enfance et de sembler avoir décroché un trésor. Il est si beau de se réjouir d'un rien.

— Tu vois l'espèce d'île là-bas au milieu de la baie ? Et le bâtiment dessus ? Quand on était gosse, on disait que c'était un casino.

— Tu y es déjà allé ?

— Non, et pourtant je pourrais te jurer que oui tellement j'y ai cru, tellement cet endroit m'a fait rêver. En réalité, je suis parti bien avant d'avoir l'âge de jouer au casino. J'avais à peine huit ans quand on a quitté la Tunisie. Tu sais, ma fille, on a eu une belle enfance ici. On s'amusait d'un rien. On jouait aux billes avec des noyaux d'abricots qu'on faisait sécher. C'était la belle vie. Avec mes cousins de Béja qui venaient passer les vacances à la maison, on venait ici – on était des gosses, on avait quoi, cinq ou six ans – parfois pour la journée entière, à vélo ou à pied.

— Jusqu'ici ?

— On pouvait, oui. C'est fou quand tu y penses. Nos parents nous laissaient libres comme l'air. Pourtant il faisait chaud et parfois c'était limite. Je me rappelle une fois avec mon cousin Raoul, nous sommes partis un matin tôt. Pour pêcher. On a marché, et marché encore. On voulait aller dans le coin où les pêcheurs disaient qu'on avait des bonnes prises. Bref, on s'est retrouvés à, je sais pas moi, une heure et demie de marche de la maison. On a pêché pas mal de petits rougets. On était très fiers de nous. On allait pouvoir les rapporter à la maison. Il était l'heure du déjeuner. On voulait rentrer. Mais on était encore loin. Bien sûr on n'avait pas d'argent. Raoul et moi, on était assoiffés. En plus, on avait grignoté un peu plus tôt des glibettes qu'on avait trouvées dans nos poches.

— Les graines de tournesol super salées ?

— C'est ça. Donc sur le chemin du retour avec Raoul, on était morts de soif et le soleil tapait. Il devait être midi au moins.

— Vos parents ne s'inquiétaient pas ?

— Même pas en rêve ! Tu sais, à l'époque, c'était pas pareil. On était libres.

— J'aurais été morte d'inquiétude à la place de ta mère !

— Tu vois que je pourrais prendre tes enfants à Londres ! en profite Jeannot, rieur. Ce ne serait pas si grave. Tout est une question de relativité.

— Bon, raconte la suite, esquive Mona. Comment vous avez réussi à rentrer ?

— Bon. Il est midi ou midi et demi. On est morts de soif. Et là, on tombe sur le chemin, sur un manège pour enfants. Tu sais, un manège à bateaux. Une espèce de grand bac avec des bateaux pour enfants dessus.

— Tu veux dire comme au parc avec les bateaux téléguidés ?

— Un peu, sauf que ceux-là, ils n'étaient pas télécommandés. Bref, le manège était libre d'accès. Pas de propriétaire. Sans doute parce que c'était l'heure du déjeuner. Raoul et moi, on n'en pouvait plus. Alors on a bu l'eau.

— Tu veux dire l'eau des bateaux ? Elle devait être là depuis longtemps.

— En vrai je ne sais même pas si elle était potable. Mais sur le moment, on ne s'est pas posé la question.

— Vous avez été malades ?

— Je ne crois pas. Bon, à la fin de l'été, Raoul s'est fait opérer de l'appendicite. Mais je ne sais pas si ça avait un lien. En revanche, je me suis souvent dit que c'était grâce à l'eau de ce manège à bateaux que j'étais solide.

— C'est vrai que tu n'es jamais malade !

— Sûrement l'eau du manège !

— Ça me fait réfléchir pour les enfants. Peut-être qu'Hugo et Léa ne connaîtront jamais le sentiment de liberté qui te rend si heureux.

— Tu vas y arriver. Je sais que tu es courageuse. Sois un peu indulgente avec toi-même.

— Avec cette histoire de petit frère, je crois que je progresse. Tu vas peut-être me prendre pour une folle, mais j'ai le sentiment que ça me permet de comprendre que cette anxiété qui me paralyse ne m'appartient pas et qu'il faut que je la rende.

— Si c'est ton explication, c'est la bonne. C'est toi qui le sens. Il faut te faire confiance. Mais il n'empêche que tu pourrais me faire confiance à moi aussi. Mona, donne-moi les enfants aux prochaines vacances. Laisse-moi les emmener en voyage. Permets-moi de leur offrir cette petite folie, de connaître cette insouciance. Ils n'oublieront jamais. Comme ça, ils auront des étoiles dans les yeux eux aussi quand ils auront mon âge et qu'ils repenseront à leur escapade avec leur grand-père.

58.

La nuit est tombée. Il fait pourtant encore chaud. Mona fait couler un bain dans sa chambre d'hôtel. Se détendre avant de dormir. Elle répartit le contenu du gel-douche pour créer de la mousse. Une odeur de fleur d'oranger embaume la pièce. Le contact des pieds nus de Mona sur le carrelage frais contraste avec la chaleur ambiante. Mona se concentre sur cette sensation. Elle a l'impression de la connaître déjà. De la reconnaître.

Leibniz et ses aperceptions. Ces choses que nous apprenons et que nous connaissons déjà avant même de les vivre. Nous n'apprenons rien, nous re-connaissons. Mona pense à Leibnitz qui avait perdu ses deux parents assez jeunes. Parlait-il de sa mémoire cellulaire sans le savoir ?

Le bain est prêt. Un pied dedans, puis l'autre. Me détendre. Gagner en indulgence comme me l'a dit Papa. Mona saisit le petit baladeur que Lucas lui a confié. Elle lui a promis d'écouter sa playlist. Il lui a copié dessus de nouvelles musiques à découvrir. Mona plonge dans le bain et enclenche le petit appareil. La playlist commence par un morceau de piano qu'elle ne connaît pas.

Un titre interprété par un pianiste italien dont Lucas lui a déjà parlé, Giovanni Mirabassi, un des derniers virtuoses du jazz. Le morceau s'appelle « Bébé ».

Mona écoute. La partition est magnifique. « Bébé ». Des larmes lui viennent. Parce que c'est beau mais aussi parce qu'elle se sent fatiguée, ou plutôt impuissante, comme à court de souffle dans sa quête de retrouver le bébé, de retrouver Joseph.

Peut-être aurions-nous dû mieux chercher au cimetière ce matin, et tout à l'heure aussi, en rentrant du train avec Papa. Quand on n'a pas trouvé Moktar à l'épicerie. Avais-je la bonne adresse ? Moktar, avenue de Paris. Je n'ai pas osé appeler Papi. Moktar m'aurait sûrement aidée, lui.

Je n'ai plus aucune piste à présent. Et le cousin Miro qui nous a fait faux bond ce soir. Papa nous avait assuré qu'un joueur à qui tu donnes l'opportunité de se refaire, il ne refuse jamais. Pourquoi n'est-il pas venu ? Et s'il avait parlé de nous à ses frères et sœurs. Ils ont pu lui dire de ne pas venir.

Si ça se trouve je dis n'importe quoi. Je me prends pour une enquêtrice de choc. Peut-être que tout simplement, tout le monde s'en fiche de cette histoire. Peut-être aussi qu'on a fabulé. Il y a eu un petit frère mort, comme beaucoup de nouveau-nés à cette époque. Rien de plus grave. Papi et Mamie ont juste eu le souhait de ne pas nous polluer avec ça. Pas si important. La gaffe du cousin, si ça se trouve, c'est nous qui l'avons interprétée comme ça. Maman a peut-être raison. Je dois passer à autre chose. Ne pas remettre tous mes problèmes sur le petit frère. Sur Joseph.

L'odeur de fleur d'oranger fait déborder Mona d'émotion. Des larmes viennent. Elle plonge sa tête dans l'eau pour les noyer et y reste un moment, immergée, submergée.

Joseph, qu'est-ce que je raconte ? pense-t-elle, le visage plongé dans l'eau. Bien sûr que si, Joseph, tu comptes. Les sens ne trompent pas.

Elle émerge de l'eau. Joseph, tu me parles. C'est une évidence. La pierre parle au creux de ma main. Je n'ai aucun doute.

Mona se lève de son bain, sèche sa main dans une serviette et prend la pierre laissée dans la poche de son jean, aux pieds de la baignoire. Elle la caresse. Elle ressent la présence de Joseph. Comme quand on joue à colin-maillard, c'est chaud, chaud, lui dit la pierre. Tu brûles ? « Bébé » continue de chanter. Le morceau n'est pas fini.

Est-ce toi qui ne veux pas me quitter ? Est-ce toi qui me joues des tours pour rester avec moi, bébé ? Je ne vais pas lâcher, Joseph. Je ne vais pas te lâcher. Tu peux compter sur moi. Je vais trouver la clef, Joseph.

Avec soin, Mona pose la pierre au sec sur son jean mis en boule sur le rebord de la baignoire et enfile un peignoir pour ouvrir à Pierre qui frappe à la porte.

59.

— Comment te sens-tu, Étoile ? Tu as dormi presque toute la journée

— Bien mieux, merci mon chéri. Il fallait que je récupère. Tu as eu les enfants ?

— Pas depuis ce matin quand ils étaient au cimetière, laisse échapper Félix avant de se raviser trop tard pour ne pas finir le mot qui se chargerait davantage encore s'il ne le terminait pas.

— Où ça ? Les enfants sont allés au cimetière ?

Les yeux de Félix se remplissent de larmes aussitôt.

— Je crois que je les ai tellement bassinés avec mon père qu'ils ont eu envie de le pèleriner, répond Félix avec une fausse nonchalance. Mais on ne captait pas bien. Après, je ne les ai pas eus à nouveau. Ils doivent s'amuser comme des petits fous. Il fait vingt-six degrés là-bas.

— Tu as faim, mon chéri ? demande Étoile, restant neutre dans son ton, ne montrant aucune marque de vulnérabilité suite à la gaffe de Félix. Je peux nous faire une bonne omelette si tu veux ? ajoute-t-elle en se levant et rejoignant la cuisine. Il nous reste des œufs. Il suffit que tu ailles acheter le pain.

— C'est très bien, des œufs. J'y vais, répond immédiatement Félix, saisissant la balle au bond. Je prends Gammarth avec moi, comme ça je ne ressortirai pas.

— Prends une viennoise pour Napoléon au passage. Je ne sais pas si des gens lui auront acheté du pain en l'absence de Mona.

Gammarth est assez calme ce soir. Il met du temps à se lever de son panier pour suivre Félix. Dans l'ascenseur, Félix est immobile. Il tarde à appuyer sur le bouton. Il respire de se retrouver enfin seul. Il se regarde dans le miroir et enclenche son dictaphone

« Jeudi 9 avril. Je suis un imbécile. Je sais qu'Étoile est submergée par la peine et je fais la gaffe du siècle. Pourquoi j'ai parlé du cimetière ? Papa, pourquoi j'en ai parlé ? Parce que je ne pensais qu'à ça. J'avais envie de venir te pèleriner moi aussi. Papa, j'espère que tu t'occupes bien de lui là-haut. Ça m'apaise tant de vous imaginer ensemble. Papa, tu es parti il y a près de quatre-vingts ans et j'ai encore envie de pleurer dans tes bras. »

Soudain les portes de l'ascenseur se referment. Félix, surpris, fixe le voyant lumineux où défilent lentement les chiffres des étages que dessert la cabine, sans doute commandée par un voisin.

Quatre, trois.

Félix essuie à la va-vite ses larmes avec la manche de son pardessus.

Deux.

Il regarde les poches sous ses yeux. Elles sont rougies par ses pleurs. Le lévrier le regarde.

Un.

Gammarth lui lèche le poignet avec insistance. Les deux amis échangent un long regard rempli d'évidence.

— Ah Gammarth, tu es bien calme ce soir, mon Gammarth, dit Félix pour tester sa voix. Il doit avoir faim, Napoléon. On va s'occuper de lui. Bonsoir Madame, lance-t-il à la voisine en lui tenant la porte.

— Bonsoir Monsieur.

60.

Mona regarde Lucas se lécher les doigts recouverts de miel. Elle le trouve beau. Elle se perd dans le dessin de son bras. Lucas, j'aime chacun de tes gestes. Ils sont tous libres comme s'ils venaient de toi, comme si on ne te les avait pas appris, comme si c'était toi qui les avais inventés. Mona regarde le bras de Lucas. Ses veines se gonflent sous le cerisier japonais au gré de la prise de ses doigts sur les pâtisseries.

— Tu es sûre que tu vas lui en parler ? demande Lucas.

— Oui, demain quand j'irai écrire avec lui, je vais tenter. Ma grand-mère ira voir une expo avec Pierre. On a organisé ça. Je vais pouvoir lui parler franchement. J'ai besoin de savoir ce qui s'est passé. Les deux cousins fuyants, le troisième, Victor, qui n'est pas venu lui non plus. L'absence de la tombe de Joseph au cimetière.

— C'est si important pour tes oncles et toi de retrouver sa tombe ?

— Il ne nous reste rien de Joseph à part peut-être… Non mais c'est des bêtises. Je ne vais pas parler de ça avec toi.

— Mais si, vas-y, de quoi veux-tu parler. À part quoi ?

— Tu crois dans les énergies des pierres ?

— Pourquoi pas, oui. Je n'en sais rien, mais je n'ai pas d'a priori.

— C'est un peu ridicule, mais bon, j'ai trouvé une pierre. Enfin, quelqu'un me l'a donnée. Et elle est censée reconnecter les gens avec ceux qu'ils ont perdu et qui sont dans l'au-delà. Bref, je n'ai jamais cru à ces trucs-là, mais je garde la pierre dans ma poche depuis que je l'ai. Et ça me fait du bien. Enfin, c'est un peu comme si c'était Joseph pour moi.

— Tout est possible, Mona. Rien n'est ridicule. Ce n'est pas plus immatériel comme sentiment que celui que procure une musique. C'est vrai, tu vois, une musique c'est impalpable et pourtant ça nous transporte. Ce n'est pas parce que les choses sont visibles qu'elles comptent. Si tu ressens un lien avec cette pierre, alors ce lien existe.

Mona écoute la simplicité de la démonstration de Lucas avec émotion. Elle se blottit dans ses bras tandis qu'il l'enlace en tenant loin d'elle ses mains collantes.

— Je voudrais déposer cette pierre sur sa tombe et lui dire au revoir, pour de bon.

— Je comprends.

Le goût sucré du makroud diffusé par les lèvres de Lucas qui l'embrasse enivre Mona, dont le corps tout entier se remplit de désir. Lucas se délecte de partager des restes de miel avec elle en l'embrassant. Elle entre dans le jeu érotique qu'il lui propose, accueillant un désir qui progresse rapidement. Chaque pincement de lèvres décuple l'excitation de Mona qui commence à dévêtir Lucas. Son torse lui apparaît comme le prolongement de cet arbre dont le bras est une extension. Mona l'embrasse et se laisse dévêtir à son tour. Les doigts de Lucas collent encore, portant des restes de miel. Un minuscule morceau de makroud est collé à son poignet. Il le lui tend pour qu'elle le lèche. Elle est stimulée par ce jeu et s'impatiente de retrouver le corps de Lucas entièrement nu contre le sien. Elle le désire avec une puissance qui lui fait lécher le poignet de Lucas sans la moindre inhibition. D'abord le miel pénètre dans sa bouche. Puis suit la fleur d'oranger qui s'échappe des petits grains de semoule.

La fleur d'oranger convoque maintenant des images qui se dressent devant le corps de Lucas. Défilent des clichés. La vue imprenable de La Marsa, puis maintenant les allées du cimetière. Mona essaye d'en sortir, de chasser l'image pour revenir dans le présent, mais c'est un labyrinthe sans issue. Les images reviennent et Mona ressent maintenant un point au niveau du plexus. Elle redouble d'effort pour embrasser Lucas avec cœur mais se referme bientôt sur ces pensées paralysantes. Le petit frère dans la poche. Le cimetière vide. La vision d'un trou béant sans cercueil. Le trou béant du sexe de sa mère à l'accouchement. Madame Savonet et la mosaïque qui s'emballe. Des blancs à la place des faces sur les tesselles de la mosaïque qui ne représente plus aucun dessin, juste des associations inquiétantes. Des pièces qui manquent. Le sexe de Floriane qui entrave le désir de prendre la langue de Lucas. La force de l'angoisse qui contraint Mona à se refermer. Besoin de respirer et de faire redescendre le malaise.

— Je vais rentrer. Il faut que j'aille embrasser les enfants, dit Mona avec un sourire forcé. Tu comprends ?

— Bien sûr, ils doivent te manquer. Ne t'inquiète pas. On a tout notre temps. On se voit demain. Merci pour les gâteaux, répond Lucas, apaisant.

Mona rassemble ses affaires et décroche un léger baiser à Lucas, tentant de dissimuler ses regrets.

— Je serai là demain si tu veux passer, Mona. Je ne bouge pas. On pourra reprendre les choses exactement à l'endroit où elles se sont arrêtées, lui promet-il avec malice.

TROISIÈME PARTIE

61.

— Bonjour Mamie.
— Bonjour ma chérie. Qu'est-ce que c'est que ça ?
— L'eau de fleur d'oranger. J'avais promis à Papi. Et le pain. Comment ça va, toi ?
— Merci, ça va beaucoup mieux. C'était pas méchant mais c'est mal tombé, répond Étoile sans s'appesantir sur son état de santé.

Étoile saisit la bouteille d'eau de fleur d'oranger que Mona a posée sur la console et l'ouvre. Elle approche son nez du goulot, le place juste au-dessus de l'ouverture. Elle inspire. Mona aperçoit des larmes qui remplissent aussitôt les yeux de sa grand-mère. Elle n'ose pas la regarder avec insistance. Elle détourne le regard et fait mine de ne pas avoir vu ses yeux remplis de grosses gouttes retenues dans leurs coins. Elle repense à sa réaction à elle au contact de la fleur d'oranger à travers les grains de semoule un peu plus tôt avec Lucas. La manière dont elle s'est refermée comme une huître. Une nouvelle occasion gâchée avec Lâcher-prise.

Mamie doit être bouleversée. Ça doit la prendre au ventre, pense Mona. « Ventre ». Le mot « ventre » n'est pas anodin.

Une odeur qui prend au ventre. Le ventre laissé à l'abandon. Le petit frère parti et laissé là-bas. Ma pauvre Mamie chérie. Je t'aime tant. J'aimerais tant pouvoir te prendre dans mes bras, te consoler, te dire combien tu n'es plus seule, que tu peux tout me raconter, tout ce ressenti enfoui durant tant d'années.

— Vous nous avez manqué tous les deux, reprend-elle. On a mieux compris pourquoi vous disiez que Tunis est magnifique. Cette douceur de vivre, les palmiers dattiers, la mer…

— Pierre va bientôt arriver. Il faut que je finisse de me préparer, esquive Étoile. Le café est sur le feu. Tu pourras t'en charger, ma chérie ?

Mona s'en veut d'avoir entamé cette conversation superficielle. C'est comme s'il fallait déballer des clichés pour éviter de prononcer les choses importantes.

Ça ressemble à ni oui ni non, pense Mona. Le mot interdit. Il faut tenir le plus possible avec des banalités et des faux-semblants pour ne pas prononcer les mots mortels, ne pas évoquer l'absence, le petit frère.

Mona emprunte machinalement les gestes de sa grand-mère en préparant le petit déjeuner de Félix. Elle est l'héritière de ce geste. Certains héritent de maisons, de bijoux, d'armureries, qu'on se transmet de génération en génération. Elle a hérité d'un plat trop chaud qu'on se passe du bout des doigts pour ne pas se brûler. Une assiette de famille qui porte une scène traumatique de la vie de ses grands-parents.

Un plat qui tient en équilibre au-dessus du buffet de son propre salon, chez elle, juste là où ses enfants jouent, vivent, grandissent. Elle sait qu'il est prêt à se casser à tout moment. Il n'est pas bien fixé au mur au-dessus du buffet. Il pourrait tomber d'un instant à l'autre et se briser, blessant les petits pieds de ses enfants qui ne pourront pas fouler librement le sol de leur chemin, ralentis par ces entailles douloureuses.

Mona ouvre à son tour la bouteille d'eau de fleur d'oranger. Empruntant le même geste automatique qu'Étoile, elle inspire l'odeur de ce liquide. Elle a placé son nez au-dessus du goulot de la bouteille comme Étoile l'a fait juste avant elle, pour tenter de partager l'émotion. Pas de larme mais, comme la veille chez Lucas, un mal-être latent qui la saisit au niveau du plexus. Un malaise identique à celui provoqué par la présence de la pierre dans sa poche. Cette pierre qui l'entrave, l'empêche de se sentir libre, mais dont elle se sent proche, par qui elle se sent même parfois protégée, comme si la pierre et elle s'étaient apprivoisées pour cohabiter.

Mona saisit son manteau accroché dans l'entrée et attrape la pierre restée dans sa poche. Elle la place dans la poche de son jean à présent, pour la mettre tout près d'elle, et la caresse. On a assez joué à ni oui ni non, petit frère. Pour toi comme pour moi, on va lever le voile sur cette histoire, libérer les langues. J'écrirai ton histoire, petit frère, le parcours de ton âme arrivée jusqu'à moi. Je vais t'aider à te libérer de ton poids, à quitter la pesanteur de la pierre dans laquelle tu es incarné. Nous libérer de ce silence.

— Tu es prêt, Papi ? lance Mona à destination de la chambre de Félix.

— Bonjour ma chérie, je suis là, dit calmement Félix, debout dans l'encadrement de la porte de la cuisine, faisant sursauter Mona qui lâche soudainement la pierre, la laissant chuter au fond de sa poche. Pas besoin de m'appeler si fort, dit-il, un sourire aux lèvres et les bras grands ouverts, prêts à accueillir sa petite-fille.

— Ah tu es là. Je ne t'avais pas vu.

— Ça fait du bien de te voir. J'enrage tellement de ne pas être venu.

Derrière Félix, Étoile s'agite. Elle saisit son sac sur la console de l'entrée, dit au revoir à Gammarth et les salue.

— Au revoir ma chérie, lui lance Félix.

Étoile claque la porte, laissant Mona et Félix au silence qui les attend. Comment meubler jusqu'au moment où Mona se lancera ? Elle l'a décidé. Ce matin, elle parlera de Joseph, rendra à ce petit frère l'histoire qui lui a été volée par le silence.

— Alors raconte-moi, tu les as trouvés comment, tous ces cousins que tu ne connaissais pas ? Et tu as eu le temps de passer voir mon ami Moktar ?

— On ne l'a pas trouvé avec Papa. On est allés avenue de Paris pourtant. On a cherché, mais pas de Moktar. J'étais déçue.

— Il n'y avait pas d'épicerie ?

— Si, mais aucun Moktar dans celle-là.

— Bon, et cette fête alors ?

— J'ai rencontré une de tes admiratrices, raconte Mona, saisissant le plateau du petit déjeuner et se dirigeant vers la salle à manger, suivie par Félix.

Pourquoi suis-je en train de me lancer là-dedans, se demande Mona. Cela fait quelques minutes que je suis avec Papi et je me sens déjà si loin de la promesse que je me suis faite à l'instant. Comment aborder la question du petit frère ? C'est une espèce de suicide. C'est faire entrer la mort dans la pièce, dans notre relation, dans le livre de Papi, dans la vie qui bat. Pourtant elle est là cette question ; elle est bien là, dans ma poche ! Impossible de l'ignorer.

— Ah bon ? Qui ça ? Raconte-moi.

— Une cousine lointaine qui dit qu'elle était amoureuse de toi quand elle était jeune.

— Elles étaient toutes amoureuses de moi. Il va falloir m'en dire davantage, dit Félix, en crânant comme il aime le faire pour amuser sa petite-fille.

— Elle s'appelait Jeannine, je crois.

— Ah ! Jeannine, la fille de Léon. On a bien rigolé tous les deux.

— Je vois ça. Elle était un peu chamboulée, ajoute Mona, séduite par la bonne humeur de son grand-père, entrant dans son jeu.

— Ça remonte à si loin. C'était juste après la guerre. Ma mère était complètement folle. Elle avait eu si peur pour moi pendant les évènements. À l'époque je cherchais n'importe quel prétexte pour lui échapper. J'ai même failli tomber dans les mains des Allemands pour être loin d'elle.

— Tu m'as déjà raconté ça, les Allemands, lui rappelle Mona, beurrant une tartine pour lui. Et donc, cette Jeannine ?

— Figure-toi qu'après la guerre, elle ne retrouvait plus son frère. Comme beaucoup. Elle avait entendu dire, par un lointain cousin, qu'il avait été vu à Sfax. Oui, parce qu'à l'époque c'était comme ça. Il n'y avait pas de téléphone. Alors on retrouvait les gens par le bouche-à-oreille.

— Tiens, Papi, dit Mona en tendant la tartine qu'elle vient de beurrer pour Félix. C'est où ça, Sfax ? C'est loin de Tunis ?

— Aujourd'hui non. Ça doit être à trois heures à peine en voiture. À l'époque c'était plus de six heures de car. Et donc Jeannine était seule. La pauvre avait perdu sa mère très jeune et son père Léon travaillait beaucoup. Bref, elle avait besoin d'aller à Sfax. Tu sais, à l'époque, une fille ne voyageait pas toute seule. Moi – je t'ai déjà raconté ça – ma grand-mère habitait à Sfax chez ma tante. Alors pour une fois, quand j'ai dit à ma mère que je voulais accompagner mon amie Jeannine pour ne pas la laisser seule, elle a eu tellement de peine pour elle – qui était une orpheline, comme moi, tu vois – qu'elle m'a autorisé à y aller.

— Mais je ne comprends pas. Tu étais assez grand après la guerre. Tu demandais encore la permission à ta mère ?

— Ma chérie, avec ma mère on n'est jamais grand. L'âge adulte est un cap que tout le monde atteint sauf le fils de ma mère. Pff, elle m'a commandé jusqu'à, je sais pas moi, trente ans peut-être. L'enfer sur terre. Qu'elle repose en paix. Et donc me voilà parti avec Jeannine, à la recherche de son frère à Sfax.

Comment parler de Joseph à Papi. Il incarne la vie. Il est heureux. Il a quinze ans quand il me raconte cette histoire. C'est si rare, c'est si exceptionnel de garder cette vie à son âge. Qui suis-je, moi, pour lui rappeler un épisode triste de sa vie ? C'est à moi de m'accommoder de cet héritage. Les parents et les grands-parents vous donnent ce qu'ils peuvent, ce qu'ils ont à donner. Ils ne vous doivent rien, n'ont pas à vous sacrifier leur vie, leur joie de vivre. Je ne peux pas faire ça à Papi.

Mona regarde Félix s'agiter avec joie en évoquant cette époque heureuse.

Mais que vais-je dire à mes enfants, Papi ? Vais-je devoir leur transmettre ce même sac à dos rempli de pierres ? J'aimerais les libérer de ce poids. Comment briser cette chose qui pèse sur notre lignée. Papi, m'autorises-tu à travailler à ça avec toi ? Donne-moi un signe. Un signe qui dit que tu es d'accord, pense-t-elle.

— Il faut qu'on raconte ça dans le bouquin, dit Mona avec enthousiasme. Il faut qu'on la décrive mieux, ta mère. On a dit qu'elle était horrible avec Mamie, mais on n'a pas assez raconté comme elle était abusive avec toi. Bon et donc, vous êtes partis à Sfax

— Ah ! C'était magnifique ma chérie. Quatre jours. La liberté ! Jeannine et moi on était tous les deux. On faisait…

un peu comme du stop. On a dormi sur le chemin à Sousse chez un oncle à moi. On était bien, on était libres. On a bien rigolé.

— Vous avez… été amoureux… tu veux dire ?

— Un peu, mais. Mais on n'a pas couché ! À l'époque c'était grave. Déjà qu'elle était orpheline et n'avait pas de dot. Il ne fallait pas qu'elle perde sa virginité en plus.

— Quel enfer d'être une femme à votre époque !

— C'était comme ça, ma fille ! En réalité on a pas mal tourné autour du pot, Jeannine et moi, pendant ce voyage. Autour de la chose, tu vois ce que je veux dire. Mais sans faire la chose.

— « La chose », j'adore quand tu dis « la chose », dit Mona avec affection avant de se lever.

Mona a quitté sa chaise, épousseté les miettes de pain imaginaires qui se seraient éparpillées sur son jean pour se donner de la consistance, ne sachant pas où se placer pour aborder les choses avec Félix.

— Je comprends mieux maintenant pourquoi son visage s'est éclairé quand je lui ai dit que j'étais ta petite-fille, ajoute-t-elle pour conclure avec un faux naturel, s'asseyant sur le canapé.

— Ma fille, il n'y a pas plus beau que les souvenirs. Et toi, comment ça va avec ton Lucas ?

— Papi, j'ai besoin de te parler de quelque chose, se lance Mona.

Un sac de pierres traverse sa poitrine écrasée à présent par le poids de la phrase qu'elle vient de prononcer.

— J'étais sûr que tu allais changer de sujet, répond Félix, complice. Tu ne veux pas parler de tes histoires. C'est pas juste. On parle toujours des miennes.

— C'est sérieux.

— Bien sûr.

— C'est vrai c'est sérieux, Papi. Et je ne sais pas trop comment te le dire.

— C'est bien si c'est sérieux avec Lucas. Il a l'air bien.

— C'est ce dont je veux te parler qui est sérieux, poursuit Mona, à présent étranglée à la gorge par le poids de l'air comprimé au niveau de sa poitrine.

— Ah. Tu peux tout me dire, ma fille, tu le sais. Vas-y je t'écoute. Je t'écoute, je te dis !

Mona s'avance sur le rebord du canapé et frotte ses mains contre ses cuisses.

— On a appris pour Joseph, se lance-t-elle.

— Comment ?

— Joseph, le petit frère. L'enfant que vous avez eu avec Mamie.

Félix se retourne comme pour vérifier que, derrière lui, Étoile n'est pas là.

— Ma chérie, c'est difficile de parler de ça.

— Je sais, Papi.

— C'est là-bas que vous avez appris ça ? demande Félix, grave, après un silence. C'est les cousins qui vous l'ont dit ?

Entre Mona et Félix, il n'y a jamais eu de silence. Aussi loin que Mona s'en souvienne, Félix a toujours occupé tous les espaces qui auraient pu être des silences. A-t-elle tué la vie qui anime Félix à tout jamais ? Son flot naturel et continu de paroles qu'elle aime tant. Sa manière de parler et de donner l'impression que c'est toujours trop court, qu'il n'y a jamais assez de place pour mettre tous les mots, assez de temps pour dire tout ce qu'il y a à dire. Mona regrette déjà sa phrase qui a provoqué comme une sidération chez Félix. Pardon Papi. Papi je n'aurais pas dû. Papi je suis désolée. J'ai commis l'irréparable, pense-t-elle.

— On l'a su avant, rectifie Mona.

— Tu veux dire que vous le savez depuis longtemps ?

— Non, juste avant le départ. Un cousin qui fait un arbre généalogique et qui en a parlé à Stan sans le vouloir sur Facebook. Ça va Papi ?

— C'est que... je ne pensais pas qu'on en reparlerait un jour. Ça me fait une pointe dans le cœur. Et un peu chauffer les oreilles, tu vois. Tu peux m'apporter un verre d'eau, s'il te plaît ?

— Bien sûr Papi, dit Mona, se levant en direction de la cuisine.

— Je vais m'allonger cinq minutes, ma fille.

Mona se presse de revenir avec le verre d'eau.

Il ne va jamais s'en remettre. Il est si vieux. Qu'est-ce qui m'a pris. S'il fait un malaise, je ne sais même pas comment le sauver. Qu'est-ce que je dirai à Mamie. J'aurai sa mort sur la conscience. Papi, tiens bon ; tu es la personne que j'aime le plus sur terre. Enfin, l'une des personnes que j'aime le plus !

Mona revient avec le verre d'eau et s'assoit sur un petit tabouret d'enfant posé à côté du canapé où Félix s'est allongé. Elle se met tout près de son grand-père et lui tend le verre. Il se redresse et s'assoit à présent, posant ses jambes en hauteur sur la table du salon.

— Merci ma chérie.

— Si tu veux qu'on n'en parle plus, Papi.

— C'est-à-dire qu'on n'en parle jamais avec ta grand-mère. On n'en a pas reparlé depuis... si longtemps.

— Je ne sais pas grand-chose de cette histoire. Je ne sais pas vraiment ce qui s'est passé.

— C'est difficile, ma chérie, d'en parler.

— Et tu vois, Papi, je sens que ça fait un trou dans mon histoire. Dans mon histoire et dans celle de chacun de nous. Stan, Pierre, mes enfants.

— Qu'est-ce que ça peut faire maintenant ? Tant d'années après ?

— C'est surtout le secret qui pèse. Tu vois, je pense que ce secret, on le porte tous.

— C'est pas des histoires de psy, ça ?

— Je ne crois pas. Je pense que mon anxiété, ça vient peut-être de là. Et plein d'autres choses encore.

— Tu sais, ma chérie, il n'y a pas grand-chose à savoir. On a eu cet enfant et il est parti si vite.

Félix se met à pleurer. Les larmes de son grand-père font sortir l'enfant qui est au fond de lui. Un être anachronique qui n'a rien à faire là, avec sa petite-fille. Voir Félix pleurer, c'est comme voir Félix nu, c'est comme violer sa pudeur. Mona est gênée. Elle s'en veut de l'avoir mis dans une telle vulnérabilité.

— C'était si triste. Ce pauvre enfant. Il était si petit. Il n'a rien eu le temps de connaître.

— Que s'est-il passé ? De quoi est-il mort ?

— On ne sait pas.

— C'est-à-dire ?

Félix laisse passer un long silence, envahi par les pleurs. Mona regrette tant de l'avoir mis dans cet état. Surmontera-t-il le retour de cette peine ? N'est-elle pas en train de gâcher les dernières années de la vie de son grand-père adoré ?

— On l'a trouvé mort dans son lit, finit-il par livrer.

— C'est terrible.

— Il n'avait que quelques mois.

— Je suis tellement désolée pour vous.

— Ta grand-mère était inconsolable.

— Je comprends. Et en même temps il y avait les autres, Maman et Pierre.

— Elle est restée inconsolable très longtemps malgré tout. Des années. Si sombre à l'intérieur d'elle-même. Elle avait du mal à s'occuper d'eux. Elle faisait en sorte que ça ne se voie pas. Mais elle avait changé au fond. Quand nous nous retrouvions seuls, je le voyais. Elle ne guérissait pas.

— Elle n'a pas vu de psy ?

— Tu as déjà vu un psy à Tunis ?

Félix et Mona rient malgré l'émotion, de l'absurdité de la situation. Un petit rire qui les réunit, replaçant leur complicité au-dessus de la gravité des choses.

— Elle n'a jamais pu faire le deuil.

— Je voulais passer à autre chose pour l'aider. Alors on a quitté Tunis. De toute façon c'était la période. Tout le monde quittait Tunis. La situation du pays devenait compliquée. Il fallait partir. On est arrivés à Paris. On s'est bien installés. Mes affaires marchaient bien. On se disait que nos enfants allaient avoir une bonne éducation en France. Mais ta grand-mère portait une énorme tristesse.

— Pas toi ?

— Moi, j'étais distrait par le changement de vie, de pays, l'aventure de tout démarrer ailleurs. Et puis il y avait les voyages. Je profitais de mon travail pour m'échapper. Elle, elle ne pouvait pas. Tu sais, les femmes à l'époque. Elle était beaucoup seule à Paris. Alors elle ressassait et ressassait encore. Plus elle ressassait, plus je partais en voyage. Et plus je partais et plus je culpabilisais. À cette époque, elle avait même cessé de peindre.

— Elle t'en voulait ?

— Sans doute oui, mais j'avais une bonne excuse. Je faisais bouillir la marmite. À chaque fois que je rentrais, je la trouvais plus mal.

Mona allonge la moitié de son corps sur le canapé et pose sa tête sur les jambes de son grand-père qu'elle enlace dans un geste enfantin. Ils observent un silence.

Mona repasse la scène qu'elle peut à présent imaginer dans sa tête. Elle voit Étoile, entrant dans la chambre de l'enfant et porter le bébé mort, pleine de stupeur et de silence, pour ne pas réveiller les autres enfants. Elle lit le cri dans les yeux de sa grand-mère, sa souffrance, son visage si doux et souriant défiguré par l'horreur. Elle imagine à présent Félix, la prenant dans ses bras. Et puis il y a les enfants. Ils sont petits et Félix les met à l'écart. Il les accompagne à l'école tandis qu'Étoile est en peignoir. Elle pleure et attend le retour de son mari pour appeler qui de droit pour l'enterrement. L'image d'après est celle d'un cimetière. Félix lit une prière tandis qu'Étoile est debout, les yeux dans le vide. Un cercueil tout petit entre sous terre. L'assemblée est silencieuse. Que dire devant une telle chose ? Un enfant dans un cercueil, ça dépasse l'entendement. C'est un concept métempirique. Mona repense à ce mot. Métempirique. Méta-empirique qui donne métempirique. Au-dessus de l'empirique. Au-dessus de l'expérience. Le concept du philosophe Vladimir Jankélévitch pour parler de la mort. Ce mot savant lui est resté depuis la classe de terminale et un commentaire de texte en philosophie. Il désigne cette chose qui n'existe que par la pensée et qu'on est censé ne jamais vivre dans le monde empirique. Notre propre mort. N'en est-il pas de même avec la mort d'un enfant ? N'est-ce pas quelque chose auquel on pense comme une menace qui nous effraie mais qu'on ne doit jamais vivre.

Le petit frère lui-même ne l'accepte pas ! Il est encore là. Il a trouvé refuge chez moi, Papi, il est dans ma poche, pense Mona.

— Tu sais, Papi, dit-elle en se relevant, quand on a su pour le petit frère, on a voulu aller lui dire au revoir, sur sa tombe, à Tunis. Mais on ne l'a pas trouvé. On a arpenté toutes les allées. On a demandé au gardien. Et on n'a jamais trouvé sa tombe.

Les yeux de Félix se remplissent à présent de grosses larmes et sa gorge est nouée. Il éclate dans un sanglot incontrôlable et laisse échapper une série de mots prononcés entre les pleurs.

— Il n'a pas été enterré. Il n'a pas été enterré. On n'a pas pu.

— Qu'est-ce que tu dis ?

Félix essaye de reprendre ses esprits pour parvenir à parler distinctement.

— Il n'a pas été enterré comme il se doit.

— Reprends ton calme et explique-moi, Papi. Je suis si désolée de te mettre dans cet état.

— Mais non, tu n'y es pour rien. C'est normal que tu demandes des comptes. Il fallait bien que ça ressorte un jour. Tes oncles et ta mère, tout comme toi, vous avez le droit de savoir.

— Raconte-moi, calmement.

— Tu sais, à l'époque ce n'était pas comme aujourd'hui. Les bébés morts à la naissance, ils ne savaient pas quoi en faire. Ce n'était pas dans les coutumes de les enterrer. C'était tellement contraire à la vie de partir si jeune. Alors on ne savait pas trop comment faire, vers qui se tourner. Retourner à la clinique ? Aller aux pompes funèbres ?

— Bien sûr, c'est contraire à l'ordre des choses de perdre un enfant. Personne ne devrait vivre ça.

Félix pleure avec une intensité différente. Il s'abandonne à sa tristesse. Mona le prend dans ses bras et place sa tête derrière celle de son grand-père de sorte qu'il puisse pleurer derrière son épaule.

— Comment ça s'est fini alors ? Comment vous l'avez enterré ?

— J'ai donné le petit à mon frère Georges, explique Félix, se ressaisissant. Je lui ai demandé de se charger de l'enterrer.

Face au regard de Mona plein d'incompréhension, Félix ajoute :

— C'était dans la panique. Il fallait éloigner la mort de la maison. Que le bébé mort quitte la maison. Que ta grand-mère soit soulagée. Pour que notre famille retrouve la vie. On a appris qu'à l'hôpital, ils jetaient les bébés mort-nés dans la fosse commune et que personne n'enterrait les nourrissons. Alors j'ai demandé à Georges, mon frère, de s'en occuper. De lui trouver un lieu digne pour être enterré.

— Et qu'est-ce qu'il en a fait ? demande timidement Mona.

— Plus tard, ta grand-mère me l'a reproché. Elle pleurait toutes les nuits et disait : « Je ne lui ai pas dit au revoir ». On ne lui a même pas dit au revoir.

— C'est affreux. Je la comprends tellement.

— Ta grand-mère m'en parlait tout le temps. Elle avait besoin de savoir où était le nourrisson. Elle me disait l'imaginer, jeté parmi d'autres bébés, dans un charnier de nourrissons dans les sous-sols de l'hôpital de Tunis, envahi par les rats. Elle ne dormait plus. Alors, je suis retourné voir Georges. Et je lui ai demandé ce qu'il en avait fait. Il m'a dit qu'il l'avait mis dans la tombe de notre père.

— Comment ça, dans la tombe de votre père ? Il a ouvert la tombe ?

— Je n'en ai pas su davantage. Peut-être s'est-il arrangé avec les gens du cimetière. Il a fait comme il a pu.

Mona est sidérée. Elle repense à ses oncles et elle, devant la tombe du grand-père Edmond au cimetière de Tunis, au moment où ils ont observé une minute de silence. Joseph était là, juste devant eux. Et elle qui cherchait sa tombe ailleurs, partout dans les autres allées. Comment est-ce possible ? Un enfant sans tombe. Un bébé qui doit partager la sépulture de son grand-père.

Mona tente d'imaginer l'intérieur de la tombe. Elle se représente une main qui soulève la stèle. Au-dessus du cercueil du grand-père, un drap qui contient le bébé. Une main le déplie. Le drap est vide. Plus de corps. Entre les plis, de la poussière d'os et, au fond, dedans, un petit bout de carcasse du petit frère qui a résisté au temps.

Mona sort maintenant de ses pensées et se redresse. Elle s'assoit sur le bras du canapé pour attraper la pierre au fond de sa poche. Elle la prend dans la main, à l'intérieur de la poche, et la caresse. Des larmes remplissent ses yeux. Je t'aime petit frère, pense-t-elle avec force. J'ai envie de te prendre dans mes bras et de te dire pardon.

— C'est moi qui aurais dû faire ça. C'est moi qui aurais dû enterrer ce bébé. Notre fils. C'était mon travail. C'était moi son père. Je n'ai pas trouvé le courage. C'était trop difficile.

— Bien sûr Papi, je comprends, c'était une autre époque. Si à l'hôpital ils ne prenaient pas ça en charge, vous étiez livrés à vous-même et c'était difficile de prendre la bonne décision. Personne n'est préparé à une telle chose. C'est quelque chose qui dépasse l'expérience, qui ne devrait être vécu par personne.

— Ça nous aurait aidés de l'enterrer, ma fille. On aurait pu faire le deuil.

— Oui, on aurait pu faire le deuil.

62.

— C’est une histoire si banale. Pourquoi est-ce si important au fond ? Juste à cause du secret ? Ça suffit pour en faire quelque chose de très grave ? Plein de gens ont perdu des bébés, après tout.

— Seules les généralisations sont banales, répond Madame Savonet avec sa manière particulière de rappeler des principes comme des axiomes. On ne généralise pas. La généralisation est une forme d’évitement. Sachez que toutes les histoires sont importantes. C’est le ressenti qui compte, Mona.

— Croyez-vous vraiment que cet épisode de la vie de mes grands-parents ait pu impacter nos vies à tous ? N’est-ce pas nous qui cherchons une histoire pour justifier nos vies, nos caractères, nos névroses ?

— Votre mère et vos oncles ont vécu avec une maman triste. Cela n’a pas dû être facile à porter, sans compter qu’ils ont sans doute partagé la chambre de ce petit enfant. Ils ont subi un drame sur lequel ils n’ont pas pu mettre de nom. Sans les mots, on ne peut pas dominer une situation. Seules des émotions sont parvenues à eux, mais sans mots. Nos sens ont besoin de se mettre en accord avec notre mental pour que les traumas s'évacuent, se règlent. Sans les mots, le mental fait des amalgames et ne sort pas du trauma.

— Je comprends. Mais moi, je ne m'explique toujours pas rationnellement comment c'est arrivé jusqu'à moi. Est-ce la volonté du petit frère ? Comme cette pierre que j'ai dans ma poche et qui me fait penser qu'il est présent ? Est-ce son esprit qui me poursuit ?

— C'est plutôt le traumatisme qui est dans votre poche. Davantage que ce petit frère. Le traumatisme non résolu est passé chez vous. Un traumatisme peut sauter des générations. En créant des systèmes, même, qu'on reproduit, qu'on transmet à son tour. C'est une sorte de mémoire cellulaire qui se débat à l'intérieur de vous.

— Cet enterrement, c'est fou. Enfin ce non-enterrement. Comment ne pas dire au revoir à son enfant, dit Mona remplie d'émotion. Ça me fait penser à Antigone. C'est fou de découvrir que cette histoire se joue dans ma famille. Et le pire, c'est que contrairement à Antigone, je ne peux rien faire pour enterrer le petit frère. Il n'est plus là.

— Vous faites déjà beaucoup pour ce petit frère, Mona. Vous lui rendez son existence passée, enfin la reconnaissance de son existence. C'est formidable, vous comprenez ?

Mona fixe la mosaïque de la cheminée. Elle devine à nouveau la forme de la dernière fois. À un endroit, comme on voit des silhouettes dans les nuages, se dessine un profil de bébé. Un peu vague, comme dans l'écran d'une échographie dont les mouvements rendent la forme insaisissable. Suis-je bien en train de voir l'image du petit frère dans la mosaïque de Savonet ? Je crois que je deviens dingue avec cette histoire. On peut voir tout et n'importe quoi dans une mosaïque.

Je vais essayer de projeter autre chose, se dit-elle pour mettre à l'épreuve cette illusion. Est-ce que je pourrais voir autre chose, tiens ? Si je cherchais une pomme, par exemple, est-ce que je la trouverais ? Mona regarde les différentes nuances de couleurs de la mosaïque et essaye de déceler d'autres formes. Elle essaye de trouver une pomme. En vain. Puis une poire, une chaussure, un arbre, un couteau, une fleur. Elle essaie, mais ça ne marche qu'avec le profil du bébé.

— Je suis non seulement victime de l'absence de mots qu'a subie ma mère et de son déni qui me mettent dans l'impasse et dans la culpabilité, mais aussi de l'absence de ce petit frère qui n'a pas été enterré, qu'on ne peut plus enterrer parce qu'il n'est plus là. Tout ça me place doublement dans une impasse.

— Nous allons réparer, ensemble. Vous allez réparer parce que vous vous battez comme une lionne pour sortir de cette impasse. On y est presque, Mona.

— Au fait, j'ai oublié de vous raconter quelque chose. J'ai accepté que Papa emmène les enfants à Londres. On en a discuté à Tunis avec mon père et je me suis dit qu'il fallait rompre ce chaînon de peur et d'anxiété, que je devais cela à mes enfants. C'est comme si la pierre qui était là dans ma poche me disait « Tu sais, les drames ne se reproduisent pas à loisir. Mon histoire est arrivée ; on a eu notre quota ; je protège tes enfants. Sois sereine et laisse-les vivre ». Alors je me suis dit qu'ils avaient le droit eux aussi de vivre des choses exceptionnelles avec leur grand-père.

— Je vous félicite, Mona. Je mesure le chemin que vous avez accompli.

Mona accueille le compliment de Madame Savonet avec une certaine satisfaction. Elle ne lui confie pas cependant qu'elle est dans l'évitement avec le travail. Elle ne voudrait pas gâcher cette séance où les progrès prennent le dessus. Comment lui dire qu'elle n'est pas retournée travailler. Qu'elle a cessé de donner des nouvelles à Antoine et qu'elle ne répond pas à ses nombreux messages inquiets de son état. N'est-ce pas de l'évitement ? Mona sait bien qu'elle n'affronte pas complètement cette question. Changer de vie, prendre les devants pour écrire. Me montrer lâche avec Antoine est sans doute le reflet d'une lâcheté avec moi-même, se dit-elle.

63.

« Samedi 16 avril.

Je ne pensais pas que nous parlerions de cela avec les enfants. Comment ai-je pu être si naïf ? Comment avons-nous pu croire, Étoile et moi, que les choses ne nous rattraperaient pas ? Les souvenirs qu'on laisse derrière nous nous reviennent toujours. Même quand on les enfouit, quand on les enterre. »

Félix continue de marcher, en pleurant désormais. Gammarth le tire en avant, l'empêchant de s'arrêter. Félix désenclenche le dictaphone et le range dans sa poche. Un filet de nuit enveloppe la rue qui le protège du regard des autres et l'autorise à pleurer librement.

— Bonsoir toi ! dit une femme à Gammarth, caressant le chien tandis qu'il lui saute dessus. La vendeuse de pierres est devant sa boutique. Elle a reconnu le lévrier.

— Bonsoir Monsieur, dit maintenant Malinka à Félix. Tu en fais des bêtises ! dit-elle à l'attention de Gammarth, lui donnant une caresse.

Le chien la reconnaît et se love contre ses jambes, frottant sa tête sur le haut des cuisses de la dame. Malinka le caresse d'une main tandis que, de l'autre, elle tient la clef qui commande au rideau de fer de se baisser sur le magasin de pierres.

— Vous connaissez mon chien ?

— Oui, il a fait des siennes dans ma boutique l'autre jour avec votre fille, répond Malinka avec sympathie.

— C'est ma petite-fille, Mona.

— Je vois. Comment va-t-elle ?

— Très bien, je vous remercie.

— Je suis heureuse qu'elle ait repris contact avec la personne qu'elle recherchait. C'était important pour elle, ces retrouvailles très fortes.

— De quoi parlez-vous ? Je ne comprends pas.

« Mais si vous me comprenez, Monsieur », semble lui dire ce regard profond et pénétrant.

— Toutes mes amitiés à votre famille, reprend-elle, saisissant la main de Félix, la recouvrant avec son autre main tout en le regardant avec insistance dans les yeux. Après une dernière caresse à Gammarth, elle les quitte, s'éloignant sur le trottoir, comme un spectre qui disparaît dans la nuit.

Félix reste coi, la suivant du regard et touchant la main qu'elle a prise avec son autre main. Il déborde d'émotion comme s'il sentait un fluide en provenance de cette main.

Il pleure de plus belle, envahi par ce ressenti. Il saisit de sa main tremblotante le dictaphone dans sa poche et le place tout près de sa bouche. Il le réenclenche et poursuit, concentré comme s'il parlait à quelqu'un.

« Pardon, pardon mon fils. Je suis tellement désolé. Ton père n'a pas été à la hauteur. On t'a laissé à Georges. Comment ai-je pu faire ça ? Comment ai-je pu croire que ta petite vie était moins importante que nos vies ?

Mais ta vie ne s'est pas arrêtée ce jour-là avec ta mort. Elle a continué ; elle continue encore. Joseph, tu es toujours là, tu ne m'as jamais quitté. Tu es présent, mon fils. Tu m'as accompagné toute ma vie et je sais combien tu as été présent pour ta mère aussi. Ton absence a occupé toutes les pièces de nos maisons, tous les moments importants de notre vie de famille, de nos vies intimes aussi. Les moments de bonheur comme les plus malheureux aussi. Tu as toujours été là. Je suis sûr que même ce fou de Gammarth te connaît. Il sent que tu es là avec nous. Où que nous soyons. Joseph, pardonne ton vieux père de t'avoir fait cela.

Je crois que j'ai pensé toute ma vie à essayer d'honorer la mémoire de mon père et que je suis passé à côté de celle de mon fils. Papa, es-tu avec Joseph ? Est-ce que tu le protèges ? C'est ton petit-fils.

Bientôt je vous rejoindrai. Il est peut-être temps pour moi de te retrouver, Joseph, au lieu de craindre la mort que tu as affrontée, toi, si jeune. Joseph, mon fils, je t'aime et je te dis à très vite. »

64.

— C'est Floriane, dit Pierre, regardant son téléphone. Elle arrive. C'est quoi mon numéro de chambre déjà, Mona ?

— 502, répond Mona, regardant la carte de la chambre posée sur la table basse. Qu'as-tu dit à Maman ?

— La vérité. Que j'étais en planque dans un hôtel et qu'Édith me croyait en province. Que c'était confidentiel car j'attendais Simonetta qui devait arriver de Londres. Que j'avais besoin de lui parler. Et qu'ici, c'est l'endroit idéal. Une chambre d'hôtel tranquille. Un lieu neutre.

— En attendant ta maîtresse ?

— Peu importe. On a une bonne heure avant que Simonetta arrive. La seule chose que ma sœur ne sait pas, c'est que vous êtes là tous les deux. Je vais lui ouvrir.

— Salut mon frère, dit Floriane en entrant. Vous êtes là aussi ? lance-t-elle, étonnée, à l'attention de Mona et Stan. Je croyais que tu voulais me parler, Pierre. C'est un conseil de famille ?

— On voulait te parler, répond Pierre.

— Et pourquoi ici ? demande Floriane. Bonjour ma chérie, dit-elle à Mona en l'embrassant.

— On a une petite heure avant que son amie arrive. Tu connais Simonetta, Floriane ? demande Stan.

— Oui, Édith m'en a parlé. Il paraît qu'elle est très sympa.

— Pardon ? demande Pierre, grave.

— Je plaisante ! Pourquoi ta femme me parlerait de ta maîtresse ? À ton âge et avec ton expérience, tu as encore peur de ces choses-là ? Alors c'est qui, cette Simonetta, et pourquoi tu veux me la présenter ? Elle est enceinte ?

— J'espère que non. Mais je n'ai pas l'intention de te la présenter. On t'a juste donné rendez-vous ici parce que c'est tranquille.

— Elle croit toujours que tu es violoniste ?

— Contrebassiste, répond Pierre.

— Bon, voilà, on voulait te parler, Floriane. En fait, on voulait te raconter où on en est, enchaîne Stan.

— Par rapport à quoi, demande Floriane.

— Le petit frère, répond Stan.

— Ah c'était ça ! Vous m'avez fait peur. Je croyais que quelqu'un était malade ou quelque chose dans le genre.

— Personne n'est malade. Enfin, on l'est un peu tous. Depuis qu'on a appris sa mort, répond Stan calmement.

— Oui, ça nous a choqués d'apprendre la mort du petit frère, intervient Mona.

— On a appris sa vie et sa mort en même temps. Ça s'annule. On ne l'a même pas connu, répond Floriane.

— Bien sûr que si. C'est juste que tu ne t'en rappelles pas, rectifie Mona.

— D'abord ce n'était pas ton petit frère mais le nôtre. Arrête de dire « le petit frère » ! C'est pas possible, ça ! Et puis ça s'est passé il y a plus de cinquante ans. Tu cherches des explications à tes petits problèmes, mais celle-là je te jure, elle remonte à trop longtemps. C'est hors sujet ! Il y a prescription.

— Papa s'est confié à Mona. Ce petit frère a bel et bien existé, raconte Pierre.

— Je sais bien qu'il a existé, mais si peu. Est-ce qu'on a le temps d'être vraiment quelqu'un quand on ne vit que quelques mois ? Je peux me faire un thé ? ajoute-t-elle en toisant la chambre.

— Il est né en 1962, raconte Stan d'une voix solennelle.

— Qui ça ?

— Notre petit frère, répond Pierre.

— Il faut arrêter avec ça, les sermonne Floriane. Soyons sérieux. Vous savez, quand on fait des études de médecine, on nous apprend que tout a commencé dans l'histoire de la médecine avec la mortalité infantile. Elle était très élevée au siècle dernier. Dans les années 60 et en Tunisie, où ça n'était pas comme ici, elle devait avoisiner malheureusement encore les 20 %. Aujourd'hui ça a été divisé par deux. J'ai le sentiment de me répéter, mais il faut que vous compreniez que ça faisait partie de la normalité à l'époque.

— On sait de quoi il est mort, dit Stan.

— Et de quoi est-il mort ? demande Floriane.

— Mort subite, annonce Pierre.

— Les chiffres étaient catastrophiques il y a encore cinquante ans sur la mort subite du nourrisson. Ça tient à la position qu'on recommandait pour coucher les enfants. C'était classique à l'époque.

— Perdre un enfant, ce n'est pas classique. C'est tragique, Floriane ! la reprend Stan.

— Tout de suite les grands mots. Tu en fais un peu trop, Stan, là, dit-elle en riant.

Maman esquive. Mais pourquoi ? Comment fait-elle pour ne pas être touchée par cette nouvelle. C'est son petit frère à elle. Pourquoi me laisse-t-elle porter ce deuil ? Pourquoi refuse-t-elle de l'endosser ?

— Moi je n'ai pas envie de rire, répond Stan sèchement. Papa et Maman nous ont caché un enfant, un secret de famille. On a grandi avec un évènement traumatisant qu'on nous a caché mais qu'on a dû ressentir.

— Vous me fatiguez tous ! Moi je n'ai rien senti ! Et les parents s'en sont très bien sortis, non ? Comme nous d'ailleurs. Je ne sais pas pourquoi, là, d'un coup, vous vous trouvez des problèmes, des traumas, alors que tout le monde va bien dans cette famille.

— Pas tant que ça, répond Pierre.

— Tu vois pas qu'on est des éclopés ? ajoute Stan.

— Non je ne vois pas, non. Vraiment pas. On a des bons jobs, des vies sympas, des copains ; nos enfants vont bien, à part toi, Stan, qui n'en veux pas, mais tu es très heureux comme ça je crois. Ça se voit. Tu es beau comme un Dieu, tu prends soin de toi. C'est comme ça qu'on voit si les gens sont bien, non ? S'ils prennent soin d'eux, c'est qu'ils s'aiment, il me semble.

— Et moi ? lance Mona timidement.

— Ma chérie, tu n'as rien à voir avec cette histoire.

— Je pense que tu vas un peu loin, Floriane, répond Stan. Loin dans le déni. Et depuis quand il suffit de s'occuper de son apparence pour aller bien ? Tu dis n'importe quoi ! On n'est pas à une conférence sur la chirurgie esthétique, là !

— Vous me faites tous suer ! Je n'ai pas envie de rentrer dans votre délire, se défend Floriane.

— Assieds-toi deux minutes s'il te plaît, Floriane. On peut se parler ? demande Pierre, pacifiste.

— Ok ! Ok ! dit Floriane, s'asseyant sur le rebord du canapé, prête à se relever si besoin.

— Joseph n'a pas été enterré, annonce Stan.

— Il s'appelait Joseph ? répond Floriane, sur un ton désormais attentif.

— Tout de suite, avec un prénom, ce n'est plus pareil, tu vois, lui dit Pierre, sentant enfin sa sœur concernée. Papa a raconté les choses dans les grandes lignes à Mona.

— Tu es allée l'embêter avec ça ? À son âge ? lui reproche Floriane.

— Il le fallait, la défend aussitôt Stan.

— Ils n'ont pas eu le courage de l'enterrer, Maman. Ton petit frère n'a pas été enterré. Ils ont donné le corps du bébé à l'oncle Georges.

— Le frère de Papi ? Le mari d'Yvonne ? Comment ça, ils l'ont donné ?

— Papi lui a demandé de s'en charger.

— Et qu'est-ce qu'il en a fait s'il ne l'a pas enterré ?

— Il l'aurait mis dans la tombe de Papi Edmond, explique Pierre.

— Comme ça ? Il l'a ouverte et il l'a foutu dedans ? C'est affreux. Je sais qu'on n'enterre les bébés morts nés que depuis très peu de temps en France, alors en Tunisie et à l'époque, un nourrisson… Mais bon, c'est quand même affreux.

— Papi et Mamie le vivent très mal. Depuis toutes ces années, explique Mona.

— Bon, et maintenant que c'est fait, qu'est-ce que vous voulez faire ? À quoi ça sert de reparler de tout ça. On ne va pas rouvrir la tombe !

— On voudrait juste dire au revoir à notre petit frère, dit Stan.

— On voudrait en savoir plus sur ce qu'en a fait l'oncle Georges, enchaîne Pierre.

— Et c'est pour ça que vous avez besoin de moi ? Comment vous dire… je peux toujours essayer de l'appeler, mais pas sûr que là où il est, il capte.

Une fois de plus, Maman esquive avec de l'humour, se dit Mona. Je l'ai sentie tout de même touchée tout à l'heure quand elle a entendu le nom de Joseph. Mettre un prénom sur un de ses frères, ce n'est pas pareil. Ce n'est plus un nourrisson inexpressif. C'est Joseph. C'est une personne.

— Il est mort il y a une éternité, l'oncle Georges ! conclut Floriane.

— Sa femme est toujours en vie, non ? demande Pierre.

— Elle fait un Alzheimer sévère depuis dix ans.

— Les Alzheimer perdent la mémoire proche mais se rappellent très bien leur mémoire très ancienne, non ? ajoute Stan.

— On pourrait aller la voir et l'interroger, propose Pierre.

— Je ne sais même pas où elle habite !

— Ça se trouve, non ? insiste-t-il.

— Il faudrait que j'appelle la cousine Maud pour récupérer l'adresse exacte de sa mère.

— Super, s'écrie Mona.

— Mais je n'y vais pas seule. C'est trop glauque. Tu viendras avec moi, Mona ! C'est toi qui as soulevé tout ce bazar, alors tu m'accompagnes.

— Ok, je viendrai, répond Mona, enfin incluse dans la discussion.

— Bon, faudrait peut-être qu'on te laisse avec ta conquête, Pierre. Elle va arriver. Qu'est-ce que tu lui as dit à celle-là déjà ? Que tu habitais où ?

— Bruxelles, répond Stan.

— Je ne pensais pas la revoir autant de fois quand j'ai inventé tout ça, ajoute Pierre.

— On s'attache, on s'attache ! ponctue Floriane comme pour clore la conversation avec une phrase musicale qui sonne le glas. Allez je file, enchaîne-t-elle avant d'enfiler son manteau.

Elle ouvre la porte et tombe sur Simonetta.

— Je ne suis pas chambre 502 ? demande la trentenaire.

— Si, tout à fait, vous y êtes. Vous devez être Simonetta. Pierre a fini de répéter. Il vous attendait justement. Je partais.

— On va y aller aussi, enchaînent Stan et Mona. Au revoir Pierre.

— Au revoir les amis. C'était super de pouvoir vous voir ici à Paris.

— La prochaine fois, on vient chez toi à Bruxelles, tu nous invites, hein ? dit Stan.

— Bien sûr, répond Pierre, gêné, avant que Mona et Stan ne ferment la porte.

Restés tous les trois dans le couloir de l'hôtel, Floriane, Stan et Mona se dirigent vers l'ascenseur. Ils attendent son arrivée en silence. Puis Floriane les interroge :

— Pourquoi il se met dans ces histoires, à votre avis ? Toujours des femmes plus jeunes, avec qui il ne peut rien construire ? Et pourquoi faire cela à Édith ? Elle qui lui a donné une fille géniale.

— Pierre ne peut pas aimer une femme qui porte un enfant, répond Mona. Un enfant pour Pierre, c'est la promesse de la mort. C'est Joseph. Je sais que tu penses que je dis des conneries, Maman, mais malheureusement, c'est la réalité.

Ils sont à présent tous les trois silencieux dans l'ascenseur. Mona plonge sa main dans sa poche et caresse la pierre.

65.

— C'est à quel étage ? demande Mona.

— Quatrième gauche, répond Floriane en appuyant sur le bouton de l'ascenseur.

Tandis que les portes de l'engin se referment, Mona caresse la pierre dans sa poche. Elle promet à son petit frère une réponse. On est si près du but, se dit-elle dans sa tête. Je vais reconstituer ton histoire, Joseph, te rendre ta vie. Comme dit Papi, ne jamais laisser les autres, les vivants, la raconter à ta place.

— Tu ne dis rien surtout, ok ? dit Floriane avec autorité. Tu me laisses faire avec la tante. Tu restes en retrait.

Les portes de l'ascenseur s'ouvrent sur une cage d'escalier relativement vétuste. Le bruit des portes en métal de l'engin résonne sur le palier, rendant au lieu son étrangeté et son caractère intimidant. Floriane sonne à la porte de l'appartement 63. Une vieille femme ouvre la porte. Sa tête est recouverte d'un turban enroulé autour de ses cheveux. Elle jette un regard furtif à Mona et sourit à Floriane avec toutes les dents qui lui restent. Elle prend la main de Floriane avec affection. Elle la tient entre ses deux mains tandis que le poignet de Floriane accuse le poids de son sac qui pend, tenu par la sangle qui compresse le milieu de son avant-bras. Mona se demande si la tante reconnaît Floriane. Ce qui est sûr, c'est qu'elle est chaleureuse. Elle ne semble pas remarquer le sourire forcé de Maman, se dit-elle. Pourtant son regard est vif. Il semble alerte. Je ne l'imaginais pas si réveillée. Je m'attendais à trouver une expression vide. Elle a l'air plutôt sympa, la tante. Elle ne me calcule pas et Maman ne me présente pas. Mais j'ai promis de rester dans mon coin. On est les accompagnateurs, Joseph. On reste calme. On va obtenir les infos qu'on cherche.

— Bonjour ma fille. Aïcha, prononce-t-elle en arabe, dévoilant le peu de dents qu'il lui reste. C'est bien de venir rendre visite à ta vieille tante, dit la femme.

Mona suit sa mère qui pénètre dans l'appartement, invitée par la vieille femme à entrer dans un couloir étroit, meublé de placards qui rétrécissent le lieu, obstruant le puits de lumière qu'on devine au fond et rendant difficile le passage de la femme dont les hanches camouflées sous la djellaba touchent les murs malgré sa démarche en crabe.

— Aich benti. C'est gentil de venir voir ta tante. Wouala, ses enfants jamais ils viennent. Et après ils disent ta tante elle a perdu la tête. Toute la journée elle voit personne. Walou.

Mona se demande depuis leur arrivée pourquoi la tante parle d'elle-même à la troisième personne, jusqu'à ce qu'elle aperçoive une femme au bout du couloir. La vraie tante Yvonne, c'est elle. Assise sur une chaise, le regard perdu dans le vide, elle est prostrée devant un feuilleton à la télévision dont le son saturé oblige la dame qui s'occupe d'elle à crier quelque chose en arabe. Le son à présent coupé, Floriane pénètre dans la pièce tandis qu'elle fait signe à Mona de rester dans le couloir.

— Bonjour Yvonne, prononce Floriane avec douceur.

— Bonjour ma chérie, lui répond la tante Yvonne, comme si elle venait de se réveiller de son hypnose.

— Tu te rappelles de moi ? Floriane.

— Bien sûr. Je t'ai toujours adorée, ma belle-sœur chérie. Étoile ! Tu es notre étoile à tous.

— Je suis Floriane, la fille d'Étoile.

— Bien sûr. Et tu brilles dans mon cœur, Étoile. Tu es là, Aïcha ! dit la tante Yvonne avec affection, désignant son cœur, avant de porter à nouveau son regard sur le poste de télévision muet, sans sembler être dérangée par l'absence de son.

Son regard se fait vide. Elle est comme hypnotisée, comme si elle avait oublié la présence de Floriane qu'elle vient de saluer.

— Viens ! viens ! N'aie pas peur ! dit la dame à Mona, un plateau de café et de makrouds dans les mains. Approche. Tu ne vas pas rester là.

— Si, je suis très bien là, Madame. Merci.

— Comme tu veux, ma fille. Je m'appelle Fatima. Mefel Kawa ? Café ?

— Non merci, Fatima.

Fatima pose le plateau de café et de gâteaux sur la table de la salle à manger au bout de laquelle se trouve la tante Yvonne. Elle désigne une chaise sur laquelle elle invite Floriane à s'asseoir, légèrement en retrait de la table, juste ce qu'il faut pour que la tante Yvonne puisse voir l'écran de télévision entre Floriane et la table.

— Ils sont bons les makrouds. Prends-en un, ma fille, l'oblige la tante Yvonne d'un ton directif.

— Merci Yvonne, dit Floriane, s'exécutant.

— Comment va Félix ? demande la tante sans regarder Floriane dans les yeux, le regard fixe sur le poste de télévision.

— Papa va bien, merci.

— Ton mari est extra, ma belle-sœur. Dieu le garde.

— Yvonne, je suis venue te parler de quelqu'un, poursuit Floriane, faisant fi de la confusion soulevée par le fait qu'Yvonne la prend pour sa mère.

— Oui Étoile, je t'écoute. De qui tu veux me parler ?

— De Joseph, le bébé. Tu te rappelles ?

Mona est comme prostrée, immobile, dans le couloir. Sa mère ne conteste pas qu'elle est Étoile. Elle joue le jeu d'Yvonne pour enclencher la conversation, comprenant qu'elle ne peut exister que sur ce mode. Cela fait froid dans le dos. Mona se sent très mal à l'aise, doublement mal à l'aise, de voir sa mère jouer ce jeu, et d'être elle-même cachée dans ce couloir sordide.

La tante Yvonne n'a pas accès à l'existence d'une Floriane adulte, se dit-elle. Sait-elle seulement qu'Étoile est grand-mère. Mon absence est essentielle à ce qui se joue, se dit Mona qui redouble d'immobilité. Dans cette conservation où Maman est Mamie, je n'existe pas. Le souffle retenu, Mona espère que la tante ne pas va se réveiller.

Elle recule de quelques pas. Cramponnée à la pierre dans sa poche.

— Comment veux-tu que j'oublie ça, ma pauvre chérie, répond Yvonne, les yeux fixés sur le poste de télévision. Je sais que ça a été si difficile pour toi, lui dit-elle, la regardant à présent. J'y ai repensé souvent. Un garçon surtout. C'est affreux.

— Oui.

— Nous les mères, on aime tous nos enfants. On dit toujours qu'on ne fait pas de différence. Mais un garçon c'est un garçon. Il n'y a rien à faire.

— C'est sûr, dit Floriane pour l'encourager à continuer.

— La vie, elle est mal faite ! Félix, il le voulait tant ce petit, raconte-t-elle, les yeux perdus dans le vide. Je me rappelle, ma belle-sœur, quand tu as eu ta fille, il voulait tellement un garçon. Il était si triste. Sa mère, la pauvre – que son âme repose en paix –, a brûlé de l'encens et l'a passé partout dans la maison pour que ça ne se reproduise pas. Elle disait que les gens lui avaient porté l'œil. Heureusement qu'il y a eu le deuxième. Le garçon. Comment il s'appelle déjà ?

— Pierre, répond Floriane dans un flot continu pour ne pas interrompre sa tante.

— C'est ça. Avec le petit Pierre, les choses commençaient à s'arranger, tu te rappelles. Mon beau-frère, le pauvre, il se remettait doucement. Alors ce nouveau bébé qui est arrivé après, c'était une bénédiction. Avec lui, enfin, ça faisait une belle famille. Quel malheur, un garçon qui part comme ça à cause de sa sœur. Il fallait l'éloigner quand elle a eu la rougeole pour qu'elle ne le contamine pas.

— La quoi ?

— La rougeole de la petite qu'elle a donnée à son frère, le pauvre.

— Qui ça ?

— La petite. Oui, il fallait la mettre en quarantaine pour qu'elle ne contamine pas le petit.

Mona regarde les yeux de sa mère pour la première fois remplis de larmes. Que voit-elle de la tante à présent, avec ses yeux embués. Cette horrible peau pendante et ces yeux inquiétants, figés, qui semblent déconnectés de la bouche qui profère ces paroles si dures. Maman chérie, cette femme dit n'importe quoi, c'est sûr. Elle est si vieille et malade. Je suis sûre que tu n'es pas responsable de la mort du petit frère. Papi m'a dit qu'il était mort dans son sommeil.

Une larme coule sur la joue de Floriane tandis que Mona est condamnée à rester immobile. Pour la première fois de sa vie, elle aimerait prendre sa mère dans ses bras. Elle la trouve si fragile. La petite fille qu'elle a dû être se dévoile, et la posture de Floriane est désormais loin de cette femme au port altier qui agaçait Mona à force de tout regarder de haut. Floriane essuie ses larmes pour exhorter la tante à poursuivre.

— Ah non ! Ce n'est pas juste que ce soit lui qui soit parti, reprend la tante. Un garçon surtout. Ne pleure pas. C'est une histoire ancienne. Je te comprends, tu aurais préféré que ce soit elle, la petite, et pas ton fils. Mais ma chérie, on ne choisit pas. C'est Dieu qui décide. Mange un makroud, ça va te faire chaud au cœur, ajoute la vieille tante, tendant à Floriane un makroud qu'elle pose d'autorité dans ses doigts, l'obligeant à lécher le miel qui coule sur son poignet contre son gré.

— Heureusement tu as eu un autre fils après. Tu dois être fière de tes garçons aujourd'hui.

Floriane laisse échapper de gros sanglots. Elle a du mal à poursuivre et est encombrée avec ce miel sur ses doigts qui l'empêche de relever ses cheveux, collés par les pleurs, sur ses tempes.

— Vous avez bien fait de quitter Tunis. Raconter cette histoire à tous les gens, ça aurait fait mal.

Fatima sort de la cuisine qui se trouve en face de la salle à manger. Elle regarde Mona et lui fait signe de venir en aide à sa mère.

— Yvonne, je te présente une amie de la famille, dit Fatima à Yvonne.

Mona pénètre dans la pièce. Elle est surprise par son propre sang-froid. Elle ne pleure pas, feint une démarche détendue et un visage souriant. Elle attrape le makroud qui encombre les mains de sa mère et le saisit avec ses deux doigts. Elle en mange la moitié et feint d'y prendre du plaisir.

— Ils sont délicieux ces makrouds, Madame, dit-elle à la tante Yvonne qui lui rend un sourire. Il y a encore une chose que mon amie Étoile voulait vous demander, mais elle est un peu émue, alors elle n'ose pas trop. Vous vous rappelez quand son mari, Félix, a donné le petit Joseph à votre mari, à Georges c'est bien ça, pour qu'il l'enterre, dit-elle en enfournant l'autre moitié de makroud dans sa bouche.

— Bien sûr que je me rappelle, dit maintenant la tante en s'adressant à Fatima. Ça s'oublie pas ça. Georges, le pauvre, mon mari, il était choqué. Il est rentré avec le petit dans un drap à la maison. Ma mère, qui vivait avec nous – paix à son âme –, a tout de suite dit qu'il fallait éloigner la mort de notre foyer. Elle a fait brûler de l'encens pour protéger chaque recoin de la maison et elle a demandé à Georges d'emmener le petit loin. Où il voulait, mais loin.

— Vous vous rappelez où ? Étoile aimerait bien le savoir.

— Il ne voulait pas m'en parler. Je me rappelle juste qu'il est parti la nuit avec le couffin. Et qu'il est revenu le lendemain matin. Il était saoul. Et il m'a demandé de ne plus jamais en parler. Alors je suis restée bouche cousue, ma fille.

— On va y aller, Madame. Merci de nous avoir accordé du temps. Allez viens, dit Mona à Floriane, la prenant par le bras pour écourter les au revoir.

— Fatima, reprend Yvonne, faisant sursauter Floriane et Mona qui s'apprêtent à quitter les lieux. Fatima ! Mets des makrouds dans une boîte pour ma belle-sœur Étoile. Elle va en rapporter pour ses fils.

66.

— Chut, elle s'est endormie, dit Stan. Mona lui a donné un comprimé. Ça doit faire trois heures qu'elle se repose.

— C'est complètement fou cette histoire, dit Pierre en enlevant son manteau.

Mona regarde Stan et Pierre s'enlacer avec affection. Elle mesure la chance qu'elle a d'avoir grandi au cœur de cette fratrie. Quand quelqu'un meurt, on plaint ceux qui restent, se dit-elle ; on dit que le plus difficile est pour eux, mais c'est complètement faux. C'est un raisonnement autocentré de vivant. Ce sont ceux qui partent qui sont le plus à plaindre. Ce pauvre Joseph n'a pas connu ses frères, sa sœur, la joie de vivre de Papi, la douceur de Mamie, le son de la cafetière, le goût de ses plats savoureux.

Joseph, petit frère, je ne sais pas à quoi ça ressemble la mort, mais j'ai l'impression que tu es revenu vivre avec nous pour quelque temps. Que tu partages tout cela. Les douleurs-fantômes que ton absence a causées. Je te sens proche de moi, proche de nous. Tu es revenu parmi nous et tu as bouleversé nos vies.

Quand je regarde Maman dormir, elle qui est inébranlable, elle que rien ne peut atteindre, je comprends combien tu es présent.

Pour la première fois de sa vie, en regardant Floriane assoupie, Mona a le sentiment d'avoir accès à sa mère telle qu'elle est, sans représentation ni distance. Fallait-il qu'elle soit à terre pour que cela soit possible ? Les cheveux de Floriane décoiffés recouvrent son visage posé sur le coussin du canapé. Allongée en position fœtale au milieu du salon, ses longues jambes pliées dans son élégant pantalon de flanelle blanche sont d'une grâce infinie. Se découvrent aussi de jolis pieds soignés, posés dans un relâchement absolu. Enveloppée d'une vulnérabilité nouvelle, Floriane est belle. Belle comme jamais. Soudain toutes ces choses qui irritaient Mona, qui s'imposaient à elle – ce trop-plein d'assurance, de féminité, toute cette agression – disparues, révèlent à Mona une amie, une personne douce et précieuse, une maman. Maman je t'aime. Je crois que c'est la première fois de ma vie, Maman, que je t'aime. Je suis désolée d'avoir attendu que tu sois affaiblie pour t'aimer, mais c'est la première fois que je t'aime en entier, Maman. J'ai envie de te prendre dans mes bras.

— Ça va toi, Mona ? demande Pierre. Ça n'a pas dû être simple.

— Allons dans la cuisine, chuchote Stan. Pour ne pas la réveiller.

Mona déplie une couverture et recouvre délicatement Floriane avant de suivre ses oncles vers la cuisine. Pierre ouvre une bouteille de vin et les sert.

— La tante a dit tellement d'horreurs, avec ses yeux dans le vide qui faisaient peur, raconte Mona. Elle était sûre que Maman était Mamie. Elle l'appelait « Étoile » et Maman était tétanisée. Elle ne disait rien. Elle savait que si elle la sortait de son délire, elle se refermerait. C'était effrayant.

— Qu'a-t-elle dit exactement sur cette histoire de contagion ?

— Que c'est Maman qui a contaminé le petit frère. Qu'elle avait la rougeole. Ça a été très dur pour elle d'entendre ça. Quand on est reparties, elle était en larmes. Elle a appelé sa secrétaire, a annulé tous ses rendez-vous, a pris un cachet pour dormir et m'a demandé de l'emmener quelque part où elle serait tranquille, sans avoir à raconter tout de suite à Papa ce qui se passait. Comme j'avais les clefs d'ici…

— Ce n'est pas de sa faute. C'est la vie, c'est tout.

— Et puis la tante a aussi dit des choses horribles sur le fait que ça aurait été moins grave que ce soit une fille qui meure. Quelque chose comme quoi les filles c'est moins important que les garçons. Que Papi, en apprenant la naissance de Maman, était désespéré. Il voulait des garçons.

— C'était une autre époque. Tellement archaïque, dit Pierre, désolé.

— J'ai pensé à Joseph ces jours-ci. J'ai réfléchi et je me suis dit que, voilà, j'étais arrivé après lui, explique Stan. Après Joseph. Je suis l'enfant qui répare. J'ai dû grandir dans son ombre. La mort au-dessus de ma tête. J'ai dû naître, moi, de ce chagrin. Je crois que je suis une projection, que je suis le souvenir du passé. J'ai aussi dû incarner le conflit du genre. Ils voulaient réparer avec un autre garçon. Ils voulaient tant que je sois un garçon ! Ça a dû me peser. Et puis peut-être aussi que tous les hommes que j'ai aimés, ils représentaient cette fusion que je recherchais avec ce petit frère absent.

— Ne tombons pas dans l'interprétation à outrance, corrige Pierre. On va faire de la psychologie de comptoir. On ne peut pas tout relier à lui.

— Ce n'est pas de la psychologie de comptoir. C'est du bon sens. C'est l'évidence. Tout est lié à lui, répond Stan. Et pour toi aussi c'est pareil. Tu as vécu la mort d'un enfant. Et bizarrement tu es incapable d'aimer une femme dès lors qu'elle porte ou a porté un enfant. Tu ne te demandes pas pourquoi ?

— C'est vrai que j'ai eu un rejet de la grossesse d'Édith.

— Ça ne t'a pas empêché d'aimer Raphaëlle, mais c'est assez juste, acquiesce Mona.

— En revanche, pour toi Stan c'est abusé. Tu as toujours dit qu'on n'est pas gay en réaction à quelque chose. Et là tu sous-entends le contraire, lui oppose Pierre.

— Je ne sais plus, je ne sais plus rien. Enfin si, c'est le type de relation que je cherche dont je parlais : la fusion pour combler un manque.

— Je vois, répond Pierre.

— Quant à moi et mes angoisses, je crois que c'est clair comme de l'eau de roche, ajoute Mona.

— Clair comme de l'eau de roche, répète Stan.

— Il y a encore quelque chose à boire pour moi ? demande Floriane, postée dans l'encadrement de la porte.

— Bien sûr, ma sœur, répond Pierre avec son énergie habituelle, comme si la solennité du moment était retombée.

La démarche nouvellement adolescente de Floriane, pieds nus dans cette cuisine, attire l'œil de Mona qui s'amuse de la nonchalance de sa mère. Elle semble dans un lâcher-prise inhabituel. Floriane prend appui sur ses deux avant-bras et monte sur le plan de travail de la cuisine de Stan pour s'asseoir parmi eux. Elle goûte le vin et ouvre le placard qui se trouve derrière elle. Elle en sort un paquet de chips qu'elle ouvre et entame. Puis elle le tend à ses frères et Mona, assis sur les tabourets hauts autour du mange-debout.

— Je crois que je déteste être une fille, commence Floriane. Je n'ai jamais aimé ça. Ça a quelque chose de tellement...

— De tellement quoi ? la questionne Pierre.

— Contingent, répond Floriane après avoir bu son verre jusqu'à la dernière goutte. Une fille c'est contingent, ajoute-t-elle, la gorge à présent remplie de larmes.

— C'est ce que pensaient les anciens, répond Pierre dans une bonne humeur volontairement réparatrice. C'est parce qu'ils ne connaissaient pas Raphaëlle, ajoute-t-il pour détendre l'atmosphère.

— N'empêche que j'ai grandi avec cette idée qu'une fille ça ne sert à rien. C'est un être humain, mais ce n'est pas un garçon. C'est là, mais si c'est pas là, c'est pas la fin du monde.

— C'est des conneries ça, lance Pierre.

— La tante, poursuit-elle en pleurant, elle a dit que j'aurais dû partir à la place du petit frère, que ça aurait été moins grave, que Papa et Maman, ils auraient été moins tristes. Parce que je suis une fille.

Mona reste silencieuse. Elle regarde sa mère et pense qu'elle aimerait la prendre dans ses bras et lui dire combien elle est fière d'être sa fille, combien elle comprend qu'elle n'ait pas voulu de cette histoire de petit frère mort. Qu'elle ne lui en veut pas de la lui avoir donnée.

Et puis tu ne m'as rien donné, pense-t-elle. C'est moi qui ai pris. Toi tu m'as donné la vie. Et je t'en remercie. Je te remercie tellement. Le reste c'est moi qui l'ai pris, toute seule. On n'est pas responsable de ce que nos enfants prennent de nous. Et puis je commence à être un peu réparée. Le petit frère est revenu et il me panse. Il est là. Par la pensée, il est mon ange, mon bon ange, se dit-elle, caressant la pierre dans sa poche.

— On en veut toujours à ceux qui restent, tu sais, la rassure Pierre. Et puis je pense que les parents ont progressé depuis. C'est la tante qui a dit ça. Pas Maman. Pas Papa. Il ne faut pas penser à leur place.

— Mais je l'ai ressenti, ça. Quand j'étais enfant, je voyais bien qu'il fallait que j'en fasse plus pour qu'ils m'aiment. Être meilleure, être la meilleure. Faire de bonnes études, même s'ils s'en fichaient au fond. Être belle. Être la plus belle. La plus féminine. Jouer à fond cette carte de la femme qui « doit ». Être gentille, être douée, être bien élevée, être élégante.

— Grâce à ça tu as été première de ta promo de médecine et tu es super canon, répond Stan sur un ton léger. Il y a pire, non !

— Mais je suis passée à côté de moi. Qui je suis, je n'en sais rien ! Je suis juste celle qu'il fallait que j'essaie d'être pour me faire pardonner.

— Tu n'avais rien à te faire pardonner. C'est la vie, un point c'est tout. Ceux qui restent souffrent de se sentir coupables. Le fait que la maladie soit venue de toi, c'est un hasard et ça doit rester un détail. On se sent tous coupables d'exister.

— Et de ne pas l'avoir enterré, ajoute Mona.

— Que vous a dit la tante à ce sujet ? questionne Stan.

— Elle ne sait rien. Elle se rappelait juste avoir vu l'oncle rentrer au petit matin après être parti avec le petit pour s'en débarrasser.

— C'est tellement violent, dit Stan.

— Ils n'en ont jamais reparlé je crois, poursuit Floriane.

Mona sort timidement l'obsidienne de sa poche. Son cœur bat soudain très vite. Elle est parcourue par un trac qui lui donne des palpitations dans le cœur comme si elle allait monter nue sur une scène. Elle se lance, montre la pierre aux autres et prononce :

— Je me dis qu'il est là.

— Qui, demande Pierre, étonné.

— Joseph. Je pense, enfin, je me dis qu'il est là.

Un silence occupe l'espace. Ses oncles et sa mère la regardent avec incompréhension.

— J'ai cette pierre avec moi depuis plusieurs semaines, reprend-elle. C'est à cause de Gammarth. Enfin grâce à Gammarth. Vous voyez, il y a une boutique de pierres dans la rue de Provence, à côté de chez Papi et Mamie. J'y suis entrée avec Gammarth pour demander un truc et il a fait tomber un plateau de pierres avec sa queue. J'en ai rattrapé une au vol. Et puis finalement elle est tombée quand même. Elle s'est brisée.

— Ok, quel rapport avec Joseph, demande Pierre.

— Les obsidiennes permettent de communiquer avec l'au-delà.

— C'est pas des conneries, ça ? répond-il.

— Peut-être, mais dès que j'ai touché la pierre j'ai eu mal là, dit Mona, désignant son plexus. J'ai ressenti quelque chose. C'est difficile de vous expliquer ça. Après je l'ai gardée, d'abord parce que je ne savais pas quoi en faire, où la mettre. Et puis, petit à petit, j'ai ressenti qu'il y avait un rapport entre elle et Joseph. Aujourd'hui je sens qu'elle est mon lien avec lui.

Mona tend la pierre à Stan.

— Prends-la dans ta main.

Stan saisit la pierre. Ses frères et sœurs restent silencieux. Mona avait déjà imaginé parler de la pierre à ses oncles et craignait qu'ils la tournent en dérision. Elle l'a fait. Personne ne se moque. Une sorte de respect. Tout est tellement perdu, doivent-ils se dire. Ils me laissent aller au bout de ma croyance. Tout se vaut quand on n'a plus rien de rationnel à quoi se raccrocher, non ?

— Je n'ai que cette pierre, poursuit-elle. Mon seul lien à Joseph. Je crois que je communique avec lui. Peut-être pas avec lui vraiment, mais avec ce « lui » qui occupe cette place en moi.

Le regard de Stan se remplit de larmes. Il regarde Mona ; elle prend sa main pour l'accompagner dans l'émotion. Pierre ne se moque pas. Floriane non plus. Ils observent, silencieux, comme si autour du petit frère sacré, le refus tacite du blasphème créait ce silence qui donne une chance à la reconnaissance de ce lien improbable à lui. On fait avec ce qu'on a.

— Je crois que ce n'est pas pour moi, ça, dit Pierre.

— J'ai ressenti quelque chose, un fluide, une communion, quelque chose de spirituel. Peut-être que ça n'a rien à voir avec cette pierre, enfin si quand même. Je n'en sais rien. Enfin peu importe, j'ai ressenti un truc, témoigne Stan.

— Donne-la-moi, dit Floriane, suscitant l'étonnement de ses frères et de Mona. Je voudrais bien essayer.

Mona reste coite. Sa mère est sans doute celle à qui elle n'aurait jamais osé proposer cela. Ses années de médecine, ses raisonnements pragmatiques à outrance, sa manière de tourner en dérision tout ce qui a trait au ressenti. Floriane saisit la pierre et ferme les yeux. Elle ramène ses pieds ballants au-dessus du plan de travail contre elle et se tient désormais en tailleur, croisant ses jambes sous elle. Elle serre la pierre entre ses deux mains et ferme délicatement les yeux.

— Excuse-moi, Joseph, marmonne-t-elle à l'attention de la pierre, les yeux toujours fermés. Je suis tellement désolée pour tout cela. Je te prie de m'excuser de t'avoir donné cette maladie. Je suis aussi désolée de t'avoir oublié. Ce n'est pas complètement de ma faute. J'espère que tu me crois. Papa et Maman ne voulaient pas nous parler de toi, poursuit-elle en pleurant à présent. À eux non plus, il ne faut pas leur en vouloir ; c'était trop dur pour eux, je crois.

Pierre se lève à présent de sa chaise et enlace sa sœur. Il la prend dans ses bras tandis qu'elle se laisse aller à pleurer sur son épaule. Mona n'en revient pas. Jamais elle n'aurait pensé voir un jour sa mère dans une telle sincérité.

— Comment réparer les choses ? ajoute Floriane dans les bras de Pierre en sanglotant.

— En lui offrant un enterrement. C'est peut-être la seule chose qu'il nous reste à faire. Lui offrir la sépulture que Papa et Maman n'ont pas eu la force de lui donner.

— Comment veux-tu faire cela ? Son corps est dans la tombe de notre grand père et il ne doit plus être là, dit Stan.

— Enterrons la pierre de Mona ! dit Pierre.

Floriane rit à présent.

— C'est complètement fou.

— On s'en fiche, poursuit Pierre. On ne va pas lancer des invitations. On fera ça tous les quatre. Entre nous. Qu'en dis-tu, Mona ?

Mona est pleine d'émotion. Un mélange de sentiment de fusion et de reconnaissance la remplit de gratitude. Elle se sent si entourée à présent. Embarquée avec ces gens qu'elle aime immensément dans le même bateau. Un voilier un peu bancal mais tout de même bien solide, prêt à voguer en toute liberté, porté par une folie presque insolente. Mona se sent en amour ; elle se sent libre ; elle se sent puissante au cœur de cette tribu de pirates.

— Je suis d'accord, répond-elle avec émotion.

— Si on veut faire les choses dans les règles, il faut qu'on soit dix, dit Stan.

— Pour faire un kaddish ? répond Pierre.

— Si on offre une sépulture à Joseph cinquante ans après sa mort, faisons les choses comme il faut. Dix hommes, un kaddish, insiste Stan.

— Pour faire remonter son âme au ciel, peut-être, dit Mona.

— Mais pourquoi faire ? On n'a jamais cru à ces conneries dans la famille, s'étonne Pierre.

— Certes, mais là on parle de lui, pas de nous, insiste Stan. Qui on est pour décider de le priver de ça. Et si ça avait un sens ? Joseph est un membre à part entière de la famille et chez nous, c'est comme ça qu'on dit au revoir. Ça ne coûte rien de le faire. Si ça peut l'aider.

— Si ça peut nous aider, ajoute Floriane.

— Ok, mais il nous manquera toujours huit hommes pour être dix. Un kaddish si on n'est pas dix, ce n'est pas un kaddish.

— C'est vrai qu'on trouvera difficilement huit religieux d'accord pour faire un kaddish sur une pierre, dit Floriane.

— Enterrons le simplement au pied d'un arbre et récitons ce kaddish, tranche Mona. Si son âme est là, elle entendra. Si Dieu existe, il nous exaucera, comprenant que nous ne sommes pas dix. C'est une situation un peu exceptionnelle. Et s'il n'existe pas, on l'aura fait pour nous.

Pierre prend la pierre dans la main de Floriane pour la rendre à Mona. Timidement. Il la garde un peu dans sa main, la caresse. Mona le regarde. Il fait ça un peu vite fait, comme par peur d'être pris en flagrant délit par le regard des autres, comme s'il n'assumait pas vraiment. Mona tourne volontairement les yeux et enchaîne pour laisser Pierre un instant avec la pierre. Elle se lève et ouvre le réfrigérateur.

— Je crois qu'il ne reste que de l'ouzo si on a encore envie de boire. Moi j'aime bien ça l'ouzo, pas vous ?

67.

— Les enfants sont à Londres et je ne m'inquiète pas. Je ne ressens rien. Enfin si, je suis contente pour eux.

— Vous avez parcouru un chemin incroyable, Mona, la complimente Madame Savonet.

Les deux femmes restent silencieuses. Cela fait si longtemps que Mona vient ici. Elle se rappelle la première fois. Leur première rencontre. L'évanouissement dans le supermarché. La discussion avec le médecin urgentiste. Il était si gentil, se souvient Mona. Il m'écoutait quand je lui parlais de la surcharge d'émotion que j'avais ressentie. Cette maman qui ne retrouvait plus son enfant dans le supermarché. Elle pleurait, elle hurlait. L'enfant ne revenait pas. Ça durait trop longtemps. J'étais en empathie totale pour elle. Sa panique me bouleversait. Je m'identifiais à elle et étais submergée par l'émotion. La crise de panique. Et puis le trou noir. La chute. Et l'oubli.

Mona se souvient de la psychologue de l'hôpital qui lui avait parlé de l'efficacité de l'hypnose sur ce type de symptômes. Ce qu'elle avait, ça s'appelait un ictus amnésique. C'était très rare. Seules quelques personnes vivaient cela : perdre la mémoire et s'évanouir parfois un court instant après une forte migraine ou une émotion violente.

Alors il y avait eu les premières séances avec Madame Savonet. Il fallait traiter cela. Mona se souvient de sa résistance du début. Elle dévisageait Madame Savonet : ses pantalons vintages, sa coupe de cheveux avec ses mèches poivre et sel (devenus toutes blanches depuis). Il y avait la mosaïque qui donnait mal au ventre, l'envie de partir et le refus de prendre en charge le problème, la difficulté à entrer dans la relaxation, à lâcher-prise pour accéder à l'hypnose.

Et enfin le premier voyage dans cette galaxie magique de l'état de semi-conscience. Mona avait tout de suite compris qu'elle entrait en contact avec son inconscient, ce jour-là. La première fois qu'elle avait basculé dans cet état, dans l'hypnose, elle avait revu des images de l'enfance. Ces mondes imaginaires qu'elle visualisait semi-éveillée quand elle était petite. Une espèce de cercle, comme une grande patinoire, et des êtres effrayants tous minces et élastiques qui l'étouffaient.

Elle avait immédiatement compris que l'hypnose avait pris. Le fait qu'elle ait retrouvé ces images oubliées, pour elle, c'était la preuve incontestable que cela fonctionnait, qu'elle avait le pouvoir de convoquer des pensées rangées depuis des années dans les limbes de sa mémoire.

— C'est de la folie, ce projet d'enterrement, non ? poursuit-elle.

— C'est une manière comme une autre de faire et je pense qu'elle se respecte. C'est un choix de vous tous et c'est cela qui est important, répond Madame Savonet. Vous allez ensemble vivre cette aventure, qui va peut-être être le point de départ de votre chemin à chacun.

— C'est-à-dire ?

— C'est individuellement que vous règlerez cela les uns et les autres. Vous, Mona, l'avez déjà réglé, en partie. Maintenant c'est au tour votre mère et de vos oncles de commencer ce travail.

— Maman est en train de changer. J'ai l'impression qu'elle va devenir celle qu'elle a toujours été mais qu'elle ne connaissait pas.

— Vous allez peut-être pouvoir vous rencontrer différemment à présent. Vous êtes prête vous aussi. Vous lui avez rendu ce qui lui appartenait.

— Stan a choisi un square dans Paris. C'est complètement fou. Se dire qu'on va enterrer Joseph, enfin la pierre. Dans un square. C'est surréaliste.

— Vous avez de la chance, Mona. Vous avez trouvé la clef. Vous avez trouvé vous-même ce qui vous empêchait de vivre. Vous vous êtes battue pour décrocher vous-même cette nouvelle vie qui s'ouvre à vous.

— Et si ça ne suffisait pas. Si l'anxiété était toujours présente. Si elle revenait ?

— Vous avez les ressources désormais pour avancer. Vous saurez repérer un dysfonctionnement.

— La différence entre le possible et le probable ?

— Entre autres. On va s'arrêter là, Mona. Je crois que vous allez pouvoir avancer en autonomie maintenant. Je suis sereine. Je sais que vous avez les clefs et que vous saurez les utiliser. Et n'hésitez pas à écrire, surtout. Écrivez, c'est l'une de vos clefs à vous.

Mona regarde les cheveux de Madame Savonet. Pleine d'émotion, elle reste concentrée sur sa coupe. Ses mèches blanches qui forment un carré parfait, bien rangées. La lumière permet de dissocier des mèches. Certaines sont moins bien alignées. Là, il y en a qui sont coupées avec moins de régularité et dont on voit des petites fourches. Mona voudrait prendre les ciseaux rangés dans le pot à crayons de Madame Savonet et couper certains cheveux pour qu'ils soient tous bien alignés. Marie-Claude Savonet, vous allez me manquer, pense-t-elle. J'aime vos jolis yeux bleus et vos cheveux blancs ; j'aimerais vous prendre dans mes bras et vous remercier d'avoir été là pour moi. Est-ce que j'aurai le droit de vous appeler de temps en temps, ou de vous écrire, juste pour vous dire que ça va bien grâce à vous ? De vous passer un coup de fil juste pour vous dire cela ? Ça ne se fait pas, j'imagine. Joseph et moi on vous remercie. Il va pouvoir repartir, et moi je vais remettre mon peignoir de soie. Peignoir de soi. Tout est mot, tout est sens ici, réalise Mona.

Elle regarde le mur de mosaïque et repense à tous ses souvenirs évoqués ici. À l'enfance en chemise de nuit, aux dimanches soir tristes, aux humiliations qu'elle a racontées, au jour de la mort de Claude François – sa première expérience de la mort et aussi sa première angoisse. Elle repense à la crainte constante de perdre ses enfants qu'elle a tant évoquée ici, à ses stratagèmes avoués quand elle attifait Léa d'un manteau rose fluo les jours de sortie à Eurodisney pour que la maîtresse ne la perde pas, à la honte ressentie avec la mère de sa copine, à tous ces autres moments de désœuvrement qu'elle a confiés à Madame Savonet.

Mona cherche à présent le profil du bébé dans la mosaïque. Le dessin n'apparaît plus de manière évidente. À la place, une branche de cerisier se dessine. Les tesselles grises et orange sont les branches dont on peut suivre le chemin. Les points rouges sont les fleurs. Mona essaye de retrouver le bébé pour comprendre comment l'effet d'optique fonctionne. Elle le devine à nouveau, mais aussitôt il s'en va et elle ne le retrouve plus. C'est la forme de la branche de cerisier qui se dessine.

Mona avait lu qu'un dessin de branche de cerisier dont les boutons des fleurs sont ouverts signifie une renaissance. N'est-ce pas exactement cela ? Une renaissance.

— Merci Madame. Merci pour tout, dit Mona avant de quitter le bureau de Madame Savonet, laissant là la mosaïque prête à accueillir d'autres projections, d'autres histoires qui ont besoin d'être mises à plat, tandis qu'elle, Mona, va pouvoir passer à la partie « vie ».

S'en aller avec tous ces éléments réglés, et en faire de la vie. Tout simplement.

68.

La maison est éteinte. Mona n'a pas allumé les lumières. Elle est seule, allongée sur le canapé. Il était important de ne pas appeler Lucas, de ne solliciter personne. De rester seule, sans chercher refuge chez quiconque. Tout à l'heure, un peu plus tôt dans l'après-midi, en sortant de chez Madame Savonet, elle a appelé Antoine, son patron. Elle lui a dit qu'elle quittait son travail. Qu'elle le remerciait de lui avoir fait confiance. Elle a invoqué « un projet personnel » auquel elle avait besoin de se consacrer. La voie est libre. Le vide qui l'attend ne l'effraie pas. C'est un plein de puissance.

Les fenêtres sont ouvertes. Il fait chaud ce soir. Sortie de sa douche, Mona est à présent allongée sur le canapé, un drap de bain autour d'elle. Elle a allumé une bougie et regarde par la fenêtre. Le ginkgo biloba est vigoureux. Il a résisté à l'hiver pour la deuxième fois. Elle avait acheté le petit arbuste un jour de marché avec Hugo. Le fleuriste leur avait expliqué que ce tout petit bout d'arbre était un des plus costauds qui existait. En Chine, certains avaient trois mille ans. Les ginkgos résistent à tout et vivent des siècles, leur expliquait-il. Ce petit arbre, s'il résistait à l'hiver – il fallait le recouvrir aux périodes de gel –, deviendrait grand et accueillerait jusqu'aux petits-enfants d'Hugo, au moins. Mona et Hugo s'étaient renseignés sur les ginkgo biloba par la suite et avaient appris que le ginkgo était si résistant que c'était le premier arbre à avoir repoussé à Hiroshima, à moins d'un kilomètre du lieu de l'explosion. Le petit arbuste les fascinait Hugo et elle, et ils en prenaient tous les deux le plus grand soin. Ils l'appelaient « Ginkgo » comme si c'était un animal de compagnie. « Tu as arrosé Ginkgo ? », « tu as vu comme Ginkgo a poussé ? ».

Mona pense à Ginkgo. Comme sa famille, il peut avoir vécu des traumatismes énormes, il repousse. Moi aussi je repousse. Après cette bombe dévastatrice qui a diffusé des effets pour les générations futures. La perte de Joseph est radioactive. Mais je renais et cette nouvelle pousse sera vierge de séquelles. Hugo, Léa, vous allez grandir en paix. En paix avec Joseph. Vous allez pouvoir avancer au gré de vos envies et non en réaction aux traumatismes de vos ancêtres. Bien sûr, il y aura encore la peine de votre père dans votre mémoire cellulaire, son irréparable statut d'orphelin, mais vous saurez que vous avez la chance d'être, chacun, celui par qui il a réparé. Avec vous il a fondé une famille, et c'est sa richesse désormais.

Mona pense maintenant à Vincent qu'elle a tenu à l'écart de tout cela. Il ne sait rien de Joseph, de la pierre, de l'enterrement qui se prépare. De sa réparation à elle. De Lucas qui est là et qu'il doit juste sentir, appréhender. Elle a envie de lui dire combien elle est heureuse d'être réparée, combien elle sera une meilleure mère. Combien elle s'est affranchie de ce poids qui l'empêchait de découvrir la vie. Combien elle l'aime, lui, d'un amour fraternel qui ne les quittera jamais, un amour qu'aucun chemin n'entravera, son chemin à elle qu'elle a besoin d'explorer à présent et qui ne lui fera jamais oublier leur racine commune, le socle qu'il a été pour elle et celui qu'ils sont ensemble pour les enfants.

Elle lui doit cette histoire de petit frère. Il faut qu'elle partage cela avec lui. C'est aussi leur histoire commune. Savaient-ils, en se rencontrant, qu'ils avaient l'un comme l'autre un chaos dans leur histoire familiale respective ? Ils se sont reconnus, c'est sûr. Il faut qu'elle le lui raconte. Ils ont cela en commun. Un mystère de la création, une énigme dans leur timeline.

Mona saisit son téléphone et compose le numéro du studio. Même si Vincent y est, elle peut lui laisser un message. Cette impossibilité de décrocher est la garantie qu'elle pourra aller au bout de ce qu'elle a à lui dire. Trois sonneries et c'est à elle de s'exprimer.

69.

— C'est fermé par ici. Il faut entrer par l'autre côté, chuchote Stan. On pourra enjamber.

Il est 6 heures du matin. Le square Viviani est encore fermé. Mona, Stan, Floriane et Pierre quittent la grille fermée et entreprennent d'en faire le tour pour atteindre le côté le moins haut de la balustrade. L'obscurité fait ressortir leurs baskets blanches au bout de leurs silhouettes qui se devinent dans la nuit. Le silence de la rue et du square laisse entendre les oiseaux cachés dans les feuillages. Une lune semble avoir été dessinée dans le ciel avec la pointe fine d'un crayon. Les traits de son croissant sont parfaits.

— J'y vais la première, dit Floriane, enjambant la barrière du square, imitée par Stan et Pierre. Mona est à califourchon sur la rambarde quand une sonnerie courte se fait entendre depuis son téléphone.

— Mince, j'ai oublié de le couper, dit Mona.

Une fois de l'autre côté de la barrière, elle lit le SMS qu'elle a reçu. C'est Lucas.

« Je te rejoins, j'ai trouvé huit religieux volontaires sur un groupe Facebook. On arrive. Attendez-nous pour la prière. Donne-moi l'adresse précise stp. »

— C'est un ami à moi. Il a trouvé les hommes pour faire le kaddish. Ils arrivent.

— Il est génial ce Lucas, se réjouit Stan.

— Lucas, qui est-ce ? demande Floriane.

Mona jette un œil au nom de la rue de l'autre côté de la barrière et répond à Lucas.

« 2 rue du Fouarre. Paris 5. Merci beaucoup. C'est formidable »

— C'est ton amoureux, ce Lucas ? demande Floriane.

— Allez on y va, lance Stan. Le robinier est par ici.

À présent postés devant l'arbre majestueux, ils restent tous les quatre silencieux.

— Il est là depuis 1601, raconte Stan. C'est le plus vieil arbre de Paris. Il est immortel. C'est comme…

— Un temple pour Joseph, dit Mona.

— Il s'appelle « robinier » parce que le botaniste qui l'a planté au dix-septième siècle s'appelait Robin.

— Même s'il en a vu beaucoup, des choses dans sa longue vie, c'est sûrement son premier enterrement, au robinier, ajoute Floriane.

— Bravo Stan, il est superbe cet arbre, dit Mona, reconnaissante. C'est vraiment un bel endroit pour le petit frère.

— Moi c'était mon grand frère, lui dit-il, ému.

— Moi aussi je trouve que c'est un bel endroit, dit Pierre.

Floriane s'approche de l'arbre et enjambe le banc qui l'entoure. Elle le touche d'abord avec sa main. Elle la pose à plat dessus puis enlace l'arbre, les bras grands ouverts. Elle ferme à présent les yeux et se laisse aller à faire un câlin à l'arbre. Stan et Pierre regardent leur sœur. Sa manière de lâcher-prise, d'enlacer l'arbre malgré ses écorces les surprend. Elle ne se préoccupe pas de son joli pantalon. Avec ses baskets – recommandation vestimentaire de Stan qui craignait la pluie –, elle a l'air si jeune. Elle semble avoir perdu la rigidité et la hauteur sur laquelle elle était perchée. De ce statut bien à elle de femme qui impressionnait, elle garde une élégance naturelle qui imprègne ses gestes malgré les mouvements de son corps qui semble devenu désormais instinctif et spontané. Floriane est comme connectée au fluide du vieux robinier.

Mona rejoint Stan qui lui donne la main tandis qu'il regarde Floriane. Elle sort la pierre de sa poche et saisit la main de Pierre. Elle attrape délicatement sa paume et pose la pierre dedans avant de poser sa tête sur son épaule, le laissant explorer la pierre sans doute pour la dernière fois.

Un silence accompagne le mince filet de jour qu'on devine. L'instant est comme suspendu au croissant de lune qui a encore un peu d'énergie pour briller. Bientôt il ira se coucher, laissant la place à un monde de jour, un monde de vie, un nouveau monde où on aura dit au revoir à Joseph. Comment va être cette vie sans lui. Cette vie pas seulement libérée de ce poids, mais aussi séparée de cet être qui m'accompagne sans doute depuis toujours.

Je t'ai toujours connu, Joseph, j'en suis certaine maintenant. Tu as toujours été à mes côtés. Tu vas me quitter et je pense que tu vas me manquer. Je vais essayer d'être digne de la vie qui m'est donnée. Je sais désormais que tu veilles sur moi. Comme un ange qui me protège. Comme je t'ai protégé. On va bientôt se dire au revoir, Joseph. Tu es un petit frère formidable. Comment je peux le savoir ? J'ai ressenti ton âme. J'en suis certaine à présent. J'ai eu cette chance de te connaître.

Un groupe d'hommes pénètre dans le square, précédé de Lucas qui les invite à passer par-dessus la barrière. Ils sont coiffés de chapeaux et vêtus de longues gabardines noires qui ne les empêchent étonnamment pas d'enjamber la petite porte fermée du square. Une fois de l'autre côté, ils se dirigent avec naturel vers Mona et sa famille. Sans doute font-ils cela tous les jours. Accompagner des gens dans la prière, ensemble.

Ils saluent à présent Pierre et Stan d'une poignée de main et inclinent leur torse pour adresser leur salut à Floriane et Mona. Lucas est posté légèrement en retrait. Mona lui lance un regard reconnaissant de loin. Elle reste auprès de ses oncles et de sa mère, concentrée sur la cérémonie qui se prépare.

L'un des hommes en chapeau tend une kippa à Lucas qui les rejoint.

Stan sort un papier de sa poche.

— J'ai apporté le texte de la prière, dit-il.

— Je pense que ce n'est pas la peine. Eux, ils ont tout dans la tête à mon avis, répond Pierre, amusé par la situation.

Mona demande à Pierre qu'il lui donne la pierre restée au creux de sa main. Elle la glisse à Floriane qui la prend une dernière fois avant de la donner à Stan qui l'embrasse. Les quatre s'enlacent tandis que la pierre est lovée dans le creux de la main de Mona.

Mona se sépare à présent du groupe, enjambe le banc qui entoure l'arbre, pour se retrouver à son pied. Elle regarde le sol. Elle tâte la terre. Comment faire un trou avec les mains ? La terre semble dure et compacte. Par où commencer à creuser. Mona est ennuyée. Elle n'envisageait pas les choses ainsi. Elle imagine avec contrariété la pierre remonter sous l'effet de la première pluie et des enfants s'en emparer pour jouer à la lancer le plus loin possible ou donner des coups de pied dedans pour la faire avancer. Elle n'est pas à l'aise avec cette idée. Elle se relève, entourée d'un parfait silence et observée par cette assemblée qui respecte le temps qu'elle prend pour trouver le meilleur endroit possible au petit frère.

Là, tu seras bien, Joseph, pense Mona, apercevant une fissure dans l'arbre qui donne sur une cavité profonde et inaccessible à l'intérieur du tronc. Le trou forme comme une petite cabane, protégée du vent, de la pluie. Aucune main ne pourra jamais s'y glisser. Le robinier existe depuis 1601. Il sera encore là quand nous ne serons plus. Joseph, tu as gagné l'éternité. Les pierres sont éternelles. Tu nous survivras. Tu seras à jamais la mémoire de ce qui nous lie. Mona se hisse à présent sur la pointe des pieds et engage la pierre dans la fissure. Elle la tient encore un moment avant de la lâcher. Concentrée, elle s'adresse à elle à voix basse, « Je t'aime Joseph. Je ne t'oublierai jamais ». La pierre quitte sa main, tombe dans la cavité. Mona recule de quelques pas, suivie par un grondement qui démarre. La prière est fraternelle ; l'air du kaddish est poétique, pense Mona. Il est celui de la solidarité. Ces hommes sont venus pour honorer mon frère. Ils ne me connaissent pas et ont bien compris qu'il n'y avait pas de cercueil. La poésie est de ce monde.

Le jour se lève tout doucement, tandis que Joseph est parti se coucher avec la lune qui s'est éteinte.

70.

La lune s'est effacée. Le clapotis de l'eau est toujours présent quand Mona ouvre les yeux. Lucas, tu es là. J'aime ton bras qui m'entoure pour me tenir tout contre toi, pense-t-elle. La poésie du cerisier est toujours là. Même quand la lune est partie se coucher. La vie est si simple, se dit Mona quand le clapotis de l'eau nous accompagne. Elle n'est que poésie. J'aime tant être ici avec toi, Lucas. Je voudrais nous offrir ce temps suspendu pour toujours.

Puis-je m'offrir ce rêve à présent ?

La vie nous rappelle-t-elle toujours à sa réalité, ses mauvaises surprises, la peur de la mort, la crainte de tout perdre ?

C'est sans doute moi qui ai pensé cela pendant des années, réalise Mona. Il me semble évident à présent que je peux m'en affranchir, vivre une vie de plaisir où le lâcher-prise a toute sa place, sans rappeler cette peur omniprésente de la tragédie.

Mona se lève et se dirige vers le hublot pour regarder de plus près le spectacle de la nature à l'extérieur. Elle repense aux sensations de la veille. Leur arrivée ici, dans cette ancienne péniche amarrée sur la Seine à seulement quelques kilomètres du centre de Paris où Lucas l'a emmenée pour la nuit. La balade à vélo, un peu plus tôt dans la soirée. Ils étaient arrivés là, au milieu des fleurs et des plantes vertes. L'atmosphère ici respire la poésie. En prenant possession des lieux, Lucas avait mis de la musique. Ensuite, il leur avait servi à boire. Le corps de Mona continue de frissonner à l'évocation de cette extase. Lâcher-prise existe-t-il ? Elle repense à ce personnage que son esprit a engendré. Cette fée clochette en peignoir de soie noire, qui sautille de désir avec ses volutes légères sur la vie et fait glisser les choses du côté du plaisir et de l'abandon. Oui, Lâcher-prise existe bien, en moi. Je crois même qu'il a fusionné avec moi. Il ne me lâchera plus. C'est le cadeau que m'a fait Joseph avant de partir. Il nous a autorisés à nous unir, à ne plus guetter le mauvais, à ne plus craindre avec culpabilité que quelque chose de grave se produise.

Madame Savonet m'a donné les clefs pour distinguer le possible du probable ; Lâcher-prise, tu as infusé en moi l'envie de me détacher de l'anxiété ; et toi, Joseph, tu m'as donné ton consentement pour m'affranchir sans culpabilité de ce fardeau. Merci petit frère. Mona pense à cette nouvelle vie qui s'offre à elle. À cette page vierge qui se présente. Libérée de son travail, elle va pouvoir écrire. Écrire la vie de Joseph, sans doute. Oui, c'est cela qu'elle a envie d'écrire. Cette vie en creux chez ce petit être si fort et si présent pour eux. Elle aimerait rester ici pour écrire. Écrire, faire l'amour avec Lucas, respirer, Lâcher-prise. Cela semble si simple à présent.

Mona ouvre le thermos de café que Lucas avait apporté et s'en sert une tasse. Avant de s'asseoir, elle consulte son téléphone. Elle découvre une série de SMS sur l'écran.

« Rappelle-moi », dit le dernier, celui de Raphaëlle. « Il s'est passé quelque chose avec Papi. »

Lucas ouvre les yeux. Il sourit à Mona qui s'est assombrie en regardant son téléphone.

— Il y a un problème ?

— Mon grand-père a un souci. Il faut que je rappelle Raphaëlle, dit Mona calmement.

Elle compose le numéro de sa cousine.

— C'est moi. Que se passe-t-il ? dit-elle.

En écoutant le récit de Raphaëlle, Mona se répète qu'il n'y a pas de lien entre le plaisir qu'elle vient de vivre et le drame qui se joue. Elle se promet de rester neutre et de ne pas perdre ses acquis. Ne pas tomber dans les pommes pour commencer, ne pas paniquer, affronter, ne pas culpabiliser. Juste assurer. Joseph, tu m'as autorisée à vivre sereinement. Je vais être à la hauteur. Rester calme, rester neutre. Être juste présente au plus vite pour Papi. Mona constate qu'elle n'est pas prise de panique. Elle se regarde prendre la nouvelle avec maîtrise comme si une étrangère habitait son corps et son esprit. Elle constate simplement le calme qui l'habite et la prise en compte de l'évènement qui la renvoie avec sang-froid à la nécessité d'être sans tarder auprès de Félix.

— Il est à l'hôpital, dit-elle à Lucas. On n'a pas de voiture. Allons-y avec les vélos.

Sur le trajet, les bords de Seine en enfilade, Mona repense à sa vie qui se déroule à toute vitesse. Les années sombres, gâchées par l'anxiété, la peur et la culpabilité, le bonheur avec Félix et Étoile. Elle espère que son grand-père va s'en sortir. Elle s'étonne au fil des kilomètres de ne pas être bouleversée d'émotion. Une sorte de paix intérieure. Une douceur. Pas d'inquiétude démesurée, juste le souci de voir Félix et de l'accompagner, de le rassurer et de l'aider à sortir de ce malaise. Il doit avoir besoin de moi. Lui tenir la main et laisser les médecins faire.

Tu vas t'en sortir, Papi. Ne t'inquiète pas. On n'a pas fini le livre. Tu ne peux pas mourir ainsi, mon Papi chéri. J'arrive et je vais m'occuper de toi. La vie est belle, les fleurs te sourient, et puis il y a l'eau ; Papi, je vais t'emmener faire des promenades au bord de l'eau. Nous écrirons au fil de l'eau. Et nous avancerons tout doucement tes mémoires. Elles ne sont pas terminées. Tu ne peux pas mourir. C'est ainsi. C'est comme un oracle.

Mona pense « oracle », elle pense « oracle de Delphes », la malédiction d'Œdipe qui devait tuer son père et épouser sa mère. Par association d'idées, elle pense maintenant à Antigone. Antigone, c'était la fille et la sœur d'Œdipe, non ? Tout est écrit dans ces tragédies.

Joseph, ton enterrement était-il écrit ?

Joseph, es-tu la fin programmée du livre ? Mona repense au grand robinier, à l'enterrement, la pierre, la cabane de Joseph. En enterrant Joseph, ont-ils refermé le livre de la vie de Félix ? Cet épisode qu'il ne voulait pas aborder, ils l'ont réglé eux-mêmes. Mona pédale de plus belle. Il faut que je rejoigne Papi. Il me faut le retenir. Papi, ne nous quitte pas.

71.

— J'ai proposé à ma grand-mère de prendre l'air. Je vais rester avec lui. Elle avait besoin de marcher et de s'aérer.

— Elle a passé toute la nuit sur ce fauteuil, votre grand-mère, raconte l'infirmière.

La femme noire, souriante, d'un certain âge, se déplace dans la pièce, avec une certaine gaité malgré sa difficulté à porter avec elle son corps imposant. Une agréable familiarité se dégage des échanges avec elle. Elle est comme entrée en quelques heures dans la famille. Mona a manqué son arrivée et fait la connaissance en cours de route de cette nouvelle amie de la famille.

— Elle était si fatiguée cette nuit, votre Mamie, poursuit la dame. Elle se réveillait beaucoup, alors elle est venue discuter avec moi, là-bas, dans le bureau des infirmières. Elle m'a tenu compagnie. On a bu de la tisane. Elle m'a raconté des choses.

— Les nouvelles n'ont pas été bonnes aujourd'hui. Ils ne sont pas optimistes pour Papi.

— Dieu est grand et votre grand-père, il va vivre encore si Dieu le veut.

— Dieu et la médecine, aussi.

— Bien sûr, mais Dieu c'est mieux. Chez moi en Haïti, on sait bien que Dieu, il sait qui il veut auprès de lui aujourd'hui, et qui il veut pas, dit la femme.

— J'espère qu'il ne veut pas de Papi, parce que moi j'en ai besoin. J'ai des choses à lui raconter, là tout de suite. Et lui aussi d'ailleurs, il y a des choses qu'on n'a pas fini de se dire.

— Votre grand-mère m'a beaucoup parlé de vous. Elle m'a dit que vous étiez très présente. Que vous aviez grandi avec eux. Vous êtes comme leur fille. C'est ce qu'elle m'a dit. C'est bien de s'occuper des vieilles personnes. Dieu vous le rendra.

— Ce n'est pas moi qui m'occupe de mes grands-parents. Ce sont eux qui prennent soin de moi, dit Mona, prenant la main de Félix. Je serais perdue sans lui. Il m'a toujours parlé de tout. Il me raconte sa vie et ça me permet de comprendre beaucoup de choses.

— L'important, vous savez, c'est d'avoir bien profité de lui.

— Vous me dites ça parce que les médecins vous ont dit qu'il ne se réveillerait pas ?

— Les médecins, ils ne savent pas tout, Mademoiselle. Le seul qui sait, c'est lui, dit l'infirmière en désignant le ciel avec son doigt. Il faut prier Dieu. Je vais prier moi aussi. Et puis, il faut parler à votre grand-père. Ça lui fera du bien. Vous savez, Mademoiselle, ils entendent tout les malades, quand ils sont endormis comme ça. Il vous entend, votre papi ; il vous sent. Et vous pouvez l'encourager à revenir s'il en a envie et si Dieu le lui permet.

Mona regarde l'infirmière quitter la pièce. Elle semble sereine, si habituée à cette situation. Ici, dans le monde de l'hôpital, la mort est un quotidien. Elle n'a plus rien à voir avec le fantasme, la superstition ou le tabou qu'on cultive chez nous depuis toujours. Peut-être que nous, Papi et moi, on en fait toute une histoire, de la mort, parce qu'elle est de l'autre côté de la vie. On ne la connaît pas. On la fantasme. Moi avec la peur de celle de mes enfants, Papi et son obsession de la mort, de laisser son destin aux mains des vivants.

Papi, tu me vois malgré tous ces appareils ? pense Mona. C'est pas des conneries, ça ? se dit-elle. Elle repense à la pierre restée dans sa poche pendant des semaines, à la relation fraternelle et spirituelle qu'elle a pu créer avec Joseph. Bien sûr que non, c'est pas des conneries. La vie ça se joue ailleurs !

— Je ne pensais pas qu'il pouvait t'arriver quelque chose, dit-elle à Félix en saisissant sa main malgré les tubes encombrants qui le relient à des appareils. Moi aussi je croyais qu'il t'avait oublié, celui-là, dit-elle en montrant le ciel, à son tour, avec ses yeux. Comment je vais faire pour le livre, Papi ? Je ne vais jamais m'en sortir toute seule.

Je sais qu'il y a les enregistrements, mais tu as dû faire ça dans n'importe quel ordre. Je ne vais jamais m'y retrouver dans ton désordre. J'ai besoin de toi, même si de toute façon, tu sais bien que je ne laisserai pas tomber. Je sais que tu veux laisser le témoignage de ta vie, que tu ne veux pas que ceux qui restent s'emparent d'elle. Que tu veux en rester le maître. J'irai au bout.

Mona regarde Félix inanimé et est submergée de larmes. Puis elle efface les gouttes sur ses joues et se ressaisit.

— Mais qu'est-ce que je dis, moi ? Tu es encore là. Tu n'es pas mort. Tu vas te réveiller, même.

Mona aperçoit sur la table de nuit de Félix le dictaphone. Il est posé là. L'avait-il sur lui au moment du malaise ?

Elle le saisit, le regarde et se hasarde à appuyer sur la touche « play ».

« Dimanche 17 mai.

Ce matin, le soleil vient donner des couleurs d'Orient au jasmin de ta grand-mère Étoile. Je me cache sur le balcon pour m'enregistrer. Étoile trouve que je passe ma vie sur ce dictaphone depuis que tu me l'as donné, Mona. Elle n'a pas tort. Quel cadeau tu m'as fait, ma petite-fille ! J'aime parler ici.

Mona, je sais bien que tu m'écouteras un jour.

Quand je ne serai plus là. »

Les larmes roulent sur les joues de Mona. Entendre la voix de Félix, c'est si troublant. Lui qui disait ne pas être à l'aise avec ce petit appareil. Il poursuit.

« Quoique, si Dieu veut, je mourrai si vieux qu'il n'existera même plus sur cette terre les piles pour faire fonctionner cet appareil !

C'est vrai ça, qui utilisera encore des piles si je meurs dans très longtemps, à la vitesse où ça va, le changement ?

Ma chérie, je sais que tu trouves que je suis obsédé par la mort, mais à mon âge tu sais, c'est de plus en plus difficile de faire la politique de l'autruche.

Si Dieu savait mon âge, je suis sûr qu'il me rappellerait à lui sur-le-champ.

Ma petite fille, je te souhaite de vivre des moments inoubliables, des rencontres folles, de vivre des transports amoureux à te couper le souffle.

Ce serait tellement formidable que tu parviennes à lâcher-prise, à quitter ton « anxiété » comme tu dis, et à profiter enfin, de ta jeunesse.

Si ça se trouve, je ne serai pas là pour voir ça.

J'espère que si c'est le cas, tu te rappelleras que Félix, ton grand-père… il aurait donné n'importe quoi pour être encore là. Pour que ça continue encore. Un tout petit peu. »

Mona déborde d'émotion. Cette voix qui parle dans le dictaphone lui fait l'effet d'un testament que lui lirait Félix. Il est allongé, là, juste à côté d'elle, inerte. L'entendre, c'est presque reconnaître qu'il n'est déjà plus là.

« Un tout petit peu de soleil qui se lèverait, un tout petit peu de fumée de café le matin sur le balcon, un tout petit peu des sons de vie sur un marché… »

Mona coupe l'enregistreur. Elle ne veut pas laisser la mémoire de Félix prendre le dessus sur la vie. Il est encore là, en chair et en os, dans cette chambre où il peut encore être soigné. Ne pas accepter si vite qu'il s'en aille.

Elle saisit la main de Félix et l'embrasse délicatement, du bout des lèvres, en faisant attention de ne pas toucher aux espèces de petites pailles reliées les unes aux autres, qui rendent difficile l'accès à son grand-père.

— Papi, tu es avec moi. Tu es encore là. On est ensemble. Je te l'ai dit, tu peux encore compter sur moi pour le livre. Je suis à ta disposition.

Mona regarde Félix, inanimé. Il respire. Il est juste dans un grand sommeil, se dit-elle. Il m'entend. Je suis sûre que tu m'entends, Papi.

— Papi, je voudrais te demander quelque chose, reprend-elle. Tu pourrais me répondre ? Tu peux serrer ma main si tu m'entends pour me dire oui, par exemple ? J'ai vu ça l'autre jour sur internet. Un chanteur qui écrivait de la musique avec le mouvement de ses yeux relié à une machine. Peut-être que tu pourrais faire ça toi aussi. Juste me répondre en serrant ma main pour me dire oui. On peut essayer ?

Après un silence, elle poursuit :

— Dis-moi, Papi, je peux parler de Joseph dans le livre ? Tu m'y autorises ?

La main de Félix ne donne aucun signe. Mona regarde Félix. Elle scrute l'étendue de son corps pour tenter de déceler un mouvement. Il reste inerte. Elle reprend :

— Je me dis que c'est important de parler de ce petit frère. Tu comprends c'est une manière de réparer les choses, d'honorer sa mémoire, de le faire exister. Papi, répond-moi, pense-t-elle. Je saurai reconnaître le moindre de tes signes.

Papi, toi et moi on est connectés. J'ai besoin que tu me répondes.

— Il t'en avait parlé ? dit une voix derrière elle.

Mona est sidérée. Elle vient d'entendre la voix de sa grand-mère derrière son épaule. Un froid envahit sa poitrine. Terrifiée, elle se retourne avec difficulté et découvre Étoile, dans l'encadrement de la porte.

— Mamie ! laisse échapper Mona, interdite.

— Il s'était confié à toi ?

— Mamie, je suis désolée. Je ne savais pas que tu étais là.

— Il t'avait raconté ?

— Pas vraiment, répond Mona, lâchant la main de Félix, comme prise en flagrant délit.

Elle se lève à présent et recule de quelques pas, prenant quelques distances avec Félix comme pour le protéger et pour s'éloigner d'Étoile, qui l'intimide. On l'avait appris autrement, reprend-elle. Et du coup je m'étais permis de lui en parler. Mais il ne voulait pas que…

— Que tu m'en parles.

— Il voulait te protéger, je crois.

— Ma chérie, reprend Étoile, le regard adouci, il y a eu tellement de bonheur depuis. On a été si heureux. Mais c'est resté quelque chose de difficile à oublier. Tu vois, comme, comme une ombre qui te suit même quand le soleil s'est couché.

— Je sais, Mamie, je sais. Je pense que c'est parce que… Parce que vous n'avez pas pu lui dire au revoir.

Étoile quitte le regard de Mona et détourne ses yeux dans la pièce, ne sachant plus où les poser. Elle est soudain si seule en entendant ces mots. Des larmes coulent sur ses joues, silencieuses, sans sanglot. Mona s'avance vers sa grand-mère et la prend dans ses bras. Les deux femmes restent silencieuses ainsi un moment dans le silence et la chaleur de la chambre. En face d'elles, des barres d'immeubles. Sur les balcons, de nombreuses plantes.

Elles semblent se plaire et ne pas manquer de vie, de leur source, bien qu'elles soient si loin de la terre.

Mona est concentrée sur les plantes et leur symbolique. Dans les bras d'Étoile, elle repense à leur déracinement. Le mot n'est pas anodin. Si on a choisi un mot issu du vocabulaire des plantes pour évoquer ces immigrations, ça a un sens.

Peut-on recréer toute vie où on veut ? Peut-on s'adapter à tout milieu ?

Mona repense à Félix et Étoile. Leur arrivée en France. Il devait faire froid. Ils ne connaissaient personne. Ils avaient quitté leurs souvenirs, leurs amis, Joseph laissé là-bas. Ils ont tout reconstruit ici, fondé une famille heureuse. Élevé leurs trois enfants dans la joie. Étoile avait entrepris de peindre. Félix avait réussi sa vie professionnelle et sociale. Quel parcours ! Quel exploit ! Étoile se détache de l'étreinte et raconte à Mona.

— À Tunis, à la maison, commence Étoile, il y avait une femme qui m'aidait pour le ménage et les enfants. Elle s'appelait Selma. C'est elle qui a enterré notre fils.

— Comment ça ?

— Elle s'est occupée de ça. Elle a fait les choses bien.

— Je croyais que c'était l'oncle Georges qui…

— C'est ce que Papi t'a dit ?

— Oui, à notre retour du cimetière à Tunis. On n'a pas trouvé sa tombe.

— Vous êtes allés au cimetière à Tunis pour chercher sa tombe ?

— Oui, on voulait le voir avec Stan et Pierre.

— Mes enfants !

— On ne l'a pas trouvé.

— Tu sais, à l'époque, Tunis c'était un village. Selma travaillait chez nous. Ce soir-là, en partant de la maison, elle a croisé l'oncle Georges. Elle l'a trouvé dans la rue, devant chez lui, avec le petit dans un panier. L'oncle ne savait pas comment faire. Ton grand-père lui avait confié le petit pour qu'il l'enterre. Quand un bébé mourait à l'hôpital, à la naissance surtout, ils le gardaient et ils s'en débarrassaient, on ne sait même pas comment. Alors Papi il a cru bien faire. Il a demandé à Georges de lui trouver une place. C'était toujours mieux que l'hôpital. Selma, quand elle a vu l'oncle Georges, il était perdu. Elle m'a raconté qu'elle lui a demandé ce qu'il comptait faire. Il lui a dit qu'il pensait le mettre dans la tombe de leur père. Alors elle lui a dit de rentrer chez lui, qu'elle allait s'en charger. Elle connaissait le gardien du cimetière qui était un ami de sa famille ; elle allait lui trouver une place. Selma, elle était tout le temps à la maison. Elle m'avait vue porter cet enfant. Elle aimait beaucoup mes enfants. On était proches, elle et moi. Avec ses frères et les gens du cimetière, elle a enterré mon fils.

— Où ça ? demande Mona. On est allés au cimetière et on n'a trouvé aucune tombe.

— Dans un autre cimetière, à la périphérie de Tunis.

— Tu n'y es jamais allée ?

— Selma voyait que je restais sombre avec ça. Que je ne sortais pas de la tristesse. Alors, un jour elle m'a emmenée là-bas. Elle m'a montré la tombe et elle m'a dit : « Voilà, c'est ton fils. Il est bien là. Je m'occupe de lui. Ma mère et moi on fleurit sa tombe. Ne t'inquiète plus avec ça. » Ça m'a fait du bien. Ça m'a apporté du réconfort.

— Et tu n'en as pas parlé à Papi ?

— Il n'avait pas l'air de souffrir de ça. Je ne voulais pas remuer le couteau dans la plaie. Alors, je l'ai gardé pour moi. Et puis Papi et moi on ne parlait plus jamais de Joseph. C'était comme un accord entre nous. Sans en avoir jamais parlé. Peut-être que j'aurais dû lui dire. Que ça lui aurait fait plaisir. Ça l'aurait soulagé. Ça lui aurait enlevé le poids du reproche qu'il se faisait de ne pas l'avoir enterré. Il me l'avait souvent dit au début, juste après la mort de Joseph.

— Il nous entend, Mamie. Papi entend tout ce qu'on dit. Il va pouvoir être tranquille avec cette histoire maintenant.

Étoile fait le tour de la chambre et s'assoit sur la chaise, à côté de Félix. Elle saisit sa main et l'embrasse délicatement.

— Tu as entendu, mon amour, ce que j'ai dit à Mona ? Je suis contente que tu sois rassuré avec ça. Il ne faut pas partir avec ce poids, mon amour. Félix, je t'aime mon chéri. Félix, j'ai eu une vie magnifique avec toi. Je t'aime, mon amour.

Mona reste dans la chambre avec Étoile. Elle la regarde pleurer. Elle semble savoir que Félix a déjà décidé de partir. C'est peut-être Joseph qui l'a appelé à lui. Ils voulaient être ensemble depuis tant de temps. Une vie passée sans son fils, une vie à penser à lui si souvent, à se faire le reproche de ne pas l'avoir accompagné jusqu'au bout. Joseph est peut-être revenu pour le chercher. Papi, tu disais que Dieu t'avait oublié, qu'il viendrait te chercher quand on aurait fini le livre. Je crois que c'est exactement ce qui s'est passé.

ÉPILOGUE

Lundi 18 mai.

Paris.

Aujourd'hui je viens d'apprendre que mon petit frère a une tombe.

Enfin ce n'est pas vraiment mon petit frère, c'est mon oncle, mais c'est pareil.

Je suis soulagée de l'apprendre. Mon corps a cherché toute sa vie un souvenir qu'on lui avait caché et il l'a retrouvé. Le corps est le meilleur des détectives privés. Il est malin, possède tout un catalogue de ressources pour trouver ce qu'il cherche. On lui a caché quelque chose qu'on avait dissimulé ; et avant lui à Maman. Mais lui il le savait. On peut toujours chercher à cacher quelque chose à notre corps, il le retrouvera.

J'écris ceci ici parce que depuis quelques jours, j'ai cessé de raconter les épisodes de ma vie à une dame que j'aimais beaucoup. Elle dit que je suis mûre pour avancer seule. Que j'ai les clefs. Alors je consigne ici ces choses que j'ai besoin de dire, pour les mettre sur la table et ne pas rester avec. Ne pas garder des choses d'aujourd'hui qui encombrent demain.

J'écris aussi parce que c'est important de créer soi-même le récit de sa vie. Pour ne pas laisser les autres s'en charger. Cette idée était le leitmotiv de mon grand-père. Quand on meurt, les autres, ceux qui restent, s'emparent de nous et font de notre vie la matière d'un récit qu'ils réécrivent, parce qu'on n'est plus là pour le faire nous-même. Alors il faut écrire avant de partir. Pour rester le maître d'œuvre non pas seulement de sa vie, mais de son récit.

Mercredi 8 juillet.
La Marsa.

Hier nous avons enterré Papi
Au cimetière de Tunis
Je ne sais pas comment je vais vivre sans lui
Je ne pense pas que je vais vivre sans lui
Je crois que je vais continuer de vivre avec lui
Au quotidien
Il faut toujours demander aux gens qu'on aime qu'ils enregistrent leur voix
Écouter la voix de ceux qu'on aime c'est les retrouver
Papi m'a laissé un trésor
Il a enregistré sa voix pour moi
Au moins, sa voix elle ne ment jamais
Quoique
J'aime ses mensonges, ses raccourcis, ses histoires faites de vérités arrangées
Je suis contente que Lucas ait connu Papi, même un court instant, qu'il ait plongé dans ses beaux yeux bleus
Il a vu comme il était beau et drôle

Mamie tient le coup
Raphaëlle a décroché son bac
Elle a eu 19 en dessin
Elle va pouvoir vivre sa vie, à l'étranger
La vivre comme on devrait tous la vivre, à l'aventure et sans étiquette

Maman part demain pour son premier voyage humanitaire
En Afrique, ils ont besoin de médecins en chirurgie réparatrice
Papa semble fier d'elle et a promis de rester sage en son absence

Après l'enterrement, nous sommes allés sur la tombe de Joseph

On a prié pour lui

Le gardien du cimetière aussi était là. Il nous a raconté l'histoire à sa manière

Il l'avait entendue de son père qui était le gardien du cimetière avant lui. Il lui avait demandé de fleurir chaque mois la tombe de ce petit Joseph

Depuis des années, il n'avait jamais oublié de le faire

Une promesse qu'on fait à son père, c'est une promesse qu'on n'oublie pas

Ça m'a fait penser à la promesse que Papi avait faite à son père quand il était parti trop tôt. Il m'avait déjà appris ça, Papi

Une promesse qu'on fait à son père, c'est une promesse qu'on n'oublie pas

Imprimé en France par
CPI FIRMIN-DIDOT (27650 Mesnil-sur-l'Estrée)
en avril 2024

pour le compte des Éditions J.-C. LATTÈS
17, rue Jacob – 75006 Paris

PAPIER À BASE DE FIBRES CERTIFIÉES

JC Lattès s'engage pour l'environnement en réduisant l'empreinte carbone de ses livres. Celle de cet exemplaire est de : 700 g éq. CO_2
Rendez-vous sur www.jclattes-durable.fr

N° d'édition : 01 – N° d'impression : 179710
Dépôt légal : mai 2024
Imprimé en France